L'OISEAU DE MAUVAIS AUGURE

DU MÊME AUTEUR

La Princesse des glaces, Actes Sud, 2008 ; Babel noir n° 61.
Le Prédicateur, Actes Sud, 2009 ; Babel noir n° 85.
Le Tailleur de pierre, Actes Sud, 2009 ; Babel noir n° 92.
L'Oiseau de mauvais augure, Actes Sud, 2010.
L'Enfant allemand, Actes Sud, 2011 ; Babel noir n° 121.
Cyanure, Actes Sud, 2011 ; Babel noir n° 71.
Super-Charlie, Actes Sud Junior, 2012.
À table avec Camilla Läckberg, Actes Sud, 2012.
La Sirène, Actes Sud, 2012.
Le Gardien de phare, Actes Sud, 2013.
Super-Charlie et le voleur de doudou, Actes Sud Junior, 2013.
La Faiseuse d'anges, Actes Sud, 2014.

Titre original :
Olycksfågeln
Éditeur original :
Bokförlaget Forum, Stockholm
© Camilla Läckberg, 2006
Publié avec l'accord de Nordin Agency, Suède

© ACTES SUD, 2010
pour la traduction française
ISBN 978-2-330-02867-1

CAMILLA LÄCKBERG

L'OISEAU
DE MAUVAIS
AUGURE

roman traduit du suédois
par Lena Grumbach et Catherine Marcus

BABEL NOIR

à Wille et Meja

Il se souvenait surtout de son parfum. Celui qu'elle rangeait sur l'étagère de la salle de bains. Le flacon mauve scintillant à l'odeur lourde et sucrée. Adulte, il était un jour entré dans une parfumerie pour le retrouver et avait souri en découvrant le nom : Poison.

Elle avait l'habitude d'en vaporiser sur ses poignets avant de passer ces derniers sur le cou et, si elle était en jupe, sur les chevilles.

Il trouvait ce geste très beau. Ses poignets frêles qui se frottaient l'un contre l'autre. Le parfum se répandait autour d'elle dans la pièce et il attendait toujours avec impatience l'instant où elle arrivait tout près de lui, se penchait et l'embrassait. Toujours sur la bouche. Si doucement qu'il lui arrivait de se demander si le baiser était réel ou s'il l'avait seulement rêvé.

"Occupe-toi de ta sœur", disait-elle avant de se volatiliser.

Il ne se rappelait plus s'il répondait à voix haute ou s'il se contentait de hocher la tête.

Le soleil printanier inondait les fenêtres du commissariat de Tanumshede et révélait impitoyablement la crasse des carreaux. La grisaille de l'hiver avait déposé une fine pellicule sur le verre et Patrik avait l'impression que la même morosité le recouvrait. L'hiver avait été rude. La vie de père de famille avait beau être infiniment plus amusante que ce qu'il avait imaginé, elle était aussi beaucoup plus prenante. Et même si tout se passait mieux maintenant avec Maja, Erica ne se faisait toujours pas à la vie de femme au foyer. Patrik le savait et ça le tourmentait en permanence quand il était au boulot. De plus, ce qui était arrivé à Anna avait posé un fardeau supplémentaire sur leurs épaules.

Un coup frappé sur le montant de la porte vint interrompre ses réflexions.

— Patrik ? On nous signale un accident de voiture. La route de Sannäs, une seule voiture impliquée.

— OK, dit-il en se levant. Dis-moi, c'était bien aujourd'hui que la remplaçante d'Ernst devait arriver ?

— Oui, dit Annika. Mais il n'est pas encore huit heures.

— Alors je prends Martin avec moi. Si elle avait été là, je l'aurais mise dans le bain tout de suite, histoire de lui mettre le pied à l'étrier.

— Eh bien, je la plains, la pauvre.

— De faire équipe avec moi ? demanda Patrik qui, pour plaisanter, lança un regard offusqué à Annika.

— Parfaitement, je sais très bien comment tu conduis… Non, mais, sérieusement, elle va déguster avec Mellberg.

— J'ai lu son CV, et je pense que si quelqu'un est capable de gérer Mellberg, c'est bien Hanna Kruse. Si j'en juge par ses notes de service, c'est une nana qui ne se laisse pas marcher sur les pieds.

— La seule chose qui n'est pas claire, c'est pourquoi elle a choisi Tanumshede…

— Tu as raison, dit Patrik en enfilant son blouson. Je lui demanderai pourquoi elle s'abaisse à venir bosser avec des amateurs comme nous ? C'est une véritable impasse pour sa carrière…

Il fit un clin d'œil à Annika, qui lui donna une tape sur l'épaule.

— Arrête, tu sais très bien que ce n'est pas ce que je voulais dire.

— Oui, je sais, je te taquine. Au fait, cet accident. Il y a des blessés ? Des morts ?

— D'après celui qui a appelé, il n'y aurait qu'une personne dans la voiture. Et elle est morte.

— Merde. Je passe prendre Martin et on y va. Je pense qu'on sera de retour rapidement. Tu n'as qu'à montrer le poste à Hanna en attendant.

Au même moment, une voix se fit entendre à l'accueil.

— Il y a quelqu'un ?

— Ça doit être elle, dit Annika en se ruant sur la porte. Patrik, qui était lui aussi très curieux de rencontrer la nouvelle recrue, la suivit.

En voyant celle qui patientait à l'accueil, il fut surpris. Il ne savait pas trop à quoi il s'était attendu…

12

à une femme plus grande, peut-être. Et pas aussi mignonne… ni aussi blonde. Elle tendit une main à Patrik, puis à Annika.

— Enchantée, je suis Hanna Kruse. Je commence aujourd'hui.

La voix cadrait davantage avec les attentes de Patrik. Assez grave et déterminée.

Sa poignée de main trahissait de nombreuses heures passées en salle de gym, et Patrik révisa son premier jugement.

— Patrik Hedström. Et voici Annika Jansson, la colonne vertébrale du poste.

Hanna sourit.

— L'élément féminin dans un monde de mâles, si je comprends bien. Eh bien, vous ne serez plus seule.

— Oui, je suis contente du renfort. Il faut bien ça pour contrebalancer toute la testostérone qui circule ici, rigola Annika.

Patrik interrompit leur bavardage.

— Les filles, vous ferez plus ample connaissance plus tard. Hanna, on vient de nous signaler un accident de voiture mortel. Je me suis dit que tu pourrais venir avec moi tout de suite, si tu veux bien. Un peu d'adrénaline pour démarrer ta première journée.

— Entendu, dit Hanna. J'aimerais juste poser mon sac quelque part.

— Je peux le mettre dans ton bureau, proposa Annika. On fera le tour des locaux à ton retour.

— Merci.

Hanna se hâta de rattraper Patrik qui était déjà sur le pas de la porte.

— Alors, ça fait comment ? demanda Patrik quand ils furent installés dans la voiture.

— Ça va, je crois, merci, même si c'est toujours un peu stressant de commencer un nouveau boulot.

— Tu as bougé pas mal, d'après ton CV ?

— Oui, j'ai voulu acquérir le plus d'expérience possible, répondit Hanna tout en jetant un regard curieux sur le paysage qui défilait. Différentes régions de la Suède, des districts plus ou moins grands, tu vois le topo. Tout ce qui peut enrichir mon parcours de flic.

— Mais pourquoi ? Tu vises quoi, au juste ?

Hanna sourit. Un sourire amical mais aussi extrêmement ferme.

— Une position de chef, évidemment. Dans un district plutôt important. Et pour ça, je suis toutes sortes de stages, j'élargis le plus possible mon champ d'action et je bosse comme une forcenée.

— Ça ressemble à la formule de la réussite, dit gentiment Patrik, légèrement mal à l'aise devant le torrent d'ambition qui se déversait sur lui ; l'ambition, il n'y était pas vraiment habitué.

— Je l'espère, dit Hanna avant de se remettre à observer le paysage. Et toi, ça fait combien de temps que tu travailles ici ?

Patrik perçut avec contrariété un soupçon d'embarras dans sa voix lorsqu'il répondit.

— Euh… depuis l'école de police, en fait.

— Oh là là, je ne sais pas comment j'aurais fait, moi. Autrement dit, tu te plais bien à Tanumshede ?

Elle sourit et tourna les yeux vers lui.

— Je suppose qu'on peut dire ça comme ça. Mais c'est surtout une question d'habitude et de commodité. J'ai grandi ici et je connais la région comme ma poche. En fait je n'habite plus à Tanumshede, je vis à Fjällbacka, aujourd'hui.

14

— Oui, j'ai entendu dire que tu étais marié avec Erica Falck ! J'adore ses livres ! En tout cas ceux qui parlent de meurtres. Les biographies, je dois avouer que je ne les ai pas lues.

— Il n'y a pas de quoi avoir honte. A en juger par les chiffres de vente, la moitié du pays a lu son dernier roman, mais la plupart ne savent pas qu'elle a publié les biographies de cinq grandes écrivaines suédoises. C'est celle de Karin Boye qui s'est le plus vendue, je crois qu'elle a atteint le chiffre record de deux mille exemplaires, tu te rends compte... D'ailleurs, nous ne sommes pas encore mariés. Mais c'est pour bientôt. Le mariage est prévu à la Pentecôte.

— Félicitations ! C'est super, la Pentecôte, pour se marier, il fait beau en général !

— Croisons les doigts. A vrai dire, vu la tournure que prennent les choses, j'ai plutôt envie de m'enfuir à Las Vegas pour échapper à tout ce cinéma. J'ignorais totalement que ça pouvait prendre de telles proportions.

— Je vois tout à fait ce que tu veux dire, dit-elle en riant.

— Toi aussi, tu es mariée, c'était dans ton dossier. Vous n'avez pas fait un mariage en grande pompe, à l'église ?

Un voile sombre passa sur le visage de Hanna. Elle détourna vivement les yeux et murmura si bas qu'il entendit à peine :

— Nous nous sommes mariés à la mairie. Mais on parlera de ça une autre fois. On est arrivés, non ?

Devant eux, dans le fossé, deux pompiers découpaient le toit d'une voiture accidentée. Ils prenaient leur temps. Lorsqu'il eut jeté un regard à l'intérieur de la voiture, Patrik comprit pourquoi.

Ce n'était pas un hasard si le rendez-vous avait lieu à son domicile plutôt qu'à la mairie. Après des mois de rénovation intensive, la maison – la "perle", comme il l'appelait souvent – était fin prête à être admirée. C'était une des plus anciennes et plus grandes habitations de Grebbestad et il avait fallu une certaine dose de persuasion pour que les anciens propriétaires acceptent de la vendre. Ils avaient invoqué "un patrimoine familial" qui "doit se transmettre aux enfants et aux petits-enfants", mais leurs protestations s'étaient progressivement transformées en bredouillements puis en un bourdonnement joyeux à mesure qu'il augmentait son offre. Et ces idiots n'avaient même pas réalisé que la somme qu'il leur proposait était bien en deçà de ce qu'il était prêt à payer. Ils n'avaient sans doute jamais quitté leur patelin et ignoraient totalement la valeur des choses. Une fois l'affaire conclue, il avait sans sourciller consacré deux autres millions à la rénovation de la maison, et maintenant il était fier comme Artaban de montrer le résultat à ses collègues du conseil municipal.

— Et ici on a fait venir un escalier d'Angleterre, qui s'accorde parfaitement avec le style de l'époque. Ce n'était pas donné, ils ne fabriquent que cinq escaliers de ce type par an, la qualité, ça se paie. Nous avons tout fait en étroite collaboration avec le musée de Bohuslän. Nous tenions énormément, Viveca et moi, à restaurer en douceur sans détruire l'âme de la maison. Il nous reste d'ailleurs quelques exemplaires du dernier numéro de *Residence*, avec un article sur la maison. Le photographe disait qu'il n'avait jamais vu une rénovation réalisée avec autant de goût. Prenez-en un en partant, comme ça vous pourrez le feuilleter tranquillement chez vous. Je devrais peut-être préciser que *Residence* ne présente que des demeures de qualité, ce n'est pas comme *Sköna Hem* qui ouvre ses colonnes à n'importe qui.

Erling eut un petit rire pour montrer combien était absurde l'idée que leur maison puisse figurer dans une telle revue.

— Bon, et si on s'attaquait à nos affaires !

Erling W. Larsson indiqua la grande table où les attendait le café. Son épouse s'en était chargée pendant qu'il faisait le tour du propriétaire, et elle attendait maintenant en silence qu'ils s'asseyent. Erling lui adressa un hochement de tête satisfait. Elle valait de l'or, cette petite Viveca. Elle savait rester à sa place et c'était une excellente maîtresse de maison. Un peu taciturne peut-être, et pas entièrement à l'aise dans l'art de la conversation, mais, comme il aimait à dire, mieux valait une femme sachant se taire qu'un moulin à paroles.

Viveca passa de l'un à l'autre et servit le café dans les tasses de fine porcelaine blanche.

— Bon, quelles sont vos réflexions au sujet de l'étape qui s'ouvre à nous aujourd'hui ? commença-t-il.

— Tu sais ce que j'en pense, dit Uno Brorsson en mettant quatre morceaux de sucre dans son café.

Erling le considéra avec dégoût. Il avait du mal à comprendre les hommes qui négligeaient à ce point leur corps et leur santé. Lui-même courait dix kilomètres tous les matins. Il s'était même essayé à soulever un peu de fonte. Mais, pour les haltères, seule Viveca était au courant.

— Oui, dit Erling, d'un ton un peu plus tranchant qu'il ne l'aurait voulu. Tu as effectivement eu l'occasion de dire ce que tu pensais, mais, maintenant que nous avons pris cette décision tous ensemble, je trouve qu'il serait beaucoup plus sage de rester soudés et de gérer l'événement au mieux. Ça ne sert à rien de continuer à discutailler. L'équipe de télé arrive aujourd'hui, et vous connaissez ma position. J'estime que c'est une aubaine pour la région. Il n'y a qu'à voir comment elles ont été boostées, les villes qui ont accueilli les saisons précédentes. Åmål s'était retrouvé sous les feux des projecteurs après le film de Moodysson*, vous vous en souvenez, mais ce n'était rien à côté du retentissement qu'a eu l'émission de téléréalité qu'ils ont tournée dans la ville par la suite. Et *Fucking Töreboda* a permis à cette ville de figurer enfin sur la carte de Suède. Rendez-vous compte que plus de la moitié du pays va maintenant s'installer devant *Fucking Tanum* ! On tient là une occasion en or de présenter notre petite localité sous son meilleur jour !

— Son meilleur jour ! souffla Uno avec mépris. De l'alcool, du sexe et des bimbos abruties, c'est comme ça que vous voulez montrer Tanumshede ?

— Moi, en tout cas, ça m'excite terriblement ! dit Gunilla Kjellin très enthousiaste.

Sa voix était un rien trop aiguë lorsqu'elle posa ses yeux étincelants sur Erling. Elle avait un faible pour lui. On pouvait même dire qu'elle était amoureuse, même si elle ne l'admettrait jamais. Erling en était tout à fait conscient et ne se gênait pas pour exploiter cette situation et s'assurer la voix de Gunilla dans toutes les affaires qu'il faisait voter.

— Ecoutez-la, écoutez Gunilla ! Voilà l'attitude que nous devrions tous avoir face à ce projet ! Il faut le voir

* *Fucking Åmål*, 1998, de Lukas Moodysson. *(Toutes les notes sont des traductrices.)*

comme une aventure passionnante qui nous attend, une occasion qu'il convient d'accueillir à bras ouverts !

Erling prit la voix qui galvanisait en général son auditoire. Celle qui lui avait tant servi durant ses années comme chef de service chez un poids lourd de l'assurance. Celle qui amenait le personnel comme la direction à écouter avec attention tout ce qu'il avait à dire. Le souvenir de cette époque révolue, où il se trouvait au cœur des événements, le rendait toujours nostalgique. Mais, heureusement, il s'était retiré à temps. Il avait pris son argent bien mérité et avait tiré sa révérence, avant que la meute de journalistes, flairant l'odeur du sang, ne pourchasse ses collègues telles des proies qu'il fallait tuer et mettre en pièces. Partir en retraite anticipée après son infarctus n'avait pas été un choix facile, mais, au bout du compte, ça avait été la meilleure décision qu'il eût jamais prise.

— Allez, servez-vous, ça vient de chez Elg.

Il indiqua les plats remplis de toutes sortes de viennoiseries. Tous tendirent docilement la main. Pour sa part, il s'en abstint, échaudé par la crise cardiaque qui l'avait terrassé en dépit d'une alimentation saine et de séances régulières d'exercice physique.

— Comment on fait s'il y a de la casse ? J'ai entendu dire que, à Töreboda, ils en ont eu pas mal en cours de tournage. C'est la chaîne qui paie ?

Erling souffla avec mépris en direction du jeune chargé des finances de la commune, qui avait posé la question. Il fallait toujours qu'il s'attache aux broutilles au lieu de voir le tableau dans son ensemble, *the big picture*, comme il disait souvent. D'ailleurs, qu'est-ce qu'il pouvait bien savoir sur l'économie ? Pas encore trente ans ; dans toute sa vie il n'avait probablement jamais eu à gérer autant d'argent qu'Erling en une seule journée durant les bonnes années à la société. Non, il n'avait pas beaucoup d'estime pour les petits experts-comptables de l'espèce d'Erik Bohlin. Il se tourna vers lui et dit en appuyant sur les mots :

— On verra ça plus tard. Comparés au nombre de touristes qui vont affluer, quelques carreaux cassés, c'est *peanuts*. Et je m'attends aussi à ce que la police fasse le maximum pour mériter son salaire et garder la maîtrise de la situation.

Il posa son regard deux secondes sur chacun d'entre eux. C'était une technique éprouvée. Tous baissèrent les yeux et remisèrent leurs protestations. Ils avaient eu la possibilité d'agir, mais la décision avait été votée en toute démocratie, et aujourd'hui les cars de la télé allaient arriver à Tanumshede avec les participants.

— Ne nous emballons pas, dit Jörn Schuster.

Il n'avait toujours pas digéré de voir Erling reprendre le poste de conseiller municipal spécial* que lui-même avait occupé pendant près de quinze ans.

Erling, de son côté, n'arrivait pas à comprendre pourquoi Jörn avait choisi de rester au conseil. S'il s'était vu éliminer de son poste de façon aussi honteuse, il se serait retiré la queue entre les jambes. Mais Jörn préférait ignorer l'humiliation et s'accrocher, ce qui était son droit. Il y avait d'ailleurs certains avantages à garder le vieux renard, même si désormais il était à la fois fatigué et usé. Il avait ses fidèles

---

* En Suède, les communes et les conseils généraux peuvent engager à plein temps un ou plusieurs élus locaux, pour s'occuper plus particulièrement d'une commission spécialisée. Lorsqu'il n'y en a qu'un, l'usage veut qu'il préside la commission exécutive municipale ou départementale. Il devient ainsi dans la pratique l'homme fort de la commune ou du département.

supporters, qui se tenaient tranquilles tant qu'ils le voyaient encore actif au sommet.

— Bon, alors on démarre et en beauté. Je vais personnellement accueillir l'équipe à une heure, et vous êtes évidemment les bienvenus. Autrement, on se verra à la réunion jeudi.

Il se leva pour marquer la fin des réjouissances.

Uno grommelait encore en partant, mais Erling trouvait qu'il avait plutôt bien réussi à rassembler ses troupes. Il flairait d'ores et déjà le succès.

Tout content de lui, il sortit sur la véranda et alluma le cigare de la victoire. Dans la salle à manger, Viveca débarrassait la table en silence.

— Da da da da.

Dans sa chaise haute, Maja babillait tout en évitant habilement la cuillère de porridge qu'Erica essayait de lui glisser dans la bouche. Après quelques tentatives ratées, elle réussit enfin, mais sa joie fut brève. Maja choisit ce moment précis pour montrer qu'elle savait faire la voiture.

— Vrrroum, fit-elle avec une conviction telle que le porridge gicla droit dans la figure de sa mère.

— Saleté de môme, dit Erica avec lassitude, mais elle regretta aussitôt ses mots.

— Vrrroum, continua Maja gaiement en projetant les derniers restes de porridge sur la table.

— Saleté de môme, dit Adrian.

Sa grande sœur Emma le corrigea immédiatement.

— Il faut pas dire des gros mots, Adrian !

— Mais Ica l'a dit !

— Il faut pas dire des gros mots quand même, pas vrai tante Erica, qu'il faut pas ?

Emma mit résolument les mains sur ses hanches tout en implorant Erica du regard.

— Non, tu as raison, ce n'est pas bien, Adrian. J'ai eu tort de dire des mots comme ça.

Satisfaite de la réponse, Emma se remit à son fromage blanc. Erica la contempla avec amour, mais elle était préoccupée. La petite fille avait grandi trop vite, bien obligée. Parfois elle se comportait davantage comme une mère que comme une grande sœur à l'égard d'Adrian. Anna ne semblait pas le remarquer, mais Erica ne le voyait que trop bien. Elle savait parfaitement ce que c'était que de devoir endosser ce rôle quand on était encore petit.

Et voilà que ça recommençait. Elle devait être une mère pour sa sœur, tout en étant la maman de Maja et une sorte de mère de substitution pour Emma et Adrian, en attendant qu'Anna sorte de sa torpeur. Erica jeta un regard vers l'étage en commençant à nettoyer la table. Tout était calme. Anna se réveillait rarement avant onze heures et Erica la laissait dormir. Comment aurait-elle pu faire autrement ?

— Je veux pas aller à la crèche* aujourd'hui, annonça Adrian tout en affichant une mine qui disait clairement : "Tu peux toujours essayer de me forcer."

— Mais si, tu vas y aller, Adrian, dit Emma en posant de nouveau ses mains sur les hanches.

Erica interrompit la prise de bec avant qu'elle n'éclate. Tout en essayant de débarbouiller sa fille de huit mois, elle dit :

* L'école maternelle publique n'existe pas en Suède. En revanche, les crèches et les jardins d'enfants accueillent les enfants de zéro à six ans, l'âge légal pour entrer à l'école primaire.

— Emma, va mettre ton manteau. Adrian, je suis trop fatiguée pour discuter de ça aujourd'hui. Tu iras à la crèche avec Emma et puis c'est tout.

Adrian ouvrit la bouche pour protester, mais quelque chose dans le regard de sa tante lui dit qu'il ferait sans doute mieux d'obéir ce matin. Avec une docilité inhabituelle, il se rendit dans le vestibule.

— Allez, mets tes chaussures.

Erica donna ses tennis à Adrian, mais il secoua violemment la tête.

— Je sais pas le faire, tu m'aides.

— Mais si, tu sais. A la crèche tu les mets toi-même.

— Non, je sais pas. Je suis petit, ajouta-t-il prudemment.

Erica soupira et posa Maja qui se mit à ramper avant même que ses mains et ses genoux aient touché le sol. Elle avait commencé à marcher à quatre pattes très tôt et était devenue championne en la matière.

— Maja, reste ici, ma puce, dit Erica en essayant d'enfiler ses chaussures à Adrian.

Maja choisit d'ignorer la recommandation de sa mère et partit joyeusement en exploration. Erica sentit la sueur commencer à lui couler dans le dos.

— Je peux aller la chercher, proposa Emma, serviable.

Interprétant l'absence de réponse d'Erica comme un consentement, elle bondit et revint en portant péniblement Maja qui se tortillait dans ses bras tel un chaton récalcitrant. Son visage avait pris une couleur cramoisie annonçant l'imminence d'un hurlement et Erica s'empressa de la prendre. Puis elle poussa les enfants dehors, vers la voiture. Bon sang, ce qu'elle pouvait les détester, les matins comme celui-ci !

— Montez dans la voiture, allez, dépêchez-vous. On est encore en retard, et vous savez ce qu'elle en pense, Ewa.

— Elle n'aime pas ça, dit Emma en secouant la tête.

— Non, elle n'aime pas ça du tout.

Erica installa Maja dans le siège-auto.

— Je veux être devant, lança Adrian les bras croisés sur la poitrine, prêt à la bataille.

La patience d'Erica était à bout.

— Assieds-toi dans ton siège, rugit-elle.

Elle ressentit une certaine satisfaction à le voir presque voler dans son siège-auto. Emma s'assit sur le rehausseur du milieu et boucla elle-même sa ceinture de sécurité. Avec un peu trop de brusquerie, Erica attacha celle d'Adrian, mais elle s'arrêta subitement en sentant une petite main d'enfant sur sa joue.

— Je t'aiiiime, Ica, déclara Adrian en s'efforçant d'avoir l'air aussi mignon que possible.

Indéniablement une tentative de fayotage, mais qui fonctionna, comme toujours. Erica sentit son cœur déborder et se pencha pour lui faire un gros bisou.

Avant de reculer dans l'allée du garage, elle jeta un regard inquiet vers la fenêtre de la chambre d'Anna. Mais le store était toujours baissé.

Jonna appuya son front contre la vitre fraîche du car et regarda le paysage qui défilait. Une grande indifférence l'emplit. Comme toujours. Elle tira sur les manches de son pull pour les faire descendre jusqu'au bout des doigts. Au fil des années, c'était devenu un geste compulsif. Elle se demanda ce qu'elle faisait ici. Comment s'était-elle retrouvée dans cette histoire ? Pourquoi les gens étaient-ils fascinés par sa vie au point de la suivre au quotidien ? Elle avait du mal à le comprendre. Une pauvre fille esseulée, en miettes, qui se tailladait les bras. Mais c'était peut-être justement pour cela qu'on votait pour son maintien dans la Maison, semaine après semaine. Parce que, partout dans le pays, il y avait des filles qui lui ressemblaient. Des filles en manque qui se reconnaissaient en elle, chaque fois qu'elle entrait en conflit avec les autres participants, chaque fois qu'elle s'enfermait en larmes dans la salle de bains pour réduire sa peau en charpie en s'infligeant des estafilades sur les avant-bras avec des lames de rasoir. Elle dégageait une impuissance et un désespoir tels que les autres l'évitaient comme une pestiférée.

— Je n'en reviens pas ! On nous a donné encore une chance, tu te rends compte !

Jonna entendit l'exaltation contenue dans la voix de Barbie mais elle refusa d'entrer dans son jeu. Rien que le nom lui donnait envie de vomir. Mais les journaux l'adoraient. BB-Barbie, ça avait de la gueule sur les affichettes des tabloïds. Mais son vrai nom était Lillemor Persson. Un des torchons du soir avait réussi à le dégoter. Ils avaient aussi trouvé de vieilles photos d'elle, de l'époque où elle était une petite maigrichonne aux cheveux châtains avec des lunettes beaucoup trop grandes. Rien à voir avec la bombe blonde gonflée à la silicone qu'elle était devenue. Jonna s'était bien marrée en les voyant. On leur avait passé un exemplaire du journal dans la Maison. Barbie avait pleuré, puis elle l'avait brûlé.

— Regarde-moi tout ce peuple ! Tu te rends compte, Jonna, tous ces gens, ils sont là pour nous, rien que pour nous ?

Tout excitée, Barbie montra une petite foule sur la place vers laquelle le car semblait se diriger. Elle avait du mal à tenir en place et Jonna lui lança un regard dédaigneux. Puis elle mit les écouteurs de son mp3 et ferma les yeux.

Patrik fit lentement le tour de la voiture. Elle avait quitté la route et terminé sa course contre un arbre. L'avant était sérieusement endommagé, mais le reste était intact. Elle n'avait pas pu rouler très vite.

— Le conducteur semble s'être pris le volant dans la tête. J'imagine que c'est ce qui l'a tué, dit Hanna, accroupie du côté chauffeur.

— On laissera au médecin légiste le soin de le déterminer, dit Patrik. Son ton était plus tranchant qu'il ne l'avait voulu et il se reprit. Je veux simplement dire que…

— Pas de problème, dit Hanna en agitant la main. C'était idiot comme commentaire. Désormais je me contenterai d'observer, je ne tirerai pas de conclusions – pas encore, ajouta-t-elle.

Après avoir fait un tour complet du véhicule, Patrik s'accroupit à côté de Hanna. La portière était grande ouverte, le conducteur toujours assis sur le siège, ceinture de sécurité bouclée, la tête inclinée sur le volant. Du sang avait coulé le long de son visage et goutté sur le sol.

Ils entendirent un technicien photographier les lieux de l'accident derrière eux.

— Dis-nous si on te gêne, dit Patrik en se retournant.

— Non, on a pratiquement terminé. On pensait le redresser et prendre quelques derniers clichés. C'est bon pour vous ? Vous avez tout vu ?

— Qu'est-ce que tu en penses, Hanna, on a tout vu ? demanda Patrik, soucieux d'impliquer sa collègue.

Ça ne devait pas être facile d'être nouvelle, et il avait l'intention de faire son possible pour lui simplifier les choses.

— Oui, je crois.

Elle se releva en même temps que Patrik et ils laissèrent la place au technicien. Il saisit doucement les épaules du chauffeur et l'inclina en arrière contre l'appuie-tête. Alors seulement ils virent que la victime était une femme. Les cheveux courts et les vêtements neutres les avaient induits en erreur, mais le visage révéla sans doute possible que c'était une femme d'une quarantaine d'années.

— C'est Marit, dit Patrik.

— Marit ?

— Elle tient une petite boutique dans Affärsvägen. Thé, café, chocolat, ce genre de trucs.

— Elle a de la famille ?

La voix de Hanna était bizarre et Patrik lui lança un regard rapide. Il devait se faire des idées parce que son visage ne révélait rien de particulier.

— Je n'en sais rien. Mais on va se renseigner.

Le technicien avait terminé son travail. Patrik fit un pas en avant et Hanna l'imita.

— Fais attention de ne rien toucher, dit Patrik par réflexe. Avant qu'elle ait eu le temps de répondre, il se reprit : Pardon, j'oublie tout le temps que c'est seulement chez nous que tu es nouvelle, pas dans le métier. J'espère que tu sauras être indulgente avec moi, s'excusa-t-il.

— N'en fais pas tout un fromage, dit sa nouvelle collègue avec un petit rire. Je ne suis pas susceptible à ce point.

Patrik rit à son tour, de soulagement. Il n'avait pas réalisé combien il s'était habitué à travailler uniquement avec des gens qu'il connaissait bien, des gens dont le fonctionnement n'avait plus de secrets pour lui. Cet apport de sang neuf ne lui ferait pas de mal. De plus, elle ne pouvait pas être pire qu'Ernst. Il fallait bien considérer comme un miracle qu'il ait été licencié après ses agissements pour le moins arbitraires de l'automne dernier.

— Bon, qu'est-ce que tu vois ? demanda Patrik en se penchant tout près du visage de Marit.

— Ce n'est pas tant ce que je vois que ce que je sens. Hanna inspira profondément. Ça empeste l'alcool. Elle devait être ivre morte quand elle a quitté la route.

Patrik sembla un peu hésitant. En plissant le front, il jeta un coup d'œil dans la voiture. Rien de particulier à constater. Un papier de bonbon par terre, une bouteille de Coca en plastique vide, une page qui semblait avoir été arrachée à un livre, et puis, du côté passager, une bouteille de vodka vide.

— Ça me paraît simple. Accident impliquant un seul véhicule avec un conducteur ivre.

Hanna fit quelques pas en arrière et sembla se préparer à partir. L'ambulance se tenait prête à transporter le corps et ils ne pouvaient pas faire grand-chose de plus.

Patrik contempla le visage de la victime d'encore plus près. Minutieusement, il examina ses blessures. Quelque chose ne collait pas.

— Je peux essuyer le sang ? demanda-t-il à l'un des techniciens, qui était en train de ranger son matériel.

— Oui, aucun problème, on a toutes les photos qu'il nous faut. Tiens, j'ai un chiffon là.

Il tendit un bout de tissu blanc à Patrik qui le remercia de la tête. Doucement, presque tendrement, il épongea le sang qui avait coulé principalement d'une plaie sur le front. Les yeux étaient ouverts et, avant de continuer, il ferma délicatement les paupières. Le visage débarrassé du sang n'était que plaies et bleus. C'était une voiture ancienne, sans airbag, et le volant l'avait frappé de plein fouet.

— Tu peux prendre encore quelques photos ? demanda-t-il au technicien qui lui avait donné le chiffon.

Celui-ci saisit son appareil et prit rapidement une série de clichés, puis il interrogea Patrik du regard.

— Ça ira, dit-il avant de rejoindre Hanna, qui avait l'air troublée.

— Qu'est-ce que tu as vu ?

— Je ne sais pas. Il y a juste quelque chose qui… je ne sais pas… Il balaya tout d'un revers de la main. Bof, ce n'est sans doute rien. Allez, on rentre maintenant, les autres termineront le boulot.

Ils montèrent dans la voiture et prirent la direction de Tanumshede. Pendant tout le trajet du retour, un étrange silence régna. Et dans ce silence quelque chose réclamait l'attention de Patrik. Mais il ne savait pas ce que c'était.

Bertil Mellberg avait le cœur étonnamment léger. D'habitude, il n'était dans cet état d'esprit que lorsqu'il passait du temps avec Simon, le fils dont il avait ignoré l'existence pendant quinze ans. Malheureusement, Simon ne lui rendait pas très souvent visite, mais il venait tout de même et ils étaient parvenus à établir une sorte de relation. Pas exubérante ni très visible, plutôt discrète et réservée. Mais elle existait.

Il devait cette disposition dans laquelle il se trouvait à un événement extraordinaire qui s'était produit le samedi précédent. Après des mois d'insistance et de pressions de la part de son ami Sten – son seul ami, et peut-être fallait-il même le considérer davantage comme une simple connaissance –, il avait accepté de l'accompagner dans un bastringue à Munkedal. Même si Mellberg se considérait comme un danseur convenable, cela faisait de nombreuses années qu'il n'avait pas pratiqué, mais tout de même, "bastringue", ça faisait franchement vieux jeu. Sten y allait cependant régulièrement et il avait fini par le persuader que ce type d'établissement non seulement proposait la musique que leur génération appréciait, mais qu'il offrait aussi un excellent terrain de chasse. "Elles sont alignées là sur leurs chaises, à attendre qu'on vienne les cueillir", lui avait dit Sten. Mellberg ne pouvait pas nier que ça semblait prometteur, il y avait eu peu de femmes dans sa vie ces dernières années, et ce serait une bonne chose de faire prendre l'air à Popaul. S'il était sceptique, c'était surtout parce qu'il arrivait très bien à imaginer quel type de femmes se rendaient à ces soirées. Des rombières qui cherchaient davantage à mettre le grappin sur un monsieur avec une bonne retraite qu'à faire des folies de leur corps. Mais il saurait se défendre contre les vieilles toupies en quête de mariage. Voilà comment il avait raisonné, et il avait fini par accepter de venir tenter sa chance. Par précaution, il avait mis son costume du dimanche et s'était aspergé de déodorant aux endroits stratégiques. Quand Sten était passé le prendre, ils s'étaient envoyé quelques verres avant de partir pour se donner du courage. Son copain avait eu la bonne idée de prendre un taxi, comme ça ils n'auraient pas de soucis à se faire si la soirée se révélait bien arrosée. Généralement, Mellberg s'embarrassait très peu de ce genre de considérations, mais ça ferait mauvais effet si on l'arrêtait pour conduite en état d'ivresse. Après l'incident avec Ernst, la direction à Göteborg l'avait à l'œil, et il ferait mieux de ne pas tenter le diable. Ou tout au moins d'en donner l'impression. Ce qu'ils ne savaient pas ne pouvait pas leur faire de mal…

C'était donc préparé au pire que Mellberg entra dans la grande salle où la danse avait déjà commencé, et ses idées reçues furent immédiatement confirmées. Partout, rien que des femmes de son âge. Sur ce point, il était entièrement d'accord avec Ulf Lundell* : qui était assez con pour vouloir un corps vieillissant, fripé et mou dans son lit alors qu'il existait tant de chair jeune et ferme sur le marché. Cela dit, Mellberg devait reconnaître qu'Ulf avait plus de succès que lui sur ce front. C'était ce truc de rock star qui faisait toute la différence. Putain d'injustice.

Il s'apprêtait à aller se jeter un autre verre quand il entendit quelqu'un s'adresser à lui.

— Quel endroit ! Je me sens comme une petite vieille ici.

— Eh bien, moi, je suis là à mon corps défendant, répondit Mellberg et il regarda de plus près la femme à côté de lui.

— Moi pareil. C'est Bodil qui m'a traînée ici, dit la femme en montrant l'une des dames qui étaient en train de se trémousser et de transpirer sur la piste.

— Moi, c'est Sten, dit Mellberg et il fit à son tour un geste vers la piste.

— Je m'appelle Rose-Marie.

— Bertil.

A l'instant même où sa paume rencontra celle de Rose-Marie, sa vie changea. Au cours de ses soixante-trois

* Ulf Lundell, né en 1949, musicien, écrivain, plasticien et poète, salué dès ses débuts en 1975 comme le "Bob Dylan suédois".

ans, il lui était évidemment arrivé de ressentir du désir pour des femmes et d'avoir envie de les posséder. Mais il n'avait jamais auparavant été amoureux. C'est pourquoi il fut d'autant plus touché. Il la regarda, émerveillé. La conscience objective de Mellberg enregistra une femme d'une soixantaine d'années, d'environ un mètre soixante, un peu rondelette, des cheveux courts teints d'un joli roux vif et un sourire joyeux. Sa conscience subjective, elle, ne vit que les yeux. Ils étaient bleus, ils le fixaient intensément avec curiosité, et il sentit qu'il s'y noyait, comme disent les mauvais romans de gare.

Le reste de la soirée était passé beaucoup trop vite. Ils avaient dansé et parlé, il lui avait offert à boire, avait avancé sa chaise, gestes qui n'entraient pas dans son répertoire habituel. Mais rien n'était habituel ce soir-là.

Une fois seul, il s'était senti très gauche et creux. Il fallait tout simplement qu'il la revoie. Et le voilà au bureau le lundi matin, dans tous ses états, comme un collégien. Posée devant lui sur la table, une carte de visite avec le nom de Rose-Marie et un numéro de téléphone noté à la main.

Il regarda la carte, respira à fond et composa le numéro.

Pour la énième fois, elles s'étaient disputées. Trop souvent leurs querelles dégénéraient en de véritables pugilats verbaux. Et, comme toujours, chacune avait défendu sa position. Kerstin voulait qu'elles racontent. Marit voulait continuer à garder le secret.

— Tu as honte de moi, de nous ? avait crié Kerstin.

Et, comme tant de fois par le passé, Marit avait détourné le regard. Car c'était exactement là que le bât blessait. Elles s'aimaient, et Marit en éprouvait de la honte.

Au début, Kerstin s'était persuadée que ce n'était pas très grave. L'important était qu'elles se soient trouvées. Qu'elles se soient réellement trouvées, après avoir été sérieusement cabossées par la vie et par des gens qui les avaient meurtries dans l'âme. Quelle importance avait alors le sexe de la personne aimée ? Quelle importance, ce que pouvaient dire et penser les gens ? Mais Marit n'avait pas vu les choses de cette façon. Elle n'était pas prête à s'exposer au qu'en-dira-t-on. Elle voulait qu'elles continuent à vivre ensemble en tant que couple mais en faisant croire, comme elles le faisaient depuis quatre ans, qu'elles étaient deux amies qui partageaient un appartement par souci d'économie et de confort.

— Qu'est-ce que ça peut bien te faire, ce que les gens disent ? avait lancé Kerstin lors de leur dispute de la veille.

Marit avait pleuré comme chaque fois qu'elles étaient en désaccord. Et, comme d'habitude, cela n'avait fait qu'attiser la colère de Kerstin. Les larmes de Marit étaient comme une sorte de combustible pour la fureur qui s'était accumulée à l'ombre des secrets. Kerstin détestait la faire pleurer. Détestait que leur entourage et les circonstances l'amènent à faire du mal à la personne qu'elle aimait le plus au monde.

— Tu imagines ce que Sofie aurait à vivre si ça se savait ?

— Sofie est bien plus solide que tu ne crois ! Ne la prends pas comme alibi pour ta lâcheté !

— Tu crois qu'on est si solide que ça à quinze ans, quand les autres te lancent à la figure que ta mère est une gouine ? Tu ne vois pas l'enfer qu'elle vivrait à l'école ? Je ne peux pas lui faire ça !

Les pleurs de Marit tordaient son visage en un masque hideux.

— Sincèrement, tu ne penses pas que Sofie a déjà tout compris ? Tu crois vraiment qu'elle se laisse avoir par notre petit manège ? Tu te rends compte de ce que tu fais la semaine qu'elle passe ici ? Non mais je rêve, aller dormir dans la chambre d'amis ! Ça fait un bail qu'elle a déjà tout pigé ! A sa place, j'aurais surtout honte d'avoir une mère qui est prête à vivre sa vie dans le mensonge pour éviter les ragots. Ça, c'est un truc dont j'aurais honte !

Kerstin criait tellement que sa voix s'était cassée. Marit l'avait regardée avec cette expression mortifiée que Kerstin avait appris à détester au fil des ans, et elle savait d'expérience ce qui allait venir. Comme elle s'y attendait, Marit s'était brusquement levée de table et avait enfilé sa veste en sanglotant.

— Vas-y, casse-toi ! C'est ce que tu fais chaque fois ! Casse-toi ! Et, cette fois, inutile de revenir !

Quand la porte s'était refermée sur elle, Kerstin s'était rassise. Elle était à bout de souffle, comme si elle avait couru. Et c'est bien ce qu'elle avait fait, d'une certaine manière. Elle avait couru après la vie qu'elle souhaitait pour elles, mais que les craintes de Marit l'empêchaient de vivre. Et, pour la première fois, ses paroles avaient été sincères. Au fond d'elle, quelque chose lui disait que bientôt elle en aurait assez.

Le lendemain matin, sa colère avait fait place à une inquiétude dévorante. Elle ne s'était pas couchée de la nuit. Elle avait attendu que la porte s'ouvre, attendu d'entendre les pas familiers sur le parquet et de pouvoir prendre son amie dans ses bras, la consoler et lui demander pardon. Mais Marit n'était pas rentrée. Et les clés de la voiture n'étaient plus là, Kerstin avait

vérifié au cours de la nuit. Mais où pouvait-elle être ?
Qu'avait-il bien pu arriver ? Etait-elle allée se réfugier
chez son ex-mari, le papa de Sofie ? Ou bien était-elle
allée jusqu'à Oslo, chez ses parents ?

Les mains tremblantes, Kerstin prit le téléphone
pour les appeler.

— Quelles seront les retombées économiques pour
le tourisme dans l'agglomération de Tanum ?

Le reporter de *Bohusläningen* se tenait prêt, stylo
et bloc-notes en main.

— Enormes. Des retombées colossales. Tous les
jours pendant cinq semaines, il y aura une demi-heure
d'émission sur Tanumshede à la télévision. Jamais, je
dis bien jamais, ce coin n'a eu une telle occasion de
se vendre !

Erling était dans son élément. Une foule s'était rassemblée devant le vieux foyer cantonal pour attendre
l'arrivée du car et des participants, pour la plupart des
adolescents en effervescence à l'idée de voir enfin
leurs idoles en chair et en os.

— Mais ça pourrait avoir l'effet inverse, non ? Les
autres saisons ont plutôt tourné à la bagarre, avec du
sexe et des beuveries, et je suppose que ce n'est pas
le message que vous souhaitez communiquer aux
touristes ?

Irrité, Erling dévisagea le reporter. Pourquoi fallait-
il que les gens soient toujours si négatifs ! Son conseil
municipal lui avait déjà sorti cette rengaine, et voilà
maintenant que la presse locale s'y mettait !

— En effet, mais vous connaissez l'adage ? "Une
mauvaise pub reste quand même une pub." Si on est
vraiment honnête, il faut reconnaître que Tanumshede

vivote plus qu'autre chose. Avec *Fucking Tanum*, tout ça va changer.

— Certes, commença le reporter, mais il fut interrompu par Erling qui avait perdu patience.

— Je n'ai malheureusement pas le temps de vous parler davantage, je dois aller jouer les comités d'accueil, maintenant.

Il tourna les talons et partit à grandes enjambées vers le car qui venait de se garer. Les jeunes s'agglutinèrent devant la portière, tout excités, dans l'attente qu'elle s'ouvre. Les voir ainsi suffisait à renforcer l'opinion d'Erling. C'était exactement ce qu'il fallait à la ville. Tanumshede allait enfin figurer sur la carte.

Lorsque la portière s'ouvrit dans un léger chuintement, le premier à sortir fut un homme d'une quarantaine d'années. Les regards déçus des ados indiquèrent à Erling que ce n'était pas un participant. Il ne suivait pas les différentes émissions de téléréalité, si bien qu'il n'avait aucune idée de qui ou quoi attendre.

— Erling W. Larsson, dit-il.

Il tendit la main tout en arborant son sourire le plus avenant. Les flashs fusèrent.

— Fredrik Rehn, dit l'homme en lui serrant la main. On s'est parlé au téléphone, je suis le producteur de cette pitrerie.

Tous deux souriaient maintenant.

— Je voudrais vous souhaiter la bienvenue à Tanumshede, et vous dire au nom de la municipalité combien nous sommes heureux et fiers de vous accueillir. Nous nous félicitons de la saison à venir, que nous espérons riche en événements.

— Merci, merci. Oui, on s'attend à de grandes choses. Avec deux saisons réussies derrière nous, on est tout à fait rassurés, on sait que ce format est taillé pour le succès et on se réjouit de collaborer avec la commune. Mais on ne devrait pas faire attendre les jeunes plus longtemps, dit Fredrik en adressant un immense sourire Ultrabrite au public impatient. Les voici. Les participants de *Fucking Tanum* : Barbie de *Big Brother**, Jonna de *Big Brother*, Calle de *Robinson***, Tina du *Bar*, Uffe de *Robinson*, et, *last but not least*, Mehmet de *La Ferme* !

L'un après l'autre, les participants émergèrent du car et on ne fut pas loin de l'émeute. Les gens hurlèrent, gesticulèrent et se bousculèrent pour les toucher ou demander un autographe. Les cameramen étaient déjà à pied d'œuvre. Avec une satisfaction mêlée de perplexité, Erling contempla la réaction exaltée que provoquait l'arrivée des participants. Il se demanda ce qui se passait réellement dans le crâne des jeunes d'aujourd'hui. Cette bande de morveux débraillés, comment pouvait-elle déclencher une telle hystérie ? Peu importe, il n'était pas obligé de comprendre le mécanisme, l'important était de tirer un maximum de profit de l'attention que l'émission attirait sur Tanumshede. Si ensuite, une fois le succès bien établi, il apparaissait comme le bienfaiteur de la ville, il n'aurait qu'à s'en réjouir.

— Allez, il est temps de se séparer. Vous aurez tout loisir de les rencontrer plus tard. Après tout, ils vont passer cinq semaines ici. Fredrik chassa tous ceux qui se bousculaient encore autour du car. Il faut les laisser s'installer et se reposer maintenant. Mais allumez votre poste la semaine prochaine ! Lundi dix-neuf heures, c'est le top départ !

* Equivalent suédois de *Loft Story*.
** Equivalent suédois de *Koh-Lanta*.

Il leva les deux pouces et décocha un autre de ses sourires synthétiques.

À contrecœur, les jeunes se retirèrent, la plupart en direction du collège. Un petit groupe, qui semblait voir là l'occasion rêvée de laisser tomber les cours pour la journée, s'éloigna d'un pas nonchalant en direction du libre-service de Hedemyrs.

— Eh bien, ça s'annonce pas mal, tout ça, dit Fredrik en prenant Barbie et Jonna par les épaules. Qu'est-ce que vous en dites, les jeunes, vous êtes prêts pour le départ ?

— Absolument, dit Barbie avec des yeux étincelants.

Comme chaque fois, toutes ces marques d'attention avaient provoqué en elle une poussée d'adrénaline. Elle sautillait sur place.

— Et toi, Jonna, tu te sens comment ?

— Bien, murmura-t-elle. Mais j'aurais bien aimé défaire ma valise.

— On y va, ma grande, dit Fredrik en la serrant un peu plus. On tient à votre bien-être, tu le sais. Il se tourna vers Erling : Tout est prêt pour leur séjour ?

— Un peu mon neveu. Erling indiqua une maison rouge de type ancien à seulement cinquante mètres de la place où ils se trouvaient. Ils vont loger dans le foyer cantonal. On a installé des lits et tout ce qu'il faut, je pense qu'ils y seront bien.

— Si tu le dis. Je peux pioncer n'importe où, pourvu qu'il y ait de quoi picoler, lança Mehmet.

Son commentaire suscita des rires étouffés et des hochements de tête de la part des autres. Le libre accès à l'alcool, c'était la condition *sine qua non* de leur participation. Ça et toutes les occasions de baiser qui allaient avec le statut de star.

38

— T'inquiète pas, Mehmet, sourit Fredrik. Il y a un bar avec tout ce que vous pouvez souhaiter. Quelques caisses de bière aussi, et quand il n'y en aura plus, il y en aura encore. On s'occupe de vous, tu le sais.

Il fit un geste pour prendre Mehmet et Uffe par les épaules, mais ils se défilèrent habilement. Ils l'avaient déjà catalogué pédé et n'avaient aucune envie de faire des mamours à une tapette, que ce soit clair. Sauf que c'était un délicat équilibre à maintenir, parce qu'il était important de se faire bien voir par le producteur. Celui-ci décidait du temps d'antenne pour chacun, et le temps d'antenne était tout ce qui comptait. Qu'ensuite on vomisse, qu'on pisse par terre ou qu'on se ridiculise complètement n'avait pas la moindre importance.

De ceci, Erling n'avait pas la moindre idée. Il n'avait jamais entendu parler de barmen élevés au rang de vedettes, ni de la contribution constante au service de la saloperie qu'il fallait fournir si on voulait rester une star de téléréalité. Non, tout ce qui l'intéressait, c'était le coup de pouce donné à sa commune. Et la célébrité qu'il allait lui-même y gagner.

Erica avait déjà déjeuné lorsque Anna descendit. Il était plus d'une heure de l'après-midi, mais on aurait cru qu'elle n'avait pas fermé l'œil. Elle avait toujours été mince, mais à présent elle était tellement amaigrie qu'Erica devait parfois faire un effort pour dissimuler son effroi en la voyant.

— Il est quelle heure ? demanda Anna d'une voix légèrement tremblante.

Elle s'installa à table et prit la tasse de café qu'Erica lui tendit.

— Une heure et quart.

— Da da, fit Maja en agitant joyeusement les bras en direction d'Anna dans une tentative d'attirer son attention.

Anna ne s'en rendit même pas compte.

— Merde, j'ai dormi si longtemps ? Pourquoi tu ne m'as pas réveillée ? demanda-t-elle en sirotant le café brûlant.

— Je ne savais pas ce que tu préférais. Tu semblais avoir besoin de dormir, dit Erica en s'asseyant à son tour.

Depuis longtemps, leur relation était telle qu'Erica devait toujours surveiller ses mots, et les choses ne s'étaient pas arrangées depuis le désastre avec Lucas. Habiter à nouveau sous le même toit réveillait les mauvaises habitudes contre lesquelles elles avaient toutes les deux tant lutté. Erica retombait automatiquement dans son éternel rôle maternel vis-à-vis de sa sœur, tandis qu'Anna semblait partagée entre le désir de se laisser faire et celui de se révolter. Ces derniers mois, l'ambiance à la maison avait été tendue, plombée par les non-dits qui attendaient d'être mis sur le tapis. Mais comme Anna se trouvait encore dans une sorte d'état de choc dont elle semblait incapable de sortir, Erica marchait sur des œufs, dans la crainte constante de faire ou de dire ce qu'il ne fallait pas.

— Les enfants ? Ça s'est bien passé pour la crèche ?

— Mais oui, aucun problème, répondit Erica en excluant sciemment la petite scène d'Adrian.

Anna avait si peu de patience avec les enfants désormais. La plus grande partie des tâches pratiques incombait à Erica. Dès que les enfants se disputaient un tant soit peu, Anna s'effaçait et laissait sa sœur gérer la situation. Elle traînait sans force dans la maison à la recherche de ce qui autrefois la faisait tenir. Erica était très inquiète.

— Anna, ne le prends pas mal, mais tu devrais peut-être aller voir quelqu'un, tu ne crois pas ? On nous a donné les coordonnées de ce psychologue qui est absolument génial, paraît-il, et je pense que...

Anna l'interrompit sèchement.

— Non. Je dois résoudre ça toute seule. C'est ma faute, c'est moi qui l'ai tué. Je ne peux pas aller me plaindre devant quelqu'un que je ne connais ni d'Eve ni d'Adam, c'est une chose qu'il me faut affronter seule.

Sa main serrait si fort la tasse de café que les jointures de ses doigts devinrent toutes blanches.

— Anna, je sais qu'on en a parlé des milliers de fois, mais je te le redis : Tu n'as pas assassiné Lucas, c'était de la légitime défense. Et ce n'est pas seulement toi-même que tu défendais, il y avait aussi les enfants. Personne n'a jamais eu le moindre doute là-dessus, et tu as été relaxée. Lucas t'aurait tuée, Anna, c'était toi ou lui.

Les muscles du visage d'Anna tressaillirent légèrement aux paroles d'Erica. Maja, qui sentit la tension dans l'air, commença à geindre dans sa chaise haute.

— Je-ne-veux-pas-en-parler, c'est trop dur, dit Anna entre ses dents. Je remonte me coucher. Tu pourras aller chercher les enfants ?

Elle se leva et laissa Erica seule dans la cuisine avec Maja.

— Oui, je m'en occupe.

Erica sentit les larmes brûler derrière ses paupières. Elle ne tiendrait pas le coup beaucoup plus longtemps. Il allait bien falloir faire quelque chose.

Puis elle eut une idée. Elle prit le téléphone et, de mémoire, composa un numéro. Ça méritait bien un essai.

Hanna se dirigea droit vers son nouveau bureau et commença à s'installer. Patrik poursuivit jusqu'au petit réduit de Martin Molin et frappa quelques coups prudents à la porte.

— Entrez.

Il entra et s'assit en habitué devant le bureau de Martin. Ils travaillaient souvent ensemble et passaient beaucoup de temps dans les bureaux l'un de l'autre.

— J'ai entendu que vous étiez partis sur un accident de la route. Des victimes ?

— Une, la conductrice. Seule voiture impliquée. Et je l'ai reconnue, c'est Marit, tu sais, elle a un magasin dans Affärsvägen.

— Oh putain, soupira Martin. Toute seule, c'est dur. Elle avait essayé d'éviter un chevreuil ou un truc comme ça ?

Patrik hésita.

— Les techniciens étaient là, leur rapport plus le rapport de l'autopsie nous donneront la réponse définitive. Mais la voiture empestait l'alcool.

— Oh putain, dit Martin pour la deuxième fois. Alcool au volant, autrement dit. Mais je ne me souviens pas qu'on l'ait déjà coincée pour ça. Si ça se trouve, c'est la première fois qu'elle conduisait avec un verre dans le nez. Ou alors c'est qu'elle a eu du pot de ne pas se faire arrêter avant.

— Euh, oui… C'est peut-être ça.

— Peut-être ? Martin essayait de lui tirer les vers du nez, tout en croisant ses mains derrière la tête. Ses cheveux roux contrastaient vivement avec ses paumes blanches. Toi, il y a quelque chose qui te tracasse. Je te connais suffisamment pour savoir quand un truc ne va pas.

— Ben, je ne sais pas. Je n'ai rien de concret. Quelque chose ne colle pas, mais je n'arrive pas à mettre le doigt dessus.

— En général, tu as du flair, dit Martin, l'air soucieux. Mais, à ce stade, il faut attendre de voir ce que diront les experts. Ils pourront peut-être expliquer tes mystérieux pressentiments.

— Oui, tu as raison, dit Patrik. Il se gratta les cheveux d'un air préoccupé. Ce n'est pas la peine de spéculer tant qu'on n'en sait pas plus. Il faut qu'on se concentre sur ce qui est à notre portée. Et, pour le moment, je crains que ça ne signifie aller informer les proches de Marit. Tu sais si elle a de la famille ?

Martin plissa le front.

— Elle a une fille adolescente, et elle partage son appartement avec une copine. Il y a eu des ragots sur leur compte, mais je n'en sais pas plus…

— On y va et on verra bien, soupira Patrik.

Dix minutes plus tard, ils frappèrent à la porte de l'appartement de Marit. Ils avaient vérifié son adresse dans l'annuaire et découvert qu'elle habitait un immeuble à quelques centaines de mètres seulement du commissariat. Ni Patrik ni Martin n'étaient à leur aise. C'était la mission la plus détestée de leur métier. En entendant des pas de l'autre côté de la porte, ils réalisèrent qu'ils avaient de la chance de trouver quelqu'un à la maison en plein après-midi.

La femme qui ouvrit sut immédiatement pourquoi ils venaient. Martin et Patrik purent le constater en voyant le teint blême que prit son visage et la manière résignée dont ses épaules s'affaissèrent.

— C'est au sujet de Marit, c'est ça ? Elle a eu un accident ?

Sa voix trembla, mais elle s'effaça pour les laisser entrer.

— Oui, nous avons malheureusement de mauvaises nouvelles. Marit Kaspersen a eu un accident de voiture. Elle… n'a pas survécu, dit Patrik à voix basse.

La femme resta totalement immobile. Comme si elle s'était figée dans une position et que son cerveau n'arrivait plus à envoyer de signaux aux muscles. Son esprit était entièrement occupé à traiter l'information qu'on venait de lui fournir.

— Je vous offre un café ? finit-elle par demander.

Sans attendre leur réponse, elle partit comme un robot en direction de la cuisine.

— Vous voulez qu'on appelle quelqu'un ? demanda Martin.

Cette femme avait l'air en état de choc. Elle n'arrêtait pas de ramener ses cheveux bruns derrière les oreilles. Très mince, elle portait un jean et un tricot jacquard norvégien.

— Non, il n'y a personne. Personne à part… Marit. Et Sofie, évidemment. Mais elle est chez son père.

— Sofie, c'est la fille de Marit ? demanda Patrik en secouant la tête lorsque Kerstin brandit une brique de lait après avoir versé du café dans trois tasses.

— Oui, elle a quinze ans. Cette semaine, elle est chez Ola. Ils ont la garde partagée, Sofie passe une semaine sur deux avec Marit et moi et l'autre chez Ola à Fjällbacka.

— Vous étiez des amies proches, avec Marit ?

Patrik se sentit un peu mal à l'aise de poser la question de cette façon, mais il ne savait pas comment aborder le sujet. Il but une gorgée de café en attendant la réponse. Il était bon. Fort, comme il l'aimait.

Un sourire oblique de Kerstin indiqua qu'elle avait compris. Ses yeux se remplirent de larmes.

— On était des amies les semaines où Sofie était là, et des amantes quand elle était chez Ola. Voilà ce qu'on…

Sa voix se brisa et les larmes se mirent à couler sur ses joues. Elle pleura un moment puis elle fit un immense effort pour contrôler sa voix et poursuivit :

— C'était ça, le sujet de notre dispute hier soir. Pour la centième fois. Marit voulait rester dans le secret tandis que, moi, j'étais en train d'étouffer. Je ne faisais qu'aspirer à la lumière. Elle invoquait Sofie, mais ce n'était qu'un prétexte. C'était elle qui n'était pas prête à s'exposer au grand jour. Si nous avions rendu notre liaison publique, il y aurait sans doute eu quelques racontars au début mais je suis persuadée que ça aurait fini par se calmer. Mais Marit ne l'entendait pas de cette oreille. Pendant pas mal d'années, elle a vécu une vie ordinaire de Suédoise moyenne, avec mari, enfant, villa et vacances en caravane, et elle avait refoulé tout au fond d'elle le fait qu'elle puisse avoir des sentiments pour une autre femme. Quand on s'est rencontrées, c'était comme si elle ouvrait enfin les yeux. C'est en tout cas ce qu'elle m'a dit. Elle en a tiré les conséquences, elle a quitté Ola et emménagé chez moi. Mais elle n'avait pas le courage de se dévoiler aux yeux de tous. C'est à cause de ça qu'on s'est disputées hier soir.

Kerstin attrapa une serviette en papier et se moucha bruyamment.

— A quelle heure est-elle sortie ? demanda Patrik.

— Vers huit heures. Huit heures et quart, je crois. J'ai compris qu'il s'était passé quelque chose. Elle ne serait jamais restée dehors toute la nuit. Mais j'ai hésité à appeler la police. Je me suis dit qu'elle était peut-être allée chez quelqu'un, ou qu'elle avait passé la nuit à marcher, ou, non, je ne sais pas ce que j'ai réellement pensé. Quand vous êtes arrivés, là, je venais juste de commencer à appeler les hôpitaux, et, si je ne l'y trouvais pas, je comptais vous appeler.

Elle se moucha de nouveau. Patrik vit se mêler en elle le chagrin, la douleur et les remords. Il aurait voulu pouvoir lui dire quelque chose pour apaiser ses remords. Mais, au lieu de cela, il était obligé de rendre les choses pires encore.

— Nous… Il hésita, se racla la gorge et poursuivit : Nous pensons qu'elle avait absorbé une grosse quantité d'alcool avant l'accident. Vous pouvez nous dire si elle avait des problèmes avec l'alcool ?

Il prit une autre gorgée de café et pendant une seconde il aurait voulu se trouver ailleurs, loin d'ici. Pas dans cette cuisine, avec ces questions, et ce deuil. Kerstin leva la tête vers lui, tout étonnée.

— Marit ne buvait jamais d'alcool. Pas depuis que je la connais en tout cas, et ça fait plus de quatre ans. Elle disait qu'elle n'en aimait pas le goût, elle ne buvait même pas de cidre.

Patrik lança un regard appuyé à Martin. Un autre détail troublant à ajouter au sentiment indéfinissable qui le tracassait depuis qu'il avait vu le lieu de l'accident quelques heures plus tôt.

— Vous en êtes absolument certaine ?

La question était idiote, elle y avait déjà répondu, mais il ne fallait pas laisser de zones d'ombres.

— Oui, tout à fait ! Je ne l'ai jamais, je dis bien jamais, vue boire d'alcool, même du vin ou de la bière. Imaginer qu'elle ait pu boire et ensuite prendre le volant… Non, c'est impossible. Je ne comprends pas…

Son regard perplexe allait de Patrik à Martin. Ce qu'ils disaient n'avait ni rime ni raison. Marit ne buvait pas, point final.

— Où pouvons-nous trouver sa fille ? Vous avez l'adresse de son ex-mari ? demanda Martin en sortant son calepin et son stylo.

— Il habite le quartier Kullen à Fjällbacka. Je vous donne l'adresse exacte.

Elle prit un bout de papier sur le panneau d'affichage et le tendit à Martin. Elle avait toujours l'air déconcerté, et les informations étranges qu'on venait de lui fournir avaient fait cesser ses pleurs.

— Il n'y a vraiment personne qu'on puisse appeler ? dit Patrik en se levant de table.

— Non. Je… Je préférerais être seule maintenant.

— Je comprends. Mais appelez-nous au moindre problème. Je vous laisse ma carte.

En sortant, juste avant que la porte se referme sur eux, Patrik se retourna. Kerstin était toujours assise à la table de la cuisine. Immobile.

— Annika ! La nouvelle, elle est arrivée ou quoi ? meugla Mellberg dans le couloir.

— Oui, lança Annika en retour, sans se donner la peine de quitter la réception.

— Où elle est alors ? brailla Mellberg de plus belle.

— Ici, fit une voix de femme et, la seconde d'après, Hanna surgit dans le corridor.

— Ah, bon, oui, alors si tu n'es pas trop occupée, tu pourrais peut-être venir te présenter, dit-il vertement. Ça se fait, venir saluer son nouveau chef, en général c'est même la première chose qu'on fait quand on prend un nouveau poste.

— Excusez-moi, dit Hanna avec sérieux en s'avançant vers Mellberg, la main tendue. Quand je suis arrivée ce matin, Patrik Hedström m'a emmenée pour une intervention et on revient à l'instant. Je me rendais justement dans votre bureau. Il faut que je vous dise tout le bien que j'ai entendu sur votre travail ici. Toutes les enquêtes pour meurtre de ces dernières années, vous les avez vraiment gérées d'une main de maître. Les gens n'arrêtent pas de parler de ce petit commissariat et de sa direction formidable où on sait élucider les affaires d'une manière aussi exemplaire.

Elle saisit solidement la main de Mellberg. Méfiant, celui-ci la sonda du regard pour voir s'il n'y avait pas un soupçon d'ironie dans ses paroles. Mais elle semblait sérieuse et il décida rapidement d'engloutir les éloges tels quels. Après tout, ce serait peut-être une bonne chose d'avoir une femme en uniforme ici. Jolie à regarder, aussi. Un brin trop maigre à son goût, mais pas mal, pas mal du tout. Cela dit, après la conversation téléphonique de ce matin, qui s'était conclue de façon si heureuse, il dut reconnaître qu'il ne ressentait plus le bon vieux frétillement au bas-ventre à la vue d'une femme attirante. A sa grande surprise, ses pensées se tournèrent plutôt vers la chaude voix de Rose-Marie et la joie avec laquelle elle avait accepté son invitation à dîner.

— Bon, ne restons pas là dans le couloir, dit-il en chassant à contrecœur l'agréable souvenir. Allons discuter un peu dans mon bureau.

Hanna le suivit et s'assit en face de lui.

— Alors, comme ça tu as déjà eu le temps d'entrer dans le vif du sujet ?

— Oui, comme je l'ai dit, l'inspecteur Hedström m'a emmenée sur les lieux d'un accident de la route. Une seule voiture impliquée. Mais avec un mort, malheureusement.

— Oui, ce sont des choses qui arrivent.

— Apparemment la conductrice avait bu. Elle empestait l'alcool.

— Quelle saloperie. Patrik a dit si c'est quelqu'un à qui on a déjà eu affaire ?

— Ben, non, je n'ai pas l'impression. Il a reconnu la victime, c'est vrai. Une femme qui tient une boutique dans Affärsvägen. Il me semble qu'elle s'appelle Marit.

— Ça alors… Marit ? Je ne l'aurais jamais cru, dit Mellberg en se grattant pensivement les cheveux. Il se racla la gorge. Mais tu n'as quand même pas eu à entamer ta première journée ici avec l'annonce du décès à la famille, j'espère ?

— Non, non, dit Hanna en fixant ses chaussures. Patrik y est allé, avec un gars plus jeune, un rouquin.

— Martin Molin. Il ne vous a pas présentés ?

— Non, il a oublié. J'imagine qu'il pensait surtout à ce qui l'attendait.

— Hmm, répondit Mellberg. Un long silence suivit. Puis il se racla de nouveau la gorge. Bon, très bien. Bienvenue au commissariat de Tanumshede. J'espère que tu t'y sentiras bien. Et on se tutoie ici. Au fait, tu as trouvé à te loger ?

— On loue une maison dans le quartier en face de l'église, mon mari et moi. On a emménagé il y a une semaine pour essayer d'être opérationnels le plus vite possible. C'est meublé, mais on veut quand même arranger l'intérieur à notre façon.

— Et ton mari ? Qu'est-ce qu'il fait ? Il a trouvé un emploi dans le coin, lui aussi ?

— Lars ? Pas encore, répondit Hanna en baissant les yeux.

Ses mains s'agitaient nerveusement sur ses genoux.

Mellberg renifla. Ah ah, elle était mariée à un bon à rien. Un merdeux au chômage qui se laissait entretenir par sa bourgeoise. Ah, certains savaient s'y prendre.

— Lars est psychologue, dit Hanna, comme si elle avait entendu les réflexions de Mellberg. Il cherche, mais le marché est assez bouché ici pour des psychologues. Alors, jusqu'à ce qu'il trouve quelque chose, il travaille sur son livre. Un essai dans sa spécialité. Et il va aussi servir de psychologue aux participants de *Fucking Tanum* quelques heures par semaine.

— Ah bon, dit Mellberg sur un ton indiquant qu'il ne s'intéressait déjà plus à son mari et son métier. Encore une fois, sois la bienvenue.

Il se leva pour marquer qu'elle pouvait disposer maintenant que les politesses étaient expédiées.

— Merci, dit Hanna.

— Referme la porte derrière toi, dit Mellberg. Un bref instant, il eut l'impression de deviner un sourire amusé sur ses lèvres. Mais il devait se faire des idées. Elle semblait avoir un grand respect pour lui et pour son travail. C'est ce qu'elle avait dit, plus ou moins, et, avec l'immense connaissance qu'il avait du cœur humain, il savait déterminer si les gens étaient sincères ou pas. Et Hanna l'était, sans aucun doute.

— Comment ça s'est passé ? chuchota Annika quelques secondes plus tard, en entrant dans le bureau de Hanna.

— Pas mal, dit Hanna avec ce sourire amusé que Mellberg s'était persuadé de ne pas avoir vu. Un véritable… personnage, cet homme.

— Un personnage. Oui, c'est peut-être le mot, rit Annika. En tout cas, on dirait que tu sais t'y prendre. Mais n'accepte pas de vacheries de sa part, c'est un conseil que je te donne. S'il imagine qu'il peut te mener à la baguette, tu es foutue.

— Des Mellberg, j'en ai croisé dans ma vie, je sais comment les prendre, dit Hanna. Tu le flattes un peu, tu fais semblant de suivre à la lettre ce qu'il dit tout en faisant ce qui te semble le mieux. A condition que l'issue soit heureuse, il va faire ensuite comme si l'idée était de lui depuis le début – j'ai raison ?

— Tu viens de définir la meilleure façon de travailler sous les ordres de Bertil Mellberg, dit Annika.

Elle partit en rigolant vers son bureau dans le hall d'accueil. Elle n'aurait pas de souci à se faire pour cette nana. Futée et fonceuse comme pas une, elle ne se laisserait pas marcher sur les pieds. Ce serait un plaisir de la voir se charger de Mellberg.

Affligé, Dan s'appliqua à ranger les chambres des filles. Comme d'habitude, elles les avaient laissées dans un état lamentable, on aurait dit qu'une bombe y avait explosé. Il savait qu'il aurait dû être plus strict et exiger qu'elles rangent leurs affaires, mais il les avait si peu de temps. Un week-end sur deux, il voulait en profiter un maximum, pas gaspiller ces précieuses heures en gronderies et réprimandes. Il savait que ce n'était pas bien, il devrait prendre sa part de responsabilité dans leur éducation et ne pas abandonner tout ça à Pernilla, mais le week-end passait tellement vite. Les années elles-mêmes semblaient filer avec une rapidité effarante. Belinda avait déjà seize ans, c'était presque une petite adulte. Malou qui en avait dix et Lisen sept grandissaient si vite qu'il avait parfois du mal à suivre. Trois ans après le divorce, la culpabilité pesait encore lourdement sur sa poitrine. S'il n'avait pas commis ce faux pas désastreux, il n'aurait peut-être pas eu à ramasser les affaires de ses filles dans une maison vide. Peut-être était-ce une erreur d'avoir gardé la maison de Falkeliden. Pernilla s'était installée à Munkedal, près de sa famille. Mais Dan n'avait pas voulu que ses enfants perdent aussi la maison. Si bien qu'il travaillait, économisait et luttait, pour que les filles se sentent chez elles quand elles venaient le week-end. Mais bientôt ce ne serait plus possible. Les charges étaient en train de le couler. Dans six mois, au plus, il serait obligé de prendre une décision. Il s'assit lourdement sur le lit de Malou et se prit la tête entre les mains.

La sonnerie du téléphone le tira de ses ruminations.

— Dan. Tiens, salut Erica. Oui, c'est un peu difficile. Elles sont parties hier soir. Oui, je sais, elles vont revenir dans quinze jours. Simplement, ça me semble si loin. Alors, qu'est-ce que tu me racontes ?

Il écouta attentivement. La ride soucieuse qui barrait son front se creusa encore davantage.

— C'est à ce point ? Eh bien, si je peux être utile à quoi que ce soit, dis-le-moi.

Il écouta encore un moment, puis il répondit en hésitant :

— Ben, je suppose que je peux faire ça. Si tu penses que ça servira à quelque chose. D'accord, j'arrive tout de suite.

Dan raccrocha et resta assis un instant, préoccupé. Il ne savait pas s'il pouvait vraiment être utile, mais, du moment que c'était Erica qui demandait son aide, il n'hésitait pas. Autrefois, il y avait très longtemps, ils avaient formé un couple, et, depuis, ils étaient devenus des amis très proches. Erica l'avait beaucoup épaulé pendant son divorce, et il ferait tout pour elle. Même Patrik était devenu un bon ami, et Dan faisait partie de leurs invités réguliers.

Il mit son blouson, monta dans la voiture et démarra en marche arrière. Il ne fallait que quelques minutes pour aller chez Erica.

Elle ouvrit au premier coup frappé à la porte.

— Salut, dit-elle en le serrant dans ses bras.

— Salut, où est Maja ?

Il chercha des yeux celle qui s'était imposée comme sa favorite absolue en matière de bébés. Il aimait à croire que Maja l'avait à la bonne aussi.

— Elle dort. Désolée.

Erica rit. Elle était consciente que son petit bout de chou l'avait distancée de plusieurs longueurs.

— Bon, je vais essayer de survivre sans lui faire des poutous, mais ça va être dur.

— Elle ne va pas tarder à se réveiller. Mais ne reste pas là, entre. Anna est là-haut, dans la chambre.

— Et tu es sûre que c'est une bonne idée ? dit Dan, inquiet. Elle n'a peut-être pas envie. Ça la mettra peut-être même carrément en pétard ?

— Ne me dis pas qu'un grand garçon comme toi a les jambes qui tremblent devant une petite femme en colère, rigola Erica en levant les yeux vers Dan, qui était effectivement assez impressionnant. Et tu n'es pas obligé de me répéter encore une fois que Maria trouvait que tu ressemblais *tellement* à Dolph Lundgren.

— Mais c'est vrai que je lui ressemble, non ? Dan prit une pose affectée avant d'éclater de rire. Non, tu as raison. Et puis c'est fini, les bimbos. Je crois qu'il fallait juste que j'en passe par là…

— En tout cas, Patrik et moi, on serait contents de rencontrer une copine à toi avec qui on pourrait discuter.

— Tu veux dire quelqu'un qui soit à la hauteur du niveau intellectuel de cette maison… Comment ça se passe dans *Paradise Hotel*, au fait ? Tes favoris sont encore dans la course ? Qui ira en finale ? Une fidèle spectatrice comme toi, tu vas pouvoir me tenir au courant. Tout de même, une émission à ce point culturelle qui lance un défi à ton cerveau assoiffé de connaissances. Et ce fêlé de foot de Patrik, il pourrait me briefer sur le classement de la ligue 1. Ça, ce sont des sciences pour les grands esprits.

— Ha ha ha. Erica lui donna une petite tape sur le bras. Allez, monte maintenant, rends-toi utile. Tu vas peut-être enfin me servir à quelque chose.

— Tu es sûre que Patrik réalise dans quoi il se lance ? Je crois que je vais avoir un petit entretien avec lui, je ne sais pas si c'est très sage de sa part de te passer la bague au doigt.

Dan avait déjà monté la moitié des marches et parlait par-dessus son épaule.

— Tu es super drôle… Allez, file maintenant !

Le rire de Dan s'arrêta net aux dernières marches. Il n'avait pratiquement pas vu Anna depuis qu'elle et les enfants s'étaient installés chez Erica et Patrik. Comme tous les Suédois, il avait suivi la tragédie dans les journaux, mais, chaque fois qu'il était venu chez eux, Anna s'était tenue à l'écart. S'il avait bien compris, elle passait le plus clair de son temps enfermée dans la chambre.

Il frappa doucement à la porte. Pas de réponse. Il frappa de nouveau.

— Anna ? C'est Dan. Est-ce que je peux entrer ?

Toujours pas de réponse. Il hésita devant la porte. La situation était inconfortable, mais il avait promis à Erica de lui apporter son aide. Maintenant il fallait assumer. Il respira à fond et ouvrit. Anna était allongée sur le lit. Il vit qu'elle était éveillée. Elle fixait le plafond, les mains croisées sur le ventre. Elle ne tourna même pas la tête dans sa direction quand il entra. Dan s'assit sur le bord du lit. Toujours aucune réaction.

— Comment tu vas ?

— J'ai l'air d'aller comment ? répondit Anna sans détacher le regard du plafond.

— Pas terrible. Erica s'inquiète pour toi.

— Erica s'inquiète toujours pour moi.

— Là, tu n'as pas tort, sourit Dan. Elle est un peu mère poule, c'est ça ?

— Exactement, répondit Anna en posant enfin les yeux sur Dan.

— Mais ça part d'un bon sentiment. Et je pense qu'elle s'inquiète un peu plus que d'habitude en ce moment.

— Oui, je sais. Anna poussa un long soupir profond qui semblait libérer toutes sortes de tensions. Je ne sais simplement pas comment faire pour m'en sortir. C'est comme si toute mon énergie avait foutu le camp. Je ne ressens rien. Absolument rien. Je ne suis pas triste. Je ne suis pas joyeuse. Je ne ressens rien.

— Tu as parlé avec quelqu'un ?

— Un psy ou quelqu'un comme ça, tu veux dire ? Erica aussi n'arrête pas de me bassiner avec ça. Mais je n'arrive pas à m'y résoudre. Je ne peux pas parler à quelqu'un qui m'est totalement étranger. De Lucas. De moi. C'est au-dessus de mes forces.

— Est-ce que tu pourrais… Dan hésita et se tortilla. Est-ce que tu pourrais imaginer parler un peu avec moi alors ? On ne se connaît pas super bien mais je ne suis pas non plus un inconnu total.

Il se tut et attendit sa réponse, espérant qu'elle dise oui. Il ressentit subitement un immense instinct de protection en voyant son corps beaucoup trop mince et la détresse qui se lisait dans ses yeux. Elle ressemblait tant à sa sœur tout en étant si différente. Une version plus craintive, plus frêle d'Erica.

— Je… je ne sais pas, dit Anna avec hésitation. Je ne sais pas ce que je pourrais dire…

— On pourrait commencer par aller faire un tour. Et si tu veux parler, on parlera. Si tu ne veux pas, on se contentera de marcher un peu. Qu'en penses-tu ?

Anna se redressa doucement en position assise. Elle resta un instant à lui tourner le dos, puis elle se mit debout.

— D'accord, on va faire une promenade. Juste une promenade.

— OK, c'est parti.

Dan précéda Anna dans l'escalier et jeta un regard dans la cuisine où il entendit Erica s'agiter.

— On va faire un tour, lança-t-il. Il vit du coin de l'œil qu'Erica s'efforçait de faire comme si c'était une chose parfaitement normale. Il fait assez frais, tu ferais mieux d'enfiler quelque chose.

Anna suivit son conseil, mit un duffel-coat beige et enroula un long foulard blanc cassé autour de son cou.

— Prête ?

Il sentit que sa question était à double sens.

— Oui, je crois, répondit Anna.

Elle le suivit dehors sous le soleil du printemps.

— Dis-moi, tu crois qu'on arrive à s'y faire ? dit Martin dans la voiture.

— Non, fit Patrik laconiquement. En tout cas, j'espère que non. Sinon, il serait temps de changer de métier.

Il prit le virage de Långsjö à une vitesse beaucoup trop élevée, et Martin se cramponna comme toujours à la poignée au-dessus de la portière. Il se dit qu'il fallait qu'il prévienne la nouvelle fliquette des dangers qu'elle courait en montant en voiture avec Patrik. Mais il était sans doute trop tard. Elle s'était rendue avec lui sur les lieux de l'accident le matin même. Elle avait probablement déjà éprouvé sa première expérience de mort imminente.

— Quelle impression elle te fait ? demanda Martin.

— Qui ?

Patrik semblait plus distrait que jamais.

— La nouvelle. Hanna Kruse.

— Elle me semble bien…

— Mais ?

— Comment ça, mais ?

Patrik se tourna vers son collègue, et Martin serra plus fort encore la poignée.

— C'est la route qu'il faut regarder, merde. Oui, tu avais l'air de vouloir dire autre chose.

— Ben, je ne sais pas. Patrik hésita, mais, au grand soulagement de Martin, il ne quitta pas la route des yeux. Je n'ai pas l'habitude de côtoyer des gens avec des dents aussi longues.

— Et c'est supposé vouloir dire quoi, ça ? dit Martin en riant, mais sans réussir à dissimuler qu'il se sentait un peu visé.

— Allez, ne le prends pas mal, je ne veux pas dire que tu manques d'ambition, mais, Hanna, elle est, comment dire, méga-ambitieuse !

— Méga-ambitieuse, dit Martin, sceptique. Tu ne sais pas quoi penser d'elle parce qu'elle est… méga-ambitieuse… Tu ne pourrais pas être un peu plus précis ? Et qu'est-ce que ça a de mal, des nanas méga-ambitieuses ? Ne me dis pas que tu considères que, policier, ce n'est pas un métier pour les filles ?

Patrik quitta de nouveau la route du regard et posa des yeux hautement méfiants sur Martin.

— Tu me connais quand même mieux que ça ? Ou alors tu me prends pour un sale macho ? Un macho dont la femme gagne deux fois plus que lui, de surcroît… Je veux simplement dire que… oh, laisse tomber, tu t'en rendras compte toi-même.

Martin garda le silence un moment, avant de dire :

— Tu es sérieux ? Erica gagne deux fois plus que toi ?

Patrik se marra.

— Je savais bien que ça allait te couper le sifflet. A vrai dire, c'est avant les impôts. La plus grosse partie file à l'Etat. Et heureusement. Devenir riche, je ne le souhaite à personne.

— Oui, tu parles d'un destin, rigola Martin.

Patrik sourit puis redevint sérieux. Il tourna vers le quartier Kullen, où les immeubles se succédaient, et se gara sur le parking. Ils ne descendirent pas tout de suite.

— Bon, quand faut y aller, faut y aller. C'est reparti.

— Oui, dit simplement Martin.

Sa gorge se nouait de plus en plus. Mais il était impossible de reculer. Autant que ça soit fait.

— Lars ?

Hanna posa son sac par terre aussitôt la porte franchie, suspendit sa veste et rangea ses chaussures sur l'étagère prévue à cet effet. Personne ne répondit.

— Ohé ? Lars ? Tu es là ? Elle entendit l'appréhension s'immiscer dans sa voix. Lars ?

Elle fit le tour de la maison. Tout était tranquille. De petits grains de poussière s'envolèrent sur son passage, on les voyait très nettement à la lumière printanière qui se déversait par les fenêtres. Le propriétaire ne s'était pas foulé pour faire le ménage avant de mettre sa maison en location. Mais ce n'était pas le moment de se préoccuper de ça. L'inquiétude évinça tout le reste.

— LARS ?

Elle cria fort, mais elle n'entendit que sa propre voix qui rebondissait entre les murs. Il n'y avait personne au rez-de-chaussée, et elle grimpa l'escalier quatre à quatre. La porte de la chambre était fermée. Elle l'ouvrit doucement.

— Lars ? dit-elle à voix basse.

Il était allongé sur le lit, le dos tourné. Il s'était étendu sur le couvre-lit, tout habillé, et sa respiration régulière lui indiqua qu'il dormait. Tout doucement, elle s'allongea à côté de lui. Ils étaient collés l'un à l'autre comme deux cuillères. Elle écouta sa respiration et sentit le rythme régulier la bercer et l'endormir, elle aussi. Le sommeil emporta au loin ses craintes.

— Quel trou, dit Uffe avant de se laisser tomber sur un des lits qui avaient été installés et garnis de literie dans le grand local.

— Moi, je crois qu'on va bien se marrer, dit Barbie en rebondissant sur le lit.

— Est-ce que j'ai dit qu'on n'allait pas se marrer ? répliqua Uffe. J'ai seulement dit que c'est un trou. Mais on va les secouer, pas vrai ? Regardez, il y a de

quoi faire. Il se redressa et montra le bar archiplein :
Qu'est-ce que vous en dites ? On démarre ?

— Ouiii !

Tous manifestèrent leur enthousiasme, sauf Jonna.
Personne ne regarda les caméras qui bourdonnaient
autour d'eux. Ils avaient trop d'expérience pour commettre ce genre d'erreur.

— A la vôtre alors, bordel de merde ! dit Uffe.

Il commença à siffler sa première bière.

— A la tienne, gueulèrent les autres en levant leur
canette.

Seule Jonna resta assise sur le lit, regardant fixement les cinq autres sans bouger.

— Qu'est-ce que t'as, toi ? lui lança Uffe, hargneux.
Tu veux pas boire une mousse avec nous ? On est pas
assez bien pour toi, c'est ça ?

Tous les regards se tournèrent vers Jonna. Ils étaient
tous conscients que les conflits étaient bons pour
l'émission, et s'il y avait une chose qui leur tenait
à cœur, c'était que *Fucking Tanum* soit une bonne
émission.

— Je n'ai pas trop envie de boire, c'est tout, dit
Jonna.

Elle évita le regard d'Uffe.

— Je n'ai pas trop envie..., singea Uffe avec une
voix de fausset.

D'un rapide coup d'œil, il vérifia derrière lui qu'il
avait bien le soutien des autres et, lisant l'attente dans
leurs yeux, il poursuivit :

— Putain, t'es une bonne sœur ou quoi ? Je croyais
qu'on était ici pour teufer !

Il leva la canette et descendit encore quelques lam-
pées.

— C'est pas une bonne sœur, osa dire Barbie.

Un regard sévère de la part d'Uffe la réduisit au silence.

— Laissez-moi tranquille, dit Jonna. Je vais faire un tour dehors.

Elle enfila le gros blouson militaire informe qu'elle avait suspendu à une chaise.

— C'est ça, tire-toi, lança Uffe derrière elle. T'es nulle à chier ! Il ricana puis il ouvrit une autre bière, tout en regardant les autres. Putain de merde, vous allez vous bouger le cul ou quoi ? C'est la fête maintenant ! Tchin-tchin !

Après quelques secondes d'un silence contraint, un rire nerveux commença à se répandre. Puis ils levèrent leurs canettes et partirent dans le brouillard. Les caméras tournaient en permanence et décuplaient leur ivresse. C'était bon d'être regardés.

— Papa, on sonne à la porte !

Sofie hurla dans l'appartement puis elle retourna à sa conversation téléphonique.

— Avant qu'il réagisse, celui-là, je te dis pas, soupira-t-elle. J'en peux plus, je te jure. Je compte les jours avant de pouvoir retourner chez maman et Kerstin. Quelle poisse d'être ici le jour où *Fucking Tanum* démarre. Les autres devaient y aller mater un peu et, moi, je loupe tout. J'en ai marre ! Papa, il faut que t'ouvres, on sonne à la porte ! cria-t-elle. J'ai plus l'âge de passer de l'un à l'autre comme un môme de divorcés, c'est quand même pas difficile à comprendre. Mais ils n'arrivent pas à s'entendre, et aucun des deux ne m'écoute. Franchement, on dirait pas que c'est des adultes.

La sonnette de la porte résonna de nouveau dans l'appartement et Sofie se leva brusquement.

— BON, j'irai ouvrir moi-même alors ! hurla-t-elle, puis elle ajouta dans le combiné sur un ton plus bas : Ecoute, je te rappelle, le vieux a dû mettre le casque pour écouter sa musique de merde. Bisous, ma biche.

Elle soupira et se dirigea vers la porte d'entrée.

— C'est BON, j'arrive ! Agacée, elle ouvrit mais perdit un peu de sa contenance en tombant sur deux inconnus en uniforme de police.

— Bonjour ?

— C'est toi, Sofie ?

— Oui.

Elle chercha fébrilement dans sa mémoire ce qu'elle aurait bien pu faire pour rameuter les flics. Elle ne voyait vraiment pas. D'accord, elle avait bu quelques bières à la dernière fête de l'école, et elle avait fait plusieurs fois un tour sur le porte-bagage de la mob d'Olle, mais elle avait du mal à croire que la police puisse se déplacer pour ce genre d'infractions.

— Ton père est là ? demanda le plus âgé des policiers.

— Oui.

Les pensées de Sofie s'emballèrent. Qu'est-ce qu'il avait bien pu faire, son père ?

— On voudrait vous parler à tous les deux, ensemble, ajouta l'autre policier, celui qui avait les cheveux roux.

Sofie ne put s'empêcher de remarquer qu'il n'était pas mal du tout. L'autre non plus, d'ailleurs. Mais il était trop vieux. Trente-cinq ans, au moins.

— Entrez.

Elle s'écarta, les fit entrer dans le vestibule et alla voir dans le salon. Effectivement, son père était là, l'énorme casque bien en place sur les oreilles. Il écoutait sans doute de la variétoche pour vioques. Elle lui

fit signe d'enlever le casque. Il se contenta de le soulever et l'interrogea du regard.

— Papa, il y a deux policiers qui veulent nous parler.

— La police ? Quoi ? Qui ?

Sofie vit qu'il commençait à se demander ce qu'*elle*
avait bien pu fabriquer. Elle le devança.

— Je n'ai rien fait. Je te jure. Promis.

Il la regarda, dubitatif, puis ôta le casque, se leva
et alla voir ce qui se passait. Sofie lui emboîta le pas.

— Quel est le problème ? demanda Ola Kaspersen,
l'air légèrement inquiet devant la perspective d'une
réponse désagréable.

Sa prononciation modulée révéla une origine nor-
végienne, mais l'accent était si discret que Patrik se
dit qu'il avait dû quitter son pays natal depuis de nombreuses années.

— Je suis Patrik Hedström, et voici mon collègue
Martin Molin. Est-ce qu'on peut entrer vous parler ?

— Oui, bien sûr, dit Ola en leur serrant la main. Il
paraissait toujours décontenancé. Oui, on peut s'installer là.

Il montra la cuisine, comme le faisaient neuf personnes sur dix. Pour une raison ou une autre, la cuisine
semblait toujours l'endroit le plus rassurant du foyer
lorsqu'on recevait la visite de la police.

— Alors, en quoi est-ce que je peux vous aider ?

Ola s'assit à côté de Sofie, tandis que les deux policiers s'installaient en face d'eux. Il commença tout de
suite à lisser la nappe. Sofie lui lança un regard irrité.
Celui-là alors, toujours à tripoter un truc.

— Nous…

Le policier qui s'était présenté comme Patrik Hedström hésita, et Sofie commença à avoir une drôle de

sensation dans le ventre. Elle eut envie de se boucher les oreilles et de se mettre à fredonner comme quand elle était petite et que maman et papa se disputaient, mais elle savait qu'elle ne pouvait plus le faire. Elle n'était plus une petite fille.

— Je regrette mais ce sont de mauvaises nouvelles que je vous apporte. Marit Kaspersen est décédée dans un accident de voiture hier soir. Nous vous présentons toutes nos condoléances.

Patrik Hedström se racla de nouveau la gorge mais ses yeux ne cillèrent pas. La sensation pesante dans le ventre de Sofie augmenta et elle lutta pour comprendre ce qu'elle venait d'entendre. Ça ne pouvait pas être vrai ! Il devait y avoir une erreur ! Maman ne pouvait pas être morte. Ce n'était pas possible. Elles avaient prévu d'aller à Uddevalla faire du shopping samedi prochain. C'était décidé. Rien qu'elles. Un de ces trucs mère-fille que maman avait insisté pour faire depuis une éternité et que Sofie avait fait semblant de détester tout en s'en réjouissant. Elle ne le savait peut-être pas, maman. Qu'en réalité elle s'en réjouissait. Sa tête tournait et, à côté d'elle, elle entendit son père chercher sa respiration.

— Vous devez faire erreur. Les paroles d'Ola furent comme un écho des pensées de Sofie. Il y a forcément une erreur. Marit ne peut pas être morte. Il haleta comme s'il venait de courir.

— Il n'y a malheureusement pas le moindre doute. Le policier se tut, puis il reprit : Je… C'est moi qui l'ai identifiée. C'est elle qui vend du thé et du café dans Affärsvägen.

— Mais, mais…

Ola chercha ses mots mais ils s'obstinaient à lui échapper. Sofie le regarda sans comprendre. Aussi loin que remontaient ses souvenirs, ses parents avaient été à couteaux tirés. Que son père puisse encore s'en faire, jamais elle n'aurait pu l'imaginer.

— Que s'est-il passé ? bégaya Ola.

— Un accident de voiture, au nord de Sannäs. Elle a percuté un arbre.

— Toute seule ? Mais comment ? dit Sofie. Elle a voulu éviter un animal, ou quoi ? Maman conduisait genre deux fois par an. Qu'est-ce qu'elle faisait au volant d'une voiture hier soir ?

Ses mains serraient convulsivement le bord de la table. Elle avait l'impression que c'était le seul moyen de se maintenir dans la réalité. Elle dévisagea les policiers de l'autre côté de la table et sentit son cœur battre à tout rompre. La façon dont ils baissèrent les yeux indiquait clairement qu'ils n'avaient pas tout dit. Qu'y avait-il ? Elle attendit en silence qu'ils se décident à parler.

— Nous pensons qu'elle avait bu. Elle conduisait peut-être en état d'ivresse. Nous n'en sommes pas encore certains, l'enquête nous le dira.

Patrik Hedström la regarda droit en face. Sofie n'en crut pas ses oreilles. Elle tourna les yeux vers son père, puis de nouveau vers Patrik.

— C'est une blague, c'est ça ? Vous vous trompez. Maman ne boit jamais d'alcool. Pas une goutte. Je ne l'ai jamais vue prendre ne serait-ce qu'un verre de vin. Elle est contre l'alcool. Dis-leur, papa ! Elle sentit un fol espoir se réveiller. Ça ne pouvait pas être maman ! Elle regarda son père qui s'éclaircit la gorge.

— Oui, c'est vrai. Marit ne boit jamais d'alcool. Elle ne buvait pas pendant les années où nous étions mariés, et, à ma connaissance, elle n'a pas bu après non plus.

Sofie chercha ses yeux pour avoir la confirmation qu'il nourrissait désormais le même espoir qu'elle, mais il évita son regard. Il venait de dire ce qu'elle savait qu'il allait dire, ce qui à ses yeux prouvait que tout ça était une erreur, et pourtant quelque chose semblait… bizarre. Puis elle rejeta cette idée et se tourna vers les policiers.

— Vous voyez, vous vous êtes trompés. Ça ne peut pas être maman ! Est-ce que vous avez vérifié avec Kerstin – elle est peut-être à la maison ?

Les deux policiers échangèrent un regard. Le rouquin prit la parole.

— Nous sommes déjà allés chez Kerstin. Marit et elle se sont disputées hier soir, apparemment. Ta maman est partie en trombe en emportant les clés de la voiture. Depuis, elle était introuvable. Et…

Martin regarda son collègue.

— Et je suis absolument certain qu'il s'agit de Marit, ajouta Patrik. Je l'ai vue de nombreuses fois, entre autres dans sa boutique. Je l'ai reconnue tout de suite. En revanche, nous ne savons pas si elle a réellement bu. Nous avons eu cette impression uniquement parce que ça sentait très fort l'alcool à l'avant de la voiture. Mais nous n'en sommes pas sûrs. Il n'est donc pas impossible qu'il y ait une autre explication et que vous ayez raison. Mais c'est ta maman, sans aucun doute. Je suis vraiment désolé.

La sensation désagréable dans le ventre revint. Elle grandit et grandit jusqu'à faire monter de la bile dans sa gorge. Puis les larmes arrivèrent. Sofie sentit la main de son père sur son épaule mais elle se secoua pour s'en débarrasser. Toutes les années d'engueulades entre eux. Toutes les disputes, aussi bien avant qu'après leur divorce, toutes les conneries qu'ils avaient proférées, la médisance, la haine. Tout cela s'agglutina en un point dur au milieu de son chagrin. Elle n'arrivait plus à les écouter. Elle s'enfuit, poursuivie par trois paires d'yeux.

Deux voix joyeuses retentirent devant la fenêtre de la cuisine. Erica entendit aussi quelques éclats de rire assourdis par la porte d'entrée avant qu'elle s'ouvre et que la bonne humeur se répande dans la maison. Elle eut du mal à en croire ses yeux. Anna souriait, pas du sourire forcé et dicté par le devoir qu'elle exhibait parfois aux enfants pour essayer de les calmer, non, elle souriait jusqu'aux oreilles. Dan et elle parlaient à bâtons rompus, et tous deux avaient les joues roses après leur marche sous le beau soleil printanier.

— Alors, ça s'est bien passé ? demanda prudemment Erica tout en allumant la cafetière électrique.

— Oui, dit Anna sans quitter Dan des yeux. C'était génial de pouvoir me dégourdir les jambes. On est allés jusqu'à Bräcke et retour. Il fait un temps splendide, les arbres sont déjà en bourgeons, et…

Elle fut obligée de reprendre son souffle.

— Et on a tout simplement passé un bon moment ensemble, glissa Dan en enlevant son blouson. Bon, alors il vient, ce café ?

— Il est prêt. On va le boire ensemble, tous les trois. Si tu n'es pas trop fatiguée, dit Erica à l'adresse d'Anna.

Elle avait toujours l'impression qu'il fallait marcher sur des œufs quand elle parlait à sa sœur et elle avait peur de percer la bulle de joie dans laquelle elle se trouvait manifestement.

— Non, ça fait un bail que je ne me suis pas sentie aussi bien. C'est exactement ce que le docteur avait recommandé, dit-elle, les joues rouges illuminant son visage.

Elle versa un peu de lait dans la tasse qu'Erica lui tendit et laissa la chaleur réchauffer ses mains.

Erica était ravie de la voir aussi radieuse. Ça faisait si longtemps qu'elle n'avait pas été comme ça. Si longtemps qu'Anna n'avait qu'une lueur triste dans les yeux. Elle posa un regard reconnaissant sur Dan. En lui demandant de venir parler avec Anna, elle n'avait pas été certaine de bien faire, mais elle avait eu l'intuition que si quelqu'un pouvait l'atteindre, c'était lui. Cela faisait des mois qu'elle-même essayait, et elle avait été obligée d'admettre qu'elle ne serait pas celle qui aiderait Anna à reprendre le dessus.

— Dan m'a demandé où vous en êtes avec les projets de mariage, mais j'ai dû lui avouer que je n'en savais rien. Je pense que tu me l'as dit, mais j'ai été incapable d'écouter. Alors, dis-moi maintenant, vous en êtes où ? Tout est réservé et fixé ?

Anna but une gorgée de café en regardant Erica avec curiosité. Tout à coup, elle eut l'air si juvénile. Comme avant sa rencontre avec Lucas. Erica se força tout de suite à chasser cette idée. Elle n'avait aucune envie de gâcher l'instant en pensant à ce salaud.

— Oui, pour ce qui est des réservations, je pense qu'on est au point. Pour l'église, c'est fait, on a payé les arrhes au *Grand Hôtel* et… eh bien, on en est à peu près là.

— Mais, Erica, le mariage est dans six semaines ! Qu'est-ce que tu vas porter comme robe ? Et les enfants ? Tu as pensé à ton bouquet de mariée ? Vous avez discuté d'un menu avec l'hôtel ? Vous avez réservé des chambres pour les invités ? Et le plan de table, il est fait ?

En riant, Erica leva une main pour l'arrêter. Maja les contemplait émerveillée de sa chaise haute, ignorant totalement d'où sortait toute cette joie.

— Du calme, du calme. Si tu continues comme ça, je vais commencer à regretter que Dan t'ait tirée du lit.

Elle sourit et lui fit un clin d'œil pour montrer que c'était une blague.

— D'accord, d'accord, dit Anna. Je ne dirai plus rien ! Encore une chose, quand même. Vous avez trouvé un orchestre ?

— Non, non, et encore non, à toutes les questions, malheureusement, soupira Erica. Je n'ai pas eu le temps.

Anna devint sérieuse.

— Tu n'as pas eu le temps parce que tu as eu à t'occuper de trois enfants. Pardon Erica, ça n'a pas dû être très facile pour toi non plus ces derniers mois. J'aurais tant voulu…

Elle s'interrompit et Erica vit des larmes lui monter aux yeux.

— Ne t'en fais pas. Adrian et Emma sont des anges, et ils passent la journée à la crèche, ça n'a pas été si difficile que ça. Mais leur maman leur a manqué, dit-elle.

Anna sourit tristement. Dan contait fleurette à Maja et essaya de rester en dehors de la conversation. Cette partie ne le regardait pas.

— Mon Dieu, la crèche ! Erica bondit de la chaise en regardant l'horloge murale. Il faut que je me dépêche, Ewa va péter un plomb si je suis en retard.

— Aujourd'hui, c'est moi qui vais les chercher, dit Anna en se levant. Passe-moi les clés de la voiture.

— Tu es sûre ?

— Oui. Tu t'en occupes tous les jours, aujourd'hui c'est mon tour.

— Ils vont être fous de joie.

Anna sourit et prit les clés sur le plan de travail. Dans le vestibule, elle se retourna.

— Dan. Merci. J'en avais besoin. C'était vraiment bon de parler de tout ça.

— Ça m'a fait plaisir, dit Dan. On peut remettre ça demain, s'il fait beau ? Je travaille jusqu'à trois heures moins le quart, ça nous donne une heure avant qu'il soit temps d'aller chercher les enfants.

— Génial ! Bon, il faut que j'y aille. Sinon, Ewa pétera un plomb, si j'ai bien compris ?

Un dernier sourire, puis Anna disparut par la porte. Erica se tourna vers Dan.

— Qu'est-ce qui s'est passé pendant votre balade ? Vous avez fumé des pétards ou quoi ?

— Non, rigola Dan. Anna avait simplement besoin de quelqu'un avec qui parler, et c'est comme si j'avais débloqué quelque chose en elle. Une fois lancée, elle n'a pas pu s'arrêter.

— Ça fait des mois que j'essaie de la faire parler.

Erica ne put s'empêcher de ressentir une pointe d'amertume.

— Mais tu sais très bien comment vous fonctionnez, toutes les deux, dit Dan calmement. Il y a tant de trucs que vous n'avez pas encore réglés. Et puis ce n'est peut-être pas facile pour Anna de se confier à toi. Vous êtes trop proches, ce qui a des avantages et des inconvénients. Mais tu sais, quand on se baladait, elle m'a dit qu'elle vous serait éternellement reconnaissante, à Patrik et à toi, pour tout ce que vous avez fait pour elle, et surtout parce que vous avez été fantastiques avec les enfants.

— Elle a vraiment dit ça ? dit Erica.

Elle se rendit compte combien elle avait besoin de ces compliments. Elle avait l'habitude de s'occuper d'Anna et elle le faisait volontiers, mais, même si ça pouvait sembler égoïste, elle voulait qu'Anna le comprenne et lui en sache gré.

— Elle l'a dit. Dan posa sa main sur celle d'Erica en un geste familier et réconfortant. Votre histoire de noces, en revanche, me semble assez mal barrée. Est-ce que vous allez avoir le temps de tout faire en six semaines ? Dis-moi si vous avez besoin d'aide pour quoi que ce soit.

Il fit quelques grimaces à Maja qui hoqueta de rire.

— Tu voudrais faire quoi ? demanda Erica en leur resservant du café. M'aider à choisir une robe de mariée ?

— Non, mais je pourrais héberger des invités chez moi, par exemple. J'ai de la place.

Soudain il devint sérieux et Erica sut très bien à quoi il pensait.

— Dan, ça s'arrangera, dit-elle. Ça ne peut que s'arranger.

— Tu crois ? dit-il sur un ton morne. J'en suis moins sûr que toi. Elles me manquent tellement que je ne sais pas si je vais tenir le coup.

— Ce sont les enfants, ou Pernilla et les enfants, qui te manquent ?

— Je ne sais pas. Les deux, je crois. J'ai accepté que Pernilla refasse sa vie. Mais, moi, je meurs à petit feu de ne pas voir les filles tous les jours. Ne pas être là quand elles se réveillent, quand elles partent à l'école, ne pas manger avec elles le soir et les écouter parler de leur journée. Tout ça. Au lieu de ça je me retrouve dans une maison vide. Je sais que c'est moi qui ai tenu à la garder pour qu'elles ne perdent pas aussi leur foyer, mais maintenant je ne sais pas si je vais avoir les moyens de la garder plus longtemps. Je serai probablement obligé de la vendre dans les six mois à venir.

— Crois-moi, je connais, je suis passée par là, dit Erica en faisant allusion à Lucas qui avait failli imposer la vente de la maison où ils se trouvaient maintenant, leur maison d'enfance à Anna et elle.

— Simplement, je ne sais pas quoi faire de ma vie, dit Dan en passant les doigts dans ses cheveux blonds et courts.

— C'est quoi, cette ambiance d'enterrement ?

La voix de Patrik dans le vestibule les interrompit.

— On parle un peu de la maison de Dan, comment il va faire, dit Erica.

Elle se leva pour aller accueillir son futur mari et l'embrasser. Maja avait elle aussi remarqué que l'homme de sa vie venait de rentrer et elle agita frénétiquement les bras pour qu'il la prenne.

Dan la regarda en faisant un grand geste théâtral.

— Qu'est-ce que c'est que ça ? Je croyais qu'on était sur un coup, tous les deux ! Et voilà que tu te mets à draguer le premier mec qui passe ! Ah, les jeunes d'aujourd'hui, ils ont une occase en or et ils la laissent filer !

— Salut Dan, dit Patrik.

Il lui donna une tape sur l'épaule en rigolant. Puis il prit Maja dans ses bras, lui fit des bisous et frotta sa barbe naissante dans son cou, ce qui la fit hurler de frayeur et de ravissement à la fois.

— Au fait, Erica, tu ne devrais pas aller chercher les petits à la crèche ? dit-il.

Erica observa un silence pour ménager ses effets, puis elle dit avec un large sourire :

— C'est Anna qui est allée les chercher.

— C'est vrai ? Anna est partie à la crèche ? dit Patrik, à la fois stupéfait et content.

— Oui, tu vois ce Superman devant toi ? Eh bien, il a emmené Anna faire une promenade, et ensuite ils ont fumé quelques pétards, et…

— Arrête ! Dan se tourna vers Patrik en rigolant : Erica m'a appelé et m'a demandé de sortir Anna de sa léthargie, de lui faire prendre un peu l'air. Elle a accepté, on a fait une grande balade et c'était très chouette. Ça lui a fait beaucoup de bien.

— Oui, c'est le moins qu'on puisse dire, dit Erica en ébouriffant les cheveux de Dan. Ça te dit de rester manger avec nous ?

— Ça dépend. On mange quoi ?

— Non mais je rêve, quel culot ! Du poulet à l'avocat avec du riz au jasmin, ça te va ?

— Ça me va.

Elle se leva pour aller cuisiner. Elle se sentait toute légère. Cette journée avait été bonne. Vraiment. Elle se retourna pour demander à Patrik comment s'était passée la sienne.

*Le bon l'avait emporté sur le mauvais. Parfois, la nuit,
quand il se débattait avec ses cauchemars, il n'en était
plus si sûr. Mais, une fois la lumière du jour revenue,
le mauvais se tapissait de nouveau dans l'ombre.*

*Ils l'avaient aimée, tous les deux. Terriblement.
Mais peut-être l'avait-il aimée davantage. Et peut-être
l'avait-elle aimé davantage. Il s'était passé quelque
chose de particulier entre eux. Rien ne pouvait s'interposer dans leur relation. Le laid, le sale ruisselaient
sur eux sans trouver de prise.*

*Sa sœur les avait regardés sans jalousie. Elle savait
que ce qu'elle voyait était hors du commun. Ce n'était
pas la peine d'essayer de rivaliser avec ça. Et ils
ne l'avaient pas exclue. Ils l'avaient enveloppée de
leur amour, la laissant en profiter aussi. Peu de gens
avaient le privilège d'en recevoir autant. La jalousie
n'avait pas de raison d'être.*

*C'est parce qu'elle les aimait si infiniment qu'elle
avait limité leur univers. Et ils s'étaient volontiers
laissé faire. Pourquoi auraient-ils besoin de quelqu'un
de plus ? Pourquoi devraient-ils se débattre avec
toutes les vilenies qu'ils savaient exister au-dehors ?
Qu'elle disait savoir là, dehors. Il n'y survivrait pas,
d'ailleurs. Elle l'avait dit. Il était un petit oiseau mal-
chanceux. Un oiseau de mauvais augure. Toujours il*

laissait tomber des objets, les renversait, les cassait. Si elle leur permettait de sortir dans le monde extérieur, des choses terribles arriveraient. Les manchots n'y avaient pas leur place. Mais elle l'avait toujours dit avec beaucoup d'amour. "Mon petit manchot qui porte la poisse", disait-elle. "Mon petit oiseau de mauvais augure."

Son amour lui avait suffi. Et avait suffi à sa sœur. La plupart du temps en tout cas.

C'était tout le concept qui était craignos. Sans entrain, Jonna prit les articles sur le tapis de la caisse et les passa devant le lecteur de codes-barres. A côté de ça, *Big Brother* avait été l'éclate totale. Mais, après tout, elle ne pouvait s'en prendre qu'à elle-même. Elle avait regardé les saisons précédentes, et elle savait qu'ils allaient devoir habiter et travailler dans un bled perdu. Mais caissière dans une supérette ! Elle ne s'y était vraiment pas attendue. Sa seule consolation était que Barbie occupait la caisse derrière elle, sa poitrine siliconée serrée dans le tablier rouge. Toute la matinée, Jonna avait entendu son bavardage godiche. Dès qu'un mâle passait, que ce soit un gamin de quatorze ans ou un vieux schnock à la voix grivoise, il essayait de lui faire la causette. Ils avaient du mal à saisir que, des filles comme Barbie, on ne leur parlait pas, il suffisait de leur offrir des litres d'alcool, et ensuite il n'y avait plus qu'à foncer. Crétins.

— Oh, ça va être chouette de vous voir à la télé. Et notre petite ville bien sûr. Jamais je n'aurais cru qu'on allait devenir des stars, ici à Tanumshede.

La petite dame ridicule minauda devant la caisse et adressa de temps à autre un sourire émerveillé à la caméra au plafond. Elle ne comprenait pas que c'était la meilleure façon de ne pas figurer au montage. Regarder droit dans la caméra, c'était la faute absolue.

— Ça vous fait trois cent cinquante-cinq couronnes cinquante, dit Jonna avec lassitude en fixant la dame.

— Ah bon, bien, voici ma carte, dit la bonne femme qui cherchait sa minute de célébrité à la télé. Oh là là, pourvu maintenant que je me souvienne du code.

Jonna soupira. Est-ce qu'il ne serait pas judicieux de commencer à tirer au flanc dès maintenant ? Des conflits avec le chef du personnel et ce genre de trucs, les producteurs adoraient ça en général, mais il était peut-être un peu trop tôt. Elle serrerait les dents encore une semaine, puis elle pourrait faire la rebelle tant qu'elle voulait.

Elle se demanda si maman et papa seraient installés devant la télé lundi. Probablement pas. Ils n'avaient jamais le temps pour des occupations aussi triviales. Ils étaient médecins, et leur temps était plus précieux que celui des autres. Le temps qu'ils auraient consacré à regarder *Robinson*, ou qu'ils auraient passé avec elle, d'ailleurs, c'était du temps qui pouvait être utilisé à réaliser un pontage coronarien ou une transplantation rénale. Jonna était très égoïste de ne pas comprendre ça. Papa l'avait même emmenée à l'hôpital pour qu'elle assiste à une intervention cardiaque sur un enfant de dix ans. Il voulait qu'elle se rende compte pourquoi leur boulot était si important, disait-il, pourquoi ils ne pouvaient pas passer autant de temps qu'ils le voulaient avec elle. Maman et lui avaient un don, le don d'aider autrui, il était de leur devoir de l'utiliser au maximum.

Tu parles d'un baratin. Pourquoi faire des enfants alors, si on n'avait pas le temps de les voir ? Pourquoi est-ce qu'on ne tirait pas un trait sur les enfants, pour pouvoir passer vingt-quatre heures sur vingt-quatre les mains dans la cage thoracique d'un malade ?

Le lendemain de cette visite à l'hôpital, elle avait commencé à se taillader. Une putain de sensation ! Dès la première estafilade du couteau sur sa peau, elle avait senti son mal-être céder. On aurait dit que toute l'angoisse s'écoulait par la plaie sur son bras. Qu'elle disparaissait avec le sang qui suintait lentement, rouge et chaud. Elle adorait la vue du sang. Adorait la sensation du couteau, de la lame de rasoir, du trombone ou de n'importe quel objet tranchant qu'elle avait sous la main, pourvu qu'il fasse disparaître l'anxiété qui autrement restait incrustée dans sa poitrine.

Elle découvrait aussi qu'alors ils la voyaient. Le sang attirait leurs regards sur elle et ils la *voyaient*. Mais à chaque plaie, à chaque cicatrice, l'effet sur son angoisse diminuait. Et, à la place de l'inquiétude dans les yeux de ses parents, il n'y avait désormais plus que de la résignation. Ils l'avaient lâchée. Avaient décidé de se concentrer sur ceux qu'ils pouvaient réellement sauver. Des personnes avec des cœurs en mauvais état, un cancer du côlon ou des intestins qui ne fonctionnaient plus et qu'il fallait remplacer. Elle n'avait rien de tel à offrir. C'était son âme qui était abîmée et un bistouri n'y pouvait rien. Alors ils avaient cessé d'essayer.

Le seul amour qu'elle pouvait trouver maintenant lui était dispensé par les caméras et par les gens plantés soir après soir devant leur poste de télévision et qui la regardaient. La *voyaient*.

Derrière elle, elle entendit un mec demander à Barbie s'il pouvait tâter un peu la silicone. Le public adorerait. Jonna fit exprès de remonter ses manches pour que les cicatrices soient bien visibles. C'est tout ce qu'elle avait à opposer à Barbie.

— Martin, tu as un moment ? Il y a un truc dont il faut qu'on parle.

— Bien sûr, entre, je termine juste quelques dossiers. Martin fit signe à Patrik de s'installer. Qu'est-ce qu'il y a ? Tu as l'air préoccupé.

— Oui, je ne sais pas trop quoi penser. On a reçu le rapport d'autopsie de Marit Kaspersen ce matin, et il y a un truc qui cloche.

— Quoi donc ?

L'intérêt de Martin s'éveilla. Il se rappela que Patrik avait marmonné quelque chose dans ce sens le jour même de l'accident, mais ensuite il l'avait tout simplement oublié et Patrik n'y avait plus fait allusion.

— Pedersen m'a faxé son rapport, et je lui ai téléphoné, mais on ne comprend pas, ni l'un ni l'autre.

— Raconte.

La curiosité de Martin se fit plus vive.

— Premièrement, Marit n'est pas morte dans l'accident. Elle était déjà morte.

— C'est pas vrai ! Elle est morte comment ? De quoi ? Une crise cardiaque ou un truc comme ça ?

— Non, pas tout à fait. Patrik se gratta la tête tout en regardant le dossier. Elle est morte d'un empoisonnement à l'alcool. Elle avait 6,1 grammes dans le sang.

— Tu déconnes ! 6,1 grammes, ça tuerait un cheval.

— Exactement. D'après Pedersen, elle a dû s'envoyer l'équivalent d'une bouteille de vodka. En un temps assez bref.

— Et ses proches disent qu'elle ne boit jamais.

— C'est ça. Son organisme n'indiquait pas d'abus d'alcool, ça signifie qu'il ne s'était pas construit de tolérance, et Pedersen pense qu'elle a dû réagir assez vite.

— Autrement dit, elle s'est pris une bonne cuite pour une raison ou une autre. C'est tragique, bien sûr, mais ce sont des choses qui arrivent, dit Martin, décontenancé par l'inquiétude manifeste de Patrik.

— Oui. Mais Pedersen a trouvé un truc qui complique un peu le tableau. Patrik croisa les jambes et parcourut le rapport des yeux. Voilà. Je vais essayer de le traduire en termes profanes, Pedersen écrit toujours de façon tellement hermétique. Donc, elle a un hématome étrange autour de la bouche. Il a aussi constaté certaines lésions dans la bouche et dans la gorge.

— Et ça voudrait dire quoi ?

— Je ne sais pas, soupira Patrik. Ce n'est pas suffisant pour que Pedersen puisse se prononcer définitivement. Il ne peut pas affirmer à *cent pour cent* qu'elle s'est envoyé un litre de vodka dans la voiture, que ça l'a tuée et que la voiture a quitté la route.

— Mais elle aurait dû être sérieusement embrumée avant. Est-ce qu'on nous a signalé une voiture à la conduite suspecte dimanche soir ?

— Pas à ma connaissance. Ce qui contribue aussi à rendre tout ça un peu bizarre. D'un autre côté, il n'y avait pas une circulation énorme à cette heure-là, les gens ont peut-être tout simplement eu la chance de ne pas se trouver sur son chemin, dit Patrik pensivement. Mais Pedersen ne voit pas d'explication aux blessures autour et à l'intérieur de la bouche, et je pense qu'il faut vérifier de plus près. C'est peut-être un cas ordinaire d'alcool au volant, mais peut-être pas. Qu'est-ce que tu en penses ?

Martin réfléchit un instant.

— C'est vrai que, toi, tu es sceptique depuis le début. Tu crois que tu vas pouvoir faire passer ça avec Mellberg ?

Patrik se contenta de le regarder et Martin rigola.

— Tout dépend de comment on présente les choses, c'est ça ?

— Exactement, tout dépend de comment on présente les choses, dit Patrik en rigolant à son tour, puis il redevint sérieux et se leva. Tu crois que je me trompe ? Que j'en fais tout un fromage alors que ce n'est rien ? Après tout, Pedersen n'a rien trouvé de concret qui indique qu'il ne s'agit pas d'un accident. Mais en même temps... Il agita les fax du protocole d'autopsie. En même temps il y a là-dedans quelque chose qui me tracasse, mais je suis incapable de...

Il farfouilla dans ses cheveux d'un geste machinal.

— Voilà ce qu'on va faire, dit Martin. On ira voir ses proches pour essayer d'obtenir un peu plus de précisions, on verra bien ce que ça donnera. Ça te fera peut-être découvrir ce qui te turlupine.

— Oui, tu as raison. Je vais d'abord voir ça avec Mellberg, et, ensuite, on n'a qu'à aller sonder la compagne de Marit. Ça te va ?

— Ça me paraît bien, dit Martin qui retourna à ses dossiers. Préviens-moi quand tu seras prêt à partir.

— D'accord.

Patrik avait déjà un pied dehors lorsque Martin l'arrêta.

— Ecoute..., dit-il, hésitant. Ça fait un moment que je voulais te le demander, comment ça se passe chez vous maintenant ? Avec ta belle-sœur, je veux dire ?

Patrik sourit.

— On commence à reprendre espoir. Anna semble avoir surmonté le pire. Et c'est beaucoup grâce à Dan.

— Dan ? Le Dan d'Erica ?

— Comment ça, le Dan d'Erica ? C'est *notre* Dan, maintenant.

— Oui, oui, rigola Martin. *Votre* Dan. Mais qu'est-ce qu'il vient faire dans l'histoire ?

— Lundi, Erica a eu la bonne idée de lui demander de venir discuter un peu avec Anna. Et ça a marché. Ils se voient depuis, ils vont se balader et ils parlent. Apparemment c'était exactement ce dont Anna avait besoin. En quelques jours, elle est devenue une tout autre femme. Les mômes sont aux anges.

— C'est super.

— Oui, c'est vraiment super, dit Patrik puis il tapa sur le montant de la porte avec le plat de la main. Bon, je vais voir Mellberg maintenant, comme ça ce sera fait.

— File.

Martin se remit vaillamment à ses rapports. C'était un autre pan de ce métier dont il se serait volontiers dispensé.

Les journées s'étaient écoulées à une allure d'escargot. Il avait l'impression que le vendredi, et donc le rancard, ne viendrait jamais. Rancard, ça faisait bizarre d'utiliser ce terme à son âge. Mais ils allaient bien dîner ensemble. Quand il avait appelé Rose-Marie, il n'avait pas de plan spécifique en tête, et il avait été stupéfait de s'entendre l'inviter à dîner au *Gestgifveriet*. Un qui serait plus stupéfait encore, c'était son portefeuille. Mellberg ne comprenait simplement pas ce qui lui arrivait. L'idée d'aller manger dans un endroit aussi cher ne lui était jamais venue à l'esprit avant, et être prêt, en plus, à payer pour deux, non, ça ne lui ressemblait définitivement pas. Pourtant, cela ne lui posait aucun problème. Pouvoir inviter Rose-Marie dans un très bon restaurant et voir son visage à la lueur des bougies pendant qu'on leur servirait des mets de choix, à vrai dire, il s'en réjouissait même.

Troublé, Mellberg secoua la tête et fit dégringoler son nid de cheveux sur l'oreille. Il avait du mal à se comprendre. Serait-il malade ? Il réarrangea sa coiffure et posa une main sur son front, mais non, il n'était pas chaud, aucune fièvre. C'était inquiétant quand même, il se sentait franchement bizarre. Un petit peu de sucre lui ferait peut-être du bien ? Sa main était en route pour attraper une bouchée à la noix de coco dans le tiroir du bas lorsqu'on frappa à la porte.

— Oui ? fit-il, irrité.

— Pardon, je te dérange ? dit Patrik en entrant.

— Pas du tout, entre, entre.

Mellberg jeta un dernier regard de regret sur le tiroir, en attendant que Patrik soit assis. Comme toujours, les sentiments de Mellberg étaient partagés face à cet inspecteur de police qui était tout de même très jeune. Il choisissait d'ignorer que Patrik approchait en fait de la quarantaine. A son crédit, il mettait ses agissements très avisés lors des enquêtes pour meurtre qu'ils avaient eues à mener ces dernières années. Son excellent boulot avait permis à Mellberg de devenir la coqueluche de la presse. Dans la colonne débit, il fallait cependant porter le fait que Patrik s'estimait supérieur à lui. Mellberg en était persuadé. Ce n'était jamais explicite, l'homme montrait toujours le respect exigé d'un subordonné, il s'agissait plus d'un vague sentiment. Mais tant que Hedström faisait correctement son boulot et permettait à Mellberg de briller dans les médias comme le chef compétent qu'il était, il laissait filer. Mais il le gardait à l'œil.

— Nous avons reçu le rapport de l'accident de la route de lundi dernier.

— Ah ?

Tout ça ennuyait Mellberg. Les accidents de voiture faisaient partie de la routine.

— Et… il semble qu'il y ait quelques points assez obscurs.

— Obscurs ?

Mellberg était tout ouïe, subitement.

— Oui. La victime présente certaines blessures qui ne peuvent pas être attribuées à l'accident proprement dit. De plus, elle était morte avant le crash. Empoisonnement à l'alcool. Elle avait 6,1 grammes dans le sang.

— 6,1 ? C'est une blague ?

— Non, malheureusement pas.

— Et les blessures ? C'est quoi ?

Mellberg se pencha en avant. Patrik hésita.

— Elle a des lésions dans et autour de la bouche.

— Autour de la bouche, dit Mellberg avec scepticisme.

Patrik fut tout de suite sur la défensive.

— Oui. Je sais que ce n'est pas grand-chose, mais si on ajoute le fait que tout le monde affirme qu'elle ne buvait jamais une goutte alors qu'elle avait une alcoolémie si énorme, ça me paraît louche.

— Louche ? Tu demandes qu'on ouvre une enquête parce que tu trouves que ça paraît "louche" ?

Mellberg leva un sourcil. Ça ne lui plaisait pas, c'était beaucoup trop vague. Mais, d'un autre côté, Patrik avait toujours eu raison avec ses intuitions, et il devrait peut-être le laisser faire. Il réfléchit une minute tandis que Patrik l'observait avec impatience.

— D'accord, finit-il par dire. Prends quelques heures pour creuser un peu. Je suppose que tu vas traîner Molin avec toi. Si vous trouvez quoi que ce soit, on poursuivra. Mais si vous ne dégotez pas quelque chose de valable très vite, je ne veux pas que vous y gaspilliez davantage de temps. D'accord ?

— D'accord, dit Patrik avec un soulagement manifeste.

— Allez, file bosser, dit Mellberg en agitant la main droite.

La gauche était déjà en route pour le tiroir du bas.

Sofie ouvrit tout doucement la porte.

— Coucou ! Kerstin ! Tu es là ?

L'appartement était plongé dans le silence. Elle avait vérifié, Kerstin n'était pas venue à son boulot à Extra Film, elle s'était portée malade. Ce qui était normal. Sofie elle-même avait été dispensée d'école, en raison des événements. Mais où était Kerstin ? Sofie fit le tour de l'appartement. Les pleurs arrivèrent comme une grosse vague, elle lâcha son sac à dos par terre et s'assit directement sur le tapis du salon. Elle ferma les yeux pour barrer le passage à toutes les impressions visuelles qui la submergeaient. Tout, partout, évoquait Marit. Les rideaux qu'elle avait confectionnés, le tableau qu'elles avaient acheté pour son arrivée dans l'appartement, les coussins auxquels Sofie ne redonnait jamais leur gonflant après s'être vautrée dessus, ce dont Marit se plaignait constamment. Toutes ces choses triviales, quotidiennes et banales qui résonnaient à vide maintenant. Sa mère l'avait tellement énervée. Sofie lui avait souvent répondu en criant, fulminant contre toutes ses exigences. Mais, en même temps, elle avait apprécié. Au fond, elle aspirait à la stabilité et à des règles claires et nettes. Et surtout, malgré toute sa révolte d'adolescente, elle avait reposé dans la certitude que sa mère était là. Désormais il ne restait que son père.

Une main sur son épaule la fit sursauter. Elle leva les yeux.

— Kerstin ? Tu étais là ?

— Oui, je dormais. Elle s'accroupit à côté de Sofie. Comment tu te sens ?

— Oh, Kerstin, dit-elle seulement avant d'enfouir son visage dans son cou.

Kerstin la prit maladroitement dans ses bras. Elles n'étaient pas très habituées au contact physique. Sofie avait déjà dépassé l'âge des câlins lorsque Marit était venue s'installer là. Mais l'embarras disparut très vite. Sofie but littéralement l'odeur de Kerstin. Elle portait l'un des pulls préférés de sa mère et son parfum s'y attardait encore. Ce souvenir ne fit que redoubler ses pleurs. Elle se dégagea de son étreinte.

— Pardon, je te mets des larmes partout.

— Ça ne fait rien, dit Kerstin en essuyant le visage de Sofie avec les pouces. Tu peux y aller. C'est… c'est le pull de ta maman.

— Je sais. Et elle m'aurait tuée si elle avait vu les taches de mascara.

— La laine vierge se lave à l'eau froide ou à trente degrés maxi, psalmodièrent-elles de concert, ce qui les fit rire toutes les deux.

— Viens, on va se mettre dans la cuisine, dit Kerstin.

Elle aida Sofie à se relever. Alors seulement celle-ci remarqua le visage creusé de Kerstin et son teint plus pâle que d'habitude.

— Et toi, comment tu vas ? s'inquiéta-t-elle.

Kerstin avait toujours été quelqu'un de très solide. Sofie fut effrayée de voir combien ses mains tremblaient lorsqu'elle remplit la bouilloire et la brancha.

— Bof. Couci-couça.

Kerstin ne put empêcher les larmes de lui monter aux yeux. Elle en avait tant versé ces derniers jours qu'elle s'étonnait d'en avoir encore. Elle se décida rapidement et prit son élan.

— Bon, Sofie, ta maman et moi… Il y a une chose qui…

Elle s'arrêta, ne sachant pas trop comment continuer. Ne sachant pas *si* elle devait continuer. Mais, à sa grande surprise, elle vit Sofie se mettre à rire.

— Enfin, j'espère que tu ne vas pas me raconter votre histoire, comme si c'était une grande nouvelle.

— Comment ça, notre histoire ?

— Ben, que vous étiez un couple et tout ça. Quand même, on a tous vu clair dans votre jeu. Elle rit. Ah, tu parles d'un cinéma. Maman qui n'arrêtait pas de déplacer ses affaires quand j'habitais ici, et vous deux qui vous teniez la main quand vous pensiez que je ne le voyais pas. Franchement, c'était ridicule, je veux dire, tout le monde est homo ou bi de nos jours. C'est grave tendance.

Kerstin la regarda, toute déboussolée.

— Mais pourquoi tu n'as rien dit alors ? Puisque tu étais au courant ?

— Parce que ça me faisait marrer. De vous voir jouer la comédie. C'était comme au théâtre.

— Sale môme. Marit t'aurait tordu le cou si elle avait su que tu étais au courant sans rien laisser paraître, dit Kerstin en riant du fond du cœur. Après tout le chagrin et les larmes des derniers jours, son rire résonnait comme une libération dans la cuisine.

— J'imagine, oui, dit Sofie en riant elle aussi. Vous auriez dû vous voir. Hop, dans la cuisine pour un bisou, et puis toutes ces affaires que vous n'arrêtiez pas de trimballer d'un côté à l'autre. C'était à mourir de rire.

— Je sais, mais c'était Marit qui le voulait.

Kerstin redevint tout à coup sérieuse. La bouilloire indiqua que l'eau était chaude, elle en profita pour se lever et tourner le dos à Sofie. Elle sortit deux tasses, remplit deux boules à thé et versa l'eau bouillante.

— Il faut laisser l'eau refroidir un peu, dit Sofie.

Kerstin ne put s'empêcher de rire à nouveau.

— C'est exactement ce à quoi je pensais. Elle nous a bien dressées, ta maman.

— Je suppose que oui, dit Sofie en souriant. Mais elle aurait sans doute voulu me dresser encore un peu plus.

Son sourire était triste et témoigna de toutes les promesses qu'elle n'allait plus pouvoir tenir, de toutes les attentes auxquelles elle n'allait pas pouvoir répondre.

— Marit était fière de toi ! Kerstin se rassit et tendit une tasse à Sofie. Tu aurais dû l'entendre quand elle vantait tes mérites. Même quand vous vous étiez disputées elle pouvait dire : "Elle a vraiment la niaque, ma fille !"

— C'est vrai ? Elle était fière de moi ? Pourtant, je n'ai jamais rien fait pour lui faciliter les choses.

— Oh, Marit voyait bien que tu ne faisais que ce que tu devais. C'était ton boulot de te détacher d'elle. Et… et elle trouvait particulièrement important que tu saches montrer les dents, surtout après tout ce qui s'était passé entre Ola et elle. C'est quelque chose qui la préoccupait énormément, tu sais. Que le divorce et tout ce qui avait suivi aient pu t'abîmer d'une façon ou d'une autre. Elle avait surtout peur que tu ne comprennes pas. Que tu ne comprennes pas pourquoi elle avait été obligée de s'en aller. C'était autant pour toi que pour elle.

— Oui, je ne l'avais pas compris au début, mais, maintenant que je ne suis plus une gamine, je le vois bien.

— Depuis que tu as quinze ans, tu veux dire, la taquina Kerstin. Quinze ans, c'est l'âge où on vous donne le manuel où tout est expliqué, toutes les réponses, tout sur la vie, l'infini et l'éternité ? Est-ce que tu veux bien me le prêter de temps en temps ?

— Arrête, dit Sofie en riant. Ce n'est pas ce que je voulais dire. Simplement, j'ai peut-être commencé à voir maman et papa davantage comme des individus que juste comme des parents. Et je suppose que j'ai dépassé le stade où mon père était mon seul héros, ajouta Sofie tristement.

Un instant, Kerstin envisagea de tout raconter à Sofie, tout ce qu'elles avaient voulu lui épargner. Mais l'instant passa et elle ne fit rien pour le retenir. Au lieu de cela, elles buvaient leur thé et parlaient de Marit. Pleuraient et riaient. Elles parlaient de la femme qu'elles avaient aimée toutes les deux. Chacune à sa façon.

— B'jour. Et pour vous, qu'est-ce que ça sera ? Vous voulez goûter à ma baguette peut-être ?

Les filles qui formaient un groupe important dans la boulangerie pouffèrent de rire. Le commentaire d'Uffe avait touché juste. Cela l'encouragea à en rajouter. Il prit une baguette sur le présentoir et essaya de montrer ce qu'il avait à offrir en la faisant osciller devant lui à hauteur de hanches. Les petits rires se transformèrent en cris jubilatoires, et il commença à onduler du bas-ventre.

Mehmet soupira. Qu'est-ce qu'il pouvait être fatigant, celui-là. Il avait définitivement tiré le mauvais numéro quand on lui avait attribué Uffe comme partenaire à la boulangerie. Pour le reste, il n'y avait rien à redire sur ce lieu de travail. Il adorait la cuisine et appréciait d'en apprendre davantage sur la préparation du pain, mais comment il allait pouvoir supporter ce crétin d'Uffe pendant cinq semaines, ça, il n'en savait rien.

— Hé, Mehmet, viens montrer ta baguette ! Je crois que les nanas ici adoreraient la voir, ta baguette de bougnoule.

— Arrête ton char, dit Mehmet en continuant à disposer de petits roulés à la pâte d'amandes à côté d'une rangée de macarons.

— Pourquoi, t'es un vrai tombeur, toi. Et je suis sûr qu'elles n'ont jamais vu un véritable immigré par ici. Pas vrai, les filles ? Vous avez déjà vu un bougnoule ?

Uffe écarta théâtralement les bras vers Mehmet comme s'il le présentait sur une scène.

Mehmet commença à s'énerver. Il sentit, plus qu'il ne le vit, comment les caméras fixées au plafond zoomaient sur lui. Elles attendaient ses réactions, elles les désiraient ardemment. La moindre nuance serait ensuite acheminée directement chez les gens, dans leur salon. Pas de réactions, pas de sentiments, ça signifiait pas de téléspectateurs. Il le savait. Il était arrivé en finale dans *La Ferme* et connaissait les règles. Mais il fallait croire qu'il avait malgré tout réussi à oublier et à refouler. Pourquoi sinon aurait-il accepté de participer ? En même temps, il était conscient qu'il s'agissait d'une fuite. Durant cinq semaines il allait pouvoir vivre dans une sorte de bulle. Pas de responsabilité, pas d'exigences, sinon paraître, et réagir. Pas besoin de trimer dans un boulot à la con pour gagner tout juste de quoi payer le loyer d'un appartement de merde. Pas de quotidien qui volait sa vie, jour après jour, sans qu'il ne se passe rien de particulier. Pas de déception parce qu'il n'était pas à la hauteur des attentes des autres. C'était avant tout cela qu'il fuyait. La déception qu'il voyait constamment dans les yeux de ses parents. Ils avaient mis tous leurs espoirs en lui. Des études, des études, des études. C'était le mantra qu'il avait entendu tout au long de son enfance. "Mehmet, il faut que tu fasses des études. Tu dois saisir ta chance dans ce beau pays. En Suède, tout le monde peut faire des études. Tu dois le faire." Son père n'avait cessé de le lui asséner depuis qu'il était tout petit. Et il avait essayé. Réellement. Mais il n'était pas fait pour ça. Les lettres et les chiffres ne voulaient pas entrer dans son crâne. Pourtant il fallait qu'il devienne médecin. Ou ingénieur. Ou, au pire, économiste. C'était le but que ses parents s'étaient fixé. Car, en Suède, il avait la chance de pouvoir le faire. En un certain sens, ils avaient réussi. Ses quatre sœurs aînées couvraient les trois métiers. Deux étaient médecins, une était ingénieur et une économiste. Mais lui, le benjamin, il n'avait réussi qu'à devenir la brebis galeuse de la famille. Et ni *La Ferme* ni *Fucking Tanum* n'avaient augmenté sa cote dans la famille. C'était évident. Se bourrer la gueule à la télé n'était jamais apparu comme une alternative envisageable au métier de médecin.

— Montre-leur ta baguette de bougnoule, allez vas-y, montre-leur, continua Uffe.

Mehmet sentit qu'il n'allait pas tarder à exploser. Il abandonna ce qu'il avait en main et s'approcha d'Uffe.

— Tu le lâches, maintenant, Uffe, dit Simon qui arriva de l'arrière-boutique, portant une grande plaque de brioches toutes chaudes. Uffe le défia du regard en se demandant s'il allait obéir ou pas. Tiens, distribue plutôt des brioches aux filles.

Uffe hésita un peu, puis il attrapa la plaque. Un tressaillement sur son visage indiqua que ses mains n'étaient pas aussi habituées que celles de Simon à manier des plaques chaudes, mais il n'avait pas d'autre choix que de serrer les dents et de la tendre aux filles.

— Oui, bon, vous avez entendu. Uffe vous offre des brioches. Est-ce qu'il aura un petit bisou pour la peine ?

Simon leva les yeux au ciel en direction de Mehmet, qui le remercia d'un sourire. Il aimait bien Simon. C'était le propriétaire de la boulangerie et ils s'étaient immédiatement bien entendus. Il avait quelque chose de particulier, Simon. Quelque chose qui faisait qu'ils n'avaient qu'à se regarder pour comprendre ce que l'autre voulait dire.

Mehmet suivit Simon des yeux quand celui-ci retourna à ses pâtes et à ses gâteaux.

La verdure naissante sur la branche devant sa fenêtre réveilla une nostalgie intense en Gösta. Chaque bourgeon portait une promesse de dix-huit trous et d'un Big Bertha. Bientôt rien ne viendrait s'interposer entre l'homme et ses clubs.

— Tu as réussi à dépasser le cinquième trou ?

Une voix féminine retentit à la porte et Gösta ferma vite le jeu, se sentant légèrement coupable. Merde, en général il se rendait compte quand quelqu'un s'approchait. Il avait toujours l'oreille à l'affût quand il jouait, ce qui n'était d'ailleurs pas bon pour la concentration.

— Je… je faisais juste une petite pause, bégaya Gösta, embarrassé.

Il savait que ses collègues n'accordaient plus beaucoup foi en sa capacité à travailler, mais il aimait bien Hanna et il avait espéré garder sa confiance, au moins un peu.

— Ne t'inquiète pas, sourit-elle en s'asseyant à côté de lui. J'adore les jeux de golf. Avec Lars, mon mari, on se dispute la place devant l'ordi parfois. Mais le cinquième trou est traître, tu l'as réussi ? Sinon, je peux te montrer le truc. Il m'a fallu pas mal de temps pour le trouver.

Sans attendre sa réponse, elle approcha sa chaise. Gösta osa à peine en croire ses oreilles, mais il rouvrit le jeu et dit solennellement :

— Je me bagarre avec le cinq depuis la semaine dernière, mais, quoi que je fasse, la balle part soit à droite soit à gauche. Je ne comprends pas en quoi je me trompe.

— Je vais te montrer, dit Hanna et elle lui prit la souris de la main.

En habituée, elle cliqua au bon endroit, fit quelques manœuvres et… la balle partit et se retrouva sur le green, parfaitement placée pour qu'il puisse la mettre au coup suivant.

— Waouh, je n'en reviens pas ! Merci !

Gösta était grandement impressionné.

— Qu'est-ce que tu veux, ce n'est pas un jeu pour les enfants, ça, dit Hanna en riant.

— Vous jouez au golf pour de vrai aussi, ton mari et toi ? demanda Gösta avec un enthousiasme retrouvé. On pourrait peut-être faire un parcours ensemble ?

— Non, désolée, répondit Hanna avec une expression de regret qu'il trouva très sympathique.

Que tout le monde ne partage pas sa passion pour le golf constituait pour Gösta un des grands mystères de la vie.

— Mais on y pense. Simplement, on ne trouve pas le temps, c'est tout, dit-elle en haussant les épaules.

Gösta se rendit compte qu'il l'aimait de plus en plus. Il était obligé d'admettre que lui aussi, tout comme Mellberg, éprouvait un certain scepticisme face à ce nouveau collègue du sexe opposé. Quelque chose dans la combinaison poitrine et uniforme de police était... eh bien, pour le moins étrange. Mais Hanna Kruse réduisait à néant tous ses préjugés. Elle semblait être une femme robuste et vaillante. Il espérait que Mellberg pensait la même chose et ne lui rendrait pas la vie trop difficile.

— Et ton mari, qu'est-ce qu'il fait dans la vie ? demanda Gösta avec curiosité. Il a réussi à trouver un boulot ici, lui aussi ?

— Oui et non, dit Hanna en enlevant un peu de peluche invisible sur la chemise de son uniforme. Il a eu la chance de trouver un boulot temporaire, ensuite on verra.

Gösta leva les sourcils, et Hanna rit.

— Oui, bon, il est psychologue. Et il va bosser avec les participants tout au long de l'émission. De *Fucking Tanum*, je veux dire.

— Je crois que je suis trop vieux pour comprendre l'intérêt de tout ce bazar. Gösta secoua la tête. S'agiter au lit, tituber ivre mort et se couvrir de honte devant tout le pays. Et de son plein gré, qui plus est. Non, ce n'est pas pour moi, tout ça. A mon époque, on avait *Hylands Hörna** et les vaudevilles de Nils Poppe** à

* Talk-show diffusé de 1962 à 1983 et animé par le journaliste Lennart Hyland. L'une des émissions les plus populaires de toute l'histoire de la télévision suédoise.
** Comédien, comique et directeur de théâtre populaire, figure incontournable du vaudeville.

la télé, ça c'étaient des divertissements de qualité. Et plus convenables, quand même.

— Nils qui ? dit Hanna.

Gösta se rembrunit et soupira.

— Nils Poppe, il faisait des adaptations pour le théâtre d'été qui...

Il se tut en voyant le rire de Hanna.

— Gösta, je sais qui est Nils Poppe. Et Lennart Hyland aussi. Tu n'as pas besoin de faire cette tête-là.

— Bien joué, dit Gösta. J'avais l'impression d'être un fossile !

— Gösta, tu es aussi loin d'un fossile qu'on peut l'être. Hanna rit et se leva. Tu n'as qu'à continuer à jouer maintenant que je t'ai montré comment on passe le cinquième. Offre-toi un petit moment de détente.

Il lui sourit avec gratitude. Quelle femme ! Puis il retourna au jeu, où il lui fallait tenter de maîtriser le trou six. Quelques coups. Simple comme bonjour.

— Erica, est-ce que tu as vu avec l'hôtel pour le menu ? Ils vous feront goûter avant ?

Anna, qui était en train de balancer Maja sur ses genoux, jeta un regard sévère sur Erica.

— Mince, j'ai oublié.

Erica porta la main à son front.

— Et la robe ? Tu as l'intention de te marier en jogging, ou quoi ? Et Patrik va peut-être porter son costume de fin d'études ? Faudra sans doute ajouter des pièces sur les côtés alors, et coudre les boutons avec des élastiques.

Anna était morte de rire.

— Ha ha, très drôle. Je sais tout ça, mais quand est-ce que je vais trouver le temps de m'en occuper ? fit Erica.

Dans le fond, elle était contente. Anna avait changé du tout au tout. Elle parlait, riait, mangeait de bon appétit, et, oui, elle taquinait sa grande sœur.

— Réveille-toi, tu es en train de regarder la baby-sitter numéro un de Fjällbacka ! Je veux dire, Emma et Adrian sont à la crèche dans la journée, et je peux sans problème me charger de cette petite dame, alors profites-en !

— Hmm, tu as raison, dit Erica en se sentant dans ses petits souliers. C'est que je n'avais pas pensé à…

Elle ne termina pas sa phrase.

— Tu n'as pas à te sentir bête. Je comprends. Tu n'as pas pu compter sur moi pendant un certain temps, mais maintenant ça y est, je suis revenue dans le match. Le palet est lâché. J'ai quitté la balustrade.

— Oh là, j'entends quelqu'un qui a passé beaucoup trop de temps à regarder du hockey en compagnie de Dan.

Erica partit d'un grand rire et réalisa que c'était exactement ce qu'Anna avait recherché. Elle aussi avait sans doute été trop tendue ces derniers mois. Le stress lui avait fait monter les épaules jusqu'aux oreilles, maintenant elle sentait qu'elle pouvait commencer à se détendre. Si ce n'est qu'elle réalisait avec épouvante que le mariage était prévu pour dans six semaines. Et qu'ils étaient lamentablement en retard dans l'organisation, Patrik et elle.

— Voilà ce que je propose, dit Anna en posant Maja par terre. On va établir une liste de tout ce qu'il y a à faire. Ensuite on se répartira les tâches entre toi, Patrik et moi. Peut-être que Kristina pourra aussi donner un coup de main ? Anna interrogea Erica du regard, mais en voyant sa mine affolée elle ajouta : Ou plutôt pas, c'est ça ?

— Non, pour l'amour de Dieu, on va garder belle-maman en dehors de ça le plus possible. Si on la laissait faire, elle prendrait tout en main comme si c'était sa propre petite fête privée. Si tu savais tous les conseils qu'elle m'a déjà donnés, "de bon cœur", comme elle s'obstine à ajouter chaque fois. Tu sais ce qu'elle a dit quand on lui a annoncé qu'on allait se marier ?

— Non, quoi ?

— Pas un "bravo, félicitations" ou quelque chose comme ça, non, elle a commencé par aligner cinq choses qui n'allaient pas dans ce mariage.

— Merveilleux, c'est Kristina tout craché. Et elle s'est plainte de quoi ?

Avant de répondre, Erica alla sauver Maja de l'escalier où elle avait commencé une petite ascension. Ils n'avaient toujours pas acheté de barrière de sécurité.

— Premièrement, la Pentecôte, c'était beaucoup trop tôt, on aurait besoin d'au moins un an pour l'organisation. Ensuite, ça ne lui a pas plu qu'on veuille un mariage assez restreint, peut-être soixante invités maxi, parce que alors toutes les tantes, les Agda, les Berta, les Rut, et je ne sais qui encore, ne seraient pas invitées. Et tu remarqueras que ce ne sont pas les tantes de Patrik, mais de *Kristina*. Que Patrik a rencontrées une fois quand il avait genre cinq ans.

Anna était pliée de rire. Le regard de Maja allait de l'une à l'autre. Elle semblait se demander ce qui pouvait bien être rigolo à ce point. Puis elle décida que cela n'était pas très important et lança à son tour un rire sonore.

— Ça fait deux. Quoi d'autre ? hoqueta Anna en se bidonnant.

— Ensuite elle a commencé à discuter du plan de table, elle s'inquiétait de savoir à quelle distance de nous Bittan serait placée. Qu'elle soit à la table d'honneur était évidemment exclu, et, d'ailleurs, est-ce qu'il fallait vraiment l'inviter, Bittan… Après tout ce sont Kristina et Lars qui sont les parents de Patrik. Les amis de passage ne devraient pas avoir la priorité puisque nous insistions tant pour réduire aussi drastiquement le nombre des invités.

Anna n'en pouvait plus de rire.

— Et cette amie de passage est la compagne de Lars depuis plus de vingt ans.

— Exactement, dit Erica en essuyant des larmes, elle aussi. La plainte numéro quatre venait de ce que je ne voulais pas porter *sa* robe de mariée.

— Mais est-ce que vous en aviez déjà parlé, de sa robe de mariée ? dit Anna en ouvrant de grands yeux.

— Jamais. On n'y a jamais fait allusion ni de près ni de loin. Mais je l'ai vue sur leurs photos de mariage. C'est une de ces robes des années 1960, tu sais, un truc au crochet qui s'arrête juste sous les fesses, elle aurait quand même pu se douter que je n'en voudrais pas. Pas plus que Patrik ne voudrait s'inspirer des rouflaquettes broussailleuses et de la barbe de son père sur la même photo.

— Elle est complètement fêlée, dit Anna qui avait maintenant dépassé le stade du fou rire, elle était simplement ahurie.

— Et numéro cinq, ta-ta-taaa, fit Erica en imitant un solo de trompette, numéro cinq, elle a exigé que son neveu soit chargé de l'animation musicale. Le cousin de Patrik, donc.

— Et alors ? Ça ne te va pas ?

Erica ne répondit pas tout de suite.

— Il joue de la *nyckelharpa**.

— C'est une blague, dit Anna en prenant un air affolé. Tu es sérieuse ? Elle se remit à rire. Je me l'imagine assez bien. Un mariage géant avec toutes les tantes de Kristina crispées sur leurs déambulateurs, toi en robe de mariée en dentelle crochetée au ras des fesses, Patrik en costume d'examen et rouflaquettes et, pour finir, l'instrument à teuf par excellence, la vielle à clés. C'est énorme. Je paierais n'importe quoi pour voir ça.

— Tu peux rire. Mais, tel que ça se présente aujourd'hui, je me dis qu'il n'y aura peut-être pas de mariage du tout, avec tout le retard qu'on a pris.

— Pas de panique, dit Anna d'un ton résolu. Elle s'installa à la table de la cuisine avec un stylo et un papier. On va la faire, cette liste, et ensuite on va s'y coller. Et que Patrik n'aille pas s'imaginer qu'il sera dispensé. C'est toi qui vas te marier, ou c'est toi et lui ?

— Je suppose qu'on est deux, oui, dit Erica, un peu dubitative à l'idée d'avoir à détromper Patrik, qui semblait vivre dans la croyance que, après lui avoir demandé sa main, sa part de tâches pratiques était terminée et que tout ce qui lui restait à faire était d'arriver à l'heure à l'église.

— S'occuper de la musique, voyons voir… Patrik, écrivit Anna en se délectant.

Erica leva les sourcils, sceptique, mais Anna ne se laissa pas distraire et poursuivit.

* Vielle à clés, instrument traditionnel à cordes frottées, avec des touches appelées "clés".

— Réserver une location de frac pour le marié…
Patrik.

Elle était très concentrée sur ce qu'elle faisait et
Erica apprécia de ne pas être aux commandes pour
une fois.

— Prendre rendez-vous pour tester le menu… Patrik.

— Non, mais ça ne va pas pouvoir…, commença
Erica, mais Anna fit comme si elle n'avait pas entendu.

— La robe de la mariée, bon, évidemment là, c'est
toi, Erica, qui interviendras. Et si on faisait un tour à
Uddevalla demain, toutes les trois, histoire de sonder le terrain.

— Oui…

Erica hésita. Essayer des vêtements était bien la dernière chose qu'elle avait envie de faire en ce moment.
Les kilos qu'elle avait accumulés pendant sa grossesse
étaient toujours bien en place, elle en avait même
ajouté quelques-uns en prime ces derniers mois où
le stress l'avait empêchée de surveiller son alimentation. Elle reposa sur le plat la brioche qu'elle était
sur le point de porter à sa bouche. Anna leva les yeux
de sa liste.

— Tu sais, si tu supprimes les glucides jusqu'au
mariage, les kilos vont s'envoler tout seuls.

— Les kilos ne se sont jamais envolés auparavant,
remarqua Erica, maussade. Y penser soi-même était
une chose, entendre quelqu'un d'autre dire qu'on avait
besoin de perdre du poids en était une autre. Mais, en
même temps, Anna n'avait pas tort. Il fallait qu'elle
fasse quelque chose si elle voulait se sentir belle le
jour de son mariage.

— D'accord, je vais essayer, dit-elle à contrecœur.
Plus de brioches ni de gâteaux, plus de sucreries, plus
de pain blanc, plus de pâtes, plus rien.

— Cela dit, je pense qu'il faut quand même que tu commences à t'occuper de la robe dès maintenant. Au besoin, ils feront une retouche au dernier moment.

— Ça, j'y croirai quand je le verrai, marmonna Erica. Mais tu as raison, on peut faire un tour à Uddevalla demain après avoir déposé Emma et Adrian. Comme ça, on sera renseignées. Sinon, je pourrai toujours me marier en jogging, dit-elle en se regardant d'une mine sombre.

Tout à coup, elle se sentit très, très fatiguée. Ça ne marcherait jamais, tout ça.

Ils ne se pressaient pas pour traverser la rue. Patrik et Martin avaient fait ce même chemin seulement quatre jours plus tôt, et ils se demandaient dans quel état ils allaient trouver Kerstin. Ces quatre jours depuis l'annonce du décès de sa compagne avaient dû lui paraître interminables.

En questionnant Martin du regard, Patrik appuya sur la sonnette. Comme s'ils s'étaient passé le mot, ils respirèrent tous deux à fond pour relâcher la tension qu'ils avaient accumulée. Rencontrer des personnes en deuil les stressait toujours, même si cela témoignait d'une attitude peu avouable. Ils avaient peur de se sentir incommodés, alors que c'était infiniment plus facile pour eux que pour ceux qui pleuraient un proche. Leur malaise venait avant tout d'une crainte de mal s'exprimer, de faire des faux pas et d'aggraver les choses, bien que rien de ce qu'ils diraient ou feraient ne puisse accroître une douleur aussi insurmontable.

Ils entendirent des pas s'approcher et la porte s'ouvrit. Ce n'était pas Kerstin, mais Sofie.

— Salut, dit-elle faiblement et ils virent sur son visage les traces laissées par plusieurs jours de larmes.

Elle ne bougeait pas. Patrik s'éclaircit la gorge.

— Salut Sofie. Il se tut un instant avant de reprendre : Tu te souviens de nous, je pense, Patrik Hedström et Martin Molin. Il regarda Martin puis tourna de nouveau les yeux vers Sofie : Est-ce que Kerstin est là ? On aimerait lui parler.

Sofie s'écarta pour les faire entrer, puis elle lança dans l'appartement :

— Kerstin, c'est la police. Ils veulent te parler.

Kerstin arriva. Elle aussi avait le visage rougi de pleurs. Elle s'arrêta à quelques mètres d'eux sans rien dire. Ni Patrik ni Martin ne savaient comment aborder le sujet qui les amenait.

— Vous voulez entrer ? finit-elle par demander.

Ils acquiescèrent et la suivirent dans la cuisine. Sofie semblait vouloir leur emboîter le pas, mais Kerstin sentit peut-être instinctivement que cet entretien n'était pas pour ses oreilles, et elle secoua imperceptiblement la tête. Pendant une seconde, Sofie parut sur le point d'ignorer le geste et l'exclusion qu'il signifiait, puis elle haussa les épaules et entra dans sa chambre en fermant la porte derrière elle. Elle saurait en temps voulu.

Dès qu'ils furent assis, Patrik alla droit au but.

— Nous avons trouvé certaines choses… peu claires dans la mort de Marit.

— Comment ça, peu claires ?

— Eh bien, il y a certaines lésions qui éventuellement ne peuvent pas être attribuées à l'accident, continua Martin.

— Eventuellement ? Vous ne savez pas ?

— Non, nous ne sommes pas encore certains, reconnut Patrik. Nous en saurons davantage quand nous aurons le rapport définitif du médecin légiste. Mais il y a suffisamment de points d'interrogation pour justifier cet entretien avec vous. Y a-t-il une raison de soupçonner quelqu'un d'avoir voulu du mal à Marit ?

Patrik vit Kerstin sursauter. Il sentit, plus qu'il ne vit, qu'une pensée lui traversait l'esprit, qu'elle écarta aussitôt. Mais c'était justement cette pensée-là qu'il devait ramener et faire émerger.

— Si vous connaissez quelqu'un qui pourrait en vouloir à Marit, il faut nous le dire. Ne serait-ce que pour nous permettre d'éliminer tout soupçon envers cette personne.

Patrik et Martin l'observèrent avec impatience. Elle sembla se débattre avec elle-même et ils gardèrent le silence pour lui donner le temps de trouver la bonne formulation.

— Nous avons reçu des lettres.

Les mots venaient lentement et à contrecœur.

— Des lettres ? dit Martin, curieux d'en apprendre davantage.

Kerstin tourna la bague en or qu'elle portait sur l'annulaire gauche.

— Oui, ça fait quatre ans qu'on reçoit des lettres.

— Qu'est-ce qu'il y a dans ces lettres ?

— Des menaces, des cochonneries, des propos sur notre relation, à Marit et moi.

— Quelqu'un les aurait écrites à cause de… Patrik hésita et ne sut pas trop comment s'exprimer : A cause de votre relation ?

— Oui, finit par admettre Kerstin. Quelqu'un qui avait compris ou qui soupçonnait qu'on était plus que de simples copines et qui… Ce fut son tour de chercher le mot adéquat. Elle se décida pour "s'en offusquait".

— Quel type de menaces ? Sérieuses ?

Martin notait. Ceci pouvait confirmer l'hypothèse d'une mort non accidentelle.

— Elles étaient très sérieuses. Elles disaient que des gens comme nous étaient dégoûtants, que nous étions contre nature. Que des gens comme nous devaient mourir.

— À quelle fréquence les avez-vous reçues ?

Kerstin réfléchit, tout en tournant inlassablement sa bague.

— Peut-être trois, quatre fois par an. Parfois plus, parfois moins. On n'a pas trouvé de véritable schéma. C'est plus comme si la personne envoyait une lettre quand l'envie lui prenait, si vous voyez ce que je veux dire.

— Pourquoi ne l'avez-vous pas signalé à la police ?

Martin leva les yeux de son calepin.

— Marit ne voulait pas, dit Kerstin avec un sourire oblique. Elle avait peur que ça n'aggrave encore les choses. Que ça ne prenne d'énormes proportions et que notre relation ne soit rendue publique.

— Et elle n'y tenait pas ? dit Patrik avant de se rappeler que Kerstin avait déjà raconté que c'était précisément l'objet de leur dispute ce soir-là – le soir où Marit n'était jamais revenue.

— Non, elle n'y tenait pas, dit Kerstin d'une voix atone. Mais on a conservé les lettres. Au cas où.

Elle se leva. Patrik et Martin se regardèrent, ébahis. Ils n'avaient pas osé en espérer tant, et maintenant ils allaient peut-être disposer de pièces à conviction qui les mèneraient à l'auteur des lettres.

Kerstin revint avec une épaisse liasse de lettres dans un sac plastique, qu'elle déversa sur la table. Craignant de détruire les preuves encore plus que ne l'avaient fait les manipulations de la poste, de

Kerstin et de Marit, Patrik se contenta de trifouiller précautionneusement les enveloppes avec un stylo. Il sentit son cœur battre plus vite en pensant qu'il y avait peut-être de magnifiques preuves sous forme d'ADN sous les timbres.

— On peut les emporter ? demanda Martin en contemplant, lui aussi, le tas de lettres avec beaucoup d'espoir.

— Oui, pas de problèmes, fit Kerstin d'une voix lasse. Prenez-les et ensuite vous n'aurez qu'à brûler toute cette merde.

— Vous n'avez jamais reçu d'autres menaces, à part les lettres ?

Kerstin s'était rassise. Elle réfléchissait maintenant intensément.

— Je ne sais pas trop. Parfois on a reçu des coups de fil, mais, quand on décrochait, la personne restait sans rien dire jusqu'à ce qu'on raccroche. On a essayé de tracer le numéro une fois, mais il correspondait à un portable à cartes, dont il n'est pas possible de connaître le propriétaire.

— Quand est-ce que vous avez reçu ce genre de communication la dernière fois ?

— Laissez-moi réfléchir. Il y a deux semaines, peut-être ?

De nouveau, elle tournait nerveusement la bague autour de son doigt.

— Mais rien à part ça ? Personne d'autre qui aurait voulu du mal à Marit ? Comment était la relation avec son ex-mari, d'ailleurs ?

Kerstin prenait son temps pour répondre. Après avoir d'abord jeté un coup d'œil dans le vestibule pour s'assurer que la porte de la chambre de Sofie était toujours fermée, elle finit par dire :

— C'était difficile au début, assez longtemps en fait. Mais, cette dernière année, ça s'était calmé.

— C'était difficile de quelle manière ? demanda Patrik.

— Il ne voulait pas accepter que Marit le quitte. Ils étaient très jeunes quand ils avaient commencé à vivre ensemble, mais, d'après Marit, ça faisait des années que leur relation ne marchait plus, elle n'avait peut-être même jamais marché. A vrai dire, elle avait été assez surprise de la réaction violente d'Ola quand elle lui avait annoncé qu'elle voulait se séparer de lui. Mais lui… Elle hésita. Ola a un certain besoin de garder le contrôle. Il faut que tout soit propre et bien organisé, et le fait que Marit le quitte dérangeait son ordre. C'est probablement surtout ça qui l'agaçait, pas tellement le fait de la perdre.

— Il en est venu aux mains ?

— Non. Kerstin hésita. Encore une fois elle regarda avec inquiétude en direction de la chambre de Sofie. Mais ça dépend sans doute de ce qu'on entend par "en venir aux mains". Il ne l'a jamais frappée, je crois, mais je sais qu'il l'a tirée par le bras et il l'a poussée à quelques occasions, ce genre de choses.

— Et comment ils s'entendaient pour Sofie ?

— Ben justement, c'était un de leurs sujets de dispute au début. Marit est venue habiter chez moi tout de suite, et, même si notre relation n'était pas clairement affichée, il devait s'en douter. Il s'opposait farouchement à ce que Sofie vienne ici. Il essayait toujours de saboter ses séjours, il venait la chercher plus tôt que prévu, des trucs comme ça.

— Mais ça s'est calmé ?

— Oui, heureusement. Marit est restée ferme sur cette question et il a fini par comprendre que ça ne servait à rien. Elle a menacé de faire appel à la justice et je ne sais pas quoi encore, et ça l'a vite calmé. Mais je suis sûre qu'Ola n'a jamais spécialement aimé que Sofie vienne ici.

— Est-ce que Marit lui a jamais raconté le type de relation que vous aviez ?

— Non. Kerstin secoua vigoureusement la tête. Elle était tellement butée sur ce point. Elle disait que ça ne regardait personne. Elle ne voulait même pas le dire à Sofie. Sauf que, là, Sofie a été plus futée que sa mère ne le pensait. Elle vient de me dire qu'elle n'avait pas été dupe un instant de nos tentatives pour cacher les choses. Seigneur, on n'arrêtait pas de déplacer nos affaires et on essayait de s'embrasser discrètement dans la cuisine comme des ados. Un sourire se dessina sur ses lèvres et Patrik s'émerveilla de voir comment il adoucissait son visage. Puis elle retrouva son sérieux. Mais j'ai quand même du mal à croire qu'Ola ait quoi que ce soit à voir avec la mort de Marit. Ça fait un moment qu'ils ne se sont pas disputés et… Je ne sais pas. Ça me semble invraisemblable, tout simplement.

— Et la personne qui écrit des lettres et qui appelle, vous n'avez aucune idée de qui ça peut être ? Marit n'a jamais mentionné de client qui se serait comporté bizarrement ?

Kerstin réfléchit longuement, puis elle secoua lentement la tête.

— Non, je n'arrive pas à me souvenir de quoi que ce soit. Vous aurez peut-être plus de chance, fit-elle en désignant de la tête le tas d'enveloppes.

— Espérons-le, dit Patrik, qui remit précautionneusement les lettres dans le sac plastique. C'est d'accord alors, on les emporte ?

— Absolument, je ne veux plus jamais les revoir. Kerstin les raccompagna à la porte et leur tendit la main : Vous me faites savoir alors quand vous aurez une réponse définitive ?

Patrik hocha la tête.

— Oui, c'est promis. Merci d'avoir pris le temps de nous recevoir dans ces… circonstances difficiles.

Elle se contenta de faire un petit signe de la tête et ferma la porte derrière eux. Patrik regarda le sac qu'il tenait à la main.

— Qu'est-ce que tu en dis ? On fait un petit envoi au labo central aujourd'hui ?

— Ça me paraît une excellente idée, dit Martin en se mettant en route pour le commissariat.

Ils tenaient enfin quelque chose.

— Effectivement, nous attendons beaucoup de ce projet. C'est lundi que vous commencez les émissions ?

— Absolument, et ça sera un début en fanfare, dit Fredrik en adressant un grand sourire à Erling.

Ils étaient installés dans le coin du vaste bureau du conseiller municipal spécial où quelques fauteuils étaient placés autour d'une table. Une des premières mesures d'Erling avait été de changer le triste mobilier administratif pour des meubles plus classiques. Ça n'avait pas été un gros problème de glisser la facture dans la comptabilité, on est bien obligé de remplacer les meubles de bureau de temps en temps.

Le cuir du fauteuil grinça un peu lorsque Fredrik changea de position. Il poursuivit :

— On est très satisfaits des enregistrements jusqu'ici. Bon, il n'y a peut-être pas trop d'action, mais ça suffit pour présenter les participants, et donner le ton. Ensuite c'est à nous de veiller à déclencher des intrigues pour que les journaux aient quelque chose à se mettre sous la dent. Il y a une animation demain soir, si je ne me trompe pas, ça peut être le bon endroit pour démarrer. Je connais bien les participants, et je peux te garantir qu'ils vont mettre de l'ambiance.

— Oui, nous tenons à ce que Tanum soit aussi visible dans les médias qu'Åmål et Töreboda. Erling tira sur son cigare et observa le producteur à travers la fumée. Tu es sûr que tu ne veux pas un cigare ?

Il leva le menton en direction de la boîte sur la table. Son humidor, comme il l'appelait, en appuyant sur le *o*. C'était très important. Seuls les amateurs conservaient leurs cigares dans une boîte en bois merdique. Les véritables connaisseurs avaient une cave à cigares.

— Non merci. Je préfère les sèches ordinaires.

Il sortit un paquet de Marlboro de sa poche et alluma une cigarette. La fumée se densifiait autour de la table.

— Oui, je voudrais vraiment insister là-dessus : il est primordial pour nous d'avoir une très large audience pendant ces semaines. Erling tira encore sur son cigare. Åmål faisait la une des journaux au moins une fois par semaine pendant le tournage, et Töreboda n'était pas loin derrière. J'espère la même couverture pour nous, sinon plus.

Il utilisa le cigare comme une baguette d'instituteur.

Le producteur ne se laissa pas intimider, il avait l'habitude de gérer des directeurs de programme imbus d'eux-mêmes. Ce n'était certainement pas un has been propulsé conseiller municipal spécial dans un bled paumé qui allait l'impressionner.

— Oh, les manchettes, ça va, ça vient. Si on constate que ça traîne, on chauffera un peu plus, tout simplement. Crois-moi, on sait exactement sur quels boutons appuyer avec ces gens. Ils n'ont pas inventé la poudre, tu sais. Il rit et Erling se joignit à lui. Fredrik poursuivit : C'est une équation très simple, en fait. On rassemble quelques jeunes crétins avides de célébrité, on leur fournit de l'alcool à volonté et on met des caméras qui tournent en permanence autour d'eux. Ils seront systématiquement en manque de sommeil, ils mangeront mal et ils seront tout le temps sous notre pression et sous celle des téléspectateurs pour fournir une prestation, pour être visibles. S'ils n'y arrivent pas, ils peuvent dire adieu à tous leurs avantages, les tournées des bars, les entrées gratos dans les boîtes de nuit, les nanas à volonté, ou les cachetons pour se montrer à poil dans les magazines. Crois-moi, ils sont motivés pour créer l'événement et faire exploser l'audimat, et on a les outils qu'il faut pour les aider à canaliser leur énergie.

— On dirait que tu en connais un rayon. Erling se pencha au-dessus de la table et laissa tomber une longue colonne de cendre dans le cendrier. Mais je dois dire que personnellement j'ai du mal à comprendre l'attrait de ces programmes. Ça ne me viendrait jamais à l'idée de regarder si la ville n'y avait pas un intérêt particulier. Non, je préfère nettement ce qui se faisait autrefois. Là, on pouvait parler de qualité. Mais on ne trouve plus d'animateurs comme Lasse Holmqvist et Hagge Geigert.

Fredrik Rehn s'empêcha de lever les yeux au ciel. Ah, ces vieux cons, il fallait toujours qu'ils ramènent les émissions d'autrefois ! Mais si on les installait devant ce Hagge ou je ne sais comment, ils s'endormiraient en dix secondes. On ne trouvait pas mieux comme somnifère. Il se contenta cependant de sourire à Erling, comme s'il était entièrement d'accord. Erling était l'homme avec qui il fallait être copain.

— Mais nous ne voudrions évidemment pas qu'ils en sortent amochés, poursuivit Erling avec une ride soucieuse au front.

Elle lui avait beaucoup servi durant sa période de boss, cette ride. Après pas mal d'entraînement, il avait réussi à la faire paraître presque sincère.

— Bien sûr que non, dit le producteur en tentant d'avoir l'air préoccupé et empressé. On surveille de près comment ils vont, on a même veillé à ce qu'ils aient la possibilité de parler avec un psychologue tout au long de l'émission.

— Qui ça ? demanda Erling en posant le cigare, dont il ne restait à présent qu'un tout petit bout.

— On a eu la chance d'entrer en contact avec un psy qui vient de s'installer ici à Tanum. Sa femme a un poste au commissariat. Il a de solides références, on est vraiment très content de l'avoir trouvé. Il va s'entretenir avec les participants individuellement et en groupe, deux, trois fois par semaine.

— Bien, bien, acquiesça Erling. Nous tenons énormément au confort de chacun. Il adressa un sourire paternel à Fredrik.

— Sur ce point, nous sommes entièrement d'accord.

Le producteur sourit en retour. Un sourire un peu moins paternel, cependant.

Calle Stjernfelt regarda avec dégoût les restes de nourriture dans les assiettes. Sans savoir quoi faire, il tenait la douchette dans une main et une assiette dans l'autre.

— Putain, c'est immonde, dit-il, fasciné par les morceaux de pommes de terre, de sauce et de viande qui s'étaient mélangés en une bouillasse méconnaissable. Hé Tina, quand c'est qu'on change ? dit-il en la regardant avec hargne lorsqu'elle passa avec deux assiettes joliment garnies.

— Jamais, si ça ne tient qu'à moi, siffla-t-elle en poussant les portes battantes de la hanche.

— Meeerde, je hais tout ça, rugit Calle avant de balancer l'assiette dans l'évier.

Une voix derrière lui le fit sursauter.

— Dis donc, si tu casses quelque chose, on le retient sur ton salaire.

Günther, le chef cuisinier du *Gestgifveriet*, le foudroya du regard.

— Si tu imagines que je suis ici pour le salaire, tu te goures, le rembarra Calle. Juste pour ton information, chez moi à Stockholm, je dépense plus en une soirée que ce que tu gagnes en un mois !

Il prit une assiette et la lâcha ostensiblement dans l'évier. Elle se brisa et le regard ironique de Calle invita Günther à agir. Pendant une seconde le cuistot sembla sur le point d'ouvrir la bouche pour une engueulade en règle, puis il jeta un regard sur les caméras et partit en marmonnant touiller les plats qui mijotaient sur les réchauds.

Calle fit un sourire en coin. C'était toujours pareil, où qu'on soit. Tanumshede ou Stureplan*. C'était kif-kif. Le règne de l'argent. Le fric attirait tout le monde.

---

* Les lieux nocturnes les plus branchés de Stockholm se concentrent dans les quartiers bourgeois autour de Stureplan.

Il avait grandi avec ça, c'était une vision des choses avec laquelle il avait appris à vivre et à laquelle il adhérait. Et pourquoi pas ? Il y trouvait son compte. Et ce n'était pas sa faute s'il était né dans un monde où l'argent valsait. La seule fois où il avait eu l'impression que ces règles-là avaient été changées, c'était sur l'île. Il se rembrunit en y pensant.

Calle s'était lancé dans *Robinson* avec de grandes attentes. Il était habitué à gagner. Evidemment que ce ne serait pas un problème d'éliminer une bande de ploucs abrutis. On savait quelle catégorie de gens participait à ce jeu. Des chômeurs, des magasiniers et des coiffeuses. Un mec comme lui devrait pouvoir remporter le morceau les doigts dans le nez. Mais la réalité l'avait rattrapé, un vrai choc. Sans la possibilité de sortir son portefeuille, sans la possibilité de briller, d'autres critères s'étaient révélés plus importants. Lorsqu'il n'y avait plus rien eu à manger et que la crasse et les chiques avaient pris le dessus, il avait rapidement été réduit à un zéro, un *nobody*. L'expérience avait été cuisante. Il avait été le cinquième à être éliminé. Soudain il avait été obligé de se rendre à l'évidence : les gens ne l'aimaient pas. Certes, à Stockholm il n'était pas le mec le plus adulé non plus, mais on lui montrait au moins du respect et de l'admiration. Et ils étaient carrément à plat ventre devant lui quand les bouchons de champagne sautaient et que ça grouillait de nanas. Sur l'île, le monde paraissait si lointain, et c'était un foutu tocard du Småland qui avait gagné. Un crétin de menuisier qui faisait soupirer tout le monde tant il était authentique, simple et sincère. Ah les cons ! Non, l'île était définitivement une expérience qu'il voulait oublier au plus vite.

Mais ici ce serait différent. Il était davantage dans son élément. Bon, peut-être pas exactement devant l'évier à faire la plonge, mais il avait une chance de montrer qu'il était quelqu'un. Son accent bobo, ses cheveux coiffés en arrière avec un peu de gel et ses coûteux vêtements de marque, ici, ça avait son importance. Il n'avait pas besoin de se balader à moitié à poil comme un foutu sauvage ni d'essayer de compter sur un putain de VIP à la con. Ici il pouvait dominer. De mauvaise grâce, il prit une assiette dans la bassine et commença à la rincer. Faudrait qu'il voie avec la direction de la prod pour changer avec Tina. La plonge cadrait carrément mal avec son image.

Comme une réponse, Tina revint par la porte de saloon. Elle s'appuya contre le mur et alluma une cigarette.

— T'en veux une ?

Elle lui tendit le paquet.

— Putain, oui, dit-il et il s'appuya lui aussi contre le mur.

— On n'a pas le droit de cloper ici, non ? dit-elle en soufflant un rond de fumée.

— Non.

Le rond de fumée de Calle monta à son tour.

— Et pour ce soir, qu'est-ce que t'en penses ?

— La soirée disco, tu veux dire, c'est comme ça qu'ils disent, non ?

— Oui. Elle rit. Je pense pas que j'ai mis les pieds dans une "soirée disco" depuis le collège.

— Bah, on va s'éclater. L'endroit est à nous. Les gens viennent pour nous. Ça sera forcément marrant.

— En tout cas, je pensais voir avec Fredrik si je pouvais chanter.

— Quoi, t'es sérieuse, là ?

Tina lui lança un regard vexé.

— Tu crois que je suis ici parce que ça m'amuse ? Il faut que je saisisse toutes les occases qui se présentent. Ça fait des mois que je prends des leçons de chant et, après *Le Bar*, il y avait pas mal de labels qui s'étaient montrés intéressés.

— Alors t'as déjà signé un contrat ? dit Calle pour la taquiner.

— Non… Ça s'est pas fait. Le timing n'était pas bon, d'après mon manager. Puis il faut qu'on trouve une chanson qui tienne la route. Il va essayer d'avoir Bingo Rimér pour les photos.

— Il va te prendre en photo, toi ? rigola Calle froidement. Ecoute, je crois que Barbie est mieux placée. Toi, tu n'as pas exactement les… ressources qu'il faut.

Il parcourut son corps du regard.

— Quoi, mon corps vaut bien celui de l'autre pétasse. Un peu moins de nichons, c'est tout. Irritée, Tina jeta la cigarette par terre et l'écrasa avec le talon. D'ailleurs, je suis en train d'économiser pour me faire faire une nouvelle poitrine, ajouta-t-elle en défiant Calle du regard. Encore dix mille, et je pourrai m'acheter un putain de bonnet D.

— Oui, bon, bonne chance, dit Calle en écrasant lui aussi sa cigarette.

Ce fut le moment que choisit Günther pour revenir. Son visage prit une teinte encore plus rouge que celle que provoquaient les vapeurs brûlantes des marmites.

— Vous *fumez* ici ! C'est interdit, totalement interdit, ab-so-lu-ment interdit.

Il agita les bras, hors de lui, et Tina et Calle se regardèrent en se poilant. Quelle foutue caricature, ce mec. A regret, ils retournèrent à leurs tâches. Les caméras avaient tout filmé.

Les meilleurs moments étaient ceux où ils étaient blottis les uns contre les autres. Quand elle sortait le livre. Le bruissement des pages qu'elle tournait, son parfum, la sensation du tissu souple de son chemisier contre sa joue. Les vagues douces de sa voix, tantôt forte, tantôt basse. Les ombres se tenaient à distance pendant ces instants. Tout ce qui était à la fois effrayant et attirant au-dehors perdait de son importance. Si l'un ou l'autre était fatigué, ou les deux, ils s'endormaient la tête sur ses genoux. La dernière chose dont ils se souvenaient avant que le sommeil les emporte était le récit, la voix, le frémissement du papier et ses doigts qui caressaient leurs cheveux.

Ils avaient entendu l'histoire tant de fois déjà. Ils la connaissaient par cœur. Pourtant elle paraissait toujours nouvelle. Parfois il observait sa sœur quand elle écoutait. Sa bouche légèrement entrouverte, ses yeux fixés sur les pages du livre. Ses cheveux en cascade dans le dos. Il les lui brossait tous les soirs. C'était sa mission.

Quand elle lisait, le désir de franchir la porte fermée disparaissait. Alors ne restait qu'un monde coloré, aventureux, empli de dragons, de princes et de princesses. Pas une porte fermée. Pas deux portes fermées.

*Il avait le vague souvenir d'avoir eu peur au début.
Plus maintenant. Pas du moment qu'elle sentait si
bon et qu'elle était si douce et que sa voix modulait
si joliment les phrases. Pas du moment qu'il savait
qu'elle le protégeait. Puisqu'il était un oiseau de mauvais augure.*

Patrik et Martin avaient consacré quelques heures à diverses tâches au commissariat, en attendant qu'Ola rentre du boulot. Ils avaient envisagé d'aller le questionner sur place, mais avaient finalement décidé d'attendre qu'il soit cinq heures et que sa journée de travail à Inventing soit terminée. Il n'y avait aucune raison de l'exposer à un tas de questions de la part de ses collègues. Pas encore en tout cas. Kerstin ne pensait pas qu'Ola puisse être derrière les lettres et appels anonymes. Patrik n'en était pas si sûr. Il faudrait lui apporter des preuves du contraire avant qu'il ne lâche cette idée. Les lettres étaient parties au labo central dans l'après-midi, et il avait aussi fait une demande d'accès à la liste d'abonnés qui avaient téléphoné à Kerstin et Marit pendant les périodes où les appels anonymes avaient eu lieu.

Ola semblait sortir de la douche lorsqu'il leur ouvrit la porte. Il avait eu le temps de s'habiller, mais ses cheveux étaient encore mouillés.

— Oui ? fit-il avec impatience.

Il n'avait plus l'air aussi peiné que le lundi précédent, lorsqu'ils lui avaient annoncé la mort de son ex-femme. En tout cas, pas de la même façon évidente que Kerstin.

— On aimerait avoir encore un petit entretien avec vous.

— Ah oui ? fit Ola, toujours impatient.

— Quelques points concernant la mort de Marit, dit Patrik en insistant du regard.

Ola capta manifestement les signaux, puisqu'il s'effaça et les invita à entrer d'un geste de la main.

— En fait, ce n'est pas plus mal que vous soyez là, j'avais l'intention de vous appeler.

— Ah bon, fit Patrik en s'asseyant dans le canapé du salon.

Cette fois, Ola ne les avait pas fait entrer dans la cuisine.

— Oui, j'aimerais savoir s'il serait possible de faire établir une interdiction de visite.

Ola s'assit dans un grand fauteuil en cuir et croisa les jambes.

— Tiens donc, dit Martin en cherchant le regard de Patrik. Contre qui aimeriez-vous faire établir une telle interdiction ?

Une étincelle s'alluma dans les yeux d'Ola.

— C'est pour Sofie. Contre Kerstin.

Ni Patrik ni Martin ne se montrèrent surpris.

— Et puis-je vous demander pourquoi ? Le ton de Patrik était d'un calme illusoire.

— Il n'y a plus aucune raison pour que Sofie aille voir cette… cette… personne ! dit-il avec tant de hargne que la salive jaillit. Il se pencha en avant et poursuivit, les coudes appuyés sur les cuisses : Elle y est allée aujourd'hui. Son sac à dos n'était pas là quand je suis rentré déjeuner, et j'ai téléphoné à ses copains. Je suis sûr qu'elle est allée chez cette… gouine. Il doit bien y avoir un moyen d'empêcher ça ? Je veux dire, je vais évidemment prendre Sofie entre quatre yeux quand elle rentrera, mais ça doit tout de même être possible de passer par la voie légale ?

120

Ola exhorta les deux inspecteurs du regard.

— Eh bien, je pense que ça peut s'avérer difficile, dit Patrik, dont les pressentiments se confirmaient à chaque minute.

Maintenant, ce dont ils voulaient s'entretenir avec Ola semblait non seulement possible, mais vraisemblable.

— Une interdiction de visite est une mesure très sévère et je ne pense pas qu'elle soit applicable dans cette affaire.

Il contempla Ola qui était manifestement hors de lui.

— Mais, mais, bégaya-t-il. Qu'est-ce que je suis supposé faire alors ? Sofie a quinze ans et je ne peux pas l'enfermer si elle refuse de m'écouter, et cette foutue… Il ravala difficilement le mot. Elle n'a certainement pas l'intention de coopérer. Quand Marit était vivante, j'étais obligé d'encaisser tout ça, mais si vous croyez que je vais accepter cette merde maintenant aussi, vous vous fourrez le doigt dans l'œil !

Patrik et Martin sursautèrent lorsqu'il abattit son poing sur la table en verre.

— Autrement dit, vous n'appréciez pas la voie qu'avait choisie votre ex-femme ?

— Voie ? Choisi ? Ola poussa un soupir de mépris. Si cette foutue lesbienne n'avait pas mis un tas d'idées dans la tête de Marit, ça ne se serait jamais produit. Tous les trois, on serait encore ensemble. Mais non, il a fallu qu'elle brise sa famille, Marit, qu'elle nous trahisse, Sofie et moi, et qu'en plus elle nous ridiculise aux yeux de tous.

Il secoua la tête comme s'il avait encore du mal à le croire.

— Est-ce que vous avez manifesté votre mécontentement d'une façon ou d'une autre ? demanda Patrik insidieusement.

— Comment ça, qu'est-ce que vous voulez dire ?
Ola lui lança un regard suspicieux. Je n'ai jamais fait un secret de ce que je pense de la trahison de Marit, en revanche je suis toujours resté discret sur la cause. Ce n'est pas une chose qu'on va crier sur les toits, que votre femme passe dans l'équipe d'en face. Un homme ne se vante pas d'être quitté pour une autre femme.

Il tenta un rire, auquel l'amertume donna une touche véritablement funeste.

— Mais vous n'avez jamais rien fait contre votre ex-femme et Kerstin ?

— Je ne comprends pas ce que vous voulez dire.

Les yeux d'Ola s'étrécirent.

— On parle de lettres et d'appels téléphoniques avec des menaces, répondit Martin.

— Vous pensez que moi… ? Ola écarquilla les yeux. Il était difficile de dire si c'était sincère ou seulement un jeu. Et quel rapport, d'ailleurs ? Je veux dire, la mort de Marit était un accident, non ?

Patrik choisit d'ignorer cet aspect de l'affaire pendant encore un petit moment. Il ne tenait pas à révéler tout de suite ce qu'ils savaient.

— Quelqu'un a envoyé des lettres anonymes et passé des coups de fil anonymes à Kerstin et Marit.

— Ben, ça n'a rien d'étonnant, sourit Ola. C'est normal, ces femmes-là attirent ce genre d'attentions. On le tolère peut-être dans les grandes villes, mais pas dans des patelins comme ici.

Patrik eut presque le souffle coupé devant tant de préjugés. Il résista à grand-peine à l'envie de prendre l'homme par la chemise et de lui dire quelques petites vérités. La seule consolation était que, à chaque phrase prononcée, Ola s'enfonçait un peu plus.

— Ce n'est donc pas vous qui avez envoyé les lettres et téléphoné ? dit Martin en dissimulant mal son aversion.

— Non, jamais je ne m'abaisserais à faire des choses pareilles.

Ola leur sourit avec arrogance. Il était tellement sûr de lui, et son appartement était si impeccable et rutilant. Patrik eut hâte d'ébranler un peu sa conception du monde.

— Vous ne voyez pas d'inconvénient, dans ce cas, à ce qu'on prenne vos empreintes digitales ? Pour les comparer avec celles que le laboratoire va trouver sur les enveloppes ?

— Mes empreintes ? Le sourire disparut aussitôt. Je ne comprends pas. Pourquoi venez-vous fouiller là-dedans maintenant ?

L'inquiétude se refléta sur son visage.

Patrik gloussa intérieurement. Un regard sur Martin lui indiqua que son collègue ressentait la même satisfaction.

— Répondez d'abord à ma question. Ou bien je peux partir du principe qu'on peut les prendre, vos empreintes, pour pouvoir vous éliminer de la liste des suspects ?

Ola se tortilla dans son fauteuil de cuir. Son regard erra et il commença à réorganiser les objets posés sur la table en verre. Aux yeux de Patrik et Martin, ils étaient déjà rangés, mais Ola n'était visiblement pas de leur avis puisqu'il les déplaça de quelques millimètres en tous sens, jusqu'à ce qu'ils soient posés suffisamment droit pour calmer ses nerfs.

— Bon, je suppose qu'il me faut avouer alors. Son sourire était de retour. Il se laissa aller contre le dossier et sembla avoir retrouvé l'équilibre que de toute évidence il avait perdu l'espace d'un instant. Oui, autant dire ce qu'il en est. J'ai envoyé quelques lettres à Kerstin et Marit et je leur ai aussi passé deux ou trois coups de fil. C'était stupide, évidemment, mais j'espérais que Marit réaliserait combien cette relation était intenable et qu'elle retrouverait son bon sens. On était tellement bien ensemble. Et on aurait pu l'être à nouveau. Si seulement elle avait abandonné ces bêtises et arrêté de nous faire honte. Surtout pour Sofie. Ce n'est pas un truc à porter dans son cartable quand on est môme. On se fait bouffer tout cru par les copains pour moins que ça. Marit aurait dû le comprendre. Non, ça n'aurait pas pu marcher, certainement pas.

— Mais ça a marché pendant quatre ans, on dirait qu'elle n'était pas spécialement pressée de retourner vivre avec vous.

Patrik afficha un air doux trompeur.

— Ce n'était qu'une question de temps, une simple question de temps. Ola se remit à tripoter les objets sur la table. Il se tourna brusquement vers les policiers dans le canapé. Mais je ne comprends pas quelle importance ça peut avoir ! Marit est morte et si seulement on arrive à se débarrasser de l'autre, là, on pourra continuer notre vie, Sofie et moi. Pourquoi remuer tout ça maintenant ?

— Parce que certains faits indiquent que la mort de Marit n'était pas accidentelle.

Dans le petit séjour, tout se figea. Ola les dévisagea.

— Pas… accidentelle ? Son regard alla de Patrik à Martin. Que voulez-vous dire ? Quelqu'un aurait… ?

Il ne termina pas la phrase. Si sa surprise n'était pas authentique, il était un très bon comédien. Patrik aurait donné cher pour savoir exactement ce qui se passait dans la tête d'Ola à cet instant précis.

— Oui, nous pensons que Marit a été tuée. Nous en saurons bientôt davantage. Mais pour l'instant vous être notre… candidat le plus brûlant.

— Moi ? fit Ola incrédule. Mais je n'aurais jamais pu faire de mal à Marit ! Je l'aimais ! Je voulais qu'on redevienne une famille !

— Et c'est donc ce grand amour qui vous a amené à les menacer, elle et sa copine.

La voix de Patrik dégoulinait de sarcasme. Le visage d'Ola tressaillit au mot "copine".

— Mais elle était à côté de la plaque ! Elle a dû faire une sorte de crise de la quarantaine avec les hormones qui débordent et travaillent le cerveau, et c'est comme ça qu'elle a tout foutu en l'air. Ça faisait vingt ans qu'on vivait ensemble, vous comprenez ça ? On s'est rencontrés en Norvège quand on avait seize ans, et je croyais que ce serait pour toujours, elle et moi. On est venus à bout d'un tas de… Il hésita à continuer puis il se lança : Un tas de merdes ensemble quand on était jeunes. Mais ensuite…

Il avait élevé la voix et ouvrit les mains en un geste indiquant qu'il ne comprenait toujours pas ce qui s'était passé quatre ans plus tôt.

— Vous étiez où dimanche soir ?

Patrik le regardait d'un air grave. Ola semblait incrédule.

— Vous demandez si j'ai un alibi ? C'est ça ? Vous voulez mon putain d'alibi pour dimanche soir, c'est bien ça ?

— Oui, répondit Patrik calmement.

Ola faillit perdre contenance, mais il se maîtrisa.

— J'étais à la maison toute la soirée. Seul. Sofie dormait chez une copine, donc personne ne peut le confirmer. Mais c'est la vérité.

Son regard était plein de défi.

— Vous n'avez parlé avec personne au téléphone ? Vous n'avez pas un voisin qui serait venu emprunter quelque chose ?

— Personne.

— Dans ce cas, ça ne se présente pas très bien, commenta laconiquement Patrik. Cela signifie que vous êtes toujours suspect, s'il s'avère que la mort de Marit n'est effectivement pas un accident.

— Donc, vous n'en êtes même pas sûrs. Ola esquissa un sourire amer. Et pourtant vous vous présentez chez moi pour me demander un alibi. Il secoua la tête. Vous êtes complètement siphonnés, ma parole. Allez-vous-en maintenant.

Il se leva. Patrik et Martin se levèrent aussi.

— De toute façon, on avait terminé. Mais il se peut qu'on revienne.

Ola ricana de nouveau.

— Oui, ça ne m'étonnerait pas. Il alla dans la cuisine sans se donner la peine de leur dire au revoir.

Arrivés en bas de l'immeuble, Patrik et Martin marquèrent un arrêt.

— Bon, qu'est-ce que tu en penses ? demanda Martin en remontant davantage la fermeture éclair de son blouson.

Le vent était frais, la douceur printanière n'était pas encore au rendez-vous.

— Je ne sais pas, soupira Patrik. Si on avait eu la confirmation qu'il s'agissait bien d'un meurtre, ça aurait été plus facile, alors que là… Il soupira encore. Pourtant, j'ai vraiment l'impression de reconnaître ce scénario. Il y a quelque chose qui… Il se tut et secoua la tête, les lèvres serrées. Non, je n'arrive pas à me rappeler. Il ne me reste qu'à passer tout ça en revue avec Pedersen encore une fois. Et les techniciens ont peut-être pu tirer quelque chose de la voiture.

— Espérons-le, dit Martin.

— Ecoute, je crois que je vais rentrer à pied, dit Patrik.

— Et comment tu viendras au boulot demain ?

— Je trouverai une solution. Je pourrai toujours demander à Erica de me déposer.

— Bon, si tu le dis. Je prends la voiture alors, et je rentre. Pia n'était pas très en forme, je vais pouvoir la dorloter.

— Rien de grave, j'espère ?

— Non, juste un peu de fatigue, elle a pas mal de nausées ces temps-ci.

— Est-ce que…, commença Patrik, mais un regard de Martin l'interrompit. OK, ce n'est pas encore le moment de poser cette question.

Il adressa un petit sourire à Martin qui s'installa au volant. Il n'était pas mécontent de pouvoir rentrer à la maison.

Lars massait les épaules de Hanna. Elle était assise à la table de la cuisine, les yeux fermés et les bras pendant le long du corps. Mais le haut de son dos était dur comme pierre et Lars essayait d'éliminer les tensions avec un massage en douceur.

— Tu devrais aller voir un ostéopathe, tes muscles sont complètement noués.

— Mmm, je sais, dit Hanna qui grimaça un peu quand il s'attaqua directement à un nœud. Aïe ! fit-elle.

Lars cessa tout de suite.

— Ça t'a fait mal ? Tu veux que j'arrête ?

— Non, continue, dit-elle, toujours avec une petite

grimace de douleur. Mais c'était une bonne douleur, ça faisait du bien de sentir le muscle se détendre et s'étirer.

— Comment tu t'en sors au boulot ?

Les mains de Lars n'arrêtaient pas de pétrir.

— Ça va, ça va bien, même. Mais c'est un peu soporifique. Ce ne sont pas vraiment des flèches. A part Patrik Hedström, peut-être. Et le plus jeune, Martin, il a du potentiel. Mais Gösta et Mellberg… Hanna rit. Gösta est collé devant ses jeux de golf à longueur de journée, quant à Mellberg, je l'ai à peine vu. Il s'enferme tout le temps dans son bureau pour piquer des roupillons. Ah, ça promet.

Pendant un petit moment, l'ambiance dans la pièce fut légère. Mais les vieilles ombres furent rapidement de retour et pesèrent de nouveau sur l'atmosphère. Il y avait tant de choses à dire. Tant de choses à faire. Mais ils ne les faisaient jamais. Le passé s'interposait entre eux comme un obstacle gigantesque qu'ils ne pourraient jamais enjamber. Ils s'étaient résignés. Avaient-ils seulement encore envie de le franchir ?

La main de Lars qui pétrissait Hanna se mit à caresser sa nuque. Elle geignit légèrement, les yeux toujours fermés.

— Est-ce que ça va jamais s'arrêter, Lars ? chuchota-t-elle, tandis que les mains de Lars continuaient de lui caresser les épaules et les clavicules sous le pull.

Sa bouche était maintenant tout près de son oreille et elle sentit la chaleur de son haleine.

— Je ne sais pas. Je ne sais pas, Hanna.

— Mais il faut qu'on en parle. A un moment ou un autre, il faut qu'on en parle.

Elle entendit le ton suppliant et désespéré qui se glissait toujours dans sa voix quand elle évoquait le sujet.

— Non, il ne faut pas.

Lars commença à lui mordiller le lobe de l'oreille et elle essaya de résister, mais, comme d'habitude, elle sentit le désir monter en elle.

— Mais qu'allons-nous faire alors ?

Le désespoir se mêla au désir et elle se tourna vivement vers lui.

— On va vivre notre vie, dit-il, le visage tout près du sien. Jour après jour, heure après heure. On va faire nos boulots, sourire, on va faire ce qu'on est supposés faire. On va s'aimer.

— Mais…

Les baisers de Lars venaient toujours étouffer ses protestations. La suite, elle la connaissait par cœur. Chaque fois, ses tentatives pour parler se terminaient de la même manière, avec les mains de Lars qui laissaient des traces brûlantes sur tout son corps. Les larmes lui montèrent aux yeux. Toutes les années de frustration, de honte et de passion refaisaient surface. Lars lécha avidement ses joues mouillées. Elle essaya de se dégager, mais l'amour et le désir de Lars ne le lui permettaient pas, et elle finit par céder. Vidant son cerveau de toute pensée, de tout passé, elle lui rendit ses baisers et s'agrippa à lui, serra son corps contre le sien. Ils s'arrachèrent leurs vêtements et se laissèrent tomber sur le sol de la cuisine. Au loin, elle s'entendit crier.

Après, elle se sentait toujours aussi vide. Et perdue.

— J'ai trouvé Patrik un peu abattu quand il est rentré hier.

Anna scruta Erica, qui se concentra sur la conduite.

— Oui, il n'est pas très en forme. J'ai essayé de lui parler ce matin dans la voiture, mais il n'était pas très loquace. Je l'ai déjà vu comme ça. Il y a quelque chose qui le tracasse, un problème de boulot qui ne le laisse pas en paix. La seule chose à faire, c'est de lui donner du temps. Tôt ou tard il parlera.

— Ah, les hommes, dit Anna.

Une ombre parcourut son visage. Erica l'entrevit du coin de l'œil et sentit tout de suite son estomac se nouer. Elle vivait constamment dans la peur qu'Anna ne retombe dans l'apathie, que l'étincelle vitale qui s'était rallumée en elle ne s'éteigne de nouveau. Mais, cette fois-ci, Anna réussit à refouler le souvenir de l'enfer qu'elle avait vécu, le souvenir qui s'obstinait si souvent à envahir ses pensées.

— Ça a quelque chose à voir avec l'accident de voiture ? dit-elle.

— Oui, je crois, répondit Erica en regardant attentivement la route avant de s'engager dans le rond-point de Torp. Il a dit qu'ils sont en train d'élucider certaines ambiguïtés, et que cet accident lui rappelle quelque chose.

— Quoi donc ? Un accident de voiture, qu'est-ce que ça peut bien lui rappeler ?

— Je n'en sais rien. C'est en tout cas ce qu'il a dit. Il devait creuser davantage aujourd'hui, essayer d'aller au fond des choses.

— Je suppose que tu n'as pas eu l'occasion de lui montrer la liste ?

Erica rit.

— Non, je n'ai pas eu le courage, vu son état. Je trouverai un moyen ce week-end.

— Bien, dit Anna qui de sa propre initiative avait endossé le rôle de planificatrice en chef du mariage. Le point le plus important à lui soumettre, ce sont ses vêtements. On pourra y jeter un œil aujourd'hui, tu sélectionneras ce que tu veux qu'il essaie, mais l'essayage sera évidemment difficile à faire sans lui.

— Bah, les vêtements de Patrik ne sont pas un problème. Je m'inquiète davantage pour les miens, dit Erica d'un ton morne. Tu crois qu'ils ont un rayon XXL pour les robes de mariée ?

Elle entra dans le parking de Kampenhof et détacha sa ceinture. Anna fit de même, puis elle se tourna vers Erica.

— Ne t'inquiète pas, tu seras absolument fantastique. Ce n'est pas un problème ! Tu auras le temps de perdre plein de kilos en six semaines. Tu verras, ça sera génial !

— Ça, j'y croirai quand je le verrai, dit Erica. Il vaut mieux que tu saches dès maintenant que ça ne sera pas une mission très sympa.

Elle ferma la voiture à clé et elles partirent vers la rue commerçante, avec Maja dans la poussette. *Le Palais du Mariage* était situé dans une petite rue transversale. Elle avait appelé pour s'assurer que la boutique était ouverte.

Anna ne dit rien de plus. Elle serra le bras d'Erica au moment d'entrer pour essayer de susciter en elle un peu d'enthousiasme. Bon sang, elles étaient quand même là pour trouver une robe de mariée !

Une fois à l'intérieur, Erica chercha sa respiration. Du blanc, du blanc, du blanc. Tulle et dentelle, perles et paillettes. Une petite dame d'une soixantaine d'années, au maquillage soutenu, vint les accueillir.

— Soyez les bienvenues ! gazouilla-t-elle en applaudissant de ravissement. Cyniquement, Erica se dit qu'il ne devait pas y avoir beaucoup de clientes, à en juger par l'enthousiasme qu'elle montrait à les voir.

Anna prit le commandement.

— On aimerait trouver une robe de mariée pour ma sœur.

Elle montra Erica et la vendeuse manifesta de nouveau sa joie.

— Ah, vous allez vous marier, quelle bonne idée !

Pas du tout, j'ai juste envie d'avoir une robe de mariée dans ma garde-robe. Pour mon plaisir personnel, pensa Erica vertement, mais elle garda le commentaire pour elle.

On aurait dit qu'Anna avait entendu ses pensées, car elle glissa rapidement :

— Ils vont se marier le samedi de Pentecôte.

— Aïe, dit la dame tout affolée. C'est que ça presse alors. Plus qu'un mois et des poussières, aïe, aïe, aïe, vous ne vous y êtes pas prise franchement à l'avance.

Encore une fois, Erica ravala une vacherie, et elle sentit la main apaisante d'Anna sur son bras. La vendeuse leur fit signe de la suivre dans la boutique. Pour Erica, cette situation était vraiment… étrange. Cela dit, elle n'avait jamais auparavant mis les pieds dans un magasin de robes de mariée, et ça pouvait expliquer son malaise. Elle regarda autour d'elle et se sentit tout étourdie. Comment allait-elle trouver une robe au milieu de cet océan de froufrous ?

De nouveau, Anna comprit son état d'esprit. Elle montra un fauteuil et lui dit de s'asseoir. Maja fut posée par terre. D'une voix directive elle dit :

— Vous pouvez peut-être nous montrer ce que vous avez ? Pas trop de fanfreluches, plutôt des modèles simples et classiques. Avec juste un petit détail qui tranche. C'est bien ça, Erica ?

Elle regarda sa sœur qui ne put s'empêcher de rire. Anna la connaissait presque mieux qu'elle-même.

Et les robes furent présentées, l'une après l'autre. Pour certaines, Erica secoua la tête, pour d'autres elle fit un signe positif. Elles se retrouvèrent ainsi avec un jeu de cinq robes à essayer. Le cœur lourd, Erica entra dans la cabine d'essayage. Ce n'était *pas* son occupation favorite. Voir son corps de trois côtés à la fois, sous un éclairage impitoyable qui révélait tout ce qui avait été dissimulé sous les vêtements d'hiver, l'horripilait. A plus d'un égard, pensa Erica en remarquant qu'elle aurait dû sévir ici et là avec le rasoir. Bon, c'était trop tard maintenant. Avec précaution, elle enfila la première robe. C'était un fourreau sans bretelles et, dès le moment où elle essaya de monter la fermeture éclair, elle comprit que ça n'allait pas du tout être amusant.

— Ça se passe comment ? lança la dame de sa voix la plus enthousiaste derrière le rideau. Vous avez besoin d'aide ?

— Oui, je crois, dit Erica et elle sortit à contrecœur de la cabine.

Elle se tourna pour que la vendeuse puisse monter la fermeture éclair, puis elle respira à fond et se regarda dans le miroir en pied. Désespérant, tout simplement désespérant. Elle sentit les larmes lui piquer les yeux. Ce n'était pas ainsi qu'elle s'était imaginée en mariée. Dans ses rêves elle était toujours merveilleusement mince, avec une poitrine ferme et un teint nacré. La personne qui la contemplait dans la glace était une version féminine du bonhomme Michelin. Les bourrelets gondolaient à la taille, la peau portait encore la fatigue de l'hiver et manquait d'éclat. Le bustier faisait dépasser d'étranges saucisses de graisse et de peau aux aisselles. C'était épouvantable. Elle ravala les larmes et retourna dans la cabine. D'une façon ou d'une autre, elle réussit à baisser la fermeture sans aide et quitta la robe. A la suivante. Elle arriva à la mettre toute seule et ressortit devant ses deux spectatrices. Cette fois, elle ne pouvait pas cacher ce qu'elle ressentait, et dans le miroir elle vit nettement sa lèvre inférieure trembler. Quelques larmes surgirent et elle les essuya, irritée, du dos de la main. Elle n'avait pas envie de se ridiculiser en pleurant en public, mais elle n'arrivait pas à maîtriser sa réaction. Cette robe aussi lui allait très mal. Comme l'autre, elle était d'une coupe très simple, mais c'était un dos-nu, ce qui au moins évitait les bourrelets aux aisselles. Le plus gros souci était son ventre. Elle ne voyait absolument pas comment elle pourrait retrouver une ligne suffisamment svelte pour se sentir belle le jour de son mariage. C'était censé être amusant. Elle avait attendu ce jour toute sa vie. De choisir et de faire la fine bouche entre les robes de mariée les plus fantastiques qui soient. D'imaginer tous les regards qui se tourneraient vers elle quand elle remonterait la nef centrale de l'église au bras de son futur mari. Dans ses rêves, elle se voyait toujours en princesse ce jour-là. Les larmes coulèrent sur ses joues et Anna vint poser une main sur son bras nu.

— Mais, ma puce, qu'est-ce qui se passe ?

— Je… je suis trop grosse, sanglota-t-elle. Toutes les robes sont horribles sur moi.

— Pas du tout, ce n'est rien. Juste un peu les suites de la grossesse, on en viendra à bout. Tu es super bien foutue. Je veux dire, regarde ce décolleté par exemple. J'aurais tué pour l'avoir quand je me suis mariée.

Anna pointa un doigt sur le miroir et, de mauvaise grâce, Erica se regarda. D'abord elle ne vit que son visage pathétique strié de larmes et un nez rouge et gonflé. Puis elle déplaça son regard vers le bas et, oui,

Anna avait peut-être raison. La fente qu'elle apercevait entre ses seins n'était effectivement pas mal du tout.

La vendeuse vint mettre son grain de sel.

— Elle vous va comme un gant, c'est simplement que vous n'avez pas les sous-vêtements qu'il faut. Si vous essayez avec un body ou une gaine, ce petit ventre-là va disparaître comme par magie ! Ce n'est absolument rien ! J'ai vu bien pire que ça dans ma vie. Comme le dit votre sœur, vous avez de très jolies formes, il faut juste trouver une robe qui les mette en valeur. Allez, essayez celle-ci, je suis sûre que vous verrez les choses d'un œil plus optimiste. Elle vous ira encore mieux.

Avec un sourire d'encouragement, elle tendit une autre robe à Erica qui retourna dans la cabine, la mort dans l'âme. Sans vraiment y croire, elle la passa et se planta de nouveau devant le grand miroir, aussi stoïque qu'un soldat qui retourne sur la ligne de front. Une vague de surprise se dessina sur son visage. Tout ce qui était horrible avant s'était transformé en avantages. Le ventre était toujours un peu trop bombé, mais rien dont on ne puisse venir à bout avec une bonne gaine. Stupéfaite, elle regarda Anna et la vendeuse. Sa sœur se contenta de hocher la tête, ravie, et la commerçante exaltée frappa dans ses mains.

— Quelle *mariée* ! Je l'avais bien dit ! Celle-ci est parfaite pour votre stature et vos jolies formes !

Erica se regarda encore une fois dans la glace, toujours avec un certain scepticisme. Mais elle fut obligée de leur donner raison. Elle se sentait jolie. Elle se sentait comme une princesse. Si seulement elle arrivait à se débarrasser des kilos en trop pendant les semaines qui restaient avant le mariage, elle serait parfaite ! Elle se tourna vers Anna.

— Finis les essayages. Je la prends !

— Je suis contente ! rayonna la dame. Oui, je pense que vous allez être plus que satisfaite. Si vous voulez, je peux la garder ici jusqu'au mariage, et on fera un dernier essayage une semaine avant. S'il y a des retouches à faire, on en aura largement le temps.

— Merci Anna, chuchota Erica en serrant la main de sa sœur.

— Tu es vraiment belle, dit Anna.

Erica eut l'impression de voir une larme scintiller dans les yeux de sa sœur. C'était un instant important. Un instant bien mérité après tout ce qu'elles avaient vécu.

— Bien, alors, quelles sont vos impressions ?

Lars regarda le cercle qui l'entourait. Personne ne répondit. Tous fixèrent leurs chaussures. Tous sauf Barbie, qui le dévisagea intensément.

— Qui a envie de commencer ?

Sa voix les invita à parler et deux ou trois d'entre eux levèrent la tête. Finalement Mehmet prit la parole.

— Ben, je suppose que ça va.

— Est-ce que tu peux développer un peu ?

La voix de Lars était douce avec juste la dose de cajolerie qui convenait.

— Je veux dire que jusqu'ici ça me paraît cool. Le boulot est OK et tout ça…

Il se tut de nouveau.

— Et vous autres, comment vous sentez-vous dans les métiers qu'on vous a attribués ?

— Métier ? souffla Calle avec mépris. Moi, je passe ma journée à laver des assiettes crades. Mais je vais en discuter avec Fredrik cet après-midi. Il va y avoir quelques changements sur ce front, j'y veillerai.

Il reluqua Tina avec insistance, mais elle se contenta de le toiser du regard.

— Et toi, Jonna, comment a été ta semaine ?

Jonna était maintenant la seule qui semblait encore trouver ses chaussures infiniment intéressantes. Elle murmura une réponse, sans lever les yeux. Tout le monde dans le petit cercle, au milieu du grand foyer cantonal, se pencha en avant pour entendre ce qu'elle disait.

— Excuse-nous, on n'a pas entendu, Jonna. Tu peux répéter ? Et j'aimerais que tu aies la correction de nous regarder quand tu parles. Autrement, on a l'impression que tu nous méprises. C'est le cas, Jonna ?

— C'est ça ? glissa Uffe en lui donnant un petit coup de pied. Tu penses que tu vaux plus que nous, ou quoi ?

— Ça, ce n'est pas très constructif, Uffe, le sermonna Lars. Ce que nous essayons de créer ici, c'est un cadre chaleureux et rassurant, où vous pouvez faire part de vos sentiments et de vos impressions à des gens qui vous soutiennent.

— Ça, c'est trop long pour Uffe, sourit Tina moqueuse. Si tu veux qu'il suive, il faut parler plus simplement.

— Connasse, lâcha Uffe en la fusillant du regard.

— C'est exactement ce dont je veux parler. La voix de Lars se fit plus acérée. Ça ne mène absolument à rien de se chamailler comme vous le faites. Vous vous trouvez tous dans une situation extrême qui peut être très éprouvante psychiquement, ces séances sont une soupape de sécurité pour vous permettre de diminuer la pression.

Il déplaça son regard dans le cercle en fixant chacun avec sérieux. Certains hochèrent la tête. Barbie leva la main.

— Oui, Lillemor* ?

Elle baissa la main.

— Tout d'abord, je ne m'appelle plus Lillemor, je m'appelle Barbie désormais, dit-elle en faisant la moue. Puis elle sourit. Mais je veux simplement dire que, pour moi, tout ça est absolument merveilleux ! Qu'on puisse se réunir comme ça et vider nos sacs. Ça n'arrivait jamais à *Big Brother*.

— Arrête tes conneries !

Uffe la fixa, à moitié affalé sur la chaise. Son sourire s'éteignit et elle baissa les yeux.

— Je trouve que c'est très bien d'avoir dit ça, fit Lars en lui adressant un signe d'encouragement avec la tête. Vous aurez aussi accès à une thérapie individuelle, en plus de la thérapie de groupe. Bon, on va terminer la partie commune maintenant, comme ça, toi et moi… Barbie, on pourra peut-être commencer la thérapie individuelle ?

Elle leva les yeux en souriant.

— Avec plaisir ! J'ai un tas de choses à régler avec moi-même.

— Tant mieux, sourit Lars en retour. Alors je propose qu'on aille derrière l'estrade, il y a une petite pièce où nous pourrions parler sans être dérangés. Ensuite je vous prendrai dans l'ordre où vous êtes assis dans le cercle. C'est-à-dire, après Barbie, Tina, puis Uffe et ainsi de suite. Ça vous va ?

Personne ne répondit et Lars interpréta leur silence comme un consentement.

---

* Prénom suédois qui veut littéralement dire : Petite mère.

A peine la porte refermée sur Barbie et Lars, tout le monde retrouva sa langue. Sauf Jonna, qui retomba dans son mutisme habituel.

— Ah, quelles conneries, alors ! Uffe se marra en se tapant sur les genoux.

Mehmet le regarda, irrité.

— Quoi, je trouve ça super. Tu sais très bien dans quel état on est après deux, trois semaines d'un truc pareil. C'est génial, pour une fois ils pensent à nous, et à notre bien-être.

— A notre bien-être, singea Uffe d'une voix criarde. T'es pire qu'une putain de bonne femme, Mehmet, tu sais ça ? Tu devrais animer une émission de santé à la télé. Dans un de ces espèces de body qui te colle au corps, tu vois ce que je veux dire ?

— T'en fais pas, Mehmet, il est complètement taré.

Tina lança un regard assassin à Uffe, qui tourna maintenant son attention vers elle.

— De quoi tu causes, espèce de grosse vache. Tu te crois fortiche, c'est ça ? T'arrêtes pas de la ramener avec tes super notes et les mots à rallonge que tu sais dire, tu te prends pas pour de la merde. Et maintenant tu crois que tu vas devenir une star aussi.

Son ricanement dégoulina de dédain et des yeux il chercha un soutien auprès des autres dans le cercle. Personne ne lui rendit son regard. Mais personne ne protesta non plus, et il poursuivit joyeusement :

— Tu y crois vraiment toi-même ? Tout ce que tu fais, c'est te ridiculiser, et nous avec. On m'a dit que t'as fait de la lèche pour pouvoir chanter ta chanson de merde ce soir, je me réjouis d'avance de voir les gens t'envoyer des tomates pourries. Putain, je serai au premier rang pour les lancer.

— Tu arrêtes maintenant, Uffe, dit Mehmet en le fixant droit dans les yeux. Tu es bête et méchant et tu es jaloux de Tina parce qu'elle a du talent, alors que tout ce que tu as, toi, c'est une carrière éphémère d'abruti dans une émission de téléréalité. Mais, rassure-toi, tu seras vite de retour dans ton magasin à trimballer des caisses comme un con.

Cette fois le rire d'Uffe sonna creux. Les paroles de Mehmet avaient une note de vérité, qui fit grandir l'inquiétude en lui. Mais il eut vite fait de la chasser.

— Vous n'êtes pas obligés de croire ce que je dis. Mais, ce soir, vous allez entendre. Les ploucs vont mourir de rire, c'est sûr et certain.

— Je te hais, Uffe, sache-le.

Tina se leva, les larmes aux yeux, et quitta le groupe. Un cadreur la suivit aussitôt. Elle se mit à courir pour lui échapper, mais il n'y avait aucun moyen de fuir les caméras. Elles étaient partout, les filmant avidement.

Patrik était incapable de se concentrer sur autre chose. Les images de l'accident ne le laissaient pas en paix. Si seulement il pouvait se rappeler pourquoi ce décès lui paraissait si familier. Il ramassa le dossier avec tous les documents relatifs à l'enquête et s'installa pour les parcourir une énième fois. Comme toujours quand il pensait intensément, il murmurait tout bas.

— Des ecchymoses autour de la bouche, alcoolémie incroyablement élevée chez un individu qui ne buvait pas, à en croire les proches.

Il laissa son doigt courir sur le protocole d'autopsie à la recherche d'un détail qui lui aurait échappé. Mais rien ne parut suspect. Patrik prit le téléphone et composa un numéro qu'il connaissait par cœur.

— Salut Pedersen, c'est Patrik Hedström de Tanumshede. Dis-moi, je suis là avec le protocole d'autopsie, et je me demandais si tu aurais cinq minutes à me consacrer pour qu'on voie ça ensemble ?

Pedersen acquiesça et Patrik continua :

— Ces bleus autour de la bouche, est-ce qu'on peut déterminer quand ils ont été faits ? D'accord…

Il prit des notes dans la marge tout en parlant.

— Et l'alcool, est-ce qu'on peut dire combien de temps il lui a fallu pour l'ingurgiter ? Ce n'est pas une durée précise que je cherche, en fait si, ça m'intéresse aussi, mais ce que je voudrais surtout savoir, c'est si elle a bu pendant un long laps de temps, si elle a tout avalé d'un coup ou… oui, tu vois ce que je veux dire.

Il écouta attentivement, et son stylo ne chôma pas.

— Intéressant, intéressant. Tu as trouvé autre chose de bizarre ?

Patrik se rendit compte qu'il serrait le combiné si fort contre son oreille que ça lui faisait mal. Il relâcha un peu sa prise.

— Des restes de scotch autour de la bouche ? Ça, c'est une indication qui pourra nous servir. Et, à part ça, tu n'as rien d'autre à me donner ?

En entendant la réponse négative, il soupira et se frotta les sourcils avec le pouce et l'index de sa main libre.

— D'accord, je vais devoir m'en contenter.

Patrik raccrocha de mauvaise grâce. Il avait vraiment espéré plus. Il ressortit les photos du lieu de l'accident et commença à les étudier, à la poursuite de quelque chose, n'importe quoi, qui pourrait raviver sa mémoire récalcitrante. Peut-être qu'il se faisait des idées. Peut-être était-ce simplement une forme de déjà-vu, un détail qu'il avait retenu à la télé ou dans un film, ou entendu, qui incitait son cerveau à rechercher quelque chose qui n'existait pas. Mais, au moment où il était prêt à envoyer valdinguer les documents sous l'effet de la frustration, il eut un flash. Il se pencha en avant pour étudier plus en détail la photo dans sa main, et une sorte de triomphe l'emplit tout doucement. Peut-être ne se trompait-il pas tant que ça après tout. Peut-être y avait-il bien depuis le début quelque chose qui se cachait dans les recoins de sa mémoire.

D'une seule enjambée, il fut devant la porte. L'heure était venue de descendre aux archives.

Sans entrain, elle passa les marchandises sur la bande devant le lecteur de codes-barres. Les larmes lui montaient aux yeux, mais Barbie cligna pour les refouler. Si elle pleurait ici, c'était la honte.

L'entretien du matin l'avait chamboulée. Tant de boue restée enfouie si longtemps était remontée à la surface. Elle regarda Jonna qui tenait la caisse devant elle. En un sens, elle l'enviait. Peut-être pas son cafard ni sa sale habitude de se taillader les bras. Jamais Barbie ne réussirait à planter un couteau dans sa propre chair comme le faisait Jonna. Ce qu'elle lui enviait en revanche, c'était son apparente indifférence à ce que pensaient les gens. Pour Barbie, il n'y avait rien de plus important que la façon dont les autres la voyaient. Il n'en avait pas toujours été ainsi. Les photos scolaires, que ce foutu torchon à sensation avait publiées, le montraient bien. Les images où elle était petite et maigre, avec un gros appareil dentaire, de tout petits seins presque inexistants et des cheveux châtains. Elle

142

avait été désespérée en les voyant placardés dans tous les kiosques à journaux. Mais pas pour ce qu'on pouvait imaginer. Pas parce que les gens pourraient comprendre que ses nichons étaient faux, tout comme la couleur de ses cheveux. Elle n'était pas bouchée à ce point. Mais parce que ça faisait mal de voir ce qui n'existait plus. Le sourire joyeux. Plein de confiance, sans crainte. Elle était heureuse d'être celle qu'elle était, rassurée et satisfaite de sa vie telle qu'elle était. Mais tout avait changé le jour où son père était mort.

Son père et elle avaient toujours été si bien ensemble. Elle était toute petite quand le cancer avait emporté sa mère, mais il avait réussi à la protéger, elle n'avait jamais eu l'impression de manquer de quoi que ce soit. Elle savait que la vie avait été un peu compliquée quand elle était bébé, juste après la mort de sa maman, lorsque l'horrible chose s'était produite. On lui avait tout raconté, et son père avait payé le prix, il avait appris la leçon, tourné la page et construit une vie pour sa fille et lui-même. Jusqu'à ce jour d'octobre.

Ça avait été si irréel. D'un seul coup, sa vie fut brisée et tout lui fut enlevé. Elle n'avait pas d'autres parents, aucun proche qui pourrait s'occuper d'elle, et on la propulsa dans un monde de familles d'accueil et de conditions de vie provisoires, où elle apprenait des choses qu'elle aurait préféré ne pas apprendre. La sécurité qu'elle avait connue auparavant s'envola avec tout le reste. Ses copains n'arrivaient pas à comprendre que la catastrophe l'avait transformée. Que depuis ce jour-là elle était comme amputée. Qu'elle ne pourrait jamais redevenir la même. Ils essayèrent pendant quelque temps, puis ils l'abandonnèrent à son sort.

C'est alors qu'elle commença à chercher de l'assurance auprès de mecs plus âgés et de nanas blindées.

Etre un garçon manqué banal ne lui convenait plus. S'appeler Lillemor non plus. Elle commença par ce qui était à sa portée. Ses cheveux devinrent blonds dans la salle de bains d'un petit ami de passage. Tous ses vieux vêtements furent remplacés par d'autres, plus courts, plus sexy. C'était cela, son ticket de sortie de la médiocrité. Le sexe. Le sexe pouvait lui procurer l'attention des autres et le bien-être matériel. Il lui offrait le moyen de trancher sur la masse. Un de ses petits amis était pété de thune. Il finança les seins. Elle aurait préféré qu'ils soient un peu moins gros, mais c'était lui qui payait, et il eut le dernier mot. Il voulait des bonnets E et il en fut ainsi. Une fois la transformation physique terminée, le reste n'était qu'une question d'empaquetage. Le copain suivant l'appela sa petite poupée Barbie et le problème du prénom fut résolu. Ensuite elle n'avait eu qu'à décider de la meilleure façon de lancer sa nouvelle apparence. Elle avait commencé par quelques petits boulots de mannequin du genre peu ou pas vêtu. Mais ce fut *Big Brother* qui marqua sa percée. Elle devint la star de la série. Que tous les Suédois connaissent sa vie sexuelle par le biais du petit écran lui était parfaitement égal. Qui donc allait s'en offusquer ? Elle n'avait personne pour l'engueuler d'être la honte de la famille. Elle était seule au monde.

La plupart du temps, elle réussissait à ne pas penser à l'avant-Barbie. Elle avait repoussé Lillemor si loin dans son inconscient qu'elle n'existait pour ainsi dire plus. C'était la même chose pour le souvenir de son père. Elle ne pouvait pas se permettre de se le rappeler. Pour qu'elle puisse survivre, le son de sa voix, de son rire, la sensation de ses caresses sur sa joue ne devaient plus exister dans sa nouvelle vie. Ça faisait trop mal. Mais l'entretien de ce matin avec le psychologue avait fait résonner des cordes qui s'entêtaient maintenant à vibrer dans sa poitrine. Apparemment elle n'était pas la seule à être touchée. L'ambiance était pesante depuis qu'ils étaient tous passés à tour de rôle devant lui. Par moments il lui avait semblé que toutes les ondes négatives se dirigeaient contre elle, elle avait eu l'impression qu'on la regardait d'un œil mauvais. Mais le temps qu'elle se retourne pour voir d'où pouvaient provenir ces vibrations malveillantes, l'instant était passé.

En même temps il y avait quelque chose qui la tourmentait. Quelque chose sur quoi Lillemor essayait d'attirer son attention, alors que Barbie faisait tout pour repousser l'impression. Il y avait certains souvenirs qu'elle ne pouvait pas s'offrir le luxe de laisser surgir.

Devant elle, sur la bande, les marchandises continuaient à défiler. C'était sans fin.

Fouiller dans les archives était comme toujours un travail à la fois ennuyeux et fastidieux. Rien n'était à sa place. Patrik s'était assis par terre les jambes croisées, entouré d'un tas de cartons. Il savait quel type de documents il cherchait et, dans un accès de candeur, il avait cru les trouver dans un carton étiqueté "Formation continue". Mais non. Il entendit des pas dans l'escalier et leva les yeux. C'était Martin.

— Salut, Annika m'a dit que je pourrais te trouver ici. Qu'est-ce que tu fais ?

Déconcerté, Martin regarda tous les cartons.

— Je cherche des notes que j'avais prises pendant une conférence à Halmstad il y a un an ou deux. On aurait pu croire qu'elles seraient archivées de façon logique, mais penses-tu. Il y a un crétin qui a tout déplacé, et plus rien ne colle.

Il rejeta une liasse de papiers dans un carton, qui lui non plus n'était pas à sa place.

— Oui, je sais, Annika n'arrête pas de rouspéter, et c'est vrai qu'il y a un sacré bordel ici. Elle archive correctement, mais ensuite c'est comme si les documents se déplaçaient tout seuls.

— Oui, j'ai du mal à comprendre que les gens n'arrivent pas à remettre les choses à leur place. Je sais que je les ai archivées sous "Formation continue", mais elles n'y sont plus. Va savoir maintenant où elles se trouvent : "Disparitions", "Affaires classées", "Affaires non classées"… Les paris sont ouverts, si tu veux tenter ta chance. Avec la main, il balaya le petit local rempli de cartons du sol au plafond.

— Ben, moi, ce qui me fascine le plus, c'est que tu archives tes notes de conférence. Les miennes sont toujours semées un peu partout dans mon bureau.

— Oui, c'est ce que j'aurais dû faire. Mais, dans ma grande naïveté, j'ai pensé que l'un de vous en aurait peut-être besoin un jour…

Patrik soupira et se mit à feuilleter une autre liasse de documents. Martin s'assit par terre à côté de lui et s'y mit aussi.

— Je vais t'aider, ça ira plus vite. Qu'est-ce que je dois chercher ? C'était quoi comme exposé ? Et pourquoi est-ce que tu as besoin de ces notes ?

Patrik ne leva pas les yeux.

— C'était une conférence à Halmstad, en 2002 si mes souvenirs sont exacts. Il était question de cas bizarres qu'on n'avait pas réussi à résoudre parce qu'il restait plein de points d'interrogation.

— Et ?

146

Martin attendit la suite.

— Je te raconterai la suite quand on les aura retrouvées. Pour l'instant je n'ai qu'une vague idée, et je veux me rafraîchir la mémoire avant d'en dire plus.

— D'accord, fit Martin.

Il était toujours curieux, mais il connaissait Patrik suffisamment bien pour savoir qu'il était inutile de le harceler.

Subitement Patrik leva la tête avec un sourire rusé.

— Mais je ne raconterai que si toi aussi tu racontes…

— Si je raconte quoi ? dit Martin interloqué.

En voyant le sourire de Patrik, il comprit à quoi son collègue faisait allusion. Il rit et dit :

— OK, c'est d'accord. On racontera chacun notre tour.

Après une heure de recherches infructueuses, Patrik poussa soudain un cri.

— Les voilà !

Il arracha les documents de leur pochette plastique.

Martin reconnut l'écriture et essaya de déchiffrer le texte à l'envers. N'y parvenant pas, il dut se résoudre à attendre tandis que Patrik lisait en diagonale. Au bout de trois pages, son index s'arrêta subitement au milieu du texte. Une ride profonde se creusa entre ses sourcils et Martin essaya par la pensée de l'inciter à lire plus vite. Après un temps qui lui parut une éternité, Patrik leva des yeux triomphants.

— Bon, à toi de commencer, dit-il.

— Arrête, je n'en peux plus.

Martin rit et essaya de prendre les documents de la main de Patrik. Mais celui-ci avait prévu la manœuvre, il les retira vivement et les brandit en l'air.

— Pas question, toi d'abord, moi ensuite.

— Quel gamin tu fais, soupira Martin. Bon, d'accord, on va avoir un bébé, Pia et moi. Fin novembre. Il leva un doigt en signe d'avertissement. Mais tu ne le diras à personne ! Ça ne fait que deux mois, on veut le garder pour nous jusqu'à ce qu'on ait dépassé la douzième semaine.

Patrik leva les deux mains devant lui, faisant voleter les papiers dans sa main droite.

— Promis, je serai une tombe. Mais toutes mes félicitations !

Le sourire de Martin s'ouvrait d'une oreille à l'autre. Plusieurs fois déjà il avait été sur le point de l'annoncer à Patrik. Il mourait d'envie de répandre la bonne nouvelle. C'était bon d'avoir enfin pu le dire à quelqu'un.

— Maintenant dis-moi pourquoi nous avons passé une heure ici dans la poussière.

Aussitôt, Patrik redevint sérieux. Il tendit les documents à Martin, indiqua l'endroit où il devait lire, puis attendit. Après un petit moment, Martin leva les yeux, sidéré.

— Là, tu vois qu'il n'y a plus le moindre doute. Marit a réellement été assassinée, dit Patrik.

— Effectivement, il n'y a pas de doute.

Ils tenaient *une* réponse. Mais elle ne faisait qu'accumuler les points d'interrogation. Ils avaient du pain sur la planche.

Il fit un tel boucan avec les plaques du four qu'on l'entendait jusque dans le magasin. Mehmet pointa la tête dans l'arrière-boutique de la boulangerie.

— Qu'est-ce que tu fous ? Tu cherches à démolir les murs ou quoi ?

— T'occupe !

Uffe continua ostensiblement son manège.

— Désolé. Mehmet leva les mains en un geste d'apaisement. Tu t'es levé du mauvais pied aujourd'hui ?

Uffe ne répondit pas. Il se concentra sur sa tâche consistant à empiler les plaques, puis il se rassit lourdement. Il commençait à en avoir par-dessus la tête. *Fucking Tanum* n'était pas à la hauteur de ses attentes, en tout cas pas jusque-là. Qu'il soit obligé de travailler pour de vrai, il ne le réalisait que maintenant. C'était définitivement une ombre au tableau. Jamais auparavant il n'avait accompli un travail honnête. Un peu de cambriolage, des braquages et quelques mauvais coups de ce genre lui avaient permis d'échapper à la vie active. Certes, ce n'était pas une vie de luxe. Il n'avait osé commettre que de petites infractions, mais celles-ci lui avaient rapporté suffisamment pour qu'il n'ait pas besoin de bosser. Et voilà qu'il se retrouvait ici. Même la vie sur l'île avait été plus facile. Là-bas il pouvait faire bronzette à longueur de journée et tchatcher avec les autres concurrents. Ensuite, un concours par-ci, une participation à *Robinson* par-là, et pour le reste c'était farniente total. D'accord, parfois il avait eu un peu faim, mais ça ne lui avait pas posé trop de problèmes.

Les participants de *Fucking Tanum* non plus n'étaient pas ce qu'il avait espéré. Mehmet qui se voulait tellement parfait et trimait comme une bête dans la boulangerie, de son plein gré en plus. Calle, qui n'était là que pour pouvoir continuer à régner sur les quartiers branchés de la capitale. Tina, tellement arrogante et hautaine qu'il lui venait l'envie de lui péter la gueule. Et Jonna, complètement paumée ! Son truc, là, de se tailler la peau, il ne le pigeait pas. Et pour finir, Barbie. Le visage d'Uffe s'assombrit. Il avait une ou deux choses à lui dire, à cette grognasse. Si elle croyait qu'elle allait s'en tirer comme ça, en racontant n'importe quoi, elle se gourait. Ce qu'il avait entendu au cours de la matinée l'avait fermement décidé à dire deux mots à cette cruche siliconée.

— Uffe, tu as l'intention de bosser aujourd'hui ou non ?

Simon l'exhorta du regard et, avec un soupir, il se leva de sa chaise. Il offrit un rictus à la caméra située au plafond et entra dans la boutique. Il ne lui restait qu'à se sacrifier et trimer un peu. Mais ce soir… ce soir, il la prendrait entre quatre yeux, cette Barbie.

En quittant le commissariat pour rentrer chez lui, Mellberg s'arrêta rapidement devant le bureau de Hedström. Patrik et Martin paraissaient terriblement occupés. Des papiers étaient répandus partout sur la table et Martin prenait des notes dans son calepin. Patrik était au téléphone, il avait coincé le combiné entre l'oreille et l'épaule pour pouvoir en même temps fouiller dans ses documents. Un instant, Mellberg envisagea d'entrer pour savoir ce qui était si urgent. Mais à la réflexion, il s'abstint. Il avait des choses autrement importantes à faire. Comme rentrer à la maison se préparer pour le rendez-vous avec Rose-Marie. Ils devaient se retrouver au *Gestgifveriet* à sept heures, ce qui signifiait qu'il avait maintenant deux heures pour se faire aussi présentable que possible.

La courte promenade lui coupa le souffle. Sa condition physique laissait à désirer, il fallait l'admettre. En entrant, pendant un bref instant, il vit son appartement avec les yeux d'un étranger. Ça ne pouvait pas aller, même lui le comprenait. Si jamais il réussissait à l'emmener à la maison pour un petit after, il fallait agir. Tout son corps, toute sa tête protestèrent à l'idée de faire le ménage. D'un autre côté il avait rarement eu une telle motivation. Si étonnant que ça paraisse, il tenait énormément à faire bonne impression à la femme qu'il allait rencontrer ce soir.

Une heure plus tard, il s'assit hors d'haleine dans le canapé, dont les coussins avaient retrouvé leur gonflant après avoir été tapés et secoués pour la première fois depuis qu'il vivait ici. Tout à coup il comprit pourquoi les séances de ménage étaient si espacées. C'était trop fatigant. Mais, en regardant son appartement, il ne pouvait que constater les miracles accomplis. C'était tout à fait présentable. Il avait quelques meubles sympas hérités de ses parents. Une fois libérés de leur habituelle couche de poussière, ils avaient même un petit air coquet. Il avait ouvert les fenêtres et réussi à éliminer l'odeur de renfermé provenant de restes de nourriture et autres déchets, et le plan de travail d'ordinaire encombré de vaisselle sale était rutilant. Il allait enfin pouvoir faire venir une femme en ayant la conscience tranquille.

Mellberg regarda sa montre et se leva d'un coup sec. Il ne lui restait plus qu'une heure avant de retrouver Rose-Marie et il était trempé de sueur et couvert de poussière. Il allait devoir faire vite. Il sortit les vêtements qu'il avait décidé de porter. Le choix n'était pas aussi large qu'il l'aurait souhaité. Lors d'une inspection plus poussée, la plupart de ses chemises et pantalons se révélèrent tachés et n'avaient pas vu le fer à repasser depuis des lustres. Au final, il restait : une chemise rayée blanc et bleu, un pantalon noir et une cravate rouge ornée d'un Donald. Il trouvait cette dernière d'une folle allure. Et le rouge allait bien avec son visage. Le pantalon cependant faisait partie de la catégorie froissée. Il chercha le fer à repasser partout dans l'appartement, mais impossible de le trouver. Son regard tomba sur le canapé et une idée de génie surgit dans son esprit. Il se dépêcha d'enlever les coussins, puis étala le pantalon le plus à plat possible. Certes, ce n'était pas très propre, mais tant pis. Il pourrait probablement nettoyer tout ça avec une brosse. Il remit les coussins en place et s'assit pendant cinq minutes. S'il s'accordait cinq autres minutes après la douche, le pantalon serait à tout coup comme repassé de frais. Avec satisfaction, il constata qu'il n'était pas un célibataire sans ressources. Il savait encore trouver des solutions.

Le public commença à affluer au foyer cantonal, où la soirée disco devait se dérouler. Les lits des concurrents avaient été enlevés et ils avaient pu mettre sous clé leurs affaires personnelles. Personne n'avait encore été admis dans le local, et la queue serpentait, de plus en plus longue, sur le parking. Les filles avaient froid et sautaient à pieds joints sur place. Le vent frais du printemps faisait de son mieux pour leur faire regretter d'avoir mis leur jupe la plus courte et leur haut le plus échancré. L'impatience se lisait sur tous les visages. C'était l'événement le plus cool depuis longtemps. Les jeunes venaient non seulement de la commune et des localités voisines mais aussi de Strömstad et d'Uddevalla. Ils contemplaient avidement la porte qui bientôt s'ouvrirait. A l'intérieur se trouvaient leurs héros, leurs idoles. Ceux qui avaient réussi ce dont ils rêvaient tous. Devenir des célébrités. Etre invités aux fêtes branchées des people. Apparaître à la télé. Peut-être auraient-ils l'occasion ce soir de leur voler un peu la vedette. Faire quelque chose qui tournerait les caméras sur eux. Comme l'autre fille, à *Fucking Töreboda*. Elle avait réussi à sortir avec Andreas du *Bar* et ensuite on l'avait vue plusieurs fois dans l'émission. Le rêve, quoi ! Les filles tirèrent nerveusement sur leurs vêtements, sortirent le gloss de leur sac à main et s'en passèrent une nouvelle couche sur les lèvres. Elles redonnèrent du gonflant à leurs cheveux tout en essayant de contrôler le résultat dans leurs petits miroirs de poche. L'excitation était à son comble.

Fredrik Rehn rit en voyant la queue.

— Visez-moi ça, mes petits chéris. Les figurants sont au rendez-vous. Bon, on va leur offrir une soirée d'enfer, d'accord ? Ne vous retenez surtout pas, picolez, amusez-vous, lâchez-vous. Ses yeux s'étrécirent. Veillez surtout à le faire devant les caméras. Je ne veux pas apprendre que quelqu'un se débine pour aller faire la fête en suisse. Sinon, c'est rupture de contrat.

— Putain, on dirait l'autre là, Drinkenstierna*, dit Calle.

Les autres rirent, ils étaient d'accord avec lui. Seule Jonna n'avait pas participé à ses tournées de bars de bien mauvaise réputation.

Fredrik sourit, mais ses yeux étaient absolument sérieux.

— Ça, je ne sais pas. Ce que je sais, en revanche, c'est ce qu'on cherche à obtenir. C'est très clair pour

* Michael Brinkenstierna Persson, né en 1966, musicien, manager et producteur de l'émission *Big Brother Road Show* en 2002, entachée de bien des scandales, d'où la déformation voulue de son nom.

moi : du bon divertissement. Vous êtes sélectionnés parce que vous savez comment on chauffe une boîte, et c'est effectivement votre mission ici. Ne l'oubliez jamais. On n'injecte pas un tas d'argent dans une production comme celle-ci juste pour vous permettre de vous éclater et boire à l'œil et augmenter votre potentiel de drague. Vous êtes là pour bosser, tous les six…

— Et Jonna alors, qu'est-ce qu'elle fout ici ?

Uffe rigola et regarda le groupe à la recherche d'un soutien. Elle n'arriverait pas à chauffer une maison de retraite… Son ricanement vulgaire était maintenant familier aux autres, et Jonna ne se donna pas la peine de le regarder. Elle fixa obstinément ses genoux.

— Jonna est extrêmement populaire parmi les quatorze-dix-neuf ans. Beaucoup se reconnaissent en elle. C'est pourquoi on tient à sa participation.

Fredrik se tourna vers tout le groupe, mais il ne put s'empêcher de donner raison à Uffe. Cette nana était comme un trou noir social. A vous foutre un de ces cafards. Mais la décision de la prendre pour l'émission avait été prise au-dessus de lui, et il devait faire avec.

— Donc, tout le monde a bien compris le mot d'ordre de ce soir ? La fête, la fête, la fête ! Il les invita à rejoindre le bar qui avait été improvisé. Et on sera tous avec Tina ce soir quand elle chantera. N'est-ce pas ?

Il dévisagea Uffe, qui se contenta de renifler.

— Oui, oui, OK. Bon, on peut commencer à se servir, ou quoi ?

— Je vous en prie, allez-y, dit Fredrik avec son sourire ultrabrite. Allons-y, ce soir on fera une super émission.

Il leva les deux pouces en l'air. Un murmure diffus confirma qu'ils l'avaient entendu. Puis ils se précipitèrent sur les alcools. Dehors, on commençait à faire entrer le public.

Anna était en train de préparer le dîner quand Patrik entra. Erica était dans le séjour devant *Bolibompa* avec les enfants. Maja, aux anges, agitait les bras chaque fois que Björne le nounours apparaissait, et Emma et Adrian semblaient en transe. Le ventre d'Erica gargouilla et elle huma les effluves de la cuisine. Un plat thaï. Anna avait promis de cuisiner quelque chose qui soit à la fois bon et doux pour la ligne, et à en juger par l'odeur elle tenait au moins le premier engagement.

— Coucou, mon chéri, sourit Erica à Patrik. Il paraissait fatigué. Un peu sale aussi, en le regardant de plus près. Qu'est-ce que tu as trafiqué aujourd'hui ? Tu me sembles un peu… en vrac, dit-elle en montrant sa chemise.

Patrik jeta un coup d'œil sur ses vêtements et soupira. Il commença à déboutonner sa chemise.

— J'ai été fouiller dans la poussière de nos archives. Je monte prendre une douche et me changer, je te raconterai la suite après.

Erica le vit disparaître en haut de l'escalier. Elle alla rejoindre Anna dans la cuisine.

— C'est Patrik qui est rentré ? J'ai eu l'impression d'entendre la porte, dit Anna sans lever les yeux de ses marmites.

— Oui, c'est Patrik. Mais il est monté se doucher et se changer. Il a eu une journée pénible, on dirait.

Anna leva enfin les yeux.

— Alors tu peux peut-être m'aider à mettre la table ? Comme ça, ça sera prêt quand il aura fini.

Le timing était parfait. Patrik redescendit, les cheveux mouillés et en tenue d'intérieur décontractée, juste au moment où Anna posa la marmite sur la table.

— Mmm, ce que ça sent bon, sourit-il.

Toute l'atmosphère avait changé maintenant qu'Anna s'était réveillée à la vie.

— C'est un sauté thaï, avec du lait de coco allégé. Du riz sauvage et des légumes au wok.

— C'est quoi, ce délire de régime ? dit Patrik, sceptique et plus tellement sûr que le fumet tiendrait ses promesses.

— Eh bien, ta future femme a exprimé le souhait que, tous les deux, vous ayez de l'allure en vous présentant devant le pasteur. C'est pourquoi le "Plan allure" commence aujourd'hui.

— Oui, bon, tu n'as pas tout à fait tort, dit Patrik et il tira un peu sur son T-shirt pour dissimuler le petit bedon qui s'était formé depuis quelques années. Et les mômes ? Ils ne mangent pas avec nous ?

— Non, ils sont très bien là où ils sont, dit Anna. Comme ça, on va pouvoir manger tranquillement.

— Mais Maja ? Elle se débrouille toute seule ?

— Quel papa poule tu fais, rit Erica. Elle se débrouillera bien un petit moment. Et, crois-moi, Emma viendra rapporter illico si elle fait une bêtise.

Comme en écho, une voix claire se fit entendre dans le séjour.

— Ericaaaa. Maja touche à la vidéo.

— J'y vais, dit Patrik. Asseyez-vous et commencez à vous servir.

Elles l'entendirent réprimander Maja mais il saisit ensuite l'occasion de la câliner. Même les deux grands eurent droit à leurs bisous, et il avait l'air un peu plus détendu quand il revint s'installer à table.

— Bon, c'est quoi alors qui a tant occupé ta journée ?

Patrik raconta brièvement ce qui s'était passé. Anna et Erica posèrent leurs couverts et le regardèrent, fascinées. Erica fut la première à prendre la parole.

— Mais c'est quoi, le lien, à ton avis ? Et comment est-ce que vous comptez poursuivre ?

Patrik finit de mâcher avant de répondre.

— Avec Martin, on a passé l'après-midi à téléphoner pour rassembler des informations. On a l'intention d'aller au fond de tout ça dès lundi matin.

— Tu ne travailles pas ce week-end ? dit Erica, agréablement surprise. Trop de week-ends étaient morcelés par l'emploi du temps de Patrik.

— Non, pour une fois, je suis libre. Et, de toute façon, je n'arriverai sans doute pas à mettre la main sur mes interlocuteurs avant lundi. Je suis à vous, les nanas, tout le week-end !

Il afficha un grand sourire et Erica le lui rendit. Comme c'était allé vite, tout ça. Elle avait l'impression que ça datait d'hier, la première fois qu'ils étaient sortis ensemble, et en même temps c'était comme s'ils formaient un couple depuis toujours. Parfois elle oubliait qu'elle avait eu une vie avant Patrik. Et, dans quelques semaines, ils allaient se marier. Elle entendit le babillage de leur fille dans le séjour. Maintenant qu'Anna commençait à se remettre, elle pouvait de nouveau se réjouir de tout cela.

Elle était déjà attablée quand il arriva, avec dix minutes de retard. Le pantalon qu'il avait défroissé sous les coussins du canapé avait résisté au brossage. Un vieux chewing-gum s'était collé aux fesses et il avait fallu toute sa détermination et un couteau de cuisine très aiguisé pour en venir à bout. Le tissu avait certes un peu souffert du passage du couteau, mais, s'il tirait sur la veste, ça ne se verrait sans doute pas. Il regarda son reflet dans le verre d'un tableau pour s'assurer que tout était en ordre. Il avait pris un soin tout particulier ce soir à enrouler artistiquement ses cheveux sur le crâne. Pas un centimètre de peau luisante ne devait se voir. Il put constater avec satisfaction qu'il portait honorablement son âge et ses cheveux.

De nouveau, les battements de son cœur s'accélérèrent à sa vue, et il s'en émerveilla. Ça faisait un bail que sa poitrine n'avait pas connu pareil martèlement. Qu'y avait-il donc dans cette petite dame d'âge moyen et légèrement ronde qui le faisait réagir ainsi ? La seule chose qu'il trouva étaient les yeux. Jamais il n'avait vu des yeux aussi bleus, et la teinte rousse de ses cheveux les faisait étinceler. Il la regarda, ensorcelé, et ne vit tout d'abord pas sa main tendue. Puis il se ressaisit, et il se pencha, à l'ancienne, pour lui faire un baisemain. Un instant, il se sentit comme un imbécile. Qu'est-ce qui lui avait pris ? Mais ensuite il se rendit compte que son geste semblait plaire à sa compagne. Une sensation chaude et agréable se répandit en lui. Il savait encore y faire. Il n'avait pas oublié les ficelles du métier.

— C'est agréable ici. C'est la première fois que je viens, dit-elle avec douceur pendant qu'ils examinaient le menu.

— Ah, c'est un établissement de toute première classe, tu peux me faire confiance, dit Mellberg qui plastronnait comme s'il était le propriétaire du *Gestgifveriet*.

— Et ça a l'air délicieux aussi.

Ses yeux naviguèrent entre les spécialités du menu. Mellberg regarda lui aussi ce qui était proposé, et pendant un bref instant, en voyant les prix, il sentit la panique poindre. Puis ses yeux rencontrèrent ceux de Rose-Marie et son inquiétude se calma. Par une soirée comme celle-ci, l'argent n'avait pas d'importance.

Elle jeta un coup d'œil par la fenêtre, vers le foyer cantonal.

— J'ai cru comprendre qu'il se passe des choses là-bas ce soir ?

— Oui, ce sont les jeunes de cette émission de téléréalité qui attirent du monde. Sinon, la plupart du temps on est dispensé de ce genre d'agitation ici. C'est Strömstad, la ville où les gens sortent, en général. Tous les ivrognes et les débordements qui vont avec sont pour mes collègues là-bas.

— Vous vous attendez à des problèmes ? Tu as vraiment la possibilité de prendre ta soirée ?

Rose-Marie sembla soucieuse.

Mellberg se rengorgea et bomba un peu plus le torse. C'était sympa de se sentir important en compagnie d'une belle femme. C'était arrivé trop peu souvent depuis qu'on l'avait si injustement muté à Tanumshede. Pour une raison qu'il ignorait, les gens d'ici ne percevaient pas ses qualités.

— J'ai mis deux hommes à surveiller la soirée, dit-il. Comme ça on peut manger et faire connaissance en toute tranquillité. Un bon chef sait déléguer, et j'ose affirmer que c'est ma première qualité.

Le sourire de Rose-Marie confirma qu'elle ne doutait pas un instant de son excellence en tant que chef. De toute évidence, la soirée promettait d'être très agréable.

Mellberg regarda le foyer cantonal une dernière fois. Puis il n'y pensa plus. Martin et Hanna pouvaient très bien s'en occuper. Lui avait mieux à faire, bien mieux.

Elle exécuta les quelques exercices de voix qu'elle connaissait avant de monter sur la scène. Certes, elle allait chanter en play-back, tout ce qu'elle avait à faire était de remuer la bouche, avec le micro à la main. Mais on ne sait jamais. Une fois, à Örebro, l'enregistrement n'avait pas fonctionné. Elle avait été obligée de s'égosiller en live alors qu'elle n'avait pas vraiment entraîné sa voix et elle ne voulait surtout pas se retrouver dans une telle situation.

Tina savait que les autres se moquaient d'elle en douce. Elle mentirait en prétendant que ça ne la dérangeait pas, mais de toute façon elle n'avait pas beaucoup d'autres choix que de monter sur scène et montrer ce qu'elle savait faire. Car elle tenait là une chance unique. La possibilité de faire carrière comme chanteuse. C'était son rêve depuis toute petite. Elle avait passé des heures devant le miroir à mimer des chansons pop avec la poignée d'une corde à sauter, ou n'importe quoi d'autre à sa disposition, en guise de microphone. Dans *Le Bar*, elle avait eu l'occasion de prouver ce qu'elle valait. Elle avait fait une audition pour *Idol* avant de postuler pour *Le Bar*, mais l'expérience avait été cuisante. Les imbéciles du jury l'avaient impitoyablement sacquée, un lynchage qui était passé et repassé à l'antenne. Ils lui avaient notamment dit qu'elle avait autant de mal à chanter que Svennis* à être fidèle. Au début elle n'avait pas compris ce qu'ils voulaient dire, elle s'était contentée de leur retourner un sourire crétin.

---

* Sven-Göran Eriksson, entraîneur de football. En 2001 il devient sélectionneur de l'équipe d'Angleterre, et en 2008 de celle du Mexique. "Svennis" est connu dans les tabloïds pour ses nombreuses conquêtes féminines.

Puis l'espèce de vieux con, Clabbe*, s'était payé sa tête en disant qu'elle ferait mieux de la mettre en veilleuse et de s'écraser. Pas très subtil, mais au moins elle avait compris ce qu'il voulait dire. L'humiliation avait continué lorsqu'elle insista et essaya de les faire revenir sur leurs propos en expliquant que tout le monde avait toujours dit qu'elle avait une super voix. Que ses parents avaient les larmes aux yeux en l'écoutant. Rien ni personne ne l'avait jamais préparée à une telle descente en flammes. Elle avait fait la queue pour la sélection dans un état de surexcitation. En regardant autour d'elle, elle était sûre de sa victoire, sûre d'être sélectionnée et d'arracher des larmes à Kishti**. Elle avait soigneusement choisi son morceau. *Without You*, de sa grande idole, Mariah Carey. Les membres du jury resteraient comme deux ronds de flan après l'avoir entendue et alors sa nouvelle vie commencerait. Elle avait tout imaginé, dans le moindre détail. Fêtes chez des people et hystérie d'*Idol*. Tournées d'été et vidéos sur MTV, comme Darin***. Tout ce qu'elle avait à faire, c'était se rendre à la sélection et chanter. Mais ça avait foiré. On l'avait stigmatisée, on l'avait humiliée, on l'avait mise en boîte. Lorsque ensuite les producteurs du *Bar* l'avaient sollicitée, elle avait pris leur invitation comme un don du ciel. C'était une occasion qu'elle

* Claes af Geijerstam, dit Clabbe. Musicien, compositeur, DJ et homme de radio. Idole des jeunes depuis les années 1960, il fut membre du jury du télé-crochet *Idol* de 2004 à 2006.
** Kishti Tomita, de son nom de jeune fille Kirsti Olsén. Coach vocal.
*** Darin Zanyar, chanteur suédois d'origine kurde. Il se fit connaître en 2004 lorsqu'il accéda à la finale d'*Idol*. Depuis, il a enchaîné les albums à succès dans toute l'Europe.

ne louperait pas. Elle avait aussi fini par comprendre pourquoi elle avait échoué pour *Idol*. C'était à cause de ses seins, évidemment. Ils avaient aimé sa chanson, mais ils n'avaient pas voulu d'elle. Ils savaient qu'elle ne percerait jamais si elle n'avait pas ce qu'il fallait, c'est-à-dire de gros nibards. Alors dès le début des enregistrements du *Bar*, elle avait décidé de faire des économies. Elle économiserait chaque *öre* qu'elle pouvait, jusqu'à en avoir assez pour se faire poser des implants. Avec un bonnet D bien placé, personne ne pourrait l'arrêter. Mais elle n'avait pas l'intention d'aller jusqu'à se teindre en blonde. Elle était plus fortiche que ça, elle.

Leif fredonna en descendant de la benne à ordures. Habituellement il ne faisait que le périmètre autour de Fjällbacka, mais une épidémie de gastro l'avait obligé à faire des heures supplémentaires au pied levé et à élargir son secteur. Ça lui était assez égal. Il aimait son boulot, et les poubelles restaient des poubelles, où qu'on les prenne. Il s'était même habitué à la puanteur avec le temps. Aujourd'hui il y avait peu de choses qui lui faisaient froncer le nez. Malheureusement, son odorat émoussé l'empêchait aussi de sentir l'odeur de brioches sortant du four ou le parfum d'une belle femme, mais c'était de petits inconvénients qu'il fallait accepter. Il aimait aller au boulot, peu de gens pouvaient en dire autant.

Leif enfila ses gros gants de travail et appuya sur un bouton du tableau de bord. Le camion vert souffla et geignit puis commença à baisser le lève-conteneur qui allait soulever le bac mobile et vider les déchets directement dans le compacteur. D'ordinaire il pouvait rester dans la cabine pour faire la manœuvre, mais ce conteneur était mal placé et il fut obligé de le positionner manuellement. Ensuite, il n'y avait plus qu'à regarder pendant que le bras de levier le soulevait. C'était encore tôt le matin et il bâilla. Il se couchait en général de bonne heure, mais il avait gardé ses petits-fils qu'il adorait hier soir, et il avait chahuté avec eux très tard dans la soirée. Mais ça valait le coup. Etre grand-père vous faisait revivre, il n'y avait pas de doute. Il souffla et regarda la mince fumée blanche qui montait vers le ciel. Il faisait un froid de canard, bien qu'on fût déjà au mois d'avril. Leif jeta un coup d'œil sur ce quartier qui pour l'essentiel était constitué de résidences secondaires. Bientôt ça allait grouiller de vie ici. Tous les conteneurs auraient besoin d'être vidés et, comme d'habitude, ils seraient remplis d'épluchures de crevettes et de bouteilles de vin blanc que les gens avaient la flemme d'amener au tri. Toujours pareil. Tous les étés. Il bâilla de nouveau et leva les yeux vers le bac juste au moment où il fut retourné et son contenu vidé dans la benne. Il se figea. Nom d'une pipe !

Leif se rua sur le bouton d'arrêt du compacteur. Puis il attrapa son téléphone portable.

Patrik poussa un profond soupir. Le samedi n'avait pas tout à fait pris la tournure qu'il avait souhaitée. Il jeta un regard résigné autour de lui. Des robes, des robes, des robes. Du tulle et des nœuds et des paillettes en veux-tu en voilà. Il était en sueur et il tira sur l'habit de torture qu'il portait. Ça grattait et ça serrait partout, et il étouffait comme s'il avait enfilé une combinaison de sudation.

— Alors ? dit Erica en l'examinant d'un œil critique. Tu t'y sens comment ? Il te va ? Il faudra sans doute refaire l'ourlet, le pantalon me semble trop long.

Elle se tourna vers la vendeuse qui avait eu l'air absolument ravi en voyant Erica arriver avec Patrik sur ses talons.

— On s'en occupe, ce n'est pas un problème.

La dame s'accroupit et commença à épingler l'ourlet.

— C'est normal qu'il soit aussi… étriqué ? fit Patrik avec une petite grimace en tirant sur le col.

Il avait du mal à respirer.

— Il vous va comme un gant, ce frac, gazouilla la vendeuse, ce qui constituait une véritable prouesse car elle avait deux épingles coincées entre les lèvres.

— Je trouve simplement qu'il me serre un peu, dit Patrik qui chercha un regard de soutien auprès d'Erica.

Mais elle fut sans merci. Avec un petit sourire qu'il trouva diabolique, elle dit :

— Mais tu es magnifique comme ça ! Tu veux quand même être aussi beau que possible le jour de notre mariage, non ?

Patrik contempla pensivement sa future femme. Il trouvait qu'elle affichait des tendances inquiétantes. Les boutiques de tenues de mariage faisaient peut-être cet effet-là aux femmes. Pour sa part, il n'avait qu'une envie, en sortir au plus vite. Avec résignation, il comprit qu'il n'y avait qu'un seul moyen de s'en tirer. Il se força à sourire.

— Oui, dit-il, je crois que je commence à bien l'aimer, celui-ci. Allez, on le prend !

Toute contente, Erica frappa dans ses mains. Pour la millième fois, Patrik se demanda pourquoi les mariages faisaient tant scintiller les yeux des femmes.

Bien sûr qu'il se réjouissait à l'idée de se marier, mais, s'il avait pu choisir, il se serait contenté d'une organisation plus modeste. Il ne pouvait cependant pas nier que le regard rempli de bonheur qu'Erica lui lançait lui réchauffait le cœur. Malgré tout, ce qui comptait vraiment, c'était qu'elle soit heureuse, et si pour cela il lui fallait suer dans un costume de pingouin pendant toute une journée, alors soit. Il se pencha en avant et lui planta une bise sur la bouche.

— Et Maja, tu crois qu'elle va bien ?

Erica rit.

— Anna a deux enfants, quand même, je pense qu'elle devrait s'en sortir avec Maja.

— Mais ça lui en fait trois à surveiller, tu imagines s'il faut qu'elle coure après Adrian ou Emma, et que Maja en profite pour se sauver, et…

— Arrête. Je me suis occupée des trois pendant tout l'hiver et ça s'est bien passé. Et d'ailleurs, Anna m'a dit que Dan allait faire un saut. Tu n'as vraiment pas besoin de t'en faire.

Patrik se détendit. Erica avait raison. Il avait toujours peur qu'il n'arrive quelque chose à sa fille. Peut-être à cause de tout ce qu'il voyait dans son métier. Il ne connaissait que trop bien les terribles tragédies qui pouvaient s'abattre sur les gens. Sur les enfants. Il avait lu quelque part que, en devenant parent, on avait l'impression de passer le restant de sa vie avec un pistolet braqué sur la tempe. Et ce n'était pas entièrement faux. La peur était toujours aux aguets. Les dangers étaient partout. Mais il allait essayer de ne plus y penser. Maja ne manquait de rien. Et ils avaient pu profiter d'un précieux petit moment à deux.

— Et si on allait déjeuner quelque part ? proposa-t-il en sortant du magasin.

— Super, c'est exactement ce qu'il me faut, dit Erica joyeusement en glissant sa main sous son bras.

Lentement, ils flânèrent dans la rue commerçante d'Uddevalla inondée de soleil et passèrent en revue les différents restaurants. Ils finirent par se décider pour un thaïlandais dans une des rues transversales, et ils étaient sur le point d'entrer dans le local fleurant bon le curry lorsque le téléphone de Patrik sonna. Il regarda l'écran.

— Merde, le poste.

— Ne me dis pas…, fit Erica en secouant la tête d'un mouvement las.

L'expression de Patrik l'avait déjà renseignée sur la provenance de l'appel.

— Il faut que je réponde, dit-il. Ça ne devrait pas être très long, tu n'as qu'à entrer.

Erica marmonna, sceptique, mais elle entra quand même. Patrik resta dehors. Il répondit plus sèchement qu'il n'aurait voulu.

— Oui, c'est Hedström.

Son visage passa rapidement de l'irritation à l'incrédulité.

— Qu'est-ce que tu dis, Annika ? Dans une benne à ordures ? Quelqu'un d'autre est en route ? Martin ? OK. J'arrive tout de suite. Mais je suis à Uddevalla, là, il va me falloir un moment. Donne-moi l'adresse exacte.

Il fouilla sa poche à la recherche d'un stylo, en trouva un mais faute de papier il dut écrire l'adresse dans la paume de sa main. Puis il coupa la communication et respira à fond. Il allait devoir annoncer à Erica qu'il fallait laisser tomber le déjeuner et rentrer immédiatement.

Parfois il avait l'impression de se souvenir de l'autre, celle qui n'était pas aussi douce, pas aussi belle. L'autre, avec la voix froide et implacable. Dure et cassante comme du verre. Bizarrement, il lui arrivait aussi de la regretter. Il avait demandé à sœur si elle se souvenait d'elle, mais elle avait secoué la tête. Puis elle avait pris sa couverture, la soyeuse avec de petits nounours roses, et l'avait serrée tout près d'elle. Et il vit qu'elle se rappelait très bien, elle aussi. Quelque part au loin le souvenir subsistait, pas dans sa tête mais dans son cœur.

Une fois il avait essayé de poser des questions au sujet de cette voix. Ce qu'elle était devenue. A qui elle appartenait. Alors elle s'était violemment emportée. Il n'y avait qu'elle, disait-elle. Personne d'autre. Pour toujours, seulement elle. Puis elle les avait pris dans ses bras, sœur et lui. Il avait senti la soie de son chemisier contre sa joue, l'odeur de son parfum dans ses narines. Une mèche des longs cheveux blonds de sa sœur avait chatouillé son oreille, mais il n'osa pas bouger. N'osa pas rompre la magie. Il n'avait plus jamais demandé. L'entendre se mettre en colère était si inhabituel, si dérangeant, qu'il ne voulait pas prendre le risque.

Autrement, la seule chose qui la mettait hors d'elle, c'est quand il demandait à voir ce qui se dissimulait au-dehors. Il ne voulait pas poser la question, il savait que ça ne servait à rien, mais parfois il n'arrivait pas à s'en empêcher. Sœur le regardait toujours avec de gros yeux effrayés lorsqu'il bégayait sa requête. Tout son corps était crispé d'appréhension, mais il était incapable de stopper la question. Elle rappliquait toujours, comme une force de la nature, on aurait dit qu'elle bouillonnait en lui, n'aspirant qu'à monter, qu'à sortir.

La réponse était toujours la même. D'abord la lueur de déception dans ses yeux. La déception de constater que bien qu'elle donnât tant, qu'elle donnât tout, il voulait quand même davantage. Autre chose. Puis la réponse qui finissait par arriver, hésitante. Parfois elle avait les larmes aux yeux en répondant. C'était le pire. Souvent elle s'agenouillait, prenait son visage entre ses mains. Puis la même affirmation que toujours. Que c'était pour leur bien. Qu'un oiseau de mauvais augure ne pouvait pas vivre là-dehors. Qu'il arriverait un malheur, à lui et à sœur, si elle les laissait franchir la porte.

Ensuite elle tournait soigneusement la clé en partant. Et il restait avec ses questions, tandis que sœur venait se blottir contre lui.

Mehmet se pencha par-dessus le bord du lit et vomit. Il était vaguement conscient que ça giclait directement sur le sol, mais il était trop HS pour s'en faire.

— Putain, Mehmet, c'est dégueu.

Il entendit la voix de Jonna au loin et vit derrière ses paupières mi-closes qu'elle se ruait hors de la pièce. Cela non plus ne le toucha pas. La seule chose qui remplissait son cerveau était la douleur qui lui martelait les tempes. Il avait la bouche sèche, avec un arrière-goût immonde d'alcool et de dégueulis mélangés. Il n'avait qu'une idée très diffuse de ce qui s'était passé au cours de la soirée. Il se rappela la musique, la danse, les nanas peu vêtues qui se serraient contre lui, avidement, désespérément, de façon répugnante. Il ferma les yeux pour tenir les souvenirs à distance, mais ils ne s'en trouvèrent que renforcés. La nausée reflua et il bascula de nouveau la tête hors du lit. Maintenant, il ne restait que de la bile. Quelque part tout près, il entendait le bourdonnement de la caméra. Des images de sa famille tournoyaient dans sa tête, inlassablement. Savoir qu'ils allaient le voir ainsi décuplait son mal de tête, mais il n'avait pas la force de s'en préoccuper, à part pour tirer la couverture sur sa tête.

De petits fragments de mots allaient et venaient. Ils passaient et repassaient dans son cerveau, mais, dès qu'il essayait de les assembler, ils se dissolvaient totalement. Il fallait qu'il se rappelle quelque chose. Qu'il rattrape un souvenir. Des mots méchants qui avaient été décochés telles des flèches contre quelqu'un ? Quelques-uns ? Contre lui ? Merde, impossible de se rappeler. Il se blottit en position fœtale. Serra ses poings contre sa bouche. Les mots l'envahirent de nouveau. Des jurons. Des accusations. Des mots destinés à blesser. Si sa mémoire ne le trompait pas, et il n'en était pas très sûr, ils avaient effectivement atteint leur but. Quelqu'un avait pleuré. Protesté. Mais en vain. Les voix s'étaient élevées de plus en plus. Puis le bruit d'un coup. Le bruit brutal d'un poing contre la chair, dans l'intention manifeste de faire mal. Et ça n'avait pas loupé. Des pleurs déchirants, comme des hululements, perçaient son brouillard. Il se recroquevilla encore davantage sous la couverture. Essaya d'écarter tout ce qui rebondissait sans queue ni tête dans son crâne. Ça marchait moyennement. Les fragments étaient si dérangeants, si intenses, que rien ne semblait pouvoir les tenir à distance. Ils lui voulaient quelque chose. Il y avait un truc qu'il devrait se rappeler. Mais en même temps il ne voulait pas du tout se le rappeler. En tout cas, c'est ce qu'il lui semblait. Tout était si brumeux. Puis une autre nausée le gagna et il se pencha hors du lit.

Mellberg resta au lit et fixa le plafond. Ce sentiment qu'il avait… Il n'arrivait pas vraiment à déterminer ce que c'était. Quelque chose qu'il n'avait pas ressenti depuis longtemps en tout cas. La meilleure définition serait peut-être du contentement. Et ce n'était pas logique de ressentir cela, puisqu'il était allé se coucher

170

seul et qu'il s'était réveillé seul, ce qui dans son univers n'était pas compatible avec la notion d'un rendez-vous réussi. Mais les choses avaient changé depuis qu'il connaissait Rose-Marie. Les choses avaient vraiment changé. *Lui* avait changé.

La soirée avait été franchement réussie. La conversation avait coulé si facilement. Ils avaient parlé de tout et de rien. Et il s'était intéressé à ce qu'elle avait à dire. Il avait voulu tout savoir d'elle. Où elle avait grandi, comment, les différentes étapes de sa vie, de quoi elle rêvait, ce qu'elle aimait manger, quelles émissions télé elle regardait. Tout, tout, tout. A un moment donné il s'était arrêté, il avait vu leurs deux reflets dans le verre de la fenêtre, en train de rire, de trinquer et de parler. Et il avait eu du mal à se reconnaître. Jamais auparavant il n'avait eu un tel sourire, et il dut avouer que ça lui allait très bien. Que le sourire de Rose-Marie lui allait bien, il le savait déjà.

Il croisa ses mains derrière la tête et s'étira. Le soleil filtrait par la fenêtre et il nota qu'il aurait sans doute dû laver les rideaux depuis un bon moment.

Ils s'étaient embrassés avant de se quitter devant la porte du *Gestgifveriet*. En hésitant un peu, avec précaution. Il lui avait tenu les épaules, à peine, et la sensation sous ses doigts du tissu lisse et frais, assortie à son parfum quand il l'embrassa, fut comme le summum de l'érotisme pour lui. Comment pouvait-elle lui faire un tel effet ? Au bout de si peu de temps ?

Rose-Marie… Rose-Marie… Il goûta le prénom. Ferma les yeux et essaya d'imaginer son visage. Ils avaient dit qu'ils se reverraient vite. Vers quelle heure pourrait-il se permettre de l'appeler aujourd'hui ? Il paraîtrait peut-être trop audacieux ? Trop empressé ? Mais au diable, advienne que pourra, avec Rose-Marie il n'avait pas envie de compliquer les choses. Il regarda sa montre. A l'heure qu'il était, elle devait être réveillée. Il tendit le bras pour attraper son téléphone, mais il ne l'avait pas encore décroché qu'il se mit à sonner. L'afficheur annonça Hedström. Ça n'augurait rien de bon.

Patrik arriva sur les lieux en même temps que les techniciens. Ils devaient être partis d'Uddevalla à peu près au moment où il montait dans sa voiture pour raccompagner Erica à la maison. Le retour à Fjällbacka avait été assez morne. Erica avait surtout regardé par la vitre. Elle ne boudait pas, elle était triste, déçue. Et il pouvait la comprendre. Il ressentait la même chose. Ils avaient eu si peu de temps pour eux ces derniers mois. Il avait du mal à se rappeler la dernière fois où ils avaient pu s'installer pour parler, se voir, rien qu'eux deux. Parfois il détestait son boulot. Dans des moments comme celui-ci, il se demandait réellement pourquoi il avait choisi un métier qui lui laissait si peu de temps libre. A n'importe quel moment, il pouvait être appelé. Mais, en même temps, c'était tellement gratifiant. Il avait surtout la satisfaction de se sentir sinon indispensable, du moins extrêmement utile. Il n'aurait jamais supporté d'avoir à déplacer des papiers et à aligner des chiffres à longueur de journée. Le métier de policier lui donnait la sensation de servir à quelque chose, d'être nécessaire. Le problème, ou plutôt le défi, c'est qu'il était nécessaire à la maison aussi.

Vouloir être Superman à tout prix, c'est pas du gâteau, se dit Patrik en se garant un peu à l'écart de la benne à ordures verte. Un tas de gens s'agitaient tout autour, mais les techniciens avaient délimité un périmètre assez vaste derrière le camion, pour s'assurer que personne ne viendrait piétiner et détruire des traces éventuelles. Le chef de l'équipe technique, Torbjörn Ruud, s'approcha de lui, la main tendue.

— Salut Hedström. Eh bien, quelle sale histoire !

— Oui, pauvre Leif, se retrouver avec ça dans la benne, c'est monstrueux.

Patrik hocha la tête en direction de l'éboueur qui attendait un peu plus loin, l'air oppressé.

— Il a eu un choc, c'est vrai. Ce n'était pas beau à voir. Elle est toujours là, on n'a pas voulu la déplacer. Viens voir, mais fais attention où tu mets les pieds. Tiens, enfile ça.

Torbjörn tendit deux larges élastiques à Patrik qui se pencha en avant et les glissa autour de ses chaussures. Ainsi ses empreintes seraient faciles à distinguer de celles éventuellement laissées par le ou les coupables. Ensemble ils franchirent le cordon de délimitation bleu et blanc. Patrik sentit une boule se former dans son ventre et il lui fallut réprimer l'impulsion de tourner les talons et de s'en aller. Il détestait vraiment cette partie du boulot. Il dut se blinder avant de se mettre sur la pointe des pieds et de regarder dans le compartiment arrière de la benne à ordures. Là, au milieu d'une bouillasse immonde de restes de nourriture, de boîtes de conserve, de peaux de bananes et autres détritus, se trouvait une fille nue. Pliée en deux, les pieds autour de la tête, comme si elle exécutait un numéro acrobatique sophistiqué. Patrik interrogea Torbjörn Ruud du regard.

— *Rigor mortis*, expliqua celui-ci sèchement. On l'a pliée en deux pour la faire entrer dans le conteneur et les articulations se sont bloquées dans cette position.

Patrik fit une grimace. L'assassin ne s'était pas contenté de tuer cette fille, il s'en était également débarrassé comme de n'importe quel déchet qu'on met à la poubelle, ce qui révélait une sacrée dose de sang-froid et un grand mépris pour l'être humain. Enfouie dans un conteneur à ordures. C'était abject. Il se détourna.

— Ça prendra combien de temps, l'examen des lieux ?

— Quelques heures, répondit Torbjörn. Je suppose que vous allez commencer à lancer des appels à témoin en attendant. Je crains que vous n'en trouviez pas trop par ici.

De la tête il indiqua les maisons vides et abandonnées dans l'attente de l'arrivée des vacanciers. Mais, par-ci, par-là, quelques villas étaient occupées à l'année, avec un peu de chance leurs habitants seraient là.

— Qu'est-ce qui s'est passé ?

La voix de Mellberg était aussi bourrue que d'habitude. Patrik et Torbjörn se retournèrent et le virent arriver à toute vapeur.

— Il y avait une femme enfouie dans le bac à ordures, là, répondit Patrik en montrant le conteneur mobile au bord du chemin que deux techniciens étaient en train d'examiner. Leif l'a découverte quand il le vidait. Elle est toujours dans la benne.

Mellberg voyait le cordon de délimitation comme un défi, et il l'enjamba pour aller jeter un coup d'œil au camion-benne. Torbjörn n'essaya même pas de lui faire enfiler des élastiques. De toute façon ça n'avait pas d'importance. Ce ne serait pas la première fois qu'ils auraient à exclure les chaussures du commissaire d'une enquête criminelle, ils avaient déjà ses empreintes dans les registres.

— Merde, quelle horreur, dit Mellberg en se pinçant le nez. C'est une véritable infection.

Il s'éloigna, apparemment plus incommodé par l'odeur de la benne à ordures que par la vue du cadavre. Patrik soupira intérieurement. Rien n'avait changé. On pouvait toujours être sûr et certain qu'il se comporterait comme un mufle sans cœur.

— Vous savez qui c'est ?

Mellberg les interpella du regard, et Patrik secoua la tête.

— Non, pour l'instant on ne sait rien du tout. Martin est en route, je pensais que, lui et moi, on pourrait commencer à rendre visite aux gens qui habitent par ici.

Mellberg hocha une tête maussade.

— Oui, ça me paraît une bonne idée. C'est exactement ce que j'allais proposer.

Patrik et Torbjörn échangèrent un regard. Comme d'habitude, Mellberg s'octroyait les initiatives des autres, alors qu'il en proposait rarement.

— Bon, et où il est alors, ce bon Molin ? demanda Mellberg en jetant un regard peu amène autour de lui.

— Il devrait être là d'une minute à l'autre, dit Patrik.

Comme à un signal donné, la voiture de Martin surgit au même moment. Les places pour se garer le long de l'étroit chemin de terre étaient presque toutes occupées, et il dut faire une marche arrière avant de trouver un emplacement libre. Sa chevelure rousse était tout ébouriffée et il avait l'air fatigué, avec encore l'empreinte de l'oreiller sur le visage.

— Il y avait une fille morte dans le conteneur, là. Maintenant elle se trouve dans la benne à ordures, résuma Patrik.

Martin hocha simplement la tête. Il ne donna pas l'impression de vouloir s'approcher pour regarder.

Son estomac avait tendance à se retourner à la vue des cadavres.

— C'était Hanna et toi qui travailliez hier soir, c'est ça ?

— Oui, on a gardé un œil sur la fête au foyer. Ce n'était pas une mauvaise idée. Ça a pas mal chauffé, je ne suis rentré à la maison qu'à quatre heures du matin.

— Qu'est-ce qui s'est passé ? demanda Patrik en plissant le front.

— Ce qui se passe habituellement. Ils ont trop picolé, ça a tourné au vinaigre avec un copain jaloux, deux mecs pétés comme des coings se sont bagarrés. Mais ce n'est pas tout. Il y a aussi eu une prise de bec entre les participants. On a été obligés de s'interposer à plusieurs occasions, Hanna et moi.

— Ah oui ? Patrik dressa l'oreille. Pourquoi ? C'était à propos de quoi ?

— Apparemment ils en avaient tous après l'une des nanas du groupe. Celle avec les faux seins. Elle a pris quelques marrons bien placés avant qu'on arrive à les séparer.

Fatigué, Martin se frotta les yeux. Une pensée naissait dans l'esprit de Patrik.

— Martin, va donc jeter un coup d'œil à la nana dans la benne, s'il te plaît.

— C'est vraiment nécessaire ? Martin fit une grimace. Tu sais comment je… Il s'interrompit et hocha la tête, résigné. D'accord, mais pourquoi ?

— Fais-le, dit Patrik qui ne voulait pas encore révéler son idée. Je t'expliquerai après.

— D'accord, dit Martin avec une expression navrée.

Il prit les élastiques que Patrik lui tendit. Après les avoir glissés autour de ses chaussures, il entra dans le périmètre délimité et fit quelques pas hésitants en direction de l'arrière de la benne à ordures, sans trop de courage. Après une dernière inspiration profonde, il regarda dedans, pour ensuite se tourner vivement vers Patrik, la mine stupéfaite.

— Mais c'est…

Patrik fit oui de la tête.

— La nana de *Fucking Tanum*. Oui, j'ai compris dès que tu as parlé d'elle. De plus, on dirait qu'elle a pris une sacrée rouste.

Martin s'éloigna du camion-benne à reculons. Il était blême et Patrik vit qu'il luttait pour garder son petit-déjeuner. Après une minute d'efforts, il dut s'avouer vaincu, et il se rua sur un massif de buissons.

Patrik alla rejoindre Mellberg qui parlait avec Torbjörn Ruud en faisant de grands gestes. Il les interrompit.

— La victime vient d'être identifiée. C'est une des filles de l'émission de téléréalité. Ils avaient organisé une soirée disco hier au foyer cantonal, et d'après Martin il y a eu pas mal d'histoires avec cette fille au cours de la soirée.

— Comment ça, des histoires ? dit Mellberg en fronçant les sourcils. Tu veux dire qu'elle aurait pris des coups ? Au point d'en mourir ?

— Je n'en sais rien, dit Patrik avec un soupçon d'irritation dans la voix. Parfois il avait vraiment du mal à encaisser les questions idiotes de son chef. C'est le médecin légiste qui se prononcera sur la cause du décès après l'autopsie. Ce que je n'aurais pas dû avoir à t'expliquer, pensa-t-il, mais il se contrôla. En tout cas, on dirait qu'il y a tout lieu d'interroger les autres membres du groupe. Et de veiller à avoir accès à tous les enregistrements de la soirée aussi. Pour une fois, on aura peut-être un témoin absolument infaillible à notre disposition.

— Oui, j'allais justement le dire, il est possible que les caméras aient capté quelque chose d'exploitable.

Mellberg se pavana, estimant désormais que l'idée était de lui depuis le début. Patrik compta jusqu'à dix, tout ça commençait à être assez fatigant. Ça faisait des années qu'il jouait à ce jeu, et sa patience serait bientôt à bout.

— Voilà comment on va procéder, dit-il avec un calme emprunté. J'appelle Hanna pour qu'elle nous livre ses observations d'hier soir. Il faut aussi qu'on rencontre le producteur de *Fucking Tanum*, et ce serait bien d'informer la mairie. Je suis sûr que tout le monde sera d'accord pour interrompre le tournage de l'émission.

— Pourquoi ? dit Mellberg, surpris.

Patrik le dévisagea, tout ébahi.

— Mais ça saute aux yeux, non ? Un des participants a été tué ! Ils ne vont tout de même pas maintenir l'émission !

— Je n'en suis pas si sûr, dit Mellberg. Si je connais bien Erling, il va tout faire pour qu'ils poursuivent. Il s'est personnellement investi là-dedans !

Pendant un instant, Patrik eut le sentiment glaçant et hautement étrange que Mellberg avait raison. Mais c'était difficile à croire. Pouvaient-ils être cyniques à ce point ?

Hanna et Lars étaient attablés en silence. Ils n'avaient aucun entrain et ça se voyait sur leur figure. Leur abattement venait en partie de tout ce qui était resté en suspens entre eux. Tant de choses devraient être discutées. Mais, comme d'habitude, rien ne fut dit. Hanna sentit l'inquiétude familière la gagner et transformer en carton l'œuf qu'elle était en train de manger. Elle se força à mâcher et avaler, mâcher et avaler.

— Lars, commença-t-elle en regrettant immédiatement. Le prénom sonna si creux quand elle le prononça. Elle déglutit et essaya à nouveau : Lars, il faut qu'on parle. On ne peut pas continuer comme ça.

Il ne la regardait pas. Toute son attention était concentrée sur la tartine qu'il préparait. Fascinée, elle le vit passer le couteau dans un sens, puis dans l'autre, un va-et-vient constant jusqu'à ce que le beurre soit étalé uniformément sur la tranche de pain. Son mouvement avait quelque chose d'hypnotique et elle sursauta quand il remit le couteau dans le beurrier. Elle fit une autre tentative.

— Je t'en prie, Lars, parle-moi. Il faut que tu me parles. On ne peut pas continuer comme ça.

Elle entendit sa voix désespérée, le ton implorant. Mais c'était comme si elle était piégée à bord d'un train qui filait à deux cents à l'heure, sans possibilité de descendre et avec un précipice qui se rapprochait inexorablement.

Elle voulut se pencher en avant, saisir ses épaules, le secouer et le forcer à lui parler. Mais en même temps elle savait que ça ne servirait à rien. Il se trouvait à un endroit auquel elle n'aurait jamais accès, où il ne la laisserait jamais entrer.

Elle l'observa, l'estomac noué et le cœur serré. Elle s'était tue et avait capitulé, encore une fois. Comme si souvent auparavant. Mais elle l'aimait tant. Tout en lui. Ses cheveux bruns encore ébouriffés après le sommeil. Ses ridules précoces qui lui donnaient du caractère. La barbe naissante qui piquait comme du papier de verre contre la peau.

Il y avait forcément un moyen. Elle en était sûre. Elle ne pouvait pas les laisser s'enfoncer dans le gouffre, ensemble et séparés à la fois. Impulsivement, elle se pencha en avant et prit son poignet. Elle sentit qu'il tremblait. Légèrement, comme une feuille. Elle força son bras à rester tranquille en l'appuyant contre la table, elle l'obligea à croiser son regard. C'était un de ces instants qui ne se produisent que quelques rares fois dans une vie. Un instant où les vérités peuvent être dites. La vérité sur leur mariage. La vérité sur leur vie. La vérité sur le passé. Elle ouvrit la bouche pour parler lorsque le téléphone sonna. Lars sursauta et dégagea son bras. Puis il s'avança pour reprendre le couteau à beurre. L'instant était passé.

— A ton avis, qu'est-ce qui va se passer maintenant ? dit Tina à voix basse à Uffe.

Ils étaient en train de tirer chacun sur leur cigarette devant le foyer cantonal.

— Comment veux-tu que je le sache ? Que dalle, j'imagine.

— Mais après hier… Elle hésita et fixa ses chaussures.

— Hier n'a pas la moindre importance. Uffe souffla un rond de fumée dans l'air immobile du printemps. Pas la moindre, je te dis. Ce genre de production coûte bonbon, il est hors de question pour eux de fermer la boutique. Ils perdraient tous leurs investissements, ça n'arrivera jamais.

— Je ne suis pas si sûre, moi, dit Tina d'un air sombre, le regard toujours dirigé vers le sol.

La cendre de sa cigarette formait une longue colonne qui tombait maintenant droit sur ses bottines en daim.

— Merde, dit-elle en se penchant vivement pour les brosser. Putain, elles sont foutues ! Merde, merde ! Elles ont coûté une fortune !

— Bien fait ! rigola Uffe. T'es qu'une sale môme gâtée.

— Comment ça, gâtée ? cracha Tina. Mes parents n'ont pas vécu d'allocs toute leur vie, eux, ils ont bossé, et s'ils se retrouvent avec un peu de blé, ça ne veut pas dire pour autant que je suis gâtée !

— Tu fous la paix à mes parents, c'est un conseil ! Tu les connais pas, tu sais rien sur eux !

Uffe agita la cigarette devant son nez, d'un air menaçant. Tina ne se laissa pas impressionner et fit un pas vers lui.

— Je vois bien comment tu es, toi ! Pas besoin d'être Einstein pour deviner comment sont tes parents !

Uffe serra les mains et une veine se mit à battre sur son front. Tina comprit qu'elle était sans doute allée trop loin. Elle se rappela la soirée de la veille et recula vivement. Elle n'aurait pas dû dire ça. Juste au moment où elle ouvrait la bouche pour se rattraper, Calle vint les rejoindre, et son regard curieux alla de l'un à l'autre.

— Qu'est-ce que vous foutez ? Vous allez vous battre, ou quoi ? Il s'esclaffa : C'est vrai, Uffe, tu t'y connais, toi, pour ce qui est de casser la gueule aux nanas. Allez, tu nous la refais ?

Uffe souffla et baissa les bras. Il continua à fixer Tina. Son regard était sombre. Elle recula encore un peu. Il avait quelque chose de pas très catholique, Uffe. De nouveau, des impressions visuelles et sonores de la veille surgirent dans son esprit, et elle pivota nerveusement sur ses talons et rentra. La dernière chose qu'elle perçut avant que la porte se referme fut Uffe qui disait à voix basse à Calle :

— Toi non plus, tu t'y prends pas trop mal. Pas vrai ?

Impossible de capter la réponse de Calle.

Si elle se sentait démoralisée, un regard dans la glace du vestibule confirma à Erica qu'elle en avait également l'air. Lentement, elle enleva sa veste et son foulard, puis elle tendit l'oreille, intriguée. Parmi les cris d'enfants, tonitruants mais gais, elle entendit une autre voix adulte se mêler à celle d'Anna. Elle entra dans le séjour. Formant un grand tas au milieu de la pièce, trois enfants et deux adultes étaient bruyamment en train de jouer à la bagarre, les bras et les jambes pointant comme ceux d'un monstre difforme.

— C'est quoi ce souk ? dit-elle avec sa voix la plus autoritaire.

Anna leva une tête surprise et totalement hirsute.

— Salut ! fit Dan joyeusement en levant la tête lui aussi, avant d'être terrassé par Emma et Adrian.

Maja hurla de rire et essaya de contribuer en tirant sur les pieds de Dan de toutes ses forces.

Anna se leva et se brossa les genoux. La fragile lumière printanière qui filtrait par la fenêtre forma une auréole autour de ses cheveux blonds. Erica fut frappée par la beauté de sa sœur. Elle vit aussi pour la première fois combien elle ressemblait à leur mère. Cette pensée réveilla la douleur qui sommeillait en elle. Et puis l'éternelle question : Pourquoi ? Pourquoi leur mère ne les avait-elle pas aimées ? Pourquoi n'avaient-elles jamais reçu un mot gentil, une caresse, une attention, quelque chose, n'importe quoi, de la part d'Elsy ? Tout ce qu'elles recueillaient était de l'indifférence et de la froideur. Leur père avait été tout le contraire de sa femme. Là où elle était dure, il était doux. Là où elle était froide, il était chaleureux. Il avait essayé d'expliquer, d'excuser, de compenser. Et il y était parvenu en partie. Mais il n'avait pas pu remplir la place de leur mère qui restait béante dans leur cœur, bien que Tore et Elsy soient morts depuis quatre ans maintenant, depuis l'accident de voiture qui leur avait coûté la vie, à tous les deux.

Anna la regarda bizarrement et Erica comprit qu'elle avait les yeux perdus dans le vague. Elle essaya de ne pas montrer son trouble et adressa un sourire à sa sœur.

— Et Patrik, il est où ? demanda Anna.

Elle lança un dernier regard amusé sur l'équipe qui s'ébattait par terre avant d'aller dans la cuisine. Erica la suivit sans répondre.

— Le café est prêt, dit Anna en commençant à servir trois tasses. Et on a fait des brioches avec les enfants.

Erica sentait maintenant l'odeur de cannelle qui flottait dans l'air, dense et appétissante.

— Mais, pour toi, ça sera ceci, dit Anna et elle posa un plat avec de petits trucs rabougris et secs devant Erica.

— C'est quoi ? demanda-t-elle, dépitée, en tripotant les biscuits du bout des doigts.

— Des biscuits diététiques à la farine complète.

Anna se retourna pour prendre les viennoiseries qui étaient en train de refroidir sur le plan de travail.

— Mais…, fit Erica mollement.

Elle sentit l'eau lui venir à la bouche devant les grosses brioches gonflées, parsemées de sucre perlé.

— Je pensais que vous resteriez un petit moment à Uddevalla. Je voulais te ménager et les mettre au congélateur avant que tu arrives. Alors que, là, tu n'as qu'à t'en prendre à toi-même. Mais pense à la robe pour te motiver.

Erica prit un biscuit et en croqua un bout, sceptique. Effectivement, c'était ce qu'elle avait craint. Elle aurait tout aussi bien pu mâchouiller un morceau de carton.

— Bon, où il est alors, Patrik ? Et pourquoi vous êtes rentrés si tôt ? Je croyais que vous alliez en profiter, faire du shopping et aller déjeuner, des trucs comme ça ? Anna s'assit et cria en direction du séjour : Le café est servi !

— Patrik a été appelé, répondit Erica.

Puis elle abandonna et reposa le biscuit sur le plat. La première et seule bouchée était toujours en train de grandir dans sa bouche.

— Le boulot ? Mais il ne devait pas travailler ce week-end ?

— Non. Un ton amer s'était insinué dans la voix d'Erica. Mais il était réellement obligé d'y aller. Elle hésita avant d'ajouter, assez brutalement : Leif la Poubelle a trouvé un cadavre dans sa benne à ordures ce matin.

— Dans la benne à ordures ? dit Anna, bouche bée. Comment c'est possible ?

— Ben, apparemment le cadavre se trouvait initialement dans un conteneur et, en le vidant, il…

— Mon Dieu, mais c'est affreux, dit Anna en dévisageant Erica. C'est qui ? C'est un meurtre ? Oui, évidemment que ça doit être un meurtre, répondit-elle à sa propre question. Autrement il n'y a aucune raison pour se retrouver mort dans une poubelle. Mon Dieu, c'est vraiment affreux !

Dan, qui entrait dans la cuisine, se montra tout de suite très curieux.

— Qu'est-ce qui est si affreux ? dit-il en s'asseyant à côté d'Erica.

— Patrik a été appelé pour aller travailler, Leif la Poubelle a trouvé un cadavre dans la benne à ordures, dit Anna, devançant Erica.

— Non, c'est une blague ?

— Malheureusement pas, dit Erica tristement. Mais j'apprécierais que vous le gardiez pour vous. Ça finira par être rendu public, mais on n'est pas obligés d'alimenter les commérages.

— Oui, bien sûr, on ne dira rien, dit Anna.

— Je ne comprends pas comment Patrik peut faire un travail pareil, dit Dan en prenant une brioche. Moi, je ne pourrais jamais. Apprendre la grammaire aux ados, c'est suffisamment dramatique pour moi.

— Moi non plus, je n'y arriverais pas, dit Anna.

Elle regarda dans le vide devant elle. Aussi bien Dan qu'Erica jurèrent tout bas. Parler de cadavres et de meurtres n'était pas très malin en présence d'Anna. Comme si elle avait lu leurs pensées, elle dit :

— Ne vous en faites pas pour moi. On peut en parler.

Elle afficha un sourire pâle et Erica n'eut aucune peine à se représenter les images qui tournoyaient dans son esprit.

— Les bandits, il y a des brioches, cria Anna en rompant l'ambiance pesante.

Ils entendirent des pieds, des mains et des genoux tambouriner sur le sol, et il ne fallut pas deux secondes pour que le premier amateur de brioche arrive.

— Une brioche, je veux une brioche, cria Adrian.

Il grimpa habilement sur une chaise. Emma le suivit de près. En dernier arriva Maja à quatre pattes.

Elle avait très vite appris le sens du mot "brioche".
Erica commença à se lever, mais Dan fut plus rapide.
Il souleva Maja, ne put s'empêcher de planter un bisou
sur sa joue, l'assit gentiment dans sa chaise de bébé
et posa de petits morceaux de brioche devant elle. La
vue de tant de sucre provoqua un immense sourire
qui fit apparaître les deux petits grains de riz dans sa
mâchoire inférieure. Les adultes éclatèrent de rire.
Elle était si mignonne.

Personne ne parla plus de meurtres ni de cadavres.
Mais, malgré eux, ils se demandèrent ce que Patrik
aurait à affronter.

Ils avaient tous un air assez abattu, assis là dans la
cuisine du poste. Martin était toujours d'une pâleur peu
naturelle et semblait aussi fatigué que Hanna. Patrik
était appuyé contre la paillasse, les bras croisés, et
attendit qu'ils aient tous du café dans leur mug. Puis il
prit la parole, après avoir reçu le feu vert de Mellberg.

— Ce matin, Leif Christenssen, entrepreneur en col-
lecte d'ordures ménagères, a trouvé un cadavre dans
son camion-benne. En fait, le corps était enfoui dans
un conteneur, et il est tombé dans la benne lorsque
Leif l'a vidé. Il est sous le choc, vous vous en dou-
tez. Patrik fit une pause et but une gorgée de café.
Nous sommes rapidement arrivés sur les lieux et nous
avons pu constater qu'il s'agissait d'une femme. Nous
avons provisoirement tiré la conclusion qu'elle avait
été tuée. Certaines lésions indiquent qu'elle a subi des
violences, ce qui confirme notre théorie. Mais nous
n'en aurons la certitude qu'à réception des résultats
de l'autopsie. D'ici là, nous travaillerons à partir de
l'hypothèse du meurtre.

— Est-ce qu'on sait qui… ? commença Gösta mais il fut interrompu par un hochement de tête de Patrik.

— Oui, la femme a été identifiée.

Patrik se tourna vers Martin qui dut lutter contre la nausée lorsque les images lui revinrent à l'esprit. Il ne semblait pas encore en état de s'exprimer normalement, et Patrik continua.

— Tout indique qu'il s'agit d'une concurrente de *Fucking Tanum*. La fille qui est appelée Barbie. Nous saurons sous peu comment elle s'appelle véritablement. Je trouve indigne de l'appeler par son surnom dans ces circonstances.

— On… on l'a vue hier… Martin et moi…, dit Hanna.

Son visage était tendu.

— Oui, c'est ce qu'on m'a appris. C'est Martin qui l'a identifiée. Il y a eu de la baston, c'est ça ? demanda-t-il en levant les sourcils pour encourager Hanna à continuer.

— Oui… La réponse était hésitante, comme si elle choisissait ses mots avant de parler : Oui, c'était assez intense à un moment donné. Les autres participants lui ont volé dans les plumes, mais ce que j'ai vu était surtout verbal, elle a été un peu chahutée, mais rien de plus. On est intervenus avec Martin pour les séparer, et le dernier aperçu qu'on a eu de Barbie, c'est quand elle s'est précipitée vers le centre-ville en pleurant.

— C'est exact, confirma Martin. Ils ont pas mal gueulé, mais rien qui aurait pu provoquer les blessures qu'elle présente.

— On va interroger tout le groupe, dit Patrik. Essayer de savoir de quoi il retournait. Et de savoir si quelqu'un a vu où… Il hésita de nouveau avant de dire le nom, mais il n'avait que ça : Où Barbie est allée. Il faut qu'on entende l'équipe de télé aussi, et qu'on récupère ce qu'ils ont enregistré hier pour le visionner.

Annika nota tout au fur et à mesure que Patrik énumérait les tâches qui les attendaient. Il réfléchit quelques secondes, puis il ajouta :

— Il faut qu'on veille à ce que sa famille soit informée aussi. Et qu'on essaie de savoir si la population a vu quoi que ce soit au cours de la soirée. Il se tut, puis il dit d'une voix grave : Quand ceci sera rendu public, et là je parle de deux, trois heures maximum, ça va être le chaos. C'est une nouvelle qui concerne tout le pays et on peut s'attendre à un siège dans les règles tout au long de l'enquête. Alors, faites attention à ce que vous dites et à qui. Je ne veux pas d'un tas d'informations dans les médias que je… que nous n'avons pas approuvées, Mellberg et moi.

Pour être tout à fait franc, il se faisait du souci par rapport à Mellberg. Saurait-il la boucler ? Leur chef adorait se trouver sur le devant de la scène, et un journaliste avec une bonne tchatche n'aurait aucun problème à soutirer à Mellberg tous les renseignements qu'ils avaient sur l'affaire. Mais il n'y pouvait pas grand-chose pour le moment. Mellberg était le patron, au moins sur le papier, et Patrik n'était pas en situation de le bâillonner. Il n'avait qu'à croiser les doigts et espérer que son chef possède un minimum de bon sens. Mais il n'irait pas jusqu'à miser sa paie dessus.

— Voilà ce qu'on va faire. Je vais aller discuter avec le gars qui s'occupe de la production…

Il claqua des doigts pendant qu'il cherchait le nom dans sa mémoire.

— Rehn, Fredrik Rehn, glissa Mellberg.

Patrik le remercia du regard, tout surpris. Il était extrêmement rare que Mellberg apporte une contribution pertinente.

— C'est ça, Fredrik Rehn. Martin et Hanna, vous allez écrire un compte rendu de ce que vous avez vu et entendu hier soir. Gösta… Il chercha fébrilement une mission judicieuse à lui donner et finit par en trouver une : Gösta, tu essaieras d'en savoir plus sur le propriétaire de la maison à laquelle est attribué le conteneur. Je ne pense pas qu'il y ait un lien, mais on ne sait jamais.

Gösta hocha la tête, fatigué. Une tâche concrète. Elle lui pesait déjà sur les épaules.

— OK, dit Patrik en frappant dans ses mains pour signaler que la réunion était terminée. Nous avons du pain sur la planche.

Tous murmurèrent une vague réponse et se levèrent. Patrik contempla leur dos quand ils quittèrent la pièce. Il se demanda s'ils avaient bien compris l'ouragan qui allait les frapper. Bientôt les projecteurs de la Suède entière seraient braqués sur Tanumshede. Ils allaient définitivement devoir s'habituer à voir le nom de leur ville à la une des journaux.

— Ça va devenir un putain de truc, tout ça ! Je flaire le succès à dix mille lieues !

Fredrik Rehn donna une tape dans le dos du technicien. Installés dans l'espace étriqué du car régie, ils venaient de visionner les rushes de la veille et avaient commencé le montage. Fredrik aimait ce qu'il voyait. Mais on pouvait toujours faire mieux.

— Est-ce qu'on peut ajouter davantage de huées quand Tina chante ? C'est un peu léger, ce qu'il y a

sur la bande, je veux dire, sa performance était tellement nulle que ça vaut le coup d'avoir des manifes-
tations plus appuyées.

Il rit et le monteur hocha la tête avec enthousiasme.
Davantage de huées, aucun problème. Il suffira de
superposer les pistes, et il fera croire à tout le monde
que Tina se faisait conspuer par l'ensemble du public.

— Waouh, ce groupe, il est tout simplement génial,
sourit Fredrik. Il se laissa aller contre le dossier de la
chaise et croisa les jambes. Ce sont des crétins de première, et ils ne s'en rendent même pas compte. Prends
Tina par exemple, elle croit sérieusement qu'elle va
devenir la nouvelle Carola, alors qu'elle n'arrive pas
à chanter une seule note juste, la meuf ! J'ai discuté
avec le gars qui a produit son single, il disait que ça
avait été un cauchemar pour arriver à quelque chose
d'à peu près potable. Elle chantait tellement faux que
le haut-parleur avait failli imploser. Fredrik rit et se
pencha vers la table devant eux équipée d'une mul-
titude de boutons de réglage. Il tourna celui marqué
Volume. Ecoute ça. C'est à mourir de rire ! Le monteur
ne put pas s'empêcher de se marrer, lui aussi, quand
il entendit la version Tina de *I Want to Be Your Little
Bunny*. Avec ça, elle pourrait se faire élire présidente
de la fédération des sourds-muets. Faut pas s'étonner
que le jury d'*Idol* l'ait exécutée.

Un coup déterminé frappé à la porte vint interrompre leur partie de rigolade.

— Entrez, lança Fredrik en se retournant.

Il ne reconnut pas l'homme qui ouvrait la porte.

— Oui ? Je peux vous aider ?

En apercevant la plaque de police, il eut une sensation désagréable au creux du ventre. Ceci n'augurait
rien qui vaille. Ou alors au contraire, tout dépendait

de ce qui s'était passé et s'il pouvait s'en servir pour l'émission. Il produit un petit rire et se leva pour aller saluer l'homme.

— Bon, qu'est-ce qu'ils ont encore fait comme conneries ?

L'inspecteur de police entra et finit par trouver un endroit où s'asseoir parmi les câbles et les rallonges. Il jeta un regard intéressé dans le car.

— Eh oui, c'est ici que ça se passe, dit Fredrik, tout fier. Difficile de croire, hein, que c'est ici qu'on fabrique l'émission qui se place en tête de l'audimat. Bon, d'accord, certains remaniements sont réalisés au studio, ajouta-t-il de mauvais gré. Mais le plus gros se fait ici.

Le policier qui s'était présenté comme Patrik Hedström hocha poliment la tête. Puis il se racla la gorge.

— J'ai le regret d'annoncer que je vous apporte de mauvaises nouvelles, dit-il. C'est au sujet d'un des participants.

Fredrik leva les yeux au ciel.

— Ah ah, qui ça peut bien être ? demanda-t-il avec un soupir. Laissez-moi deviner… c'est Uffe qui a fait une connerie. Il se tourna vers le monteur : Je l'avais bien dit, qu'Uffe serait le premier à défrayer la chronique, hein, je l'avais bien dit !

Fredrik se tourna de nouveau vers le policier et sentit sa curiosité s'éveiller pleinement. Déjà, il était en train de passer en revue les possibilités d'inclure l'incident – quel qu'il soit – dans l'émission. Il interrogea le policier du regard.

Patrik s'éclaircit de nouveau la gorge, puis il dit à voix basse :

— Je suis désolé, mais un de vos participants a été retrouvé mort.

Ce fut comme s'il avait lâché une bombe dans le petit espace. Tout s'arrêta. On n'entendait plus que le bourdonnement des machines.

— Pardon ? finit par dire Fredrik lorsqu'il eut retrouvé ses esprits. Retrouvé mort ? Qui ça ? Où ? Comment ?

Il sentit ses pensées tournoyer à une vitesse folle. Que s'était-il passé ? Une partie de son cerveau se mit à former une stratégie médiatique. Une chose pareille ne s'était encore jamais produite en plein tournage d'une émission de téléréalité. Du sexe ? Bien sûr, depuis longtemps. Une grossesse ? Le *Big Brother* norvégien avait ouvert la voie pour ça. Des mariages ? Eh bien, là c'était le *Big Brother* suédois qui avait fait un carton plein avec Olivier et Carolina. Quant à l'attaque avec la barre de fer dans *Le Bar*, c'était resté à la une pendant des semaines. Mais un décès ! C'était totalement inédit. Unique. Tout excité, il attendit que le policier réponde aux questions qu'il venait de poser. Son attente ne dura que quelques secondes.

— Il s'agit de la fille qui se fait appeler Barbie. Elle a été retrouvée ce matin dans un… Patrik hésita et prit son élan avant de continuer : Dans un conteneur à déchets. Tout indique qu'elle a été tuée.

— Tuée ? répéta Fredrik. Assassinée ? C'est ça ? C'est ça que vous dites ? Par qui ?

Il était réellement aussi troublé qu'il en avait l'air. Toutes sortes de scénarios possibles avaient immédiatement surgi dans son esprit, mais pas celui-là.

— A ce stade, nous n'avons pas encore de suspect. Mais nous allons démarrer des interrogatoires sous peu. Avec vos participants. Les policiers qui surveillaient la fête hier soir ont rapporté pas mal de grabuge entre la fille assassinée et les autres concurrents.

— Ils l'ont un peu bousculée et insultée, vous voyez ce que je veux dire, dit Fredrik et il se remémora les scènes qu'il venait de visionner. Mais rien de suffisamment sérieux pour…

Il ne termina pas sa phrase. Ce n'était pas non plus nécessaire.

— Il nous faut les rushes d'hier.

Le ton de Patrik était bref et il regarda Fredrik droit dans les yeux. Celui-ci lui rendit son regard.

— Je ne suis pas autorisé à les donner, dit-il calmement. Jusqu'à ce que vous me montriez un document officiel qui me l'ordonne, ils restent ici.

— Est-ce que vous réalisez qu'il s'agit d'une enquête pour meurtre ? dit Patrik, irrité mais pas spécialement surpris.

Il avait espéré une autre réponse mais sans vraiment y croire.

— Oui, mais nous ne pouvons pas communiquer notre matériel comme ça. Il y a beaucoup de principes éthiques en jeu.

Il adressa un doux sourire de regret à Patrik qui se contenta de renifler pour toute réponse. Ils savaient tous deux que la raison de son refus n'avait rien à voir avec l'éthique.

— Mais je suppose que vous allez immédiatement cesser les émissions, après ce qui vient de se passer ?

Patrik lança sa phrase plutôt comme une affirmation. Fredrik secoua la tête.

— C'est hors de question. Nous sommes programmés pour les quatre semaines à venir, et fermer une production comme ça du jour au lendemain… Non, c'est impossible. Et je ne pense pas que Barbie l'aurait voulu non plus, elle aurait très certainement voulu qu'on continue.

Un regard de Patrik lui dit qu'il était sans doute allé trop loin. Il était écarlate et sembla lutter pour ravaler quelques mots bien choisis.

— Vous n'êtes pas sérieux, vous ne pouvez pas continuer alors que... Agacé, il s'interrompit et ajouta : Comment s'appelait-elle réellement ? Je ne peux pas continuer à l'appeler Barbie, c'est dégradant ce nom ! D'ailleurs, je vais avoir besoin de son identité et des coordonnées de ses proches. Est-ce que vous pouvez envisager de me fournir ces informations, ou bien, là aussi, c'est une question d'*éthique* ?

Ce dernier mot dégoulinait de sarcasme, mais sa colère n'impressionna nullement Fredrik. Il avait l'habitude de gérer l'agressivité que provoquaient si souvent les émissions de téléréalité. Calmement, il répondit :

— Elle s'appelle Lillemor Persson. Elle a grandi dans des familles d'accueil et nous n'avons aucun proche sur nos listes. Mais je vais vous donner toutes les informations que vous voulez. Pas de problème. Il sourit obligeamment. Quand allez-vous commencer les interrogatoires ? Y aura-t-il une possibilité pour nous de filmer ?

C'était une tentative comme une autre, mais le regard assassin de Patrik lui notifia un refus on ne peut plus clair.

— Nous commençons les interrogatoires tout de suite, répondit Patrik sèchement.

Il se leva pour sortir du car. Il ne se donna même pas la peine de dire au revoir et claqua la portière derrière lui.

— Quel putain de scoop, dit Fredrik en transe.

Le monteur hocha la tête. Fredrik eut du mal à réaliser la chance qu'ils avaient, le coup de théâtre qu'ils allaient maintenant pouvoir transmettre directement aux téléspectateurs devant leurs écrans. Toute la Suède allait regarder. Pendant une seconde, ses pensées allèrent à Barbie. Puis il souleva le combiné. Il fallait qu'il informe ses supérieurs de l'événement. *Fucking Tanum* était en train de virer vers *Les Experts*. Putain, ils allaient faire un de ces tabacs !

— On fait comment ? dit Martin. On commence par écrire chacun notre compte rendu, ou tu crois que c'est mieux de l'écrire ensemble ?

Hanna et lui avaient décidé de rester travailler dans la cuisine et il tendit la main pour attraper la cafetière et remplir leurs tasses. Hanna ajouta un peu de lait et remua. Elle réfléchit un instant.

— Je crois qu'on aura une meilleure vue d'ensemble si on écrit tous les deux en même temps, en racontant nos souvenirs dans l'ordre chronologique.

— Oui, tu as sans doute raison, dit Martin en démarrant son ordinateur portable. J'écris ou tu préfères le faire ?

— Tu peux le faire, dit Hanna. Je tape encore avec deux doigts, ça va prendre trois plombes avec moi au clavier.

— D'accord, c'est moi qui écris, rit Martin en entrant le mot de passe. Il ouvrit un nouveau document Word et positionna ses doigts au-dessus des touches.

— La première chose qui m'a alerté sur l'accrochage hier, c'était des voix agitées derrière le bâtiment. Tu as eu la même impression ?

Hanna acquiesça.

— Oui, avant ça je n'avais rien noté de spécial. La seule intervention qu'on avait faite jusque-là, c'est la fille qui ne tenait pas debout tellement elle était soûle.

C'était à quelle heure ? Minuit ? Martin tapait pendant que Hanna parlait. Ensuite je crois que c'est vers une heure que j'ai entendu deux personnes qui se criaient dessus. Je t'ai appelé, on a contourné le bâtiment et on a vu Barbie et Uffe.

— Mmm, fit Martin tout en continuant à taper. J'ai vérifié l'heure, il était une heure moins dix. C'est moi qui suis arrivé le premier, et j'ai vu Uffe secouer violemment Barbie par les épaules. On s'est précipités sur eux, tous les deux, j'ai attrapé Uffe et je l'ai tiré en arrière, et, toi, tu t'es occupée de Barbie.

— Oui, c'est ça, dit Hanna en buvant une gorgée de café. Ecris aussi qu'Uffe était tellement hargneux qu'il essayait de lui donner des coups de pied pendant que tu le tenais.

— Exactement, dit Martin. Le document se remplit petit à petit. On a calmé le jeu, lut-il à voix haute, et on les a séparés. J'ai parlé avec Uffe et je lui ai expliqué que, s'il n'y allait pas un peu plus mollo, il viendrait faire un tour au poste avec nous.

— Tu n'écris tout de même pas ça, "y aller mollo", rigola Hanna.

— Non, je vais le retravailler, mon texte, et le bureaucratiser, ne t'inquiète pas, mais, pour le moment, j'aime bien laisser les mots venir comme ils viennent, pour être sûr que tout y est.

— D'accord, sourit Hanna. Puis elle redevint sérieuse : J'ai parlé avec Barbie pour essayer de savoir ce qui avait provoqué la dispute. Elle était hors d'elle, elle répétait sans arrêt qu'Uffe croyait qu'elle avait dit des saloperies sur lui, c'est pour ça qu'il s'était mis en pétard, et qu'elle ne comprenait pas de quoi il parlait. Mais elle s'est calmée après un moment, et ça semblait aller.

— Ensuite on les a laissés partir, compléta Martin en levant les yeux du clavier. Il appuya sur Entrée deux fois pour un nouveau paragraphe, but une gorgée de café lui aussi et poursuivit : L'incident suivant a eu lieu vers... vers deux heures et demie je dirais.

— Oui, je crois que c'est ça, confirma Hanna. Deux heures et demie, trois heures moins le quart, dans ces eaux-là.

—Alors un des fêtards est venu nous voir, parce que ça s'agitait dans la descente vers l'école. On s'y est rendus et on a vu plusieurs personnes s'en prendre à une autre, la bousculer et la frapper, tout en lui criant dessus. C'étaient les concurrents Mehmet, Tina et Uffe qui s'attaquaient à Barbie, et nous sommes intervenus pour mettre un terme à la dispute. Les esprits étaient très échauffés et les noms d'oiseaux volaient. Barbie pleurait, ses cheveux étaient en désordre, le maquillage avait coulé et elle paraissait déstabilisée. J'ai parlé avec les autres participants, j'ai essayé de savoir ce qui s'était passé. Ils m'ont donné la même réponse qu'Uffe plus tôt, que "Barbie a raconté un tas de saloperies", mais je n'ai pas obtenu plus d'explications que ça.

— Entre-temps, je parle avec Barbie un peu plus loin, glissa Hanna, manifestement touchée. Elle est malheureuse et elle a peur, je demande si elle veut porter plainte contre eux, mais elle dit non avec beaucoup de détermination. Je lui parle encore un moment pour la calmer, j'essaie de savoir de quoi il retourne, mais elle prétend qu'elle l'ignore. Je regarde derrière moi pour voir comment ça se passe pour toi. Quand je me tourne de nouveau vers elle, je la vois en train de courir en direction du centre-ville, mais elle bifurque ensuite à droite, plutôt que de prendre Affärsvägen. J'envisage de la suivre, puis je me dis qu'elle a sans doute simplement besoin qu'on la laisse tranquille. Ensuite je ne la vois plus.

La voix de Hanna s'étrangla un peu. Martin leva les yeux de l'ordinateur et lui adressa un sourire consolateur.

— On n'aurait pas pu agir autrement. Tu n'aurais pas pu agir autrement. La seule chose qu'on savait, c'est qu'ils s'étaient sérieusement disputés. Rien ne nous laissait supposer que... Il hésita : Que ça se terminerait comme ça.

— Tu penses que c'est l'un des participants qui l'a tuée ?

La voix de Hanna tremblait toujours.

— Je ne sais pas, dit Martin en contemplant ce qu'il avait écrit sur l'écran. Mais j'imagine qu'il y a des raisons de le croire. Attendons de voir ce que vont donner les interrogatoires.

Il sauvegarda le document et éteignit l'ordinateur puis il se leva et le prit avec lui.

— Je vais mettre tout ça au propre dans mon bureau. Si tu te souviens d'autre chose, tu sais où me trouver.

Hanna se contenta de hocher la tête, ses mains étaient crispées autour de la tasse de café.

Calle fit un détour par le centre-ville. Chez lui à Stockholm, il s'entraînait cinq fois par jour en salle de sport, mais ici il devait se contenter d'un peu de jogging pour tenir les bourrelets des buveurs de bière en respect. Il augmenta la cadence pour amorcer le processus brûle-graisses. Avoir un physique agréable était hyper important. Il méprisait réellement les gens qui ne prenaient pas soin de leur corps. Quelle jouissance de contempler ses tablettes de chocolat en se regardant dans la glace ! Voir ses biceps se gonfler lorsqu'il pliait les bras et admirer le galbe de sa cage thoracique. A Stureplan, quand la nuit était un peu avancée, il déboutonnait toujours sa chemise. Les minettes adoraient ça. Elles ne résistaient pas à la tentation d'y glisser la main pour tâter son torse, passer les ongles sur les zones dures de son ventre. Après ça, trouver de la chair fraîche à embarquer pour la nuit était en général un jeu d'enfant.

Parfois il se demandait comment aurait été la vie sans thune. Comment ça aurait été de vivre comme Uffe, ou Mehmet, qui logeaient dans de petits appartements miteux en banlieue et se débrouillaient comme ils pouvaient. Uffe s'était vanté devant lui des cambriolages et autres exploits qu'il avait réalisés, mais Calle avait eu du mal à ne pas éclater de rire en entendant les sommes que ça lui avait rapportées. Putain, c'était moins que ce que son père lui filait en argent de poche toutes les semaines.

Pourtant il y avait en lui un vide qu'il n'arrivait pas à combler. Et ce n'était pas faute d'avoir essayé ces dernières années. Du champagne, des teufs, de la poudre plein le nez, de plus en plus. Toujours plus de tout. Il repoussait sans arrêt la limite de ce qu'il pouvait claquer comme fric. Il n'en gagnait pas lui-même. Tout l'argent venait de son vieux. Et sans cesse il pensait que maintenant, maintenant ça devrait quand même s'arrêter. Mais l'argent continuait à affluer. Son père payait toutes les factures, il lui avait acheté l'appartement à Östermalm sans rouspéter, il avait dédommagé la nana pour l'histoire du viol – montée de toutes pièces évidemment, il se trouve qu'elle était venue avec Ludde et lui de son plein gré, et tout le monde sait ce que ça veut dire. Sa bourse était toujours réalimentée, comme un porte-monnaie magique qui se remplit tout seul. Il n'y avait pas de bornes, pas de contrepartie. Et Calle savait que son vieux ne dirait jamais non. Il savait que sa mauvaise conscience l'obligeait à continuer à payer. Le flot d'argent tombait dans sa poche, et il disparaissait aussitôt, sans jamais remplir le creux dans sa poitrine.

Chacun de son côté, ils essayaient de remplacer par l'argent ce qu'ils avaient perdu. Son père en donnant, Calle en acceptant.

Quand les souvenirs commencèrent à surgir, la douleur dans sa poitrine vide se fit plus vive. Il fit des enjambées de plus en plus longues, de plus en plus rapides, força les images à disparaître. Mais il ne pouvait s'en débarrasser, même en courant. La seule chose à même de les assourdir était un mélange de champagne et de cocaïne. Faute des deux, il lui fallait vivre avec. Il augmenta encore la cadence.

Gösta soupira. Chaque année, il avait un peu plus de mal à se motiver. Aller travailler le matin exigeait plus d'énergie qu'il n'en possédait, et il lui était devenu quasiment impossible d'accomplir ensuite quoi que ce soit. C'était comme si ses articulations étaient alourdies par des poids invisibles dès qu'il essayait de travailler. Tout lui était pénible, il pouvait passer des jours dans l'angoisse devant la moindre petite tâche. Il ne comprenait pas comment il en était arrivé là. C'était venu imperceptiblement au fil des ans. Depuis la mort de Majbritt, la solitude l'avait grignoté de l'intérieur et lui avait ôté le peu de cœur à l'ouvrage qui lui restait. Bon, il n'avait jamais été un foudre de guerre, il était le premier à le reconnaître, mais il avait quand même fait son devoir et par moments il en avait aussi ressenti de la satisfaction. Mais maintenant il se demandait de plus en plus souvent à quoi servait tout cela. Il n'avait pas d'enfant à qui laisser un héritage, puisque leur seul fils était mort seulement quelques jours après sa naissance. Personne à l'attendre à la maison le soir, personne avec qui passer les week-ends, à part le golf. Il était suffisamment lucide pour comprendre que le golf était devenu davantage une obsession qu'un passe-temps. Il aurait voulu pouvoir jouer vingt-quatre heures sur vingt-quatre. Mais ça ne payait pas son loyer, il était obligé de continuer à travailler, jusqu'à ce que la retraite vienne le délivrer. Il comptait les jours.

Gösta s'assit et fixa son ordinateur. Les mesures de sécurité leur interdisaient d'avoir un accès à Internet, si bien que pour trouver le nom qui allait avec l'adresse il fut obligé d'appeler les renseignements. Il finit ainsi par apprendre le nom du propriétaire de la résidence secondaire et du conteneur. Il soupira. Dès le début, cette mission était inutile. Son scepticisme avait été confirmé quand on lui avait donné un numéro de téléphone à Göteborg. Il était évident que ces gens-là n'avaient rien à voir avec l'assassinat. Ils avaient simplement eu la malchance que le meurtrier choisît leur conteneur comme destination finale pour la pauvre petite.

Ses pensées allèrent à cette fille. Son manque de goût pour le travail ne l'empêchait pas de ressentir de l'empathie. Il souffrait avec les victimes et leur famille et il était heureux de ne pas avoir eu à la voir. Il avait croisé Martin tout à l'heure dans le couloir, il était toujours un peu pâle.

Gösta sentait qu'il avait eu son quota de morts. Après quarante ans dans le métier il se souvenait encore de chacun. Pour la plupart, il s'agissait d'accidents et de suicides, les meurtres faisaient partie des exceptions. Mais chaque décès avait tracé un sillon dans sa mémoire et il était capable de se souvenir d'images tellement nettes qu'on aurait dit des photographies. Il avait fait beaucoup de visites chez des proches pour apporter les mauvaises nouvelles. Beaucoup de larmes, de désespoir, de choc et d'horreur. Peut-être sa résignation venait-elle simplement du fait qu'il avait eu sa dose de misère. Peut-être que chaque décès, que la douleur et le malheur de chacun avaient rempli petit à petit le vase, jusqu'à ce qu'on ne puisse plus y ajouter la moindre goutte. Ce n'était pas une excuse, juste une explication plausible.

En soupirant de nouveau, il prit le combiné pour appeler le propriétaire à Göteborg et l'informer à propos du cadavre qu'on avait retrouvé dans sa poubelle. Il composa le numéro. Autant s'en débarrasser une fois pour toutes.

— Qu'est-ce que vous voulez ? Installé dans la salle d'interrogatoire, Uffe avait l'air fatigué et agacé.

Au lieu de répondre tout de suite, Patrik rassembla soigneusement ses papiers, et Martin fit de même. Ils étaient assis face à Uffe à la table bancale qui, à part quatre chaises, constituait le seul meuble de la pièce. Patrik nota que le jeune homme ne paraissait pas spécialement inquiet, mais l'expérience lui avait appris que le physique de la personne interrogée avait peu de chose à voir avec ce qu'elle ressentait. Il se racla la gorge, croisa les mains sur les papiers et se pencha en avant.

— Il y a eu de la baston hier soir, c'est ça ?

Patrik étudia minutieusement la réaction d'Uffe. Tout ce qu'il obtint fut un sourire narquois. Avec nonchalance, Uffe se cala contre le dossier de la chaise puis il s'esclaffa.

— Ah, ça ! Oui, ce type, là, il n'y est pas allé de main morte, maintenant que vous le dites. Il hocha la tête en direction de Martin. Je devrais peut-être porter plainte pour violence.

Il rit de nouveau et Patrik sentit l'irritation grandir.

— Oui, dit-il calmement, nous avons un rapport de Martin, ici, et de l'autre policier qui était présent sur les lieux, et maintenant je voudrais entendre ta version.

— Ma version. Uffe étendit ses jambes, ce qui lui fit prendre une position allongée sur la chaise – ça ne semblait pas très confortable. Ma version est qu'il y a eu une dispute. On avait bu un peu. C'est tout. Pourquoi vous voulez savoir ?

Ses yeux se rétrécirent et Patrik vit que son cerveau noyé dans l'alcool travaillait frénétiquement.

— Ici c'est nous qui posons les questions, pas toi, dit Patrik sur un ton sec. A une heure moins dix cette nuit, deux de nos agents t'ont vu attaquer Lillemor Persson.

— Barbie, vous voulez dire, coupa Uffe en rigolant. Lillemor… putain, ça c'est de l'humour !

Patrik dut résister à l'impulsion de lui coller une bonne baffe, à ce jeune crétin. Apparemment, Martin s'en rendit compte, car il prit la relève, laissant Patrik retrouver ses esprits.

— Nous avons été témoins des coups que tu as portés à Lillemor. Comment a démarré la dispute ?

— Putain, je ne comprends pas pourquoi vous vous attachez à ça ? C'était rien ! On était un peu… pas d'accord, c'est tout ! Je l'ai à peine frôlée !

Maintenant la nonchalance d'Uffe commençait à se fissurer et une certaine inquiétude apparut.

— Vous n'étiez pas d'accord sur quoi ? poursuivit Martin.

— Rien ! Ou plutôt, elle avait dit des conneries sur moi, et je l'ai su. Je voulais seulement qu'elle le reconnaisse. Et qu'elle s'excuse. Ça se fait pas, baver sur les gens comme elle le faisait ! Je voulais qu'elle le comprenne !

— Et c'est ça que plus tard dans la nuit, avec les autres, tu as essayé de lui faire comprendre ? dit Patrik en regardant le rapport devant lui.

— Ouais, fit Uffe, un peu hésitant. Il s'était redressé sur la chaise. Le ricanement aussi avait commencé à s'effacer. Mais, merde, pourquoi vous ne demandez pas simplement à Barbie ? Je vous promets qu'elle dira la même chose. C'était qu'une petite engueulade, rien en tout cas qui mérite que les flics s'en mêlent.

Un instant, Patrik croisa les yeux de Martin, puis il regarda calmement Uffe et dit :

— Lillemor ne pourra pas en dire grand-chose. On l'a retrouvée morte ce matin. Assassinée.

On aurait pu entendre une mouche voler. Uffe pâlit encore. Martin et Patrik attendirent qu'il parle.

— Tu… vous… c'est une blague ? finit-il par dire.

Les policiers ne montrèrent aucune réaction. Lentement les paroles de Patrik se firent un chemin dans son cerveau. A présent, il n'y avait plus même l'ébauche d'un sourire.

— Merde alors ! Vous croyez que moi… ? Mais je… On s'est juste chamaillés ! Je n'aurais jamais… Je n'ai pas…

Il bégaya et son regard errait.

— Nous allons devoir te faire un test d'ADN, dit Patrik en sortant les ustensiles nécessaires. Tu n'as rien contre, j'espère ?

Uffe hésita d'abord. Puis il dit :

— Non, putain. Prenez ce que vous voulez. Moi, j'ai rien fait.

Patrik se pencha en avant et, avec un coton-tige, il frotta l'intérieur de la joue d'Uffe. Un instant, celui-ci sembla changer d'avis, mais lorsque le coton-tige prit le chemin d'une enveloppe qui fut dûment cachetée, il était trop tard. Il ravala sa salive et regarda Patrik, les yeux écarquillés.

— Mais vous allez pas arrêter la série pour ça, non ? Vous pouvez pas faire ça ? Je veux dire, vous pouvez tout simplement pas faire ça !

Sa voix était pleine de désespoir et Patrik sentit grandir son dédain. Comment une émission de télé pouvait-elle primer sur la mort d'un être humain ?

— Nous n'avons pas notre mot à dire, répondit-il sèchement. C'est la boîte de production qui décide. Si ça n'avait tenu qu'à moi, on aurait plié tout le bazar en moins de deux, mais… Il écarta les bras et vit le soulagement s'étaler sur la figure d'Uffe. Tu peux partir maintenant, dit Patrik d'un ton sec.

Il avait toujours l'image du corps nu de Barbie sur la rétine. Savoir que sa mort allait être transformée en divertissement lui souleva le cœur. Qui étaient donc ces gens ?

La journée avait si bien commencé. On pourrait même dire que, jusque-là, elle avait été vraiment super. Il avait fait un long jogging dans l'air frais du printemps. D'ordinaire, il n'était pas spécialement porté sur la nature, mais ce matin il s'était réjoui en voyant le soleil filtrer à travers le feuillage des arbres. Son euphorie avait perduré tout au long du trajet et l'avait poussé, en rentrant, à faire l'amour avec Viveca, qui pour une fois avait été assez facile à convaincre. C'était l'un des rares nuages dans la vie d'Erling. Une fois mariée, elle avait plus ou moins perdu l'intérêt pour ce côté-là de la vie de couple, et à quoi bon trouver une épouse jeune et fraîche si ensuite elle se refusait à vous ? Non, il faudrait que ça change, tout ça. Les activités de la matinée l'avaient persuadé d'avoir un entretien avec cette chère Viveca au sujet de ce petit détail. Lui expliquer qu'un mariage, c'étaient des services qu'on se rendait, c'était donner et recevoir. Et si elle voulait continuer à être celle qui recevait, et il parlait là de vêtements, de bijoux, de divertissements et de beaux objets pour la maison, eh bien il faudrait qu'elle mobilise un peu plus d'enthousiasme et qu'elle soit généreuse dans les domaines qui lui tenaient à cœur en tant qu'homme. Cela n'avait pas été un problème avant qu'ils se marient. A l'époque où elle était installée dans un chouette appartement qu'il lui payait et qu'elle avait à soutenir la concurrence d'une femme épousée depuis trente ans. Alors elle s'était montrée prodigue de ses charmes, à tout moment et n'importe où. A y penser, Erling se ragaillardit. Le moment était peut-être venu de la rappeler à l'ordre. Il avait malgré tout quelques petites choses à rattraper.

Il venait de poser le pied sur la première marche pour monter voir sa femme quand la sonnerie du téléphone l'arrêta. Un instant, il envisagea de le laisser sonner, puis il fit demi-tour et alla répondre. Après tout, ça pouvait être quelque chose d'important.

Cinq minutes plus tard, il était assis, muet, le combiné à la main. Les conséquences de ce qu'il venait d'apprendre tourbillonnèrent dans sa tête, et son cerveau essaya d'emblée de trouver des solutions possibles. Il se releva avec détermination et cria en direction de l'étage :

— Viveca, je pars au bureau. Il s'est passé un truc que je dois régler.

Un marmonnement là-haut confirma qu'elle l'avait entendu. Erling enfila rapidement sa veste et prit ses clés de voiture. Il n'avait certainement jamais imaginé une chose pareille. Merde alors, qu'est-ce qu'il allait faire maintenant ?

Par un jour pareil, il faisait bon s'appeler Mellberg. Il se remémora la raison pour laquelle il se tenait là, et il s'efforça de dissimuler sa satisfaction et d'afficher une tête à la fois compatissante et déterminée. Quoi qu'il en soit, être sous les projecteurs lui réussissait bien. Il y était tout simplement dans son élément. Et il ne put s'empêcher de se demander comment Rose-Marie réagirait en le voyant dans toute la presse nationale, présenté comme l'homme fort du commissariat. Il bomba le torse et tira les épaules en arrière, dans une posture qui lui parut pleine de force. Les flashs l'aveuglèrent presque, mais il conserva quand même la pose. C'était une occasion qu'il ne devait pas laisser filer.

— Je vous accorde encore une minute pour les photos, ensuite il faudra vous calmer.

Il entendit combien sa voix était imposante et réprima un petit frisson de bien-être. Il était né pour ça. Les flashs crépitèrent encore un instant, jusqu'à ce qu'il lève la main et regarde la presse rassemblée devant lui.

— Comme vous le savez déjà, nous avons trouvé le corps de Lillemor Persson ce matin.

Des centaines de mains se levèrent et il daigna hocher la tête vers le représentant d'*Expressen*.

— Est-il avéré qu'il s'agit d'un meurtre ?

Tout le monde attendit la réponse, les stylos oscillant à quelques millimètres au-dessus des blocs-notes. Mellberg s'éclaircit la gorge.

— Avant que l'examen médicolégal soit terminé, nous ne pouvons rien affirmer. Mais tout indique qu'elle a été tuée.

Sa réponse fut suivie d'un murmure collectif et du bruit de stylos grattant du papier. Des caméras télé, marquées au nom de leur chaîne, tournaient avec des spots puissants dirigés sur lui. Mellberg se demanda à laquelle il allait donner la priorité, et après mûre réflexion il tourna son meilleur profil vers la caméra de la quatre. On lui lança encore des questions et il hocha la tête vers un reporter d'un autre journal du soir.

— Vous avez déjà un suspect ?

Encore un silence chargé en attente de sa réponse. Il plissa les yeux vers les projecteurs.

— Nous avons embarqué quelques personnes pour les interroger, dit-il, mais nous n'avons pas encore de suspect à proprement parler.

— Est-ce que le tournage de *Fucking Tanum* va devoir s'arrêter maintenant ? Cette fois, c'était un journaliste d'*Aktuellt* qui se faisait entendre.

— Nous n'avons aucune autorité pour peser sur cette décision-là, ni d'ailleurs aucune raison de le faire en l'état actuel des choses. Ce sont les producteurs de l'émission et la direction de la chaîne qui auront à se positionner là-dessus.

— Mais est-ce qu'une telle émission peut vraiment continuer alors qu'un des participants a été assassiné ? reprit le même reporter télé.

Passablement irrité, Mellberg répondit :

— Je viens de le dire, nous n'avons aucun moyen d'intervenir sur ce sujet. Il faut vous tourner vers la chaîne de télévision.

— Est-ce qu'elle a été violée ?

Personne n'attendit plus les hochements de tête de Mellberg, et les questions s'abattirent sur lui comme de véritables projectiles.

— L'autopsie viendra nous renseigner là-dessus.

— Mais y a-t-il quelque chose qui l'indique ?

— Elle était nue quand on l'a trouvée, vous en tirerez vos propres conclusions.

Aussitôt les mots lâchés, Mellberg réalisa que ce n'était sans doute pas très futé de leur fournir cette information. Mais il se sentait dépassé par la pression qu'on lui mettait, et une partie de la joie et de l'excitation provoquées par la conférence de presse commença à se calmer. Cet exercice était autre chose que de répondre à quelques questions de la presse locale.

— L'endroit où on l'a trouvée a-t-il un lien avec le crime ?

Cette fois c'était un des reporters locaux qui avait réussi à placer une question, en concurrence avec les journalistes de la presse nationale et de la télévision, qui étaient plus habiles à jouer des coudes.

Mellberg réfléchit soigneusement avant de répondre. Il ne voulait surtout pas laisser échapper un mot de trop encore une fois.

— Il n'y a rien qui l'indique pour l'instant, finit-il par dire.

— Où a-t-elle été retrouvée alors ? La presse du soir raccrocha les wagons : La rumeur court qu'on l'a trouvée dans une benne à ordures, c'est vrai ?

Encore une fois tous les regards étaient suspendus aux paroles de Mellberg. Il se passa nerveusement la langue sur les lèvres.

— Pas de commentaire.

Saleté, ce n'étaient pas des crétins, ils comprenaient très bien qu'une telle réponse signifiait que la rumeur disait vrai. Il aurait peut-être dû écouter Hedström. Juste avant la conférence de presse, celui-ci avait proposé de se charger de répondre aux questions à sa place. Mais pour rien au monde il n'aurait laissé filer une occasion d'être le point de mire. Le souvenir de l'irritation qu'il avait ressentie devant la proposition de Hedström le fit se redresser et il reprit courage. Il pointa le doigt vers une journaliste qui agitait la main depuis un bon moment sans parvenir à se faire entendre.

— Avez-vous interrogé les participants de *Fucking Tanum* ?

Mellberg acquiesça. Ceux-là n'hésitaient pas à jouer le jeu des médias, sans la moindre honte, et ça ne lui posait aucun problème de partager cette information.

— Oui, nous les avons interrogés.

— L'un d'eux est-il soupçonné du meurtre ?

Rapport filmait et le reporter brandit le gros microphone pour capter sa réponse.

— Premièrement, le meurtre n'est pas encore constaté, et, non, pour l'instant rien n'indique que ce serait l'un d'eux.

Un mensonge diplomatique. Il avait lu le rapport de Molin et Kruse et il s'était déjà forgé une idée très nette du coupable. Mais il n'était pas bête au point de livrer cette pépite avant que tout soit bouclé.

Les questions devinrent ensuite assez creuses et Mellberg s'entendit répéter la même réponse plusieurs fois. Il finit par s'en lasser et annonça que la conférence de presse était terminée. Une pluie de flashs dans le dos, il quitta la pièce en faisant appel à toute son autorité. Il avait vraiment envie que Rose-Marie voie un diable d'homme en regardant les infos du soir.

Plusieurs fois depuis la mort de Barbie elle avait surpris des gens en train de chuchoter et de la montrer du doigt. Certes, depuis *Big Brother*, elle était habituée à ce qu'on la regarde. Mais leur intérêt aujourd'hui était totalement différent. Ce n'était ni la curiosité ni l'admiration pour quelqu'un qui avait été vu à la télé. C'était la soif du sensationnel et une sorte de voracité médiatique qui lui donnaient la chair de poule.

Dès qu'ils avaient su pour Barbie, elle avait voulu rentrer chez elle. Son premier instinct était de fuir, de se réfugier dans le seul endroit où elle pouvait aller. En même temps, elle comprenait que ce n'était pas une alternative. A la maison, elle rencontrerait le même vide, la même solitude. Il n'y aurait personne pour la serrer dans ses bras, pour lui caresser la joue. Tous les petits gestes de consolation que son corps réclamait si violemment. Personne ne pouvait les lui donner, personne ne pouvait combler ce besoin-là. Ni à la maison, ni ici. Alors autant rester.

La caisse derrière elle paraissait vide. Une autre fille y était installée, l'une des employées fixes. Pourtant elle avait l'impression qu'il n'y avait personne. Jonna s'étonna du vide que Barbie avait laissé malgré tout. Elle l'avait traitée avec mépris, l'avait envoyée promener. Elle l'avait considérée comme un chien. Mais après coup, maintenant qu'elle n'était plus là, Jonna se rendit compte de la joie dont elle rayonnait, malgré son manque d'assurance, sa blondeur et ses efforts pour attirer l'attention. Barbie était toujours celle qui gardait la bonne humeur. Celle qui riait, qui se réjouissait de tout ce qu'ils vivaient et qui essayait d'encourager les autres. Pour tout remerciement, ils s'étaient moqués d'elle et l'avaient cataloguée comme bimbo stupide qui ne méritait aucun respect. C'était seulement maintenant que sa générosité éclatait au grand jour.

Jonna tira davantage sur les manches de son pull. Aujourd'hui, elle n'avait aucune envie qu'on lui lance des regards bizarres, qu'on lui témoigne de la pitié ou une curiosité teintée de dégoût. Les entailles étaient plus profondes que d'habitude. Elle s'était infligé des estafilades tous les jours depuis la mort de Barbie. Plus durement et plus brutalement que jamais auparavant, jusqu'à ce que la peau s'ouvre et vomisse son sang. Mais la vue du flot rouge n'arrivait plus à calmer son angoisse. Celle-ci était si enracinée maintenant que rien ne pourrait la vaincre.

Parfois elle entendait à nouveau les voix outrées dans sa tête. Comme un enregistrement. Elle entendait les mots comme de l'extérieur, d'en haut. C'était si horrible. Tout était allé tellement de travers. Tellement mal. La noirceur était montée en elle sans qu'elle n'y puisse rien. Toute l'obscurité qu'elle essayait d'éliminer avec le sang, à travers les entailles, avait jailli comme une fureur incontrôlable.

A présent elle sentit le vide de la caisse derrière elle l'atteindre et se mêler à la honte. Et à la peur. Ses coupures faisaient mal. Du sang, davantage de sang, qui voulait sortir.

— Et voilà, il ne nous reste plus qu'à arrêter cette farce !

Uno Brorsson abattit son poing sur la grande table de conférence de la mairie et posa ses yeux revendicateurs sur Erling. Il ne gratifia pas Fredrik Rehn du moindre regard, alors que celui-ci avait été invité pour discuter de ce qui s'était passé et pour rendre compte de la position de la maison de production.

— Je trouve que tu devrais te calmer un peu, lui recommanda Erling.

En réalité, il avait surtout envie de prendre Uno par l'oreille et de le sortir de la salle de réunion comme un enfant désobéissant, mais on était en démocratie et il dut refréner son impulsion.

— Ce qui s'est passé est terriblement tragique, continua-t-il, mais ne signifie pas que nous devions prendre des décisions inconsidérées et dictées par les sentiments. Nous sommes réunis ici aujourd'hui pour discuter le projet d'une manière raisonnable. J'ai invité Fredrik pour qu'il présente sa façon de voir les choses : continuer ou arrêter, et je vous recommande d'écouter attentivement ce qu'il a à dire. Après tout, c'est lui qui a l'expérience de ce type de productions, et même si ce qui s'est passé est totalement inédit, et, je viens de le dire, tragique, il a certainement un point de vue très avisé sur la manière de gérer tout ça.

— Tantouse de mes deux, marmonna Uno à voix basse, mais suffisamment fort pour que ça atteigne les oreilles de Fredrik.

Le producteur choisit d'ignorer le commentaire, il se leva et se plaça derrière sa chaise, mains posées sur le dossier.

— Oui, cette histoire a suscité beaucoup d'émotion. Naturellement, nous pleurons tous Barbie – Lillemor – et nous regrettons profondément ce qui est arrivé, moi personnellement mais aussi toute l'équipe de production et la direction à Stockholm. Il s'éclaircit la voix et baissa les yeux. Après un silence inconfortable, il les releva. Mais, comme ils disent aux Etats-Unis, *the show must go on*. De la même façon que vous ne pourriez pas arrêter de travailler s'il arrivait quelque chose à l'un d'entre vous, Dieu nous en préserve, nous non plus nous ne pouvons nous le permettre. Je suis aussi totalement persuadé que Barbie – Lillemor – aurait voulu qu'on continue.

Nouveau silence, encore une fois avec les yeux baissés. Un sanglot s'entendit à l'autre bout de la grande table lustrée.

— Pauvre petite.

Gunilla Kjellin essuya furtivement une larme avec une serviette. Un instant, Fredrik parut un peu mal à l'aise, puis il poursuivit :

— On ne peut pas non plus faire abstraction de la réalité. Et la réalité, c'est que nous avons investi une somme considérable dans *Fucking Tanum*, un investissement sur lequel nous espérions un bon retour, pour nous comme pour vous. Pour nous, sous forme de téléspectateurs et de recettes publicitaires, et, pour vous, sous forme de touristes et de recettes du tourisme. C'est une équation très simple.

Le chargé des finances de la commune, Erik Bohlin, amorça un geste de la main pour poser une question, mais Erling craignit qu'il n'oriente la discussion dans une direction non souhaitée et il lança un regard inflexible au jeune économiste qui se ravisa aussitôt.

— Je ne comprends pas comment ceci va nous amener des touristes ? Les meurtres font en général l'effet… d'un repoussoir sur le tourisme…

L'ancien conseiller municipal spécial Jörn Schuster contempla Fredrik Rehn, les sourcils froncés, s'attendant manifestement à une réponse. Erling sentit sa tension monter et il compta mentalement jusqu'à dix. Pourquoi fallait-il que les gens soient si négatifs tout le temps ? Quel calvaire d'être obligé de faire comme s'il avait de la considération pour ces… gens, qui n'auraient pas supporté une seule journée la position exposée de patron qui avait été la sienne pendant tant d'années. D'un calme glacial, il se tourna vers Jörn.

— Je dois dire que je suis très déçu de ta manière de considérer les choses, Jörn. S'il y a quelqu'un que je pensais apte à voir large, c'est bien toi. Un homme de ton expérience ne devrait pas s'arrêter aux détails. Ce qu'on veut favoriser ici, c'est le bien de la commune, on ne va quand même pas mettre un frein à ce qui peut nous faire avancer, comme une bande de bureaucrates bornés.

Erling vit son reproche habillé de flagornerie éveiller une lueur d'incertitude dans les yeux de l'ancien fonctionnaire. Jörn, ce qui lui tenait le plus à cœur, c'était de toujours paraître l'homme fort, comme s'il avait quitté le poste de son plein gré pour endosser le rôle d'une sorte de mentor de son successeur. Ils savaient tous les deux que tel n'était pas le cas. Mais Erling était prêt à jouer ce jeu-là si ça lui permettait d'arriver à ses fins. La question était de savoir si Jörn aussi y était prêt. Il attendit patiemment. Le silence pesait dans la salle et tout le monde guetta la réaction de Jörn. Son épaisse barbe blanche s'agita lorsque, après une longue pause de réflexion, il se tourna vers Erling avec un sourire paternaliste.

— Bien sûr, tu as raison, Erling. Pendant les nombreuses années où j'ai dirigé cette commune, j'ai moi-même fait passer de grandes idées sans me laisser arrêter ni par ceux qui disent non ni par des détails.

Il hocha la tête et regarda tout le monde autour de la table. Les autres eurent l'air perplexe. Ils essayèrent en vain de se rappeler les grandes idées dont il parlait.

Erling le regarda avec satisfaction. Le vieux renard avait pris la bonne décision. Il savait sur quel cheval il fallait miser à la longue. Fort de cette victoire, Erling finit par répondre à la question.

— En ce qui concerne le tourisme, nous nous trouvons actuellement dans la situation unique où le nom de notre ville fait la une de tous les journaux du pays. D'accord, c'est en rapport avec une tragédie, mais le fait est là : le nom de Tanumshede est martelé dans la conscience de pratiquement tous les Suédois. C'est une opportunité que nous pouvons tourner à notre avantage. Sans hésitation. J'avais l'intention de proposer de faire appel à une agence de com pour nous aider à déterminer la meilleure façon d'utiliser l'espace médiatique.

Erik Bohlin commença à murmurer quelque chose à propos du budget, mais Erling balaya son commentaire comme il aurait balayé une mouche.

— On parlera de ça plus tard, Erik. C'est exactement ce que je voulais dire tout à l'heure, ce ne sont que des détails. Il faut penser grand, le reste se réglera tout seul. Il se tourna vers Fredrik Rehn, qui avait suivi la joute oratoire autour de la table d'un air amusé :

Et *Fucking Tanum* continuera avec notre entier soutien. N'est-ce pas ? Erling fixa intensément chacun à tour de rôle.

— Bien sûr, piailla Gunilla Kjellin en lui lançant un regard admiratif.

— Oui, bon, qu'ils continuent leur cirque, dit Uno Brorsson de mauvais gré. Ça ne peut pas devenir pire.

— Oui, dit Erik Bohlin, brièvement mais en laissant un million de questions en suspens.

— Bien, bien, dit Jörn Schuster en tirant sur sa barbe. Je suis content de constater que tout le monde voit les choses en grand exactement comme Erling et moi. Il adressa un large sourire à Erling qui s'obligea à le lui rendre. Le vieux ne sait pas de quoi il parle, pensa-t-il en souriant de plus belle. Ceci avait été moins difficile qu'il ne l'avait cru. Il était habile, tout de même !

— Chaud ou froid ?

— Tiède, répondit Anna en riant.

— Arrête, ce n'est pas un jeu, dit Erica qui tira la langue à sa sœur.

Elles étaient installées sur la véranda en train de boire un café, enveloppées de couvertures. Sur les genoux, Erica avait les propositions de menus du *Grand Hôtel* et elle sentit l'eau lui venir à la bouche. Le régime sévère qu'elle suivait avait ranimé ses papilles et accentué sa faim, et elle avait l'impression qu'elle n'allait pas tarder à baver littéralement.

— Qu'est-ce que tu dis de ça par exemple ? Elle lut à haute voix : En entrée, queues d'écrevisses sur lit de salade verte arrosées d'une vinaigrette au citron vert. En plat principal, flétan avec risotto au basilic et carottes sautées au miel, puis cheese-cake sur miroir de coulis de framboise pour le dessert ?

— Miam, excellent ! dit Anna qui sembla avoir besoin de ravaler sa salive, elle aussi. Surtout le flétan, ça me paraît divin !

Elle but une gorgée de café, serra davantage la couverture autour d'elle et regarda la mer au loin.

Erica était émerveillée par le changement radical opéré sur sa sœur ces derniers temps. Elle contempla le profil d'Anna et vit sur ses traits un calme qu'elle ne se rappelait pas avoir jamais vu auparavant. Elle s'était toujours fait du souci pour Anna. C'était bon de pouvoir commencer à lâcher prise.

— Papa aurait aimé nous voir assises comme ça à papoter, dit-elle. Il essayait toujours de nous faire comprendre que nous devions être plus proches l'une de l'autre, en tant que sœurs. Il trouvait que j'étais beaucoup trop maternelle avec toi.

— Je sais, sourit Anna en se tournant vers Erica. Il me parlait aussi, il essayait de me responsabiliser, il voulait que je sois plus adulte et que je ne te fasse pas porter tout le fardeau. Parce que c'est ce que je faisais. J'avais beau protester contre ton attitude, j'aimais quand même être chouchoutée par toi. Et je m'attendais à ce que tu sois la plus mûre de nous deux, celle qui se charge de tout.

— Je me demande comment ça aurait été si Elsy avait assumé cette responsabilité-là. C'était quand même à elle de s'en charger, pas à moi.

Erica sentit quelque chose se serrer dans sa poitrine en pensant à sa mère, la mère qui tout au long de leur enfance avait été physiquement présente mais absente par la pensée.

— Ce sont des spéculations vaines, dit Anna pensivement en tirant sa couverture jusqu'au menton. Même si le soleil brillait, le vent était froid et trouvait un chemin par le moindre interstice. Qui sait ce qu'elle avait dans ses bagages. A y penser, je ne me rappelle pas qu'elle ait jamais parlé de sa jeunesse, de sa vie avant papa. C'est assez étrange, non ? dit Anna déconcertée.

Elle ne s'était jamais fait la réflexion avant.

— Elle était étrange d'un bout à l'autre, je trouve, rit Erica.

Mais elle entendit le ton amer de son rire.

— Non, mais sans blague, dit Anna. Est-ce que tu arrives à te rappeler qu'Elsy ait parlé de son enfance, de ses parents, de comment elle a rencontré papa, je ne sais pas moi, n'importe quoi d'autre ? Je ne me souviens pas du moindre commentaire. Et elle n'avait pas de photos non plus. Je sais qu'une fois j'ai demandé une photo de ses parents, et ça l'a super agacée, elle a dit qu'ils étaient morts depuis si longtemps et qu'elle ne savait plus du tout où elle avait rangé toutes ces vieilleries. Tu ne trouves pas ça étrange ? Je veux dire, on garde quand même quelques photos ? Ou au moins on sait où elles sont ?

Erica réalisa tout à coup qu'Anna avait raison. Elle non plus n'avait jamais ni vu ni entendu quoi que ce soit concernant le passé d'Elsy. On aurait dit que leur mère avait commencé à exister à l'instant où avait été prise sa photo de mariage. Avant cela il n'y avait… rien.

— Eh bien, tu n'as qu'à faire un peu de recherches là-dessus quand tu auras le temps, dit Anna, qui voulait manifestement abandonner le sujet. C'est de ton ressort. On devrait se remettre au menu maintenant, tu ne trouves pas ? Cette dernière proposition, elle te va ou pas ? Moi, ça me paraît délicieux.

— Il faut d'abord que je voie avec Patrik s'il est d'accord. Mais je n'ai pas trop envie de l'embêter avec ce genre de détails, alors qu'il est plongé dans son enquête. Ça me semble si… superficiel.

Elle posa le menu sur ses genoux et contempla l'horizon d'un regard sombre. Elle avait à peine vu Patrik ces derniers jours et il lui manquait. Mais elle comprenait très bien qu'il soit obligé de travailler autant. C'était atroce, le meurtre de cette fille, et elle savait qu'il voulait plus que tout trouver le coupable. Mais, en même temps, son propre manque d'activités "adultes" était mis en évidence par le travail de Patrik qui le sollicitait tant. Bien sûr que sa tâche à elle était importante aussi, oui, être maman était évidemment plus important que tout, elle le savait et le sentait. Mais elle ne pouvait quand même pas s'empêcher de regretter une occupation où elle pourrait être Erica, pas seulement la maman de Maja. Maintenant qu'Anna était de retour de son pays crépusculaire, elle avait de nouveau l'espoir de pouvoir peut-être commencer à écrire quelques heures par jour. Elle lui avait fait part de l'idée et Anna s'était proposée avec beaucoup d'enthousiasme de s'occuper de Maja.

Là-dessus, elle avait commencé à chercher un nouveau projet, un meurtre réel avec un versant humain captivant qu'elle pourrait transformer en un livre intéressant. Après les deux livres précédents, elle avait eu à supporter certaines critiques dans les médias. Quelques-unes prétendaient qu'elle faisait preuve d'une mentalité d'hyène en prenant des cas réels comme base. Mais Erica n'était pas d'accord avec ça. Elle était toujours très attentive à donner la parole à tous les protagonistes, et elle faisait tout pour dresser une image aussi juste et nuancée que possible de l'événement. Ses livres ne se seraient certainement pas vendus aussi bien s'ils n'avaient pas été écrits avec empathie. Elle devait cependant reconnaître qu'il avait été plus facile d'écrire le deuxième, celui où elle n'avait aucun lien personnel avec l'affaire, comme ça avait été le cas pour le meurtre d'Alex Wijkner. Il était beaucoup plus difficile de garder de la distance quand tout ce qu'elle écrivait était teinté par son propre vécu.

Penser ainsi aux livres réveilla son envie de travailler.

— Je vais aller surfer un peu, dit-elle en se levant. Prospecter pour essayer de trouver un nouveau cas à exploiter. Est-ce que tu peux prendre Maja un moment si elle se réveille ?

— Va travailler, je m'occupe de Maja. Et bonne pêche !

Erica rit et partit dans sa pièce de travail. La vie dans la maison était devenue beaucoup plus facile. Son seul souhait était que Patrik voie bientôt une éclaircie dans son enquête.

L'odeur d'iode. Et d'eau. Les oiseaux criards dans le ciel et le bleu qui s'étendait à l'horizon. Le roulis d'un bateau. L'impression que quelque chose se modifiait. Une disparition. Quelque chose de chaud et doux devenait dur et acéré. Des bras qui le serraient et qui charriaient une odeur forte et désagréable émanant des vêtements et de la peau de la femme, mais avant tout de son haleine. Il ne se rappelait pas qui elle était. Et il ne savait pas pourquoi il essayait de s'en souvenir. C'était comme s'il avait rêvé pendant la nuit, un rêve pénible et pourtant familier. Un rêve sur lequel il voulait en savoir plus.

Il était incapable de s'empêcher de demander. Il ne savait pas pourquoi. Pourquoi ne pouvait-il pas simplement tout accepter, comme le faisait sœur ? Elle paraissait toujours si effrayée quand il posait ses questions. Il aurait voulu ne pas les poser. Mais, lorsque l'odeur de l'eau salée revenait chatouiller ses narines et qu'il se rappelait le vent dans ses cheveux, il était obligé de demander. Et l'homme qui avait joué à les lancer haut dans l'air, lui et sœur. Tandis que l'autre les regardait, celle avec la voix douce qui devenait dure ensuite. Parfois, dans son souvenir, il la voyait sourire.

Mais elle avait peut-être raison, celle qui était réelle et belle et qui les aimait. Ça devait être un rêve. Un mauvais rêve qu'elle allait remplacer par des rêves jolis. Il ne la contredisait pas. Mais parfois il se prenait à regretter le sel. Et les oiseaux criards. Même la voix dure. Mais, ça, il n'osait pas le dire...

— Martin, qu'est-ce qu'on est en train de foutre ?

D'un geste d'impuissance, Patrik envoya valser son stylo qui glissa jusqu'au bord du bureau et tomba. Martin le ramassa calmement et le rangea dans le pot à crayons.

— Il ne s'est passé qu'une semaine, Patrik. Ça prend du temps, tu le sais.

— Ce que je sais, c'est que la statistique montre que plus il faut de temps pour résoudre une affaire, plus l'espoir d'y arriver diminue.

— Mais on fait tout ce qu'on peut. Simplement, il n'y a que vingt-quatre heures dans une journée. Martin scruta Patrik du regard. D'ailleurs, tu devrais peut-être t'accorder une petite matinée à la maison, te mettre sous une douche chaude, souffler un peu ? Tu m'as l'air assez fatigué.

— Me reposer alors qu'on a toute cette histoire sur les bras ? Sûrement pas.

Patrik passa la main dans ses cheveux déjà ébouriffés. Lorsque le téléphone sonna, ils sursautèrent tous les deux. D'un geste irrité, Patrik décrocha puis raccrocha aussitôt. Le silence régna une minute, puis la sonnerie reprit. Enervé, Patrik sortit dans le couloir et lança :

— Putain, Annika, je t'avais dit de ne me passer aucun appel !

Il retourna dans son bureau et claqua la porte derrière lui. Plusieurs autres téléphones au commissariat sonnaient sans discontinuer, mais, quand la porte était fermée, on ne les entendait que de loin.

— Allez Patrik, ça ne peut pas continuer comme ça. Tu es en train de disjoncter. Il faut que tu te reposes. Que tu manges. Et je pense que tu ferais mieux d'aller t'excuser auprès d'Annika, sinon tu vas être frappé par le mauvais œil. Ou par sept ans de malheur. Ou alors tu ne goûteras plus jamais ses muffins le vendredi après-midi.

Patrik se rassit lourdement, mais ne put s'empêcher d'esquisser un sourire.

— Les muffins, tu dis… Tu penses qu'elle pourrait être machiavélique au point de me refuser les muffins…

— Pas seulement, peut-être aussi le panier de Noël avec les caramels…

Martin hocha la tête, sérieux comme un pape. Patrik joua le jeu et écarquilla les yeux.

— Non, pas les caramels, elle ne sera pas vache à ce point-là !

— Si, je le crains, dit Martin. A moins que tu n'ailles t'excuser sur-le-champ.

— Je vais le faire. Patrik passa encore la main dans ses cheveux bruns. Simplement, je ne m'étais pas attendu à être assiégé comme ça. Les journaux et la télé, ils sont devenus fous. Totalement dénués de scrupules ! Ils devraient comprendre qu'ils foutent en l'air l'enquête en nous harcelant comme ils le font ! On n'arrive à rien quand on les a sur le dos.

— Moi, je trouve qu'on a bien bossé en une semaine, dit Martin calmement. On a eu le temps d'entendre tous les participants de l'émission, on a visionné les enregistrements de la soirée disco, on est en train d'examiner tous les tuyaux laissés par la population. A mon avis, on fait un super boulot. Après, que cette affaire soit devenue particulièrement chaotique à cause de *Fucking Tanum*, eh bien, on n'y peut pas grand-chose.

— Mais tu te rends compte qu'ils continuent leur émission de merde ? Une fille est assassinée et ils s'en servent comme divertissement en prime time ! Et la Suède entière est au garde- à-vous et regarde ! Je trouve que c'est tellement… Que ça manque tellement de respect !

— Oui, tu as raison, dit Martin d'une voix plus vive. Mais qu'est-ce que tu veux qu'on fasse avec des bêtes médiatiques comme Mellberg et ce foutu Erling W. Larsson ? Pas une seule seconde ils n'ont envisagé d'arrêter la production, et, nous, on doit faire avec. C'est comme ça. Et je continue à soutenir que, toi et l'enquête, vous vous porteriez mieux si tu rentrais recharger tes accus.

— Je ne rentrerai pas à la maison, n'y compte pas. Je n'en ai pas le temps. Mais on pourrait aller déjeuner au *Gestgifveriet*. Est-ce que ça compte comme moment de détente ?

Il lança un regard hargneux à Martin, tout en sachant que son collègue n'avait pas tort.

— Disons que ça fera l'affaire, dit Martin en se levant. Et tu peux en profiter pour présenter tes excuses à Annika en passant.

— Oui, maman, dit Patrik.

Il enfila sa veste et suivit Martin dans le couloir. Il réalisa alors seulement qu'il était affamé.

Tout autour d'eux, les téléphones sonnaient.

Elle n'arrivait pas à se résoudre à aller travailler. Elle n'était pas obligée de le faire non plus, le congé de maladie était encore valable et son médecin lui avait conseillé de prendre son temps. Mais elle avait grandi avec le principe qu'on devait travailler, coûte que coûte. Selon son père, la seule excuse acceptable était de se trouver sur son lit de mort. Et c'est bien ainsi qu'elle se sentait. Son corps fonctionnait, il bougeait, mangeait, se lavait et faisait tout ce qu'il avait à faire, machinalement. Mais, à l'intérieur, elle pouvait tout aussi bien être morte. Plus rien n'avait d'importance. Plus rien n'éveillait de sentiments de joie, ni même d'intérêt. Tout était froid et éteint. Elle ne ressentait qu'une douleur à se rouler par terre.

Quinze jours avaient passé depuis la visite des inspecteurs de police. Au premier coup frappé à la porte, Kerstin avait su que sa vie allait changer. Chaque soir en se couchant pour essayer de dormir, la dernière dispute se rejouait dans son esprit. Jamais elle ne pourrait fuir le fait que leur dernière conversation s'était déroulée sous le signe de la colère. Elle souhaitait ardemment pouvoir reprendre ne serait-ce que deux ou trois des mots rudes qu'elle avait lancés à Marit. Quelle importance à présent ? Pourquoi n'avait-elle pas pu laisser tomber ? Pourquoi avait-elle tant tenu à ce que Marit prenne position et affiche leur relation ? Pourquoi était-ce si important ? L'essentiel était quand même qu'elles soient ensemble ? Que les gens sachent ou pensent ou jasent était tout à coup devenu tellement futile qu'elle ne comprenait plus pourquoi un jour, dans la préhistoire lointaine qui en réalité ne remontait qu'à deux semaines, elle avait trouvé cela si important.

Incapable de faire quoi que ce soit, Kerstin s'allongea sur le canapé et alluma la télé avec la télécommande.

Elle tira une couverture sur elle, celle que Marit avait achetée lors d'une de ses rares visites en Norvège, qui sentait un étrange mélange de laine et de son parfum. Kerstin enfouit son visage dans le tissu et aspira à fond, espérant que l'odeur viendrait remplir tous les creux de son corps. Elle inspira aussi quelques fibres de laine qui la firent éternuer.

Subitement, elle eut envie de voir Sofie. Elle ressemblait tant à Marit, et si peu à Ola. Elle était revenue à la maison deux fois et avait fait de son mieux pour consoler Kerstin, bien qu'elle ait l'air elle-même de pouvoir exploser en vol à tout moment. Sofie était devenue adulte d'un seul coup. Son visage avait pris une expression de maturité douloureuse qu'il n'avait pas avant. Kerstin aurait tant voulu pouvoir l'effacer, reculer les aiguilles de la montre et raviver le côté chiot immature qui convenait aux filles de son âge. Mais cette maladresse-là était partie pour toujours. Et elle savait qu'elle allait aussi perdre Sofie. La jeune fille ne le savait pas encore, elle avait sans doute la ferme intention de garder le contact avec la compagne de sa mère. Mais la vie ne le permettrait pas. Il y avait tant d'autres choses intéressantes qui prendraient le dessus quand le chagrin s'estomperait, des copines, des petits amis, des fêtes, l'école, tout ce qui faisait la vie d'une adolescente. Et, d'autre part, Ola ne lui faciliterait pas la tâche. Avec le temps, Sofie en aurait marre de toujours lutter. Ses visites s'espaceraient pour cesser complètement. Dans un an ou deux, elles se diraient bonjour en se croisant dans la rue, elles échangeraient peut-être quelques mots, puis elles s'éviteraient du regard et chacune repartirait dans sa direction. Seuls des souvenirs d'une autre vie ensemble resteraient, des souvenirs qui se dissiperaient telles de fines brumes si elles essayaient de les capturer. Elle allait perdre Sofie. Il fallait l'accepter.

Sans entrain, Kerstin zappa entre les chaînes. Il y avait surtout un tas d'émissions qui vous invitaient à appeler pour deviner des mots, des appels facturés cher. Aucun intérêt. Ses pensées se mirent à tourner autour du problème qui l'avait si souvent accaparée ces deux dernières semaines. Qui avait voulu du mal à Marit ? Qui l'avait piégée, au milieu de sa détresse après leur dispute, au milieu de sa colère ? Est-ce qu'elle avait eu peur ? Est-ce que c'était allé vite ou lentement ? Est-ce que ça avait été douloureux ? Est-ce qu'elle avait su qu'elle allait mourir ? Les questions se bousculaient dans sa tête, sans trouver de réponses. A la télé et dans les journaux, elle avait suivi les informations sur le meurtre de cette fille de la téléréalité, mais elle était déjà pleine de sa propre douleur. Elle se préoccupait surtout de savoir si cela n'allait pas détourner les enquêteurs de la mort de sa compagne. Si l'attention des médias n'amènerait pas la police à consacrer tout son temps au meurtre de cette fille, au détriment de Marit.

Kerstin se redressa sur le canapé et tendit la main vers le téléphone sur la table basse. Si personne d'autre ne s'en occupait, à elle alors de surveiller les intérêts de Marit. Elle lui devait au moins ça.

Depuis la mort de Barbie, ils se rassemblaient une fois par jour, formant un cercle au milieu de la salle du foyer cantonal. Au début, il y avait eu des protestations. Un silence boudeur avait été remplacé par des commentaires sarcastiques, mais après que Fredrik eut expliqué que c'était soit ça, soit l'arrêt du tournage, ils avaient coopéré, fût-ce de mauvais gré. Une semaine plus tard, ils avaient gauchement commencé à attendre ce rendez-vous avec le psychologue. Lars n'avait pas une attitude de supériorité, il écoutait, il leur parlait dans leur langage et ses commentaires tapaient dans le mille. Même Uffe s'était mis à bien l'aimer, même s'il préférerait mourir que l'admettre ouvertement. Les sessions de groupe alternaient avec des entretiens individuels, et plus personne ne trouvait à y redire. Personne ne jubilait sans doute non plus, mais une sorte d'acceptation s'était instaurée.

— Comment avez-vous vécu ces derniers temps ? Avec tout ce qui s'est passé ?

Lars les observa l'un après l'autre dans le cercle et attendit que quelqu'un prenne la parole. Pour finir son regard s'arrêta sur Mehmet.

— Je trouve que ça s'est bien passé, dit-il après un instant de réflexion. Avec toute cette pagaille on n'a pas vraiment eu le temps de penser.

— Penser à quoi ? dit Lars pour l'encourager à poursuivre et à développer son raisonnement.

— A ce qui s'est passé. A Barbie.

Mehmet se tut et fixa ses mains. Lars le quitta des yeux et laissa son regard balayer les autres.

— Et vous trouvez ça bien ? De ne pas avoir besoin d'y penser ? C'est comme ça que vous le vivez ? Que la pagaille a été positive ?

Silence.

— Pas moi, finit par dire Jonna sombrement. Je trouve que ça a été difficile. Franchement difficile.

— De quelle manière ? Qu'est-ce que tu as trouvé difficile ?

— Penser à ce qui lui est arrivé. Imaginer la scène. Comment elle est morte et des trucs comme ça. Et qu'elle était là, dans la poubelle. C'est quand même dégueu.

— Vous autres aussi, vous avez des images qui vous viennent ?

Le regard de Lars s'arrêta sur Calle.

— Ben, évidemment. Mais c'est mieux de ne pas y penser. Je veux dire, à quoi bon ? De toute façon, elle est morte, Barbie.

— Mais tu ne penses pas que ce serait mieux pour toi personnellement de t'attaquer à ces images ? De les affronter ?

— Bof, intervint Uffe, moi je préfère m'ouvrir une autre mousse ! Pas vrai, Calle ?

En rigolant, il lui donna un coup de pied au tibia, puis il retomba dans sa maussaderie habituelle en réalisant que personne ne le suivait. Lars déplaça son attention sur lui, et Uffe se tortilla sur sa chaise. Il était le seul qui refusait encore de s'abandonner au processus, comme disait Lars.

— Uffe, toi tu t'efforces toujours de paraître blindé. Mais tu penses comment quand tu penses à Barbie ? Quels sont les souvenirs qui te viennent à l'esprit ?

Uffe regarda autour de lui comme s'il n'en croyait pas ses oreilles. Quels souvenirs il avait de Barbie ? Il se marra et regarda Lars.

— Eh bien, celui qui dit que c'est pas les nichons qui lui viennent à l'esprit en premier, il ment, c'est moi qui vous le dis ! C'était de la pure bombe, avec toute cette silicone !

Il forma un gabarit avec les mains et regarda de nouveau autour de lui pour chercher l'appui de l'assemblée. Mais il n'amusait toujours personne.

— Putain, un peu de tenue, Uffe, dit Mehmet irrité. Tu es vraiment aussi con que ça, ou tu fais semblant ?

— Qui t'a permis de respirer ?

Uffe se pencha vers Mehmet, menaçant, mais au fin fond de son cerveau reptilien il comprit que ses commentaires n'étaient peut-être pas à leur place. Il se retira à contrecœur dans son silence boudeur. Il y avait un truc qu'il ne pigeait pas. Personne ne l'avait kiffée avant qu'elle meure, et maintenant ils pleurnichaient pire que des mômes et ils parlaient d'elle comme si c'était leur meilleur pote qui était mort.

— Tina, tu n'as pas dit grand-chose. Qu'est-ce que la mort de Lillemor a signifié pour toi ?

— Je trouve que c'est super tragique. Elle avait les larmes aux yeux et elle secoua la tête. Je veux dire, elle avait la vie devant elle. Et une carrière de ouf. Elle allait faire des photos avec Slitz après la série, c'était déjà décidé, et elle avait discuté avec un mec de la possibilité d'aller aux Etats-Unis et essayer de poser pour *Playboy*. Je veux dire, elle aurait pu devenir la prochaine Victoria Silvstedt. Victoria sera bientôt une vieille et Barbie aurait été là pour prendre la relève. On en parlait vachement, toutes les deux, elle avait une putain d'ambition. Elle était super cool. Merde, c'est vraiment terrible.

Maintenant ses larmes coulaient, et elle s'essuya avec la main, précautionneusement pour ne pas ruiner son mascara.

— Oui, c'est grave une tragédie. Que le monde ait perdu la prochaine Victoria Silvstedt. Je veux dire, qu'est-ce qu'il va faire maintenant, le monde ? Uffe rit mais leva les mains en défense en voyant les regards furieux des autres. D'accord, d'accord, je vais me taire. Continuez à chialer, espèces de faux jetons abrutis !

— J'ai l'impression que tu as beaucoup de colère en toi face à tout ceci, Uffe, dit Lars doucement.

— Colère, colère, je sais pas. Je trouve seulement que c'est des putains d'hypocrites. Ils sont là à verser des larmes sur Barbie, alors qu'ils s'en foutaient complètement quand elle était vivante. Moi au moins, je suis sincère. Il fit un grand geste avec les mains.

— Tu n'es pas sincère, murmura Jonna. Tu es crétin.

— Ah tiens, la psycho l'ouvre. Remonte tes manches un peu, que je voie le dernier chef-d'œuvre en date. Jamais vu quelqu'un d'aussi taré.

Il rigola et Lars se leva.

— Je ne pense pas qu'on avancera beaucoup plus aujourd'hui. Uffe, je crois que, toi et moi, on va avoir notre entretien individuel maintenant.

— D'accord, d'accord. Mais va pas imaginer que je vais pleurer pour me délivrer de quoi que ce soit. Ça, c'est leur rayon, aux autres folles, là.

Il se leva et donna une tape sur la nuque de Tina. Enervée, elle se retourna et essaya de l'atteindre à son tour. Uffe se marra, puis il suivit Lars. Les regards des autres lui brûlèrent le dos.

Elle avait fait un saut à Tanumshede pour le déjeuner. Ils n'avaient pas eu le temps de se voir depuis le dîner au *Gestgifveriet*, et Mellberg attendit fébrilement qu'il soit midi. Il consulta sa montre qui affichait inexorablement moins dix, alors qu'il attendait devant le restaurant. Les aiguilles avançaient à une allure d'escargot, et son regard allait de la montre aux voitures qui régulièrement entraient dans le parking. Cette fois aussi il avait proposé le *Gestgifveriet*. Si on tenait à avoir un cadre romantique, c'était ce qu'il y avait de mieux.

Cinq minutes plus tard il vit sa petite Fiat rouge arriver. Son cœur battait la chamade et l'émotion le fit déglutir. Par réflexe, il vérifia que ses cheveux étaient correctement arrangés. Rose-Marie s'illumina lorsqu'elle l'aperçut, et il dut repousser l'impulsion de la plaquer au sol et de lui rouler le patin du siècle au beau milieu du parking. L'intensité de sa passion le surprit. Il se sentit comme un adolescent. Après un bonjour tendre, il la laissa passer devant pour entrer dans le restaurant. Sa main tremblait légèrement lorsqu'il la posa sur son dos une brève seconde.

En arrivant dans la salle, il faillit s'étrangler. Hedström et Molin étaient installés à une table devant les fenêtres. La stupéfaction se peignit sur leur visage quand ils le virent. Le regard de Rose-Marie alla de lui à ses deux collègues, et Mellberg comprit à contre-cœur qu'il devait sans doute les présenter. Martin et Patrik serrèrent la main de Rose-Marie avec de grands sourires. Mellberg soupira intérieurement. Avec ça, ils allaient se lâcher au commissariat en un temps record. D'un autre côté… Il se redressa. Rose-Marie n'était définitivement pas une femme avec qui il avait honte de se montrer.

— Vous vous installez avec nous ?

Patrik indiqua les deux chaises vides à leur table. Il fut sur le point de décliner l'invitation lorsqu'il entendit Rose-Marie dire oui, avec joie. Il jura intérieurement. Il s'était réjoui de passer un moment en tête à tête avec elle. Déjeuner en compagnie de Hedström et Molin venait complètement briser son rêve d'intimité romantique. Mais il n'y avait qu'à serrer les dents. Il lança un regard irrité à Hedström derrière le dos de Rose-Marie avant de lui avancer la chaise, résigné. Ses deux collègues eurent l'air de ne pas en revenir. Normal. Des morveux de leur âge ne savaient sans doute pas ce qu'était un gentleman.

— Content de vous rencontrer… Rose-Marie, dit Patrik.

Il la regarda avec curiosité. Elle sourit et ses pattes-d'oie s'accentuèrent. Mellberg eut du mal à la quitter du regard. Cette façon qu'avaient ses yeux de scintiller et sa bouche qui formait un sourire, ça le… Non, il n'arrivait même pas à mettre des mots sur ce qu'il ressentait.

— Et vous vous êtes rencontrés comment ?

La voix de Molin avait un ton légèrement amusé et Mellberg le regarda en fronçant les sourcils. Il espérait vraiment qu'ils n'auraient pas l'idée de se payer sa tête. Et celle de Rose-Marie avec.

— Dans un bastringue à Munkedal. Les yeux de Rose-Marie étincelaient. Bertil et moi, on y avait tous les deux été traînés par des amis, je crois qu'on n'était pas très enthousiastes. Mais parfois le destin vous mène sur de drôles de chemins.

Souriante, elle regarda Mellberg qui se sentit rougir de bonheur. Il n'était donc pas le seul à être un fou sentimental. Elle aussi avait ressenti quelque chose de spécial dès le premier soir.

La serveuse vint prendre la commande.

— Choisissez ce que vous voulez, je vous invite ! s'entendit dire Mellberg.

Un instant il regretta ses paroles, mais le regard admiratif que lui lança Rose-Marie le conforta dans sa décision et il comprit, peut-être pour la première fois de sa vie, la valeur réelle de l'argent. Quelques billets de cent, qu'était-ce à côté de l'émerveillement dans les yeux d'une belle femme ? Hedström et Molin le fixèrent, ébahis, et agacé il siffla :

— Dépêchez-vous de commander avant que je change d'avis et fasse une retenue sur vos salaires.

Toujours sous le choc, Patrik bégaya : "La sole meunière" et Molin, tout aussi médusé, ne put que hocher la tête pour signifier qu'il voulait la même chose.

— Moi, je prendrai le *pytt-i-panna**, dit Mellberg avant de regarder Rose-Marie. Et toi, ma chérie, qu'est-ce qui te ferait plaisir ?

Il entendit Hedström tousser en avalant une gorgée d'eau de travers et lui lança un regard de reproche. C'était quand même pénible, des hommes adultes qui ne savaient pas se tenir. L'éducation des jeunes d'aujourd'hui comportait manifestement de grandes lacunes.

— J'aimerais bien le filet mignon, s'il te plaît, dit Rose-Marie.

Elle déplia la serviette qu'elle plaça ensuite sur ses genoux.

— Vous habitez à Munkedal ? demanda Martin poliment en servant de l'eau à sa voisine de table.

— Pas loin, à Dingle, mais ce n'est que temporaire, dit-elle en buvant un peu d'eau avant de poursuivre. On m'a proposé de partir en préretraite, l'offre était tellement avantageuse que je n'ai pas pu la refuser et j'ai décidé de me rapprocher de ma famille. Pour l'instant c'est ma sœur qui m'héberge jusqu'à ce que je trouve un logement. Je ne connais pas bien la région, et je veux être sûre de mon choix avant de décider où m'installer. Une fois que j'y serai, je n'en partirai que les pieds devant.

Son rire sonna comme des perles et le cœur de Mellberg s'emballa. Comme si elle s'en rendait compte, elle continua, les yeux timidement baissés :

* Sauté de restes de viandes, pommes de terre et oignons, servi avec des betteraves rouges au vinaigre, un grand classique suédois.

— On verra bien où ça sera. Ça dépend évidemment toujours des gens qui croisent votre chemin.

Elle posa son regard sur Mellberg dans un silence chargé. Il n'arrivait pas à se souvenir d'avoir jamais été aussi heureux. Il ouvrit la bouche pour parler, mais la serveuse arriva avec leurs commandes. Rose-Marie se tourna vers Patrik.

— Comment vous vous en sortez avec cet horrible assassinat ? Si j'ai bien compris ce que dit Bertil, c'était absolument effroyable.

Patrik se concentra pour faire tenir en équilibre poisson, pommes de terre, sauce et légumes sur la fourchette.

— Oui, effroyable est sans doute le mot qui convient, dit-il quand il eut fini de mâcher. Et tout ce cirque médiatique ne nous facilite pas les choses non plus.

Il jeta un regard par la fenêtre vers le foyer cantonal.

— Je ne comprends pas comment les gens trouvent du plaisir à regarder ces bêtises. Rose-Marie secoua la tête. Surtout après un événement aussi tragique. Ils sont pires que des vautours !

— C'est vrai, dit Martin sombrement. A mon avis, ils ne considèrent pas ceux qu'ils voient à la télé comme de véritables humains, c'est ça le problème. Je ne vois pas d'autre explication. Autrement ils ne pourraient pas se gargariser comme ils le font d'un tel spectacle !

— Vous soupçonnez l'un des participants d'être mêlé au meurtre ? demanda Rose-Marie avec le ton de quelqu'un qui complote.

Patrik lança un regard à son chef. Il ne se sentait pas entièrement à l'aise de discuter ainsi de questions liées à l'enquête avec des personnes extérieures. Mais Mellberg se tint coi.

— On examine le cas sous tous les angles possibles, dit-il prudemment. Pour l'instant, on n'a pas encore formulé de soupçon réel.

Il décida de ne pas en dire plus.

Pendant un petit moment, ils mangèrent en silence. D'une part, c'était délicieux, et, d'autre part, le quatuor mal assorti avait du mal à trouver un sujet de conversation commun. Le silence fut rompu par la sonnerie stridente d'un téléphone. Patrik tâta dans sa poche et se dirigea vers le vestibule en répondant. Au bout de quelques minutes il fut de retour. Sans se rasseoir, il se tourna vers Mellberg.

— C'était Pedersen. Il a fini l'autopsie de Lillemor Persson. Il semblerait qu'on dispose désormais d'un peu plus d'éléments.

Ses yeux étaient graves.

Hanna apprécia le silence dans la maison. Elle était rentrée déjeuner chez elle, ce n'était qu'à quelques minutes en voiture. Après ces derniers jours fébriles au poste, c'était bon de se reposer la tête des sonneries de téléphone incessantes. Ici, le seul bruit, assourdi et lointain, était celui de la circulation.

Elle s'assit devant la table de la cuisine et souffla sur le plat qu'elle avait mis quelques minutes au micro-ondes. C'était un reste de la veille, de la saucisse Stroganoff, qu'elle trouvait presque meilleure réchauffée le lendemain.

C'était bon de se retrouver seule à la maison. Elle aimait Lars, plus que tout au monde. Mais, quand il était là, elle sentait toujours le poids de la tension et des non-dits. Se mouvoir ainsi à l'intérieur d'un champ de force commençait à l'user de plus en plus, elle s'en rendait compte.

Elle savait cependant qu'ils ne pourraient jamais changer ce qui rongeait leur relation. Le passé était comme une couverture mouillée et lourde étalée sur leur vie. Parfois elle essayait de faire comprendre à Lars qu'ils devaient essayer de soulever cette chape ensemble, de faire entrer un peu d'air, un peu de lumière. Mais lui ne connaissait pas d'autres façons de vivre que l'obscurité, l'humidité.

Elle aspirait à autre chose que ce cercle vicieux et misérable à l'intérieur duquel ils s'étaient retrouvés enfermés. De plus en plus souvent ces dernières années elle avait senti qu'un enfant pourrait effacer le passé. Un enfant qui éclairerait leur nuit, qui allégerait le fardeau et les ferait respirer à nouveau. Mais Lars refusait. Il ne voulait même pas en parler. Il avait son travail, disait-il, et elle avait le sien, ça suffisait. Mais elle savait que ça ne suffisait pas. Il en fallait toujours plus, c'était sans fin. Un enfant pourrait tout stopper. Le cœur lourd elle posa la fourchette sur son assiette. Elle n'avait plus d'appétit.

— Comment tu vas ?

Soucieux, Simon regarda Mehmet assis en face de lui dans le coin cuisine de la boulangerie. Ils avaient travaillé intensément et s'octroyaient une petite pause. Cela signifiait cependant qu'ils avaient confié la boutique à Uffe, et Simon y lançait des regards inquiets.

— En cinq minutes, il n'aura quand même pas le temps de faire des conneries. Je crois en tout cas…, rit Mehmet.

Simon se détendit et rit aussi.

— J'ai malheureusement perdu toutes mes illusions là-dessus, dit-il. J'ai vraiment tiré le mauvais numéro avec lui.

— Ça se discute. Tu es tombé sur un billet gagnant aussi, dit Mehmet avec un énorme sourire. Moi ! Et si tu fais la moyenne d'Uffe et de moi, tu obtiens un collaborateur moyen.

— Oui, tu as raison. Je t'ai eu aussi, rit Simon avant de redevenir sérieux.

Il regarda longuement Mehmet qui préféra ne pas répondre à ce regard-là. Dans les yeux de Simon, il y avait tant de questions et de mots non prononcés qu'il n'avait pas la force de les affronter maintenant. Peut-être jamais.

— Tu n'as pas répondu à ma question. Comment tu vas ? Simon refusa d'abandonner la partie.

Mehmet sentit des tressaillements nerveux dans ses mains. Il essaya d'esquiver la question.

— Bof, ça ira. Je ne la connaissais pas très bien. C'est surtout tout ce foutu ramdam qu'il y a autour. Mais la chaîne est aux anges. Ils sont en train de battre tous les records d'audimat.

— Eh bien, moi, j'en ai tellement marre de voir vos tronches tous les jours, que je n'ai pas encore eu le courage de regarder un seul épisode.

Ses yeux avaient perdu de leur insistance, et Mehmet s'autorisa à se détendre. Il croqua à pleines dents un petit pain encore chaud et se régala du parfum de cannelle.

— C'était comment d'être interrogé par la police ? Affreux ?

Simon aussi attrapa un petit pain et il en engloutit un bon tiers en une seule bouchée.

— Pas trop. Mehmet n'aimait pas parler de ça avec Simon. De plus, il mentait. Il n'avait pas envie de dire la vérité, combien ça avait été humiliant de se trouver enfermé dans la petite salle, les questions qui fusaient et ses réponses jamais satisfaisantes. Il reprit : Ils ont été cool. Je ne pense pas qu'ils soupçonnent l'un de nous pour de vrai.

Il évita le regard de Simon. Quelques images firent une brève apparition dans son esprit, mais il les écarta, il refusa de se souvenir.

— Ce psychologue avec qui vous parlez. Il est bon ?

Simon se pencha en avant et croqua encore une bouchée géante dans son petit pain.

— Lars est OK. C'est bien de pouvoir parler avec lui.

— Et Uffe, comment il le prend ?

Simon hocha la tête vers la boutique où ils virent Uffe passer en trombe devant la porte, mimant une guitare avec une baguette.

— Qu'est-ce que tu crois ? Mehmet ne put s'empêcher de rire. Uffe, c'est… Uffe tout simplement. Mais ça aurait pu être pire. Même lui n'ose pas raconter n'importe quoi à Lars. Non, ça va.

Une dame d'un certain âge entra dans la boutique et Mehmet la vit reculer devant la danse sauvage d'Uffe.

— Je pense qu'il vaudrait mieux aller sauver les clients.

Simon tourna la tête et se leva rapidement, lui aussi.

— Oui, autrement elle risque de faire un infarctus, Mme Hjertén.

Quand ils retournèrent dans le magasin, la main de Simon frôla celle de Mehmet. Celui-ci la retira comme s'il s'était brûlé.

— Erica, j'ai besoin d'aller à Göteborg cet après-midi, je rentrerai un peu tard. Vers huit heures, je dirais.

En écoutant sa réponse à l'autre bout du fil, il entendit Maja gazouiller au loin. Tout à coup il ressentit une énorme nostalgie. Il aurait donné n'importe quoi pour laisser tomber toute cette merde, rentrer à la maison, se jeter par terre et jouer et chahuter avec sa fille. Emma et Adrian lui étaient devenus très proches pendant ces mois et il voulait passer du temps avec eux aussi. De plus, il avait mauvaise conscience de laisser Erica se charger de tout pour le mariage, mais il n'avait pas le choix étant donné le contexte. L'enquête était entrée dans sa phase la plus intense, il était simplement obligé de faire son maximum.

Quelle chance qu'Erica soit si compréhensive, pensa-t-il en montant dans la voiture. Un moment il avait envisagé de demander à Martin de l'accompagner, mais ils n'avaient pas vraiment besoin d'être deux pour aller voir Pedersen, et Martin méritait de pouvoir rentrer retrouver Pia un peu plus tôt pour une fois. Lui aussi avait travaillé comme un fou dernièrement. Patrik venait d'enclencher la première et s'apprêtait à démarrer, lorsque le téléphone sonna de nouveau.

— Oui, ici Hedström, dit-il avec humeur, s'attendant à un énième journaliste curieux.

Mais il regretta tout de suite son ton revêche.

— Salut Kerstin, dit-il, et il coupa le moteur.

La mauvaise conscience qui avait couvé pendant plus d'une semaine le frappa maintenant de plein fouet. Il avait négligé l'investigation autour de la mort de Marit, au profit de celle du meurtre de Lillemor. Pas sciemment, mais la pression médiatique avait été si grande après la mort de la jeune femme que ça s'était fait tout seul. Avec une grimace fautive, il écouta ce que Kerstin avait à dire, puis il répondit :

— Nous… Nous n'avons malheureusement pas trouvé grand-chose. C'est ça, on a été débordés ces jours-ci. Bien sûr, on reste focalisés sur Marit aussi.

Il fit une nouvelle grimace, dégoûté de mentir. Tout ce qu'il pouvait faire maintenant, c'était rattraper le temps perdu. Il s'octroya une minute de réflexion après avoir raccroché. Puis il composa un autre numéro, attendit qu'on lui passe la communication et consacra les cinq minutes suivantes à parler avec une personne qui sembla très décontenancée par ce qu'il avait à dire. L'esprit plus léger, il prit ensuite la route de Göteborg.

Deux heures plus tard, il s'engagea dans l'allée menant à l'unité médicolégale de Göteborg. Il trouva sans tarder le bureau de Pedersen et frappa à la porte. La plupart du temps, ils communiquaient par fax et par téléphone, mais, cette fois-ci, Pedersen avait insisté pour lui présenter les résultats personnellement. Patrik se dit que l'énorme intérêt médiatique avait incité les chefs à s'assurer que rien ne soit laissé au hasard.

— Salut, ça fait un bail, dit Pedersen quand Patrik ouvrit la porte.

Il se leva et lui tendit la main.

— Oui, effectivement. Enfin, on se parle quand même assez souvent. Ceci dit, j'aurais préféré que ça arrive moins fréquemment, fit Patrik en s'asseyant dans le fauteuil visiteur face à l'énorme table de travail de Pedersen.

— Oui, en général je n'apporte pas des nouvelles très sympas.

— Non, mais des nouvelles importantes, dit Patrik.

Pedersen lui sourit. C'était un homme très grand, mais doté d'un tempérament calme qui formait un contraste saisissant avec la brutalité qu'il rencontrait dans son métier. Les lunettes placées tout au bout de son nez et les cheveux grisonnants et invariablement ébouriffés pouvaient faire croire qu'il était distrait et désordonné. On était très éloigné de la vérité. Les papiers sur son bureau étaient empilés avec soin, et les classeurs et les chemises méticuleusement étiquetés sur leurs étagères. Pedersen ne plaisantait pas avec les détails. Il attrapa une liasse de papiers qu'il étudia avant de lever les yeux sur Patrik.

— Cette petite a été étranglée, sans le moindre doute possible. On peut observer des fractures sur l'os hyoïde et sur la corne supérieure du cartilage thyroïde. Il n'y a cependant aucune trace de lacets, seulement des hématomes de part et d'autre du cou, qui correspondent bien à une strangulation manuelle.

Il posa une grande photographie devant Patrik et montra les hématomes dont il parlait.

— Ce que tu dis, c'est qu'on l'a étranglée avec les mains ?

— Oui, dit Pedersen sèchement. Il ressentait toujours une grande empathie avec les victimes qui se retrouvaient sur sa table d'autopsie, mais il le laissait rarement paraître. L'autre chose qui indique la strangulation, ce sont les pétéchies, c'est-à-dire des taches dues à des hémorragies des conjonctives et de la peau autour des yeux.

— Faut-il beaucoup de force pour étrangler quelqu'un de cette manière ?

Patrik eut du mal à détacher les yeux de la photo de Lillemor si pâle, presque bleutée.

— Plus qu'on ne le croit en général. Etrangler quelqu'un prend du temps et on doit maintenir une pression constante sur le cou. Mais dans cette affaire… Pedersen eut une quinte de toux et il se retourna une seconde avant de poursuivre : Dans cette affaire, le meurtrier s'est facilité les choses.

— Comment ça ? Patrik se pencha en avant, tout ouïe.

Pedersen parcourut les pages pour retrouver le bon paragraphe.

— Voilà, nous avons trouvé des restes de somnifères dans son organisme. Elle a probablement été endormie d'abord, avant qu'on l'étrangle.

Patrik regarda de nouveau la photo de Lillemor.

— Est-ce que vous avez pu voir comment elle les a absorbés ? Je veux dire, s'ils ont été mélangés à quelque chose ?

Pedersen secoua la tête.

— Le contenu de son estomac n'était qu'un grand cocktail. J'ignore ce qu'elle a bu, mais l'odeur d'alcool était très nette. Elle était certainement complètement ivre au moment de sa mort.

— Oui, on sait qu'elle avait fait la nouba ce soir-là, et pas à moitié. Tu crois qu'on a pu verser le somnifère dans ce qu'elle a bu ?

— Impossible à dire. Pedersen écarta les mains. Mais ce n'est pas à exclure.

— D'accord, on l'a donc endormie, puis étranglée. Voilà ce qu'on sait. Vous avez trouvé autre chose ?

Pedersen regarda le dossier encore une fois.

— Oui, il y a d'autres lésions. Elle semble avoir pris des coups sur le corps, et une joue présente aussi une hémorragie sous-cutanée et dans le muscle, comme si on lui avait donné une gifle violente.

— Ça colle parfaitement avec ce qu'on sait de la soirée, dit Patrik.

— Elle avait aussi quelques estafilades sévères sur les poignets. Ça a dû pas mal saigner.

— Des estafilades ?

Patrik ne l'avait pas remarqué quand il l'avait vue dans la benne à ordures. D'un autre côté, il avait été incapable de l'examiner de près. Il avait juste jeté un regard avant de se détourner.

— Qu'est-ce que tu peux me dire là-dessus ?

— Pas grand-chose.

La main de Pedersen alla farfouiller dans ses cheveux, et Patrik eut l'impression de se reconnaître. C'était un geste qu'il faisait lui-même très souvent ces jours-ci.

— Mais elles sont situées de telle manière que je ne pense pas qu'elle se les soit faites elle-même. Il faut dire que c'est très à la mode actuellement, de se taillader comme ça, surtout chez les jeunes filles.

Tout à coup, Jonna vint à l'esprit de Patrik. Ses avant-bras meurtris qu'il avait vus dans la salle d'interrogatoire, avec des estafilades depuis les poignets jusqu'aux coudes. Une idée commença à prendre forme. Mais le moment était mal choisi pour la creuser.

— Et l'heure ? demanda-t-il. Est-ce possible de dire à peu près quand elle est morte ?

— Comme tu le sais, ma science n'est pas une science exacte, mais la température du corps quand on l'a retrouvée indique qu'elle est morte pendant la nuit. Vers trois, quatre heures, je dirais.

— Très bien, dit Patrik. Il prit un air songeur. Ce n'était pas la peine de prendre de notes, il savait qu'il aurait une copie du rapport d'autopsie en partant. Autre chose ?

Il entendit une nuance d'espoir dans sa voix. Ils s'étaient débattus à l'aveuglette toute cette semaine, rien de concret n'avait fait progresser l'enquête, et il était à l'affût de la moindre perche tendue.

— Oui, nous avons pu recueillir quelques cheveux intéressants dans sa main. Je dirais que le coupable l'a déshabillée pour éliminer des traces éventuelles, mais il ne savait pas qu'elle s'était agrippée à quelque chose, probablement en mourant.

— Alors ils ne peuvent pas provenir de la poubelle ?

— Non, vu qu'ils se trouvaient enfermés dans sa main serrée.

— Ah ? Patrik trépignait d'impatience. Il vit sur le visage de Pedersen qu'il allait enfin lui donner quelque chose de substantiel. C'était quoi comme cheveux ?

— Eh bien, cheveux n'est sans doute pas le mot qui convient. Il s'agit de poils de chien. Provenant d'un galgo espagnol à poil dur, plus exactement. C'est le labo central qui le dit.

Il posa le papier avec les résultats du laboratoire devant Patrik.

— Est-ce possible de les lier à un chien en particulier ?

— Oui et non, répondit Pedersen en secouant la tête. L'ADN canin est aussi spécifique et identifiable que l'ADN humain. Mais, comme avec les humains, il faut disposer du follicule du poil pour pouvoir extraire de l'ADN. Et quand les chiens perdent leurs poils, c'est sans le follicule en général. Dans le cas qui nous occupe, il n'y en avait pas. En revanche, vous avez pour vous que le galgo espagnol est une race très rare. Il y a environ deux cents spécimens en Suède, c'est tout.

Patrik ouvrit de grands yeux admiratifs.

— Tu sais ce genre de choses, comme ça de tête ? Jusqu'où s'étend votre formation, en fait ?

Pedersen rit.

— Depuis *Les Experts*, on peut dire que notre réputation a pris son envol. Tout le monde croit qu'on sait tout sur tout ! Mais je dois te décevoir, malheureusement. Il se trouve que mon beau-père est l'un des deux cents propriétaires d'un lévrier galgo. Et chaque fois qu'on se voit, il n'arrête pas de me bassiner avec ce foutu clebs.

— Je vois ce que tu veux dire. Je ne parle pas des parents de ma compagne actuelle, ils sont morts dans un accident de voiture il y a quelques années, mais le père de mon ex-femme ! Il fallait absolument qu'il discute de bagnoles.

— Oui, les beaux-parents, ce n'est pas de la tarte, et le temps nous mène vers ça nous aussi, doucement mais sûrement.

Pedersen redevint sérieux.

— Si tu as des questions concernant ces poils de chien, il te faudra voir ça directement avec le labo central. Je n'en sais pas plus que ce qu'il y a dans le dossier. Je t'en donnerai une copie.

— Super. Juste encore une question. Lillemor ne présente aucun signe d'un abus sexuel ? Pas de viol, rien ?

— Aucun signe. Ce qui ne veut pas dire que le meurtre n'a pas un caractère sexuel quand même, mais il n'y a aucune preuve en ce sens.

— Bon, je te remercie.

Patrik se leva.

— Comment vous avancez sur l'autre affaire ? dit Pedersen subitement.

Patrik retomba lourdement sur la chaise. La culpabilité s'étala sur toute sa figure.

— J'ai bien peur qu'elle n'ait été un peu mise en sommeil, dit-il d'un ton maussade. Il y a eu toute cette pagaille avec la télé et les journaux et des patrons qui n'arrêtent pas de nous harceler au téléphone pour savoir si on avance… et on l'a négligée. Mais on va s'y pencher. A partir de maintenant, je passe à la vitesse supérieure.

— En tout cas, quelle que soit la personne qui a fait ça, la police ferait bien d'essayer de la coincer au plus vite. Je n'ai jamais rien vu de semblable, il faut une sacrée dose de sang-froid pour tuer quelqu'un de cette manière-là.

— Oui, je sais, dit Patrik sans entrain. A partir de maintenant je vais fixer l'ordre des priorités. J'espère obtenir certaines réponses dès aujourd'hui.

Il repensa à la voix de Kerstin au téléphone. Comme elle avait paru éteinte et désespérée. C'était inexcusable d'avoir délaissé l'enquête sur la mort de Marit. Il se leva, saisit la liasse de documents que lui tendit Pedersen et lui serra la main.

De retour dans sa voiture, il prit la direction d'un lieu où il espérait pouvoir les trouver, ces réponses. A moins qu'il ne tombe sur de nouveaux points d'interrogation.

— Tu as appris quelque chose chez Pedersen ?

Martin écoutait et notait pendant que Patrik lui faisait un bref rapport au téléphone.

— Ce truc avec les poils de chien, ce n'est pas sans intérêt. Ça nous donne de vraies pistes.

Il continua à écouter.

— Des estafilades ? Oui, je comprends ce à quoi tu penses. Là, on a effectivement quelqu'un qui peut nous intéresser. L'interroger de nouveau ? Oui, absolument. Je peux emmener Hanna, on ira la cueillir. Pas de problème.

Il raccrocha et resta silencieux un instant. Puis il se leva et alla trouver Hanna.

Exactement une demi-heure plus tard, ils se retrouvèrent dans la salle d'interrogatoire avec Jonna. Ils n'avaient pas eu besoin d'aller bien loin pour la trouver. Elle était à son travail chez Hedemyrs, pratiquement en face du commissariat.

— Eh bien, Jonna. On t'a déjà questionnée au sujet du vendredi soir. Y a-t-il quelque chose que tu voudrais ajouter ?

Du coin de l'œil, Martin vit Hanna dévisager Jonna avec insistance. Elle avait un don pour prendre un air sévère qui vous donnait envie d'avouer tous vos péchés. Il espéra qu'elle aurait le même effet sur la jeune fille en face d'eux. Mais Jonna détourna le regard, fixa la table et se contenta de murmurer quelque chose d'inaudible.

— Je n'ai pas entendu ! Il faut que tu articules, Jonna, on ne comprend rien à ce que tu dis !

La voix de Hanna était pressante, son ton acéré força Jonna à lever les yeux. Il était impossible de ne pas obéir à sa demande. A voix basse, mais pourtant distincte, Jonna dit :

— J'ai déjà dit tout ce que je sais au sujet du vendredi.

— Je pense que tu ne dis pas la vérité. La voix de Hanna fendit l'air comme l'une des lames de rasoir que Jonna utilisait pour se taillader les bras : Je pense que tu n'as pas raconté la moitié de ce que tu sais !

— Je ne comprends pas de quoi tu parles.

Jonna tira sur ses manches, de manière obsessionnelle, nerveuse. Martin aperçut les cicatrices sous le pull et il frissonna. Il ne comprenait pas qu'on puisse se blesser ainsi de son plein gré.

— Arrête de nous mentir !

Hanna leva la voix et Martin se rendit compte que lui aussi sursautait. Quelle femme ! Elle continua, d'une voix plus basse maintenant :

— On sait que tu mens, Jonna. On a des éléments qui nous le prouvent. Fais-toi une faveur et raconte-nous exactement ce qui s'est passé.

Un voile d'incertitude passa sur la figure de Jonna. Elle tripotait maintenant sans discontinuer le gros pull qu'elle portait. Après avoir hésité un temps, elle dit :

— Je ne sais vraiment pas de quoi vous parlez !

— Arrête tes conneries ! La main de Hanna s'abattit sur la table. On *sait* que tu l'as tailladée.

Les yeux inquiets de Jonna cherchèrent ceux de Martin, qui dit d'un ton rassurant :

— Jonna, si tu sais autre chose, nous avons besoin de l'apprendre. Tôt ou tard, la vérité finira par éclater, et tu seras dans une meilleure position si tu peux présenter une explication.

— Mais je… Angoissée, elle regarda Martin, avant de craquer : Oui, je l'ai coupée avec une lame de rasoir, dit-elle à voix basse. Quand on se disputait, avant qu'elle s'enfuie.

— Pourquoi as-tu fait ça ? demanda Martin calmement en l'encourageant du regard à continuer.

— Je… je…, en fait je ne sais pas. J'étais tellement vénère. Elle avait dit un tas de conneries sur moi, parce que je me taillade et tous ces trucs-là, et je voulais seulement qu'elle se rende compte de ce que ça fait. Son regard alla de Martin à Hanna : Je ne comprends pas pourquoi je… je veux dire, en général je ne m'énerve pas comme ça, mais j'avais pas mal bu et…

Elle se tut et fixa la table.

Elle paraissait totalement effondrée et Martin dut se retenir pour ne pas se lever et la prendre dans ses bras. Il lorgna vers Hanna. Son visage était figé. Elle semblait n'avoir aucune pitié pour la jeune fille.

— Que s'est-il passé ensuite ? demanda-t-elle.

Jonna garda les yeux baissés.

— Vous êtes arrivés. Toi, tu parlais avec les autres, et toi tu parlais avec Barbie.

Elle leva les yeux et regarda Hanna.

Martin se tourna vers sa collègue.

— Tu as vu qu'elle saignait ?

Hanna réfléchit, puis elle secoua lentement la tête.

— Je dois avouer que non. Il faisait sombre, et elle avait les bras serrés autour de sa taille, on ne voyait pas grand-chose. Et ensuite elle est partie en courant.

— Y a-t-il autre chose que tu ne nous as pas raconté ?

Le ton de Martin était doux et Jonna répondit en lui lançant un regard reconnaissant de chien battu.

— Non, rien. Je vous promets.

Elle secoua violemment la tête et ses longs cheveux tombèrent dans son visage. Quand elle les écarta, ils aperçurent toute la série d'estafilades sur son avant-bras et Martin ne put s'empêcher de prendre une profonde inspiration. Bon sang, ça avait dû faire drôlement mal, tout ça ! Pour sa part, il ne supportait pas d'arracher un simple pansement, alors taillader sa propre chair, non, ça, il n'y arriverait jamais.

Après avoir interrogé Hanna du regard, qui lui répondit d'un léger mouvement de tête, il ramassa les papiers.

— On aura d'autres entretiens avec toi, Jonna, dit-il. Je n'ai pas besoin de te dire que ça ne fait pas très bon effet de retenir des informations dans une enquête pour meurtre. Je peux compter sur toi pour venir nous voir de ton plein gré si tu te rappelles autre chose, ou si tu apprends quelque chose ?

Elle hocha lentement la tête.

— Je peux partir maintenant ?

— Oui, tu peux partir, dit Martin. Je te raccompagne.

En sortant de la pièce, il se retourna et regarda Hanna. Elle était toujours assise à la table en train de manipuler le magnétophone. Son visage était totalement fermé.

Il se perdit un peu dans Borås avant de trouver le commissariat. Bien qu'on lui eût décrit le chemin par téléphone, une fois arrivé dans la ville, rien ne semblait concorder. Mais, avec l'aide de quelques habitants, il réussit à trouver et à se garer. Il n'attendit que quelques minutes dans le hall d'accueil avant que le commissaire Jan Gradenius vienne le chercher et l'accompagne jusqu'à son cabinet de travail. Patrik accepta avec plaisir l'offre d'un café, puis il prit une des chaises visiteurs tandis que le commissaire s'installait derrière son bureau en le dévisageant avec curiosité.

— Eh bien, commença Patrik en dégustant l'excellent café. On se retrouve avec un cas assez bizarre chez nous à Tanumshede.

— Tu parles du meurtre de la fille qui participait à l'émission de téléréalité ?

— Non, fit Patrik en secouant la tête. La semaine précédant le meurtre de Lillemor Persson, on a été dépêché sur les lieux d'un accident de voiture. Une femme qui avait quitté la route, dévalé une pente et s'était pris un arbre. Au début, ça ressemblait à un accident ordinaire impliquant un seul véhicule, avec une issue mortelle, et cette conclusion était effectivement renforcée par le fait que la femme semblait en état d'ivresse avancée.

— Ce n'était donc pas le cas ?

Le commissaire Gradenius se pencha en avant, très intéressé. Il devait approcher de la soixantaine, il était grand et d'allure sportive avec une grosse tignasse de cheveux gris, qui avaient probablement été blonds autrefois. Jaloux, Patrik ne put s'empêcher de comparer sa brioche naissante avec le ventre plat de Gradenius, et il réalisa que, au train où allaient les choses, il ressemblerait plutôt à Mellberg quand il aurait leur âge. Il soupira intérieurement et but encore une gorgée de café avant de répondre à la question du commissaire.

— Non. Ce qui nous a mis la puce à l'oreille, c'est que tous les proches de la victime ont affirmé qu'elle ne buvait jamais une goutte d'alcool.

Il vit les sourcils de Gradenius se lever, mais il poursuivit son récit. Le commissaire aurait tout loisir de s'exprimer en temps voulu.

— Ensuite, lorsque l'autopsie a révélé quelques détails bizarres, alors… Alors on a fini par conclure qu'il s'agissait d'un meurtre.

Patrik put entendre combien le jargon policier semblait sec et impersonnel quand il décrivait ce qui en réalité était une tragédie. Mais c'était une langue qu'ils maîtrisaient tous les deux et dont ils comprenaient parfaitement les nuances.

— Et l'autopsie a révélé quoi ? demanda Jan Gradenius.

Il paraissait déjà connaître la réponse.

— Que la victime avait 6,1 grammes dans le sang. Il y avait aussi beaucoup d'alcool dans les poumons. Elle présentait également des lésions et des hématomes autour de la bouche et dans la gorge, et des restes de ruban adhésif autour de la bouche. Il y avait des marques autour des poignets et des chevilles. Elle avait dû être ligotée d'une façon ou d'une autre.

— Oui, je reconnais très bien tout ce que tu décris, dit Gradenius en saisissant un dossier à côté de lui sur le bureau. Mais comment as-tu fait pour me trouver, moi ?

Patrik rit.

— Je suis un peu monomaniaque, et j'archive toutes mes notes. Nous étions tous les deux à cette conférence à Halmstad il y a quelques années, toi et moi. Dans un des ateliers, ils avaient demandé à chaque groupe de présenter un cas douteux. Une affaire avec des points restés sans réponse. Mon cas d'aujourd'hui m'a fait penser à celui que tu avais présenté. Et comme j'avais conservé mes notes, j'ai pu vérifier que mes souvenirs étaient exacts avant de t'appeler.

— Eh bien, je suis impressionné. S'en souvenir au bout de plusieurs années, ce n'est pas mal. Une chance pour toi, et pour nous. Ça fait des années que ce cas me tracasse, mais l'enquête s'est totalement embourbée. C'est avec grand plaisir que je te passerai toutes les données. Et tu me confieras peut-être ce dont vous disposez ?

Patrik acquiesça et prit le dossier que Gradenius lui tendait.

— Je peux l'emporter ?

— Bien sûr, ce sont des copies. Tu veux qu'on regarde tout ça ensemble ?

— En fait, j'aimerais d'abord y jeter un coup d'œil et assimiler les faits. Ensuite je t'appellerai, si tu veux bien, j'aurai sans doute un tas de questions à poser. Et je veillerai à ce que tu obtiennes des copies de tous nos documents au plus vite. Je vais faire en sorte qu'on te les envoie dès demain.

— C'est parfait, dit Gradenius en se levant. Ce serait bien qu'on puisse clore cette affaire. La mère de la victime a été totalement anéantie, je pense qu'elle n'a pas encore récupéré. Elle m'appelle de temps à autre. J'aimerais tellement avoir du nouveau à lui annoncer.

— On fera de notre mieux, dit Patrik en serrant la main de son collègue, puis il se dirigea vers la sortie.

Il était impatient de rentrer chez lui et de commencer à examiner le dossier. Il sentait qu'un tournant s'amorçait dans l'enquête. Il le fallait, absolument.

Lars se jeta sur le canapé et posa les jambes sur la table basse. Depuis quelque temps, il était exténué. Toujours la même fatigue paralysante qui s'abattait sur lui et refusait de lâcher prise. Le mal de tête aussi était devenu plus fréquent. C'était comme s'ils s'engendraient mutuellement, la fatigue et le mal de tête, dans une spirale infinie qui le tirait de plus en plus loin vers le fond. Il se massa doucement les tempes et réussit à atténuer un peu la douleur. Sentant les doigts frais de Hanna sur les siens, il posa ses mains sur ses genoux, appuya la tête contre le dossier et ferma les yeux. Les doigts de Hanna continuèrent à masser et à pétrir. Elle savait exactement comment faire. Ces derniers temps, ce n'étaient pas les occasions de s'entraîner qui avaient manqué.

— Comment tu vas ? dit-elle avec tendresse tout en exerçant des pressions sur ses tempes.

— Bien, dit-il.

L'inquiétude qui perçait dans la voix de Hanna le gagnait et s'installait en lui comme une brûlure. Il ne voulait pas qu'elle se tracasse. Il détestait la voir inquiète.

— On ne dirait pas, constata-t-elle en passant sa main sur son front.

Le mouvement en soi était infiniment agréable, mais la question sous-entendue l'empêcha de se détendre. Irrité, il repoussa ses mains et se redressa.

— Je vais bien, je te dis. Un peu fatigué, c'est tout. Sans doute le printemps.

— Le printemps…, répéta Hanna avec un rire à la fois amer et ironique. Tu mets ça sur le compte du printemps ?

— Oui, qu'est-ce que tu veux que je trouve d'autre ? Peut-être que je travaille comme un idiot depuis quelque temps ? Avec le bouquin et à essayer de maintenir sur les rails les autres crétins, là-bas, au foyer cantonal.

— Quelle façon respecteuse de parler de ses clients, ou de ses patients. Tu le leur dis aussi, que tu les prends pour des crétins ? Je veux dire, ça devrait faciliter la thérapie.

Sa voix était délibérément acérée. Il ne comprenait pas pourquoi elle faisait ça. Pourquoi ne pouvait-elle pas simplement le laisser en paix ? Lars attrapa la télécommande et se redressa dans le canapé en tournant le dos à Hanna. Après avoir zappé un peu entre les chaînes, il s'arrêta sur *Jeopardy* et mesura silencieusement ses connaissances avec celles des concurrents. Jusque-là, il avait été imbattable.

— Mais tu es vraiment obligé de travailler tant ?

— Je ne suis obligé à rien du tout, répondit Lars en espérant qu'elle se tairait.

Parfois il se demandait si elle le comprenait. Si elle comprenait tout ce qu'il faisait pour elle. Il se retourna et la regarda.

— Je fais ce que je dois, Hanna. Comme je l'ai toujours fait. Tu le sais.

Ils échangèrent un dernier regard pendant une seconde. Puis Hanna fit demi-tour et partit. Des yeux, il la regarda s'éloigner. Un instant après, il entendit la porte d'entrée se refermer.

A la télé, *Jeopardy* continua à cracher des questions.

— Qu'est-ce que *Le Vieil Homme et la Mer* ? dit-il droit devant lui.

Ce jeu était vraiment beaucoup trop facile.

— Alors les filles, vous la trouvez comment, l'émission ?

Uffe ouvrit des canettes de bière aux nanas qui pouffaient de rire.

— Super, dit la blonde.

— Mortelle, dit la brune.

Calle sentit qu'il n'avait vraiment pas le cœur à ça ce soir. Uffe avait fait entrer deux des meufs qui traînaient devant le foyer, et maintenant il leur jouait la grande offensive de charme. Façon de dire. Le charme n'était pas exactement son fort.

— C'est qui le plus canon à votre avis ? Uffe mit le bras autour des épaules de la blonde et se rapprocha d'elle. Moi, pas vrai ?

Il la titilla un peu du doigt en rigolant et obtint un petit rire complice en réponse. Encouragé, il continua :

— Bon, c'est vrai qu'il n'y a pas trop de concurrence. Le seul vrai mâle ici, c'est moi.

Il sirota un peu de bière, directement à la canette, puis il pointa la bouteille vers Calle.

— Prenez celui-là, par exemple. Le type même du vrai dragueur de Stureplan, les cheveux plaqués avec du gel et tout le tralala. C'est pas pour des nanas super comme vous. Ces gens-là, tout ce qu'ils savent faire, c'est sortir la carte bleue de leur paternel. Les filles pouffèrent de nouveau et il continua, en montrant Mehmet qui était allongé sur son lit en train de lire un livre : Mehmet, en revanche, c'est tout le contraire du noceur. Un vrai, un authentique trimeur. Là, vous avez un mec qui sait buriner. Mais vous pouvez retourner tout ça comme vous voulez, le mieux, c'est quand même le Suédois de souche.

Il gonfla ses biceps et essaya de glisser la main sous le pull de la blonde. Elle comprit son manège et, après un regard inquiet sur la caméra pointée sur eux, elle repoussa discrètement la main. Un instant, Uffe parut mécontent, mais il se remit rapidement de son échec. Il fallait évidemment un moment aux filles pour oublier les caméras. Mais, ensuite, le champ serait libre. Son objectif dans les semaines à venir était de pouvoir niquer un peu – ou plutôt un max – sous la couverture en direct. Putain, on pouvait devenir légendaire pour moins que ça ! Bordel de merde, il avait failli y arriver sur l'île, si cette abrutie de meuf de Jokkmokk avait été un peu plus bourrée, il aurait gagné le coquetier. Il ne l'avait pas encore digéré, et une petite revanche serait la bienvenue.

— Merde, Uffe, on ne pourrait pas simplement rester un peu peinard !

Calle sentit l'irritation monter en lui.

— Comment ça, peinard ? Uffe essaya de nouveau de glisser la main sous le pull, cette fois avec plus de succès. On est pas ici pour être peinard. Je croyais que c'était toi, le fêtard de la bande ! T'as perdu la patate ? Tu sais teufer qu'à Stureplan, ma parole.

Le ton d'Uffe était sarcastique.

Calle chercha un peu de soutien du côté de Mehmet, mais celui-ci semblait totalement absorbé par son

260

roman de fantasy. Il en avait vraiment marre de toute cette merde. Il ne savait même plus pourquoi il s'était porté candidat. *Robinson*, d'accord, c'était une chose, mais ça ! Rester enfermé avec ces abrutis. Il mit ostensiblement les écouteurs, s'allongea sur le dos et s'abandonna à la musique de son iPod. Le volume poussé à fond bloqua efficacement le bavardage d'Uffe et il laissa ses pensées vagabonder. Inexorablement, elles le ramenèrent en arrière. Les premiers souvenirs pour commencer. Des images de son enfance, saccadées et granuleuses, comme sur un film en super-huit. Lui qui courait se jeter dans les bras de sa mère. L'odeur de ses cheveux mêlée à celle de l'herbe et de l'été. La sensation totale de sécurité que procuraient les bras qui l'entouraient. Il vit aussi son père rire et les regarder les yeux pleins d'amour, mais il était toujours en partance. Jamais le temps de s'arrêter, de partager leurs câlins. Jamais le temps de humer, lui aussi, les cheveux de maman. Cette odeur de shampoing qui lui chatouillait encore les narines.

Puis la bobine s'emballa avant de s'arrêter net. L'image se précisa tout à coup. Absolument nette. La première chose qu'il avait vue en ouvrant la porte de la chambre de sa mère, c'étaient ses pieds. Il avait treize ans. Il y avait longtemps qu'il ne s'était pas précipité dans ses bras. Tant de choses s'étaient passées. Tant de choses avaient changé.

Il se souvint d'avoir appelé. Un peu agacé. D'avoir demandé pourquoi elle ne répondait pas. Et quand il avait ouvert la porte, et qu'un silence tonitruant l'avait accueilli, il avait ressenti un élancement glacé dans le ventre. Quelque chose clochait. Lentement il s'était approché d'elle. On aurait dit qu'elle dormait. Elle était allongée sur le dos, ses cheveux étaient courts maintenant, alors que, quand il était petit, elle les avait longs. On lisait la fatigue et l'amertume sur son visage. L'espace d'un instant, il s'était dit qu'elle dormait peut-être. Profondément. Puis il avait vu le flacon de médicaments vide par terre à côté du lit, tombé de sa main quand les comprimés avaient commencé à faire leur effet et qu'elle avait fui une réalité trop dure pour elle.

Depuis ce jour, Calle et son père avaient vécu côte à côte, dans une hostilité silencieuse. Ils n'en avaient jamais parlé. Aucun commentaire sur l'arrivée à la maison de la nouvelle compagne de son père une semaine après l'enterrement de sa mère. Personne n'avait affronté la vérité, ces mots durs qui avaient mené à l'irrémédiable. Personne n'avait dit que sa mère avait été rejetée comme une vieille chaussette, comme si de rien n'était. Comme lorsqu'on change un vieux manteau d'hiver pour un neuf.

Le fric, en revanche, avait parlé. Au fil des années, l'argent avait amplifié sa culpabilité. Calle avait accepté, en silence, et souvent il en avait même réclamé, mais sans faire allusion à l'origine de tout cela, qu'ils connaissaient très bien, tous les deux. Ce jour-là. Quand le silence avait résonné dans la maison. Quand il avait appelé sans recevoir de réponse.

Le film se rembobina. L'aspira en arrière, de plus en plus vite, jusqu'à ce qu'il ne lui reste que l'image grumeleuse et saccadée sur la rétine. Lui, courant vers les bras ouverts de sa mère.

— Je voudrais qu'on se réunisse à neuf heures. Dans le bureau de Mellberg. Tu peux vérifier avec les autres s'ils sont disponibles ?

— Tu as l'air épuisé, tu as fait la fiesta cette nuit ?

Annika le regarda par-dessus ses lunettes de repos. Patrik sourit, mais le sourire n'atteignit pas ses yeux.

— J'aurais bien aimé. Non, j'ai passé la moitié de la nuit à lire des rapports et des dossiers. C'est pour ça qu'il faut qu'on se réunisse.

Il retourna vers son bureau et regarda l'heure. Huit heures dix. Il était complètement lessivé et il avait les yeux qui se croisaient après toute cette lecture et une nuit presque blanche. Mais il disposait de cinquante minutes pour rassembler ses esprits, avant d'aller rendre compte de ce qu'il avait trouvé.

Ces cinquante minutes passèrent beaucoup trop vite. Quand il arriva dans le bureau de Mellberg, tout le monde était déjà rassemblé. Il avait briefé son chef au téléphone avant de partir de chez lui, pour qu'il soit au courant des grandes lignes de son topo. Les autres se demandaient manifestement ce qu'il allait leur annoncer.

— Ces derniers jours, nous nous sommes entièrement focalisés sur l'enquête concernant le meurtre de Lillemor Persson, beaucoup trop même, au détriment de l'enquête sur la mort de Marit Kaspersen.

Patrik était debout à côté du chevalet de conférence, tournant le dos à la table de Mellberg, et il regarda l'assemblée avec sérieux. Tout le monde était là. Annika prenait des notes comme toujours. Martin, avec sa tignasse rousse décoiffée, était assis à côté d'elle. Ses taches de rousseur contrastaient avec sa peau blanche et il semblait impatient d'entendre ce que Patrik avait à dire. A côté de Martin, Hanna paraissait calme, fraîche et recueillie, comme ils s'étaient habitués à la voir depuis les deux semaines qu'elle travaillait chez eux. Patrik réalisa qu'elle s'était parfaitement intégrée au groupe. On aurait dit qu'elle était là depuis bien plus longtemps. Gösta était, comme d'habitude, légèrement affaissé sur sa chaise. Son regard ne témoignait pas d'une grande curiosité, il semblait plutôt vouloir se trouver n'importe où sauf ici. Mais c'était l'expression habituelle de Gösta hors du terrain de golf. Mellberg en revanche avait penché son corps volumineux en avant, signe qu'il vouait un grand intérêt au récit de Patrik. Il savait en effet vers quoi il se dirigeait et il avait bien été obligé de reconnaître l'importance de ses rapprochements. Il ne restait maintenant à Patrik qu'à les présenter d'une manière claire et concise, pour qu'ensemble ils fassent progresser l'enquête.

— Vous savez qu'au début nous avons considéré la mort de Marit comme accidentelle. Mais l'examen technique et l'autopsie ont démontré qu'il n'en était rien. Elle a été ligotée, on lui a enfoncé un objet dans la bouche et dans la gorge, et ensuite on lui a fait avaler de grandes quantités d'alcool, ce qui au demeurant est la cause de sa mort. Le ou les meurtriers l'ont placée derrière le volant d'une voiture pour tenter de maquiller le meurtre en accident de la route. Voilà à peu près ce que nous savons. Nous n'avons pas non plus fait beaucoup d'efforts pour essayer d'en savoir plus, puisque notre enquête plus, disons, médiatisée a accaparé toutes nos forces et toutes nos ressources d'une façon que je voudrais qualifier de malheureuse, avec le recul. Mais ce qui est fait est fait. Il faut maintenant qu'on se mobilise et qu'on essaie de rattraper le temps perdu.

— Tu disais que tu avais une piste, avança Martin.

— Oui, j'avais un lien possible, et je l'ai exploré hier. Il se retourna et prit le dossier qu'il avait posé sur le bureau de Mellberg. Je suis allé à Borås rencontrer un collègue du nom de Jan Gradenius. Il y a deux ans, nous étions ensemble à une conférence à Halmstad. Il m'avait parlé d'un de ses cas, où il soupçonnait

264

que la victime avait été assassinée, mais sans avoir de preuves. Il m'a donné accès au dossier et… Patrik fit une pause pour ménager ses effets tout en regardant la petite assemblée : Et ce cas-là ressemble à s'y méprendre à la mort de Marit Kaspersen. La victime avait également dans le sang et dans les poumons une quantité d'alcool dépassant l'entendement. Et ce alors qu'elle n'en buvait jamais, d'après les témoignages de ses proches.

— Est-ce qu'il y avait les mêmes preuves physiques ? demanda Hanna, le front plissé. Les hématomes autour de la bouche, la colle de ruban adhésif et tout ça ?

Patrik se gratta la tête, légèrement embêté.

— C'est une information qui nous manque, malheureusement. A l'époque, on a estimé que la victime, un homme de trente et un ans, Rasmus Olsson, s'était suicidé, en sautant d'un pont après avoir descendu une bouteille d'alcool. Si bien que l'enquête a été menée à partir de cette hypothèse. Et on n'a pas été aussi rigoureux qu'on aurait dû l'être concernant les preuves. Mais il y a des photos de l'autopsie, et j'ai pu les voir. Même en tant que non-professionnel, j'arrive à voir des traces d'hématomes autour des poignets et de la bouche, mais j'ai envoyé les photos à Pedersen pour avoir son avis. J'ai passé la soirée et la nuit à étudier le dossier qu'on m'a donné, et il n'y a aucun doute, les concordances sont flagrantes.

Gösta se montra sceptique.

— Alors ce que tu dis, c'est que quelqu'un a d'abord assassiné ce gars de Borås il y a quelques années, et que ce quelqu'un assassine maintenant Marit Kaspersen ici à Tanumshede. C'est un peu tiré par les cheveux, je trouve. Quel est le lien entre les victimes ?

Patrik comprit la méfiance de Gösta, mais il fut quand même irrité. Il était intimement convaincu que les deux cas étaient liés et qu'il fallait rapprocher les deux enquêtes.

— C'est ça qu'on devra découvrir, dit-il. Je vais commencer par noter le peu qu'on sait, comme ça on trouvera peut-être ensemble un moyen de poursuivre.

Il ôta le capuchon d'un feutre et tira une ligne verticale au milieu du tableau. Au-dessus de la première colonne il écrivit "Marit" et au-dessus de l'autre, "Rasmus".

— Bon, qu'est-ce qu'on sait des victimes ? Oui, je veux dire qu'est-ce qu'on sait de Marit, je compléte-rai avec les informations sur la mort de Rasmus Ols-son, puisque je suis le seul à avoir consulté l'enquête. Mais vous aurez des copies de tout, ajouta-t-il.

— Quarante-trois ans, dit Martin. Vivait en couple, une fille de quinze ans, propriétaire d'une boutique.

Patrik nota tout ce que disait Martin, puis il se retourna, le feutre à la main, en attendant la suite.

— Ne buvait pas d'alcool. L'espace d'un instant, Gösta eut l'air carrément éveillé.

Patrik marqua son approbation en pointant son index sur lui, puis il nota "abstinente" en lettres majus-cules. Il écrivit rapidement les données correspon-dantes dans la colonne de Rasmus : Trente et un ans, célibataire, pas d'enfants, travaillait dans une anima-lerie. Abstinent.

— Intéressant, dit Mellberg en hochant ostensible-ment la tête, les bras croisés sur la poitrine.

— Autre chose ?

— Née en Norvège, divorcée, en mauvais termes avec son ex-mari, une vie rangée…

Hanna écarta les mains quand elle ne trouva plus rien à énumérer. Patrik nota. La colonne de Marit devenait de plus en plus longue, beaucoup plus que celle de Rasmus. Patrik ajouta "vie rangée" dans la sienne aussi, une donnée qui avait été évoquée lors des entretiens de la police locale avec sa famille. Après un instant de réflexion, il écrivit "accident ?" dans la colonne de Marit, et "suicide ?" dans celle de Rasmus. Le silence des autres confirma qu'il n'y avait pas grand-chose de plus à relever pour l'instant.

— Nous voilà avec deux victimes, qui ont été tuées de la même façon inhabituelle. Mais tout les sépare, l'âge, le sexe, les métiers, l'état civil, elles ne semblent rien avoir en commun, à part le fait qu'elles ne buvaient pas d'alcool.

— Abstinent, dit Annika. Pour moi ce mot trimballe un petit quelque chose de religieux. Si j'ai bien compris, Marit n'était pas spécialement pratiquante, elle ne buvait pas d'alcool, c'est tout.

— Oui, ça c'est une des choses que nous devons vérifier concernant Rasmus. Et comme c'est notre seul dénominateur commun, c'est un point de départ qui en vaut un autre. Martin et moi, on ira voir la mère de Rasmus, comme ça toi, Gösta, tu pourras emmener Hanna voir la compagne de Marit et son ex-mari. Essayez d'en apprendre le plus possible sur ce pan de sa vie, tout ce qui touche à l'abstinence. Y avait-il une raison particulière ? Etait-elle membre d'une association ? Oui, vous savez, tout ce qui pourrait nous fournir un indice pour expliquer son lien avec un célibataire de trente et un ans à Borås. Ses domiciles successifs par exemple ? A-t-elle vécu près de Borås à un moment ou un autre ?

Gösta jeta un regard las mais interrogateur sur Hanna.

— Bien sûr, on pourrait faire ça dès ce matin.

— Bien sûr, répliqua Hanna, mais elle ne paraissait pas spécialement enchantée par la mission.

— Y a-t-il quelque chose qui te chiffonne dans la répartition des tâches ? demanda Patrik à Hanna sur un ton assez désagréable.

Il le regretta aussitôt, mais il était tellement crevé.

— Pas du tout, répondit Hanna, l'air irrité, avant qu'il ait eu le temps de se rattraper. Ça me semble un peu flou, simplement, et j'aurais aimé qu'on dispose de davantage de matériau pour ne pas nous engager sur une sorte de voie de garage. Je veux dire, est-ce qu'on peut réellement déduire qu'il existe un lien ? C'est peut-être un simple hasard qu'ils soient morts de façon similaire. Sans connexion manifeste entre les deux, tout ça me paraît assez vague. Mais c'est seulement mon opinion à moi.

Elle écarta les mains d'une manière qui sous-entendait que, à son avis, c'était plus qu'une opinion. Patrik répondit sèchement, et sur un ton glacial qui l'étonna :

— Alors je te conseille de garder cette opinion pour toi pour l'instant, et d'accomplir la mission qu'on t'a attribuée.

Il sentit les regards surpris de tous dans son dos quand il sortit du bureau de Mellberg. Et il savait qu'ils avaient raison d'être surpris. Ça ne lui ressemblait pas de s'emporter ainsi. Mais Hanna avait posé le doigt sur un point douloureux. Peut-être son intuition l'avait-elle induit en erreur. Toutefois, quelque chose en lui le confortait dans sa conviction que les deux cas étaient liés. Maintenant il fallait simplement trouver de quelle façon.

— Alors ? demanda Kristina en buvant son thé du bout des lèvres.

A la grande surprise d'Erica, elle avait déclaré qu'elle ne buvait plus de café à cause de "ce fichu ventre", en se tapotant la panse avec un soupir plaintif. Depuis aussi longtemps qu'Erica la connaissait, Kristina avait été une consommatrice phénoménale de café, et ce serait intéressant de voir pendant combien de temps elle tiendrait le coup. Après avoir écouté le long exposé sur l'estomac sensible de sa belle-mère, Erica avait discrètement levé les yeux au ciel en direction d'Anna, quand Kristina se détournait pour faire des mamours à Maja. Erica et Patrik ne l'avaient jamais auparavant entendue parler d'un "estomac sensible", mais Kristina venait de lire un article là-dessus dans *Allers* et avait rapidement reconnu l'ensemble des symptômes.

— Ah mais c'est le petit chouchou à sa mamie que nous avons là, oui oui, oui, c'est le petit cœur à sa mamie, le plus joli petit cœur au monde, cajola Kristina.

Maja lui ouvrit de grands yeux. Parfois Erica avait l'impression que sa fille était déjà plus futée que sa grand-mère, même si elle avait dû se résigner à ne pas présenter cette théorie à Patrik. Comme si elle avait lu dans les pensées d'Erica, Kristina se tourna vers sa belle-fille et surprit son regard.

— Bon, alors, et ce… mariage, comment ça avance ?

Sa voix n'était plus du tout cajoleuse. Elle dit le mot "mariage" du même ton qu'elle aurait dit "crotte de chien". Elle avait adopté cette façon de parler dès l'instant où elle avait compris qu'on ne la laisserait pas prendre les commandes.

— Ça avance très bien, merci, dit Erica en affichant son sourire le plus gracieux, alors qu'intérieurement elle débitait les pires noms d'oiseaux qu'elle pouvait trouver. Un charretier aurait été fier d'avoir tant de vocabulaire.

— Ah bon.

Kristina semblait déçue. Erica se doutait qu'elle avait posé la question dans l'espoir d'avoir un petit avant-goût d'une catastrophe annoncée.

Anna, qui jusque-là avait regardé sa sœur et Kristina d'un air amusé depuis la ligne de touche, décida de lancer une bouée de sauvetage.

— En fait, ça roule comme sur des rails, dit-elle. On est même en avance sur le planning, pas vrai Erica ?

Erica acquiesça, manifestement fière. Mais, intérieurement, elle avait remplacé les noms d'oiseaux par un grand point d'interrogation. Comment ça, en avance sur le planning ? Anna n'y allait pas avec le dos de la cuillère. Mais elle se garda bien de laisser paraître son trouble devant Kristina. Son astuce, c'était d'imaginer sa belle-mère en requin. Si on la laissait flairer une toute petite goutte de sang, on finirait tôt ou tard avec un bras en moins. Ou une jambe.

— Mais la musique ? insista Kristina en faisant une autre tentative de tremper ses lèvres dans le thé.

Ostensiblement, Erica prit une grosse goulée de son café noir et agita imperceptiblement la tasse pour que l'arôme se répande jusqu'à sa belle-mère.

— Nous avons trouvé un groupe de Fjällbacka. Il s'appelle Garage, ce sont de super musiciens.

— Ah bon, fit Kristina, mécontente. Alors ça va être cette musique de sauvage que les jeunes écoutent tout le temps. Tant pis pour les vieux comme moi, on filera au lit de bonne heure.

Erica sentit qu'Anna lui donnait un coup sur le tibia, et elle n'osa pas regarder sa sœur de peur d'éclater de rire. En fait, elle ne trouvait pas ça drôle, enfin, si, d'une certaine façon c'était assez comique.

— En tout cas, j'espère que vous réfléchirez encore en ce qui concerne la liste des invités. Je ne vais pas pouvoir me montrer en ville si tante Göta et tante Rut ne sont pas invitées.

— Ah bon ? fit Anna en toute innocence. J'imagine que Patrik se sent très proche de ses tantes alors ? Il a passé beaucoup de temps avec elles quand il était petit ?

Kristina ne s'était pas attendue à une offensive aussi perfide de ce côté-là. Elle garda le silence quelques secondes pendant qu'elle organisait sa défense.

— Non, pas exactement, on ne peut pas dire…

Anna l'interrompit avec la même voix innocente.

— Mais il les a vues quand, dernièrement ? Je ne me rappelle pas qu'il ait jamais parlé d'elles.

Le front plissé de dépit, Kristina fut contrainte de se replier.

— Eh bien, ça fait sans doute quelque temps maintenant. Patrik avait peut-être… une dizaine d'années, si mes souvenirs sont exacts.

— Mais alors il me semble plus logique d'inviter plutôt des gens qu'il a côtoyés pendant ces derniers vingt-sept ans, dit Erica en luttant contre l'envie de claquer un *high-five* dans la main de sa sœur.

— De toute façon, au final vous n'en ferez qu'à votre tête.

Kristina était agacée. Elle avait bien conscience que ce point devait maintenant être considéré comme perdu. Mais honte à celui qui abandonne. Après avoir siroté un peu de thé d'un air dégoûté, elle enfonça le clou, le regard fixé sur Erica.

— J'espère en tout cas que Lotta sera demoiselle d'honneur !

Erica regarda Anna d'un air désespéré. C'était une attaque tout à fait inattendue. Elle n'avait jamais envisagé la sœur de Patrik comme demoiselle d'honneur. Pour elle, ce rôle revenait de plein droit à Anna. Elle garda le silence un instant et réfléchit à la meilleure façon de contrer Kristina, puis elle décida de jouer cartes sur table.

— C'est Anna qui sera demoiselle d'honneur, dit-elle calmement. Et pour ce qui est de tous les autres détails, petits ou grands, ce sera une surprise le jour du mariage.

Froissée, Kristina ouvrit la bouche pour plaider sa cause, mais en voyant le regard d'acier d'Erica elle se ravisa et se contenta de murmurer :

— Je voulais seulement donner un coup de main. Rien de plus. Mais si vous ne voulez pas de mon aide…

Erica ne répondit rien. Elle sourit et termina son café.

Patrik dormit pendant tout le trajet pour Borås. Ces dernières semaines l'avaient épuisé. En outre il avait aussi passé la moitié de la nuit à lire les documents de Gradenius. Quand il se réveilla, juste à l'entrée de la ville, sa nuque lui faisait souffrir le martyre car il s'était endormi la tête contre la vitre latérale. Avec une grimace, il se massa le muscle endolori et essaya d'habituer ses yeux à la lumière.

— On arrive dans cinq minutes, dit Martin. Je viens de parler avec Eva Olsson, elle m'a expliqué la route. On n'est plus très loin.

— Bien, dit Patrik.

Il essaya de rassembler ses pensées. La mère de Rasmus Olsson avait débordé d'enthousiasme au téléphone quand il avait sollicité un entretien. "Enfin, avait-elle dit, enfin quelqu'un qui m'a entendue." Patrik espérait qu'ils n'allaient pas la décevoir.

L'itinéraire qu'elle avait fourni à Martin était parfait et il ne leur fallut que quelques minutes pour trouver son immeuble. Ils sonnèrent à l'interphone, elle ouvrit immédiatement. Une petite femme brune les attendait sur le palier du premier étage. Les présentations faites, elle les précéda dans le séjour. Sur une table recouverte d'une nappe en dentelle étaient posées de petites tasses à café en porcelaine fine, des serviettes et des fourchettes à gâteau. Le lait était présenté dans un joli petit pot et le sucre dans un sucrier avec une pince en argent. On aurait dit une dînette de poupée. Cinq sortes de gâteaux et biscuits étaient disposés sur un grand plat en porcelaine du même service que les tasses.

— Prenez place, dit-elle en montrant un canapé au tissu fleuri.

L'appartement était très silencieux. Le triple vitrage des fenêtres faisait efficacement barrière au bruit de la circulation. On n'entendait que le tic-tac d'une horloge ancienne sur le mur. Patrik en reconnut l'ornement doré et la forme. Sa grand-mère avait eu la même.

— Du café, ça vous va ? Sinon, je peux faire du thé.

Elle avait tellement envie de les contenter que Patrik en eut pitié. Il devina qu'elle ne recevait pas souvent des visites.

— Du café, avec plaisir, pour tous les deux, dit-il avec un sourire.

Pendant qu'elle les servait, il pensa qu'elle était aussi menue et délicate que sa porcelaine. Elle ne mesurait pas plus d'un mètre soixante et devait avoir entre cinquante et soixante ans. Il émanait d'elle une sorte de tristesse intemporelle, comme si le temps s'était arrêté. Bizarrement, elle semblait avoir lu dans ses pensées.

— Ça va faire bientôt trois ans et demi que Rasmus est mort, dit-elle.

Ses yeux se tournèrent vers les photos exposées sur un grand secrétaire. Patrik suivit son regard et reconnut l'homme du dossier de Gradenius. Mais ces photos-là n'avaient pas grand-chose en commun avec celles qu'il voyait ici.

— Vous me tentez avec vos gâteaux, je peux en prendre un ? demanda Martin.

Eva hocha la tête et se tourna vers lui.

— Bien sûr, ils sont là pour ça, servez-vous.

Martin posa quelques biscuits sur la petite assiette à côté de sa tasse de café. Il interrogea Patrik du regard. Celui-ci prit une profonde inspiration pour se donner du courage.

— Comme je le disais au téléphone, nous avons commencé à réexaminer de plus près la mort de Rasmus.

— Oui, ça je l'ai compris, dit Eva. Une étincelle anima ses yeux tristes. Ce que je ne comprends pas en revanche, c'est pourquoi c'est la police de – de Tanumshede, c'est ça ? – qui s'en charge. Ça devrait plutôt être du ressort de la police de Borås, non ?

— Oui, d'un point de vue purement technique, vous avez raison. Mais l'enquête ici a été classée, et, de notre côté, on devine un lien possible avec un cas dans notre district.

— Un autre cas ?

Eva parut déconcertée.

— Oui, mais je ne peux pas entrer dans le détail pour le moment. Nous vous serions très reconnaissants si vous pouviez nous raconter toutes les circonstances qui entourent la mort de votre fils.

— Eh bien…

Elle laissa sa réponse en suspens et Patrik réalisa qu'elle avait eu beau se réjouir de les voir rouvrir l'enquête, elle appréhendait tout de même de remonter dans ses souvenirs. Il lui laissa le temps de rassembler ses pensées et attendit qu'elle soit prête. Après un instant, elle dit d'une voix légèrement tremblante :

— C'était le 2 octobre, il y a trois ans, presque trois ans et demi… Rasmus… oui, il habitait ici avec moi. Il ne pouvait pas gérer un logement tout seul. Mais il allait à l'animalerie tous les jours. Il partait à huit heures. Et ça faisait huit ans qu'il travaillait là, il s'y plaisait vraiment bien. Tout le monde était très gentil avec lui. Le souvenir la fit sourire. Il rentrait à trois heures. Il n'avait jamais plus de dix minutes de retard. Jamais. Alors… L'émotion l'étrangla, mais elle se maîtrisa. Alors à trois heures et quart passées, puis trois heures et demie et finalement quatre heures… j'ai su qu'il était arrivé quelque chose. J'ai tout de suite appelé la police, mais ils n'ont pas voulu m'écouter. Ils m'ont seulement dit de ne pas m'inquiéter, qu'il allait sûrement rentrer, que c'était un adulte et qu'ils ne pouvaient pas lancer un avis de recherche sur des bases aussi minces. C'est exactement les termes qu'ils ont employés, "des bases aussi minces". Pour ma part, je trouve qu'il n'y a pas de bases plus solides que l'intuition d'une mère, mais qui suis-je pour me prononcer…

Elle sourit faiblement.

— Est-ce que Rasmus avait besoin d'une assistance lourde au quotidien ? demanda Martin avec précaution.

— Vous voulez savoir à quel point il était attardé ? dit Eva sans façon.

Martin hocha la tête à regret.

— Au départ, pas du tout. A l'école, Rasmus avait les meilleures notes dans presque toutes les matières et il m'était d'une aide précieuse ici à la maison. C'était rien que nous deux, depuis le début. Elle sourit encore, un sourire si plein d'amour et de chagrin que Patrik dut détourner le regard. C'est après un accident de voiture, quand il avait dix-huit ans, qu'il a… changé. Il a eu un traumatisme crânien et il n'est jamais redevenu comme avant. Il ne savait plus s'occuper de lui-même, il n'évoluait plus, était incapable de voler de ses propres ailes comme les jeunes de son âge. Et il est resté ici, avec moi. Nous nous sommes créé une sorte de vie ensemble. Une bonne vie, je crois que Rasmus était de mon avis. La meilleure possible en tout cas, vu les circonstances. Certes, il avait parfois des moments difficiles, mais nous les traversions ensemble.

— C'était entre autres à cause de ces… moments difficiles que la police n'a pas ouvert d'enquête pour meurtre, c'est ça ?

— Oui, Rasmus a essayé de mettre fin à ses jours une fois. Deux ans après l'accident. Quand il avait réalisé à quel point il était métamorphosé. Et que rien n'allait redevenir comme avant. Mais je l'ai trouvé à temps. Et il m'a promis de ne plus jamais recommencer. Je sais qu'il a tenu sa promesse.

Son regard allait de Patrik à Martin, se posant quelques secondes sur chacun.

— Je vois. Que s'est-il passé ensuite, le jour où on l'a retrouvé mort ? demanda Patrik.

— Ils ont sonné à la porte. Peu avant huit heures. J'ai su dès que je les ai vus. Elle prit la serviette et essuya délicatement une larme qui roulait sur sa joue. Ils ont dit qu'ils avaient retrouvé Rasmus. Qu'il avait sauté d'un pont. C'était… c'était… si absurde. Il n'aurait jamais fait ça. Et ils ont dit qu'apparemment il avait pas mal bu avant. Mais c'était impossible. Rasmus ne buvait jamais une goutte d'alcool. Il ne pouvait plus boire après son accident. Non, ça ne collait pas et je le leur ai dit. Mais personne ne m'a crue. Elle baissa les yeux et essuya encore une larme avec la serviette. Ils ont classé l'affaire quelque temps après, en invoquant un suicide. Mais j'appelle le commissaire Gradenius régulièrement, seulement pour qu'il n'oublie pas. Et je pense que, lui, il m'a crue. En partie en tout cas. Et voilà que vous deux vous apparaissez.

— Oui, dit Patrik pensivement. Voilà que nous apparaissons.

Il ne savait que trop bien combien il était difficile pour une famille d'accepter l'idée d'un suicide. Ils cherchaient n'importe quelle explication pour ne pas avoir à admettre que l'être aimé ait choisi de son plein gré de les quitter et de leur causer tant de douleur. Et souvent ils savaient au fond d'eux-mêmes que c'était la vérité. Mais, dans le cas présent, Patrik était enclin à croire les affirmations d'Eva. Son récit provoquait les mêmes questionnements que la mort de Marit, et son intuition d'un lien entre les deux affaires ne fit que s'amplifier.

— Vous avez laissé sa chambre en l'état ? demanda-t-il sur une impulsion.

— Oui. Eva sembla heureuse de l'interruption et se leva. Je n'ai touché à rien. Ça peut paraître idiot, mais c'est la seule chose qui me reste de Rasmus. Parfois je vais m'asseoir sur le bord de son lit et je lui parle. Je lui raconte ma journée, le temps qu'il fait, ce qui s'est passé dans le monde. Vous devez me prendre pour une folle.

Quand elle riait, son visage se transformait. Patrik réalisa qu'elle avait dû être très jolie quand elle était jeune. Une photo dans le vestibule le lui confirma. Une Eva jeune, tenant un bébé dans ses bras. Son visage rayonnait de bonheur. Il était pourtant difficile d'avoir un enfant quand on était célibataire à cette époque-là.

— C'est ici, dit Eva en ouvrant une porte au bout du couloir.

La chambre de Rasmus était aussi propre et rangée que le reste de l'appartement. Mais la pièce avait une atmosphère différente. Manifestement, le jeune homme l'avait aménagée lui-même.

— Il aimait les animaux, dit Eva avec fierté en s'asseyant sur le lit.

— Oui, c'est ce que je vois.

Partout, Patrik put voir des affiches animalières. Les coussins et le couvre-lit avaient des motifs d'animaux, et le grand tapis représentait un tigre.

— C'était son rêve de pouvoir travailler comme soigneur dans un zoo. Tous les autres mômes rêvaient d'être pompiers ou astronautes, mais Rasmus voulait soigner les animaux. Je pensais que, avec le temps, il perdrait cette passion, mais il était déterminé. Jusqu'à ce que… Sa voix s'éteignit. Elle se racla la gorge et passa la main sur le couvre-lit. Après l'accident, son intérêt pour les animaux est resté intact. Cette opportunité de travailler à l'animalerie, c'était comme un don du ciel. Il avait la responsabilité de nourrir les bêtes, de nettoyer les cages et les aquariums. Et il faisait bien son boulot, croyez-moi.

— On peut regarder de plus près ? demanda Patrik doucement. Eva se leva.

— Tant que vous voulez, regardez, demandez. Si seulement vous pouviez nous rendre la paix, à Rasmus et à moi.

Elle quitta la pièce et Patrik échangea un regard avec Martin. Ils n'avaient pas besoin de parler. Tous deux sentirent la lourde responsabilité qui reposait sur leurs épaules. Ils ne voulaient pas trahir l'espoir de la mère de Rasmus, mais ils ne pouvaient pas promettre que leurs recherches mèneraient quelque part. En revanche ils avaient l'intention de faire tout leur possible.

— Je vais jeter un coup d'œil aux tiroirs, tu n'as qu'à regarder la penderie, dit Patrik.

— Pas de problème. Martin se dirigea vers le mur de penderies aux portes blanches et simples. Est-ce qu'on cherche quelque chose en particulier ?

— Aucune idée à vrai dire. N'importe quoi qui pourrait nous donner un indice du lien entre Rasmus et Marit.

— D'accord, soupira Martin.

Chercher quand on savait ce qu'on cherchait n'était déjà pas une mince affaire, alors sans savoir…

Pendant une heure, ils passèrent au crible la chambre de Rasmus, sans rien trouver qui éveille leur intérêt. Découragés, ils retournèrent dans la cuisine où Eva les attendait.

— Merci de nous avoir laissés examiner sa chambre.

— De rien, dit-elle en se retournant vivement. Vous avez trouvé quelque chose ?

Devant leur silence éloquent, une expression d'abattement vint remplacer la lueur d'espoir sur son visage.

— Ce que nous cherchons, c'est un lien avec la victime de notre district. C'est une femme qui s'appelle Marit Kaspersen. Ça vous dit quelque chose ? Est-ce que Rasmus a pu la rencontrer quelque part ?

Eva réfléchit, puis elle secoua lentement la tête.

— Non, je ne pense pas. Je ne reconnais pas ce nom.

— Le seul rapport direct que nous avons trouvé pour l'instant, c'est le fait que Marit non plus ne buvait jamais mais qu'elle avait une grande quantité d'alcool dans le sang quand elle est morte. Rasmus n'était pas membre d'une ligue de tempérance ou un truc comme ça ? demanda Martin.

— Non, rien de tel. De nouveau, Eva secoua la tête. Elle hésita une seconde, puis elle répéta : Non, il n'était membre d'aucune association de ce genre.

— Très bien, dit Patrik. Je pense que c'est tout pour le moment, mais nous vous recontacterons, nous aurons sûrement d'autres questions à vous poser.

— Vous pouvez m'appeler au milieu de la nuit s'il le faut. Je suis là.

Patrik dut refréner l'impulsion de faire quelques pas et prendre dans ses bras la petite femme aux yeux tristes.

Juste quand ils étaient sur le point de quitter l'appartement, elle les arrêta.

— Attendez, il y a une chose qui peut peut-être vous intéresser.

Elle pivota et se dirigea vers sa chambre. Au bout d'un bref instant, elle revint.

— Voici le sac à dos de Rasmus. Il l'avait toujours avec lui. Il l'avait quand il… Sa voix se brisa. Je n'ai pas pu me résoudre à le sortir du plastique, la police me l'a rendu comme ça. Eva tendit à Patrik la poche transparente contenant le sac à dos de Rasmus : Prenez-le, vous verrez bien s'il y a quoi que ce soit d'intéressant pour vous.

Quand la porte se referma derrière eux, Patrik regarda le sac. Il le reconnaissait, il l'avait déjà vu sur les photos du lieu où Rasmus était mort. Ce qui ne se voyait pas sur les photos, qui avaient été prises de nuit, c'est que le sac était plein de taches sombres. Patrik réalisa que c'était du sang séché. Le sang de Rasmus.

Elle feuilleta le carnet avec impatience tout en parlant dans son portable.

— Oui, je vous le dis, je l'ai ici. Et vous paierez combien ? C'est tout ? Tina plissa le front de déception. Mais il contient des tonnes de trucs super. Vous pouvez en faire toute une série. Bon, alors je vais plutôt m'adresser à *Hänt*. D'accord, dix mille, ça marche. Je peux vous le remettre demain. Mais il faut que l'argent soit sur mon compte avant, sinon je ne marche pas.

Satisfaite, Tina referma le clapet de son portable. Elle s'éloigna encore un peu du foyer cantonal, s'assit sur une grosse pierre et ouvrit le carnet. Elle n'avait pas vraiment connu Barbie. N'en avait jamais eu envie d'ailleurs. Mais c'était un peu glauque d'entrer ainsi dans son esprit, après coup. Elle tourna les pages du journal intime et lut avec avidité. Elle pouvait déjà visualiser les extraits sur deux pages dans le tabloïd, les meilleurs passages soulignés. Ce qui l'avait le plus surprise dans ce journal, c'est que Barbie n'était pas aussi stupide qu'elle avait cru. Ses pensées étaient bien formulées et assez futées par moments. Mais Tina fronça les sourcils en arrivant au passage qui l'avait déterminée à le vendre aux journaux. Une fois qu'elle en aurait arraché la page, évidemment. Celle qui disait :

"J'ai écouté aujourd'hui quand Tina répétait sa chanson. Elle va la chanter ce soir au foyer cantonal. Pauvre Tina. Elle ne sait pas à quel point c'est mauvais. Je me

demande comment on peut chanter aussi mal et avoir l'impression que c'est bien. Mais, d'un autre côté, c'est là-dessus qu'est basé tout le concept d'Idol, alors ça ne doit pas être si rare comme phénomène. C'est apparemment sa mère qui lui a fait croire qu'elle pouvait devenir chanteuse. Elle n'a sans doute pas d'oreille du tout. C'est la seule explication que je trouve. Mais je n'ai pas le cœur de le lui dire. Je continue à jouer le jeu, même si dans le fond je pense que c'est un mauvais service que je lui rends. Je parle avec elle de sa carrière musicale, de tous les succès qu'elle va connaître, tous les concerts, toutes les tournées. Mais je me sens comme une merde, à lui mentir aussi honteusement. Pauvre Tina."

Furieuse, Tina arracha la page et la déchira en petits morceaux. Quelle garce ! Si auparavant elle avait ressenti un tant soit peu de chagrin de la mort de Barbie, c'était en tout cas fini maintenant. La salope, elle n'avait eu que ce qu'elle méritait ! Elle n'avait aucune idée de ce dont elle parlait. Avec le talon, Tina enfonça les petits bouts de papier dans le gravier. Puis elle continua à feuilleter jusqu'au passage qui l'intriguait. Sur une des pages écrites peu de temps après leur arrivée à Tanum, Barbie avait noté :

"Il a quelque chose de familier. Je ne sais pas quoi. J'ai l'impression que mon cerveau turbine à fond pour trouver un truc qui s'y dissimule. Mais je ne sais pas ce que c'est. Sa façon de bouger peut-être. Sa façon de parler. Je sais que je l'ai déjà vu, mais je ne sais pas où. Tout ce que je sais, c'est que je ressens un malaise qui monte en flèche. Quelque chose tourne et se retourne dans mon ventre. Tant que je ne saurai pas, ça ne s'arrêtera pas.

282

J'ai énormément pensé à papa ces derniers temps.
Je ne sais pas pourquoi. Je croyais que j'en avais fini
avec cette partie-là de ma vie depuis belle lurette. Ça
fait beaucoup trop mal de se souvenir. Trop mal de
voir son sourire, d'entendre sa voix de stentor et de
sentir ses doigts sur mon front quand il écartait dou-
cement mes cheveux et m'embrassait en me souhaitant
une bonne nuit. Tous les soirs. Toujours une bise sur
le front et une sur le bout du nez. Je m'en souviens à
présent. Pour la première fois depuis tant d'années, je
m'en souviens. Et je me vois, comme de l'extérieur. Je
vois ce que j'ai fait de moi, ce que j'ai laissé d'autres
faire de moi. Je peux sentir les yeux de papa sur moi.
Je peux voir sa perplexité, sa déception. Sa Lillemor
est si loin maintenant. Cachée quelque part derrière
toute cette angoisse, l'eau oxygénée, la silicone et la
peur. J'ai enfilé un costume de bal masqué derrière
lequel me dissimuler. Pour que les yeux de papa ne
me trouvent pas, ne me regardent pas. Ça faisait trop
mal de me rappeler comment il me regardait. Com-
ment nous étions lui et moi pendant toutes ces années.
C'était si chaud et rassurant. La seule façon de sur-
vivre lorsque la chaleur fut remplacée par le froid était
de l'oublier. Mais à présent je la sens de nouveau. Je
m'en souviens. Je la ressens. Et quelque chose m'ap-
pelle. Papa essaie de me dire quelque chose. Si seu-
lement je savais quoi. Mais ça a quelque chose à voir
avec LUI. Je sais au moins ça."

Tina lut le passage plusieurs fois. De quoi par-
lait-elle ? Est-ce qu'elle avait reconnu quelqu'un
ici, à Tanum ? Sa curiosité était piquée. Elle enroula
ses longs cheveux châtains autour de la main et les
ramena derrière l'épaule. Le journal intime posé sur

les genoux, elle alluma une cigarette et tira quelques bouffées jouissives avant de continuer à feuilleter le carnet. En dehors du passage qu'elle venait de lire, il n'y avait pas grand-chose d'intéressant. Quelques remarques sur les autres participants, des réflexions sur l'avenir, le même ennui qu'ils commençaient tous à ressentir face au quotidien ici. Un bref instant, Tina se dit que la police serait peut-être intéressée par ce journal. Puis elle vit les morceaux de la page arrachée et écarta l'idée. Elle allait prendre son pied de voir les pensées privées de Barbie étalées de long en large dans la presse à scandale. Elle n'aurait que ce qu'elle méritait, cette garce hypocrite.

Du coin de l'œil, elle vit Uffe s'approcher. Sûrement pour lui taper une clope. Rapidement, elle glissa le journal intime sous sa veste et adopta une expression neutre. C'était son truc à elle, et elle n'avait certainement pas l'intention de le partager.

L'envie de découvrir le monde extérieur se faisait de plus en plus forte. Parfois elle les laissait courir dans l'herbe, mais seulement de courts moments. Et toujours avec un éclat d'angoisse dans les yeux qui le faisait anxieusement guetter les monstres qu'elle disait cachés, les monstres dont elle était la seule à savoir les protéger.

Mais, malgré la peur, c'était merveilleux. De sentir le soleil réchauffer la peau et l'herbe chatouiller la plante des pieds. Ils devenaient comme fous, sœur et lui, et parfois elle avait du mal à ne pas rire en les voyant gambader. Une fois elle avait même joué à rouler sur le gazon avec eux. A ce moment-là il avait ressenti un bonheur pur et authentique. Puis elle avait entendu le bruit d'une voiture au loin et s'était immédiatement redressée, le regard terrorisé, et leur avait crié de rentrer tout de suite. Vite, vite, ils devaient courir vite. Et, talonnés par une terreur indicible, ils s'étaient précipités sur la porte et dans leur chambre. Elle était arrivée derrière eux et avait fermé à clé toutes les portes de la maison. Puis ils étaient restés blottis par terre dans la chambre, se serrant dans les bras et ne formant qu'une seule masse tremblante. Elle avait promis, encore et encore, que personne n'allait les enlever. Que personne n'allait plus jamais pouvoir leur faire de mal.

Il l'avait crue. Il lui était reconnaissant de sa protection, un dernier rempart contre tous ceux qui leur voulaient du mal. Mais en même temps il ne pouvait s'empêcher de regretter l'extérieur. La lumière du soleil. L'herbe sous les pieds. La liberté.

Gösta observa Hanna à la dérobée quand ils se rendaient au domicile de Kerstin. Il réalisait qu'en un temps étonnamment court, il s'était entiché d'elle. Pas d'une manière malsaine de vieux en manque, plutôt de façon paternaliste. En même temps, elle lui rappelait énormément sa femme décédée, quand elle était jeune. Elle aussi était blonde aux yeux bleus, et, comme Hanna, petite mais robuste. De toute évidence, les entretiens avec des proches de victimes ne faisaient pas partie de ses missions favorites. Du coin de l'œil, il vit ses mâchoires se crisper et il dut se maîtriser pour ne pas poser une main sur son épaule. Quelque chose lui dit qu'elle n'apprécierait pas. Au contraire, il risquerait de se prendre une droite.

Ils avaient appelé pour prévenir de leur venue, et, lorsque Kerstin ouvrit la porte, Gösta constata qu'elle s'était donné la peine de prendre une douche avant leur arrivée. Son visage sans maquillage trahissait la résignation qu'il avait déjà vue tant de fois. C'était une expression que prenaient les proches des victimes une fois le choc passé, lorsqu'il ne restait qu'un chagrin lancinant, lorsqu'ils comprenaient enfin pleinement l'irrévocabilité de la mort.

— Entrez, dit-elle.

Il nota que sa peau avait la pâleur légèrement verdâtre de celle qui n'était pas sortie à l'air libre depuis longtemps.

Hanna semblait toujours renfermée sur elle-même lorsqu'ils s'installèrent autour de la table de la cuisine. L'appartement était propre et bien rangé, ce qui confirma l'impression première de Gösta que Kerstin n'avait probablement pas mis le nez dehors depuis la mort de Marit. Il se demanda comment elle faisait pour manger, si quelqu'un faisait des courses pour elle. Comme une réponse directe à sa question muette, elle ouvrit le réfrigérateur et sortit du lait pour le café, et il eut le temps de voir qu'il était bien garni. Quelqu'un l'aidait manifestement pour ses courses.

— Vous avez du nouveau ? demanda-t-elle avec lassitude en s'asseyant.

On aurait dit qu'elle posait plus la question par devoir que parce qu'elle s'en souciait. Encore un effet de la dure réalité dont elle avait enfin pris la pleine mesure. Elle avait compris que Marit n'était plus là, pour toujours, et cette évidence pouvait parfaitement occulter l'envie d'une réponse ou d'une explication pendant quelque temps. Quoique ce fût assez variable aussi, Gösta avait pu le constater après quarante ans de service. Pour certains proches, la recherche d'une explication devenait plus importante que tout le reste, mais, dans la plupart des cas, ce n'était qu'une façon de repousser l'évidence et le moment d'accepter la réalité. Il avait cependant vu des gens vivre dans le déni pendant de nombreuses années, parfois jusqu'à leur propre voyage dans l'au-delà. Kerstin n'en faisait pas partie. Elle avait affronté la mort de Marit en face, une rencontre qui semblait l'avoir vidée de toute énergie. Avec des mouvements lents, elle servit le café.

— Pardon, vous auriez peut-être préféré du thé ?
dit-elle, troublée.

Gösta et Hanna secouèrent la tête. Ils observèrent
le silence pendant une minute ou deux avant que
Gösta finisse par répondre à la première question
de Kerstin.

— Oui, on peut dire que certains éléments vont
nous permettre d'avancer.

Il se tut encore, ne sachant pas trop jusqu'où il pouvait aller dans ses révélations. Hanna prit la parole.

— Quelques faits nouveaux indiquent des liens avec
un autre meurtre. A Borås.

— Borås ? La voix de Kerstin vint en écho et pour
la première fois depuis leur arrivée ils virent une étincelle d'intérêt dans ses yeux. Mais… je ne comprends
pas… Borås ?

— Oui, nous aussi, nous nous posons des questions,
dit Gösta. C'est pour ça que nous sommes ici. Pour
voir si vous êtes au courant d'une connexion possible
entre Marit et la victime de Borås.

— Qui est-ce ?

Le regard de Kerstin erra. Elle ramena ses cheveux
derrière ses oreilles.

— C'est un homme d'une trentaine d'années. Il
s'appelle Rasmus Olsson. Il est mort il y a trois ans
et demi.

— Mais alors le cas n'a jamais été résolu ?

Gösta échangea un regard avec Hanna.

— Non, la police a conclu à un suicide. Il y avait
quelques indices dans ce sens et…

Il fit un grand geste avec les mains.

— Marit n'a jamais habité à Borås. Pas à ma connaissance en tout cas. Mais il vous faut vérifier avec
Ola aussi.

— Nous allons bien évidemment l'entendre, dit Hanna. Mais, vous, vous ne voyez aucune relation possible ? Il y a une chose qui rapproche les disparitions de Rasmus et de Marit, c'est qu'au moment de… Elle hésita. Au moment de leur mort, ils avaient de l'alcool dans le sang, de grandes quantités d'alcool, alors qu'ils ne buvaient pas. Marit n'était pas membre d'une ligue de tempérance ? Ou d'une Eglise ?

Kerstin rit. Son visage reprit un peu de couleur.

— Marit ? Pratiquante ? Non, je l'aurais su. On allait aux matines de Noël chaque année, je pense que c'était la seule occasion où Marit entrait dans une église. Elle était comme moi, Marit. Pas activement croyante, mais elle avait conservé une sorte de foi d'enfance, une conviction qu'il existe quelque chose de plus. En tout cas, je l'espère, maintenant plus que jamais, ajouta-t-elle à voix basse.

Hanna et Gösta se turent. Hanna fixa la table et Gösta eut l'impression de voir des larmes scintiller dans ses yeux. Il comprenait très bien, même si ça faisait de nombreuses années qu'il n'avait pas pleuré lui-même en présence de gens endeuillés. Ils étaient cependant ici pour faire leur boulot et il poursuivit doucement.

— Et le nom, Rasmus Olsson, il ne vous évoque rien ?

Kerstin secoua la tête et réchauffa ses mains autour de la tasse.

— Non, jamais entendu.

— Alors je pense qu'on n'ira pas beaucoup plus loin pour l'instant. On va bien entendu avoir un entretien avec Ola. Et si vous vous souvenez de quoi que ce soit, passez-nous un coup de fil.

Gösta se leva et Hanna suivit son exemple. Elle eut l'air soulagée.

— C'est promis, dit Kerstin qui resta assise sans les raccompagner.

Avant de quitter l'appartement, Gösta ne put s'empêcher de se retourner et de dire :

— Allez donc faire une promenade, Kerstin. Il fait un temps magnifique. Vous avez besoin de sortir respirer un peu d'air frais.

— On dirait Sofie, dit Kerstin et elle laissa percer un sourire de nouveau. Mais je sais que vous avez raison. Je ferai peut-être une petite sortie cet après-midi.

— Bien, se contenta de répondre Gösta.

Hanna était déjà deux pas devant, en route pour le commissariat.

Avec précaution, Patrik posa le sac à dos dans son plastique sur le bureau. Il ne savait pas si c'était nécessaire, la police avait déjà tout examiné trois ans et demi auparavant, mais, au cas où, il enfila des gants. Pas seulement pour des raisons techniques liées à l'enquête. Il n'aimait pas l'idée de toucher le sang séché sur le sac avec ses mains nues.

— Quelle vie solitaire ! C'est vraiment tragique, dit Martin qui était en train d'observer ce que faisait Patrik.

— Oui, son fils devait être sa seule famille.

Patrik soupira tout en ouvrant doucement la fermeture éclair.

— Ça n'a pas dû être facile. Avoir un enfant toute seule et l'élever. Et ensuite l'accident… Martin hésita. Et enfin le meurtre.

— Et puis ne pas être prise au sérieux, ajouta Patrik tout en sortant un objet du sac.

C'était un baladeur. Il semblait avoir pris un sacré coup dans la chute du pont.

— C'était une chute de combien de mètres ? demanda Martin en tirant une chaise à côté du bureau de Patrik.

— Dix mètres.

— Ça n'a pas dû être beau à voir. Martin fit une grimace.

— Non, répondit brièvement Patrik. Il avait encore les photographies du drame en tête et préféra changer de sujet. Je me demande comment on va se partager maintenant qu'on doit mener deux enquêtes en parallèle.

— Je te comprends. Et je sais ce qui te tracasse. Tu trouves que c'était une connerie de négliger l'enquête sur la mort de Marit sous la pression des médias. Et, bien sûr, tu as raison, mais ce qui est fait est fait, et on n'y peut plus rien. A part mieux répartir nos faveurs désormais.

— Oui, sans doute, dit Patrik en sortant un portefeuille du sac. Mais j'ai quand même du mal à ne pas penser à tout ce qu'on aurait dû faire autrement. Et je ne sais pas non plus comment on va poursuivre l'enquête sur Lillemor Persson.

Martin réfléchit un instant.

— Ce que nous avons pour l'instant, ce sont les poils de chien et les films que la société de production nous a donnés.

Patrik ouvrit le portefeuille et commença à examiner le contenu.

— Oui. Les poils de chien, c'est une piste très intéressante, il faut qu'on l'explore. D'après Pedersen, c'est une race relativement rare, il existe peut-être des registres, des fichiers de propriétaires, des associations, quelque chose qui nous permettrait de trouver le propriétaire. Je veux dire, avec deux cents chiens dans tout le pays, un propriétaire dans ce secteur devrait être assez facile à identifier.

— Ça se tient comme raisonnement, dit Martin. Je vais m'en occuper. Qu'est-ce que tu as, là-dedans ?

— Rien de très excitant. Deux billets de vingt, une pièce d'une couronne, une carte d'identité et un papier avec son adresse et les numéros de téléphone de sa mère, fixe et portable.

— C'est tout ?

— Oui, ou non… une photo de lui et Eva.

Patrik la montra à Martin. Un jeune Rasmus qui tenait sa maman par les épaules, en souriant à l'appareil photo. Il mesurait deux têtes de plus que sa mère et on pouvait deviner quelque chose de protecteur dans son geste. La photo avait forcément été prise avant l'accident. Après, les rôles avaient été inversés, c'était Eva qui était devenue la protectrice. Patrik remit doucement la photo dans le portefeuille.

— C'est fou comme les gens peuvent être seuls, constata Martin en fixant un point dans le lointain.

— Oui, il y en a plein. Tu penses à quelqu'un en particulier ?

— A Eva Olsson. Mais aussi à Lillemor. Tu imagines, n'avoir personne pour te pleurer. Ses deux parents sont morts. Pas d'autre famille. Personne à qui l'annoncer. La seule chose qu'elle a laissée, ce sont quelques centaines d'heures de rushes pour la télé qui vont rester à prendre la poussière dans des archives quelque part.

— Si elle avait habité plus près, je serais allé à son enterrement, dit Patrik à voix basse. Personne ne mérite ça, être enterré sans amis pour le pleurer. Mais j'ai cru comprendre que les obsèques auront lieu à Eskilstuna, et c'est impossible pour moi d'y aller.

Ils observèrent un moment de silence. Ils imaginèrent le cercueil solitaire qui descendait dans la tombe, sans famille, sans amis autour.

— Un carnet de notes !

Le cri de Patrik rompit le silence. C'était un carnet noir, assez épais, doré sur tranche. Manifestement, Rasmus en avait pris soin.

— Qu'est-ce qu'il y a dedans ? demanda Martin.

Patrik feuilleta rapidement les pages couvertes d'écriture.

— J'ai l'impression que ce sont des notes concernant les animaux du magasin, finit par dire Patrik. Ecoute ça : "Hercule, granulés trois fois par jour, de l'eau fraîche, nettoyage de la cage tous les jours. Gudrun, une souris par semaine, nettoyage du terrarium une fois par semaine."

— On dirait qu'Hercule est un lapin ou un cochon d'Inde, et Gudrun, un serpent.

— Oui, il était méticuleux, Rasmus. Sa mère nous l'a bien dit.

Patrik survola l'ensemble du carnet. Toutes les notes semblaient se référer aux animaux. Apparemment rien d'intéressant.

— J'ai l'impression que c'est tout.

— Je ne m'attendais pas non plus à ce qu'on trouve quoi que ce soit de sensationnel, soupira Martin. La police de Borås a déjà tout passé en revue. Mais il n'est pas interdit d'espérer.

Patrik remettait le carnet de notes dans le sac à dos lorsqu'il entendit un petit froissement.

— Attends, il y a autre chose.

Il ressortit le carnet, le posa sur le bureau et replongea la main dans le sac. Une fois qu'il eut sorti ce qui se trouvait au fond, ils se regardèrent, incrédules. Ils ne s'étaient certainement pas attendus à trouver cela. Mais ça prouvait sans le moindre doute possible qu'il y avait un lien entre la mort de Rasmus et celle de Marit.

Ola parut mécontent quand Gösta l'appela sur son portable. Il était au boulot et il aurait préféré qu'ils attendent pour le voir. Son attitude arrogante énervait Gösta et, comme il n'était pas de son humeur la plus généreuse, il annonça calmement à Ola qu'il pouvait s'attendre à les voir débarquer à Inventing dans la demi-heure. Ola marmonna quelques mots bien choisis au sujet du "pouvoir de l'Etat", dans sa langue chantante qui mêlait le norvégien et le suédois, mais il eut la sagesse de ne pas protester.

Hanna semblait toujours de mauvaise humeur quand ils prenaient la route pour Fjällbacka, et Gösta se demanda ce qu'elle pouvait bien avoir. Il eut le sentiment qu'il y avait de l'eau dans le gaz sur le front conjugal, mais il ne la connaissait pas suffisamment pour lui poser des questions. Il espérait seulement que ce n'était rien de sérieux. Elle semblait n'avoir aucune envie de bavarder, et il la laissa tranquille. Quand ils passèrent devant le golf d'Anrås, elle regarda par la fenêtre et dit :

— Il est bien, ce golf ?

Gösta saisit volontiers ce calumet de la paix.

— Il est super ! Le trou numéro sept surtout, c'est un vrai challenge. J'ai même réussi un trou en un ici un jour, mais pas au sept.

— Je sais au moins ça, que, au golf, un trou en un c'est quelque chose, dit Hanna avec le premier sourire de la journée. Ils t'ont offert le champagne ensuite dans le club-house ? Ça se fait, non ?

— Oh que oui, dit Gösta, dont le visage s'illumina à ce souvenir. Du champagne à gogo, et la partie était magnifique d'un bout à l'autre. La meilleure que j'ai faite.

— On peut donc dire sans exagérer que tu as été mordu par le virus du golf…

Gösta la regarda avec un sourire, mais il fut obligé de se concentrer sur la conduite en arrivant sur la section étroite de la route de Mörhult.

— C'est que je n'ai pas grand-chose d'autre, dit-il et son sourire s'éteignit.

— J'ai compris que tu es veuf, dit Hanna doucement. Pas d'enfants ?

— Non.

Gösta ne développa pas. Il ne voulut pas parler du garçon qui aurait été un homme adulte aujourd'hui, mais qui n'avait vécu que quelques jours.

Hanna n'en demanda pas davantage. Ils gardèrent le silence jusqu'à leur arrivée à Inventing. En descendant de voiture, ils virent de nombreux regards curieux tournés vers eux. Un Ola irrité les accueillit tout de suite dans le hall d'entrée.

— Vous venez me déranger sur mon lieu de travail, j'espère vraiment que c'est important. Ça va jaser pendant des semaines.

Gösta comprenait très bien ce qu'il voulait dire, et en réalité ils auraient sans doute pu attendre encore une heure. Mais Ola avait quelque chose qui lui donnait envie de le prendre à rebrousse-poil. Ce n'était peut-être pas très noble ni très professionnel, mais c'est ainsi qu'il le ressentait.

— Allons dans mon bureau, dit Ola entre ses dents.

Gösta avait entendu Patrik et Martin décrire l'intérieur scrupuleusement rangé de son domicile, et il ne fut pas étonné en voyant la pièce. Hanna en revanche, qui avait loupé cette information-là, leva les sourcils. La table de travail était d'une propreté aseptisée. Pas un stylo, pas un trombone sur la surface cirée. Un sous-main vert, c'était tout, placé exactement au milieu de la table. Contre le mur il y avait une bibliothèque remplie de classeurs. Serrés et rangés bien droit, soigneusement étiquetés. Rien qui dépassait, aucun désordre.

— Asseyez-vous, dit Ola en montrant les chaises visiteurs.

Lui-même s'installa derrière le bureau et appuya les coudes sur le plateau. Gösta se demanda s'il ne tacherait pas sa veste en les frottant ainsi contre l'énorme quantité de cire indispensable pour obtenir cette surface aussi lisse qu'un miroir.

— De quoi s'agit-il ?

— Nous enquêtons sur un lien possible entre la mort de votre ex-femme et un autre meurtre.

— Un autre meurtre ? Pendant un instant, Ola sembla perdre son masque d'impassibilité, mais il le retrouva instantanément. Quel meurtre ? Vous ne parlez tout de même pas de la bimbo assassinée ?

— Lillemor Persson, vous voulez dire ? fit Hanna.

Son expression révéla très clairement ce qu'elle pensait de sa façon de parler de la jeune fille assassinée.

— Oui, oui.

Ola expédia la remarque d'un mouvement de la main et montra tout aussi nettement qu'il se fichait pas mal de ce que Hanna pensait.

Gösta sentit qu'il avait vraiment envie d'enfoncer ce type. Il brûlait de sortir ses clés de voiture et de faire une grosse éraflure sur le bureau lustré. N'importe quoi pour créer un déséquilibre dans la perfection détestable d'Ola.

— Non, nous ne parlons pas du meurtre de Lillemor. Le ton de Gösta était glacial. Nous parlons d'un meurtre à Borås. Un garçon du nom de Rasmus Olsson. Ça vous dit quelque chose ?

Ola eut l'air sincèrement déconcerté. Mais ça ne voulait rien dire. Gösta avait croisé plus d'un comédien talentueux au cours de sa carrière. Certains auraient eu leur place sur les plus grandes scènes nationales.

— Borås ? Rasmus Olsson ? Ses paroles vinrent en écho de l'entretien qu'ils venaient d'avoir avec Kerstin une heure auparavant. Non, ça ne me dit rien du tout. Marit n'a jamais habité à Borås. Et elle ne connaissait certainement aucun Rasmus Olsson. Je veux dire du temps de notre mariage. Après, j'ignore totalement ce qu'elle faisait. Tout est envisageable quand on considère le niveau où elle s'était rabaissée depuis.

Sa voix dégoulinait de mépris. Gösta glissa la main dans sa poche et tâta les clés. Ses doigts le démangeaient.

— Vous ne voyez donc aucun rapport entre Marit et Borås, ou avec le nom que nous avons cité ?

Hanna réitéra la question de Gösta et Ola porta les yeux sur elle.

— Je m'exprime mal ou quoi ? Vous me demandez de répéter deux fois tout ce que je dis, vous feriez mieux de prendre des notes…

Les doigts de Gösta se serrèrent autour des clés. Mais Hanna ne sembla pas affectée par le ton sarcastique et poursuivit calmement :

— Rasmus non plus ne buvait pas d'alcool. Ne pourrait-il pas y avoir une connexion sur ce plan ? Une association ou quelque chose ?

— Non, répondit-il sèchement. Il n'y a aucune connexion là non plus, et je ne comprends pas pourquoi vous faites une telle affaire de ça. Marit ne buvait pas parce que ça ne l'intéressait pas. Tout simplement. Il se leva. Si c'est tout ce que vous avez à me demander, je vous suggère de revenir quand vous aurez des questions plus pertinentes. Et alors je préférerais que vous veniez me les poser à mon domicile.

Faute d'autres questions, Gösta et Hanna se levèrent. Ils ne se donnèrent pas la peine de lui serrer la main, ni de le saluer.

L'entrevue avec Ola ne leur avait donné aucune information nouvelle. Pourtant, quelque chose continua à préoccuper Gösta sur la route du retour à Tanumshede. Quelque chose dans la réaction d'Ola, une chose qui avait été dite, ou pas dite, qui le tarabustait. Mais impossible de trouver quoi.

Hanna aussi garda le silence. Elle observa le paysage et parut plongée dans son monde. Gösta voulut tendre la main, dire quelques mots consolateurs. Mais il se retint.

Quand son père était au travail, l'appartement était calme et agréable. Sofie préférait être seule à la maison. Autrement, elle avait toujours son père sur le dos, à lui casser les oreilles pour les devoirs, à demander où elle avait été, où elle allait, avec qui elle parlait au téléphone, combien de temps elle comptait occuper la ligne. Chiant, chiant, chiant. De plus, elle devait sans arrêt s'assurer que tout était nickel. Pas de traces laissées par un verre sur la table du salon, pas d'assiette dans l'évier, les chaussures devaient être alignées au cordeau dans le vestibule, il ne fallait pas qu'il reste de cheveux dans la baignoire après la douche… La liste était interminable. Elle savait que c'était une des raisons qui avaient déterminé Marit à partir, elle avait entendu leurs disputes et, dès l'âge de dix ans, elle connaissait la moindre nuance de leurs prises de bec. Sa mère avait eu la possibilité de partir et, tant qu'elle vivait, Sofie avait un peu de répit toutes les deux semaines. Chez Kerstin et Marit, elle pouvait poser ses jambes sur la table basse, ranger la moutarde au milieu du frigo et laisser les franges des tapis emmêlées. C'était merveilleux, et ça lui permettait aussi de supporter ensuite une semaine de discipline stricte. Alors que, maintenant, plus de liberté, plus d'échappatoires. Elle était coincée ici, dans toute cette propreté rutilante. Où elle était perpétuellement interrogée et questionnée. Les seuls moments où elle pouvait respirer un peu, c'était quand elle rentrait tôt de l'école. Alors elle s'offrait de petites rébellions. Comme s'asseoir dans le canapé blanc avec un verre de chocolat froid, écouter de la musique pop sur la chaîne hi-fi d'Ola et chambouler les coussins. Mais elle remettait toujours tout en ordre avant qu'il rentre. Il ne devait plus rester la moindre trace lorsqu'il franchissait la porte. Sa plus grande hantise était qu'il rentre plus tôt du boulot un jour et la prenne en flagrant délit. Mais c'était hautement improbable. Pour que son père songe à quitter son bureau une minute en avance, il faudrait qu'il soit malade à en crever. En tant que chef d'équipe à Inventing, il se considérait comme un exemple à suivre, et il ne tolérait de retards le matin ni pour lui ni pour ses subordonnés, pas plus que les congés maladie et les départs anticipés.

C'était Marit qui lui évoquait la chaleur. Sofie le voyait nettement maintenant. Ola avait représenté le concret, la droiture, tandis que Marit avait incarné la sécurité, la chaleur, la joie et un soupçon de chaos.

Sofie s'était souvent demandé comment un homme et une femme aussi différents avaient pu se trouver, tomber amoureux, se marier et avoir un enfant. Aussi loin que remontaient ses souvenirs, cela avait toujours été une énigme pour Sofie.

Une idée fit son chemin. Son père n'allait pas rentrer du travail avant une bonne heure. Elle s'approcha de sa chambre, qui avait aussi été celle de sa mère. Elle savait où trouver les affaires. Dans un coin de la penderie, tout au fond. Une grande boîte avec ce qu'Ola avait appelé "le fatras sentimental de Marit", mais dont il ne s'était toujours pas débarrassé. Elle était étonnée que sa mère ne l'ait pas emportée en partant, mais elle avait peut-être voulu tout laisser derrière elle au moment de commencer sa nouvelle vie. La seule chose qu'elle avait emportée, c'était sa fille. Cela lui avait suffi.

Sofie s'assit par terre et ouvrit la boîte. Elle était remplie de photographies, de coupures de journaux, il y avait une mèche des cheveux de Sofie bébé et les bracelets en plastique qu'on lui avait mis à la maternité. Quelque chose résonnait dans un petit pot et, en l'ouvrant, elle découvrit avec une grimace quelques petites dents. Sûrement les siennes. Mais pas moins dégoûtantes pour autant.

Elle passa une demi-heure à lentement parcourir le contenu de la boîte. Après avoir minutieusement examiné les objets, elle en fit des tas par terre. Avec surprise elle constata que les vieilles photos d'une Marit adolescente montraient une jeune fille qui aurait pu être elle-même. Jamais elle n'avait réalisé qu'elles se ressemblaient tant. Mais ça lui fit plaisir. Elle regarda intensément la photo de mariage de Marit et Ola, cherchant à y détecter tous les problèmes qui allaient

s'ensuivre. Savaient-ils déjà que ça ne marcherait pas ?
Elle avait l'impression que oui. Sur la photo, Ola avait
une mine sévère mais satisfaite alors que Marit paraissait presque indifférente. Elle ne ressemblait absolument pas à une mariée heureuse. Les coupures de
journaux avaient un peu jauni. Elles bruissèrent sous
les doigts de Sofie. Il y avait l'annonce du mariage,
celle de sa naissance, un modèle de confection de
chaussettes de bébé au crochet, des recettes de dîners
de fête, des articles sur des maladies infantiles. Sofie
eut l'impression de tenir sa mère entre les mains. Elle
pouvait presque sentir Marit assise à côté d'elle en train
de lire des articles qui expliquaient comment nettoyer
un four ou préparer le meilleur jambon de Noël. Elle
sentit Marit poser une main sur son épaule et sourire
lorsqu'elle regarda une photo d'elle à la maternité, avec
un paquet rouge et fripé dans les bras. Marit avait l'air
heureuse sur cette photo. Sofie toucha son épaule, imagina que sa main rencontrait celle de sa mère et sentit la chaleur se transmettre à la sienne. Mais la réalité
reprit vite le dessus. En fin de compte, tout ce qu'elle
sentit était le tissu de son pull et sa main était glacée.
Ola voulait toujours maintenir le chauffage au minimum pour faire des économies d'énergie.

En prenant l'article qui se trouvait tout au fond de
la boîte elle pensa tout d'abord qu'il se trouvait là par
erreur. Le titre ne collait pas, et elle retourna la cou-
pure pour voir si c'était l'autre côté qui avait intéressé
Marit. Mais, au verso, il n'y avait qu'une publicité
pour un savon. Elle commença distraitement à lire
l'introduction, et au bout d'une phrase elle était téta-
nisée. Incrédule, elle lut jusqu'à avoir ingurgité chaque
phrase, chaque mot. Ça ne pouvait pas être vrai. Ça
ne pouvait tout simplement pas être vrai.

Lentement, Sofie remit tout dans la boîte et la rangea là où elle l'avait trouvée. Dans sa tête, les pensées commencèrent une folle sarabande.

— Annika, tu peux m'aider avec un truc ?

Patrik s'assit lourdement sur une chaise à côté d'elle.

— Oui, bien sûr, dit-elle avec un regard préoccupé. On dirait que tu es complètement vanné.

Patrik se mit à rire.

— C'est sympa, je me sens tout de suite mieux…

Annika ne releva pas le ton sarcastique, elle continua à lui faire la leçon.

— Rentre chez toi, repose-toi. Ce n'est pas humain, le rythme que tu tiens.

— Oui merci, je le sais, soupira Patrik. Mais qu'est-ce que tu veux que je fasse ? Deux enquêtes pour meurtre en parallèle, la meute de loups des médias, et, par-dessus le marché, un lien possible avec une autre enquête en dehors de notre secteur. C'est là, justement, que j'aurais besoin de ton aide. Est-ce que tu pourrais contacter les autres districts de police du pays et leur signaler qu'on recherche des affaires de meurtre non résolues ou des enquêtes d'accidents ou de suicides avec ces caractéristiques ?

Il lui tendit une feuille où il avait noté quelques points. Elle les lut attentivement et leva les yeux sur Patrik.

— Tu penses qu'il y en aurait d'autres ?

— Je ne sais pas, dit Patrik en se massant la racine du nez, les yeux fermés. Mais on n'arrive pas à trouver le rapport qu'il peut y avoir entre Marit Kaspersen et le cas de Borås, et je veux simplement m'assurer qu'il n'existe pas d'autres cas similaires.

— Tu penses à un tueur en série ? dit Annika.

Elle avait manifestement du mal à accepter l'idée.

— Non, pas exactement. Pas encore. On a très bien pu louper un lien évident entre les deux victimes. Ceci dit, pour qu'on parle d'un tueur en série, il faut deux victimes ou plus, alors j'image qu'on peut dire que c'est ce qu'on recherche. Il afficha un sourire en coin. Ne le dis pas à la presse. Tu imagines le souk ! Et les titres ! "Un tueur en série sévit à Tanumshede."

Il rit, mais Annika semblait avoir du mal à comprendre ce qui était si drôle.

— Je vais envoyer un avis de recherche, dit-elle. Mais, toi, tu rentres chez toi maintenant. Illico presto.

— Il n'est que quatre heures, protesta Patrik, bien qu'il eût envie de suivre le conseil d'Annika.

Elle avait des qualités maternelles qui donnaient envie non seulement aux enfants, mais aussi aux adultes, de se blottir dans ses bras et se faire caresser les cheveux. Patrik trouvait que c'était un vrai gâchis qu'elle n'ait pas d'enfants. Il savait qu'elle et son mari Lennart avaient essayé pendant de nombreuses années, mais sans résultat.

— Tu ne sers à rien dans l'état où tu es, alors file chez toi, repose-toi et reviens demain avec des forces renouvelées. Et, moi, je me charge de ton truc, tu le sais.

Pendant un instant, Patrik lutta contre lui-même et contre Martin Luther perché sur son épaule, puis il décida qu'Annika avait raison. Il était vraiment lessivé et plus bon à rien.

Erica glissa sa main dans celle de Patrik et regarda la mer en longeant la place Ingrid-Bergman. Elle respira à fond. Le fond de l'air était frais mais printanier et le crépuscule apportait une légère rougeur à l'horizon.

— C'est bien que tu sois rentré tôt aujourd'hui, je suis contente. Tu paraissais tellement fatigué ces jours-ci, dit-elle en appuyant sa tête contre son épaule.

Patrik lui caressa la joue et l'attira plus près de lui.

— Moi aussi, je suis content. Et je n'avais pas le choix, Annika m'a plus ou moins mis à la porte du commissariat.

— Rappelle-moi de la remercier dès que l'occasion se présentera.

Erica avait le cœur léger. Plus que les jambes en tout cas. Ils n'étaient qu'à mi-hauteur de la côte de Långbacken, et tous les deux soufflaient péniblement.

— On n'est pas vraiment des modèles de bonne forme physique, dit-elle en tirant la langue comme un chien pour montrer combien elle était essoufflée.

— C'est le moins qu'on puisse dire. Passe encore pour toi, tu as un boulot qui te permet de rester assise sur tes fesses à longueur de journée, mais, moi, je suis une honte pour la corporation.

— Pas du tout, dit Erica en lui pinçant la joue. Tu es le meilleur…

— Que Dieu ait pitié des habitants de Tanumshede dans ce cas, répondit-il en riant. Cela dit, j'ai l'impression que le régime de ta frangine a marché, un tout petit peu en tout cas. Mon pantalon m'a semblé plus grand ce matin.

— Entièrement d'accord. Mais tu réalises qu'il ne nous reste que quelques semaines, ce n'est pas le moment de lâcher.

— Mais, ensuite, on pourra bâfrer et devenir gros ensemble, dit Patrik.

Ils tournèrent à gauche devant l'épicerie d'Eva.

— Et vieux. On pourra devenir vieux ensemble.

Il la serra encore plus près de lui et dit avec sérieux :

— Et devenir vieux ensemble. Toi et moi. A la maison de retraite. Et Maja viendra nous rendre visite une ou deux fois par an. Parce qu'on menacera de la déshériter…

— Oh, tu es affreux, dit Erica en lui donnant une tape sur l'épaule. Quand on sera vieux, on habitera chez Maja, ça va de soi, non ? Et ça signifie qu'on doit chasser tous les futurs prétendants.

— Aucun problème, dit Patrik. J'ai un permis de port d'armes.

Ils étaient arrivés devant l'église et marquèrent un arrêt. Tous deux levèrent le visage vers le clocher qui se dressait haut au-dessus d'eux. C'était un édifice imposant de granit, surplombant la ville de Fjällbacka, avec une vue dégagée sur des dizaines de kilomètres de mer.

— Quand j'étais petite, je rêvais toujours de me marier ici, dit Erica. Ça me paraissait si lointain. Et maintenant j'y suis. Je suis adulte, j'ai un enfant et je vais me marier. Des fois, ça paraît absurde, tu ne trouves pas ?

— Absurde, tu es loin du compte. N'oublie pas que, moi, je suis divorcé par-dessus le marché. C'est ce qui donne le plus de points d'adulte.

— Oui, comment ai-je pu oublier Karin ? Et Leffe, rit Erica.

Malgré tout, ses paroles étaient un peu douces-amères, comme toujours quand elle mentionnait l'ex-femme de Patrik. Elle n'était pas d'une nature spécialement jalouse et n'avait nullement souhaité que Patrik soit encore puceau à trente-cinq ans quand elle l'avait rencontré, mais l'imaginer avec quelqu'un d'autre ne lui était quand même pas très agréable.

— On regarde si c'est ouvert ? dit Patrik en se dirigeant vers la porte de l'église.

Ils ouvrirent et entrèrent en hésitant, ne sachant pas s'ils péchaient contre une règle implicite. Quelqu'un devant l'autel se retourna.

— Tiens, bonjour.

C'était Harald Spjuth, le pasteur de Fjällbacka, aussi jovial qu'à l'accoutumée. Patrik et Erica n'avaient entendu que du bien à son sujet. Ils étaient contents que ce soit lui qui les unisse.

— Vous êtes venus vous entraîner un peu ? dit-il en venant à leur rencontre.

— Non, on se baladait et on est entrés comme ça, sur un coup de tête, dit Patrik en tendant la main au pasteur.

— Eh bien, je ne vais pas vous déranger, dit Harald. Je trafique un peu par là, mais faites comme chez vous. Et si vous avez des questions au sujet du mariage, c'est le moment d'en profiter. Sinon, j'avais pensé qu'on pourrait se retrouver une semaine avant pour en parler.

— Ce serait super, dit Erica.

Cet homme lui plaisait. Les ragots disaient qu'il avait fini par trouver l'amour à l'âge mûr et qu'il n'était plus seul au presbytère, et elle était contente pour lui. Même les dames les plus âgées qui fréquentaient l'église n'avaient rien eu à redire au fait qu'il n'avait pas encore épousé sa Margareta, rencontrée par petite annonce à ce qui se disait, et qu'ils "vivaient dans le péché" au presbytère. Ça montrait bien à quel point il était aimé.

— J'ai pensé à des roses rouges et roses pour la décoration. Qu'est-ce que tu en dis ?

— Ça sera parfait, dit Patrik distraitement. En voyant l'expression d'Erica il eut mauvaise conscience. Je suis vraiment désolé de te laisser gérer tout ça. J'aurais aimé être plus engagé dans les préparatifs, mais…

Il écarta les mains et Erica les saisit.

— Je sais, Patrik. Tu n'es pas obligé de t'excuser sans arrêt. J'ai Anna pour m'aider. On s'en tire bien. Je veux dire, après tout ce n'est qu'un petit mariage, ça ne pose aucun problème.

Patrik leva les sourcils et elle rigola.

— D'accord, c'est assez difficile. Et fatigant. Le vrai casse-tête, c'est de tenir ta mère à distance. Mais c'est chouette aussi. Je te promets.

— Bon, alors, dit Patrik, un peu soulagé.

Quand ils sortirent de l'église, le crépuscule avait laissé place à la nuit. Ils retournèrent lentement par le même chemin, en bas de Långbacken puis en direction de Sälvik. Tous deux avaient pris plaisir à cette balade en tête à tête, mais ils avaient hâte de rentrer avant que Maja soit couchée.

Pour la première fois depuis un bon moment, Patrik se dit que la vie était bonne. Il existait heureusement des choses pour contrebalancer toute l'horreur de son métier, des choses qui le remplissaient de lumière et d'énergie et lui donnaient la force de poursuivre.

Derrière eux, le soir tombait sur Fjällbacka. Au-dessus de la ville se dressait l'église. Au guet. Protectrice.

Dans son petit appartement de Tanumshede, Mellberg avait déployé une énergie frénétique pour faire le ménage. Avec le recul, il s'était dit qu'il était idiot d'avoir invité Rose-Marie à dîner en ayant si peu de temps pour les préparatifs. Mais il avait tellement envie de la voir. Il voulait entendre sa voix, parler avec elle, savoir comment s'était passée sa journée, à quoi elle pensait. Alors il l'avait appelée. Et s'était entendu lui demander de venir dîner vers huit heures.

Si bien que, maintenant, c'était la panique. Il avait quitté le commissariat à cinq heures pour se précipiter à la Coop, où il était resté planté comme un idiot. Sa tête ne fonctionnait plus. Pas une seule idée de plat ne lui venait à l'esprit, ce qui n'avait rien de très étonnant, étant donné ses talents limités de cuisinier. Mellberg avait suffisamment d'instinct de conservation pour comprendre qu'il ne fallait pas miser sur quoi que ce soit de trop sophistiqué. Un plat à réchauffer serait bien plus adapté. Désemparé, il avait louvoyé dans les allées du supermarché jusqu'à ce qu'une employée, la gentille petite Mona, vienne à sa rescousse. Sans préambule, il lui avait exposé son dilemme et elle l'avait calmement guidé au rayon charcuterie. Elle avait proposé un poulet grillé comme point de départ accompagné d'une salade de pommes de terre, elle l'avait aidé à localiser le rayon légumes pour une salade de crudités, celui du pain frais et des crèmes glacées pour le dessert. Peut-être pas un repas de gourmet, mais un menu que même lui ne pourrait pas gâcher. Arrivé à la maison, il avait sévi pendant une heure pour tenter de retrouver l'ordre qui avait régné le vendredi, et à présent il était en train de dresser les victuailles de façon à peu près présentable sur le plat de service. Et ce fut un plus grand défi que prévu. Les mains pleines de gras, il fixa d'un œil agacé le poulet grillé qui semblait le toiser d'un air moqueur. Ce qui relevait de l'exploit, puisque la tête était coupée depuis un bon bout de temps.

— Merde…, jura-t-il en tirant sur une aile.

Comment allait-il réussir à en faire quelque chose d'appétissant ? Cette saloperie glissait pire qu'une anguille. Pour finir, il en eut marre et il arracha simplement deux blancs et deux cuisses qu'il posa sur le plat, avec une bonne portion de salade de pommes de terre. Ça irait comme ça. Puis il s'attaqua aux crudités. Couper quelques tranches de concombre et de tomate, il savait le faire, et il les fit tomber dans un grand saladier en plastique rouge. Il était un peu défraîchi, mais c'est tout ce qu'il avait. Pour finir, il déboucha une bouteille de vin rouge et la posa sur la table. Il en gardait deux de plus, par précaution, dans le placard. Pas question de laisser quoi que ce soit au hasard. *Tonight's the night*, pensa-t-il en sifflotant. Jamais il ne s'était mis en quatre ainsi pour une femme. Jamais. Même en les additionnant.

Le dernier petit détail à régler était la musique. Sa collection de disques était assez maigre, mais il possédait tout de même une compilation des meilleurs Sinatra, une promo de chez Statoil. Il pensa enfin à allumer les bougies, puis il fit un pas en arrière et admira son œuvre. Mellberg était satisfait. Personne ne pourrait dire qu'il ne savait pas créer une ambiance romantique.

Il venait juste de changer de chemise quand elle sonna à la porte. Un coup d'œil à la montre, elle avait dix minutes d'avance, et il se dépêcha de rentrer la chemise dans son pantalon. "Merde alors", fut son commentaire lorsque ses cheveux s'écroulèrent. Tandis que la sonnette retentissait une deuxième fois, il se rua dans la salle de bains pour essayer de les réarranger. Il avait l'habitude et en un clin d'œil il avait refait sa coiffure habituelle et recouvert son crâne dégarni. Après un dernier coup d'œil dans le miroir, il constata qu'il n'était vraiment pas mal.

Le regard admiratif de Rose-Marie quand il ouvrit la porte lui fit comprendre qu'elle partageait son opinion. Pour sa part, il eut le souffle coupé en la voyant. Elle portait un tailleur rouge vif, avec un épais collier en or pour seul bijou. En prenant son manteau, il respira l'odeur de son parfum et pendant une seconde il ferma les yeux. Il ne comprenait pas ce qu'avait cette femme pour lui faire un tel effet. Il sentit ses mains trembler en suspendant le manteau sur un cintre et il prit une grande inspiration pour retrouver ses esprits. Après tout, il n'en était plus à son premier rendez-vous amoureux.

La conversation coulait naturellement pendant le repas. Les yeux de Rose-Marie dansaient à la lueur des bougies et Mellberg raconta une foule d'histoires de sa carrière de policier, encouragé par l'enthousiasme manifeste de son invitée. Le repas terminé, et deux bouteilles de vin vidées, ils s'installèrent dans le canapé du salon pour prendre le café et le cognac. Mellberg sentit la tension dans l'air et il eut la certitude que ce soir il allait conclure. Rose-Marie le regarda avec des yeux qui ne pouvaient signifier qu'une seule chose. Mais il ne voulut rien risquer en commettant une faute au mauvais moment. Il savait bien combien les femmes étaient sensibles au timing. Puis vint le moment où il ne fut plus capable de se contrôler. Il regarda les yeux scintillants de Rose-Marie, but une bonne goulée de cognac et se lança.

Et pour ce qui est de conclure, ce fut un triomphe... Par moments, Mellberg se croyait mort et arrivé au paradis. Plus tard dans la nuit, il s'endormit avec un sourire aux lèvres et partit tout de suite dans un joli rêve peuplé de Rose-Marie. Pour la première fois de sa vie, il était heureux dans les bras d'une femme. Il se tourna sur le dos et commença à ronfler. Dans l'obscurité à côté de lui, Rose-Marie fixait le plafond, en souriant elle aussi.

— C'est quoi cette connerie ?

Mellberg arriva en trombe au commissariat vers dix heures. Il n'était pas du matin en temps normal, mais aujourd'hui il paraissait plus fatigué que jamais.

— Vous avez vu ?

Il passa à toute vapeur devant Annika en brandissant un journal et alla ouvrir à la volée la porte de Patrik, sans frapper.

Annika tendit le cou pour voir un peu mieux ce qui se passait, mais elle ne put qu'entendre des jurons décousus dans le bureau de Patrik.

— Qu'est-ce qui se passe ? demanda Patrik calmement lorsque Mellberg eut enfin fini de déverser ses invectives.

De la main, il invita son chef à s'asseoir. Mellberg semblait au bord de l'infarctus et, même si dans des moments de faiblesse Patrik avait souhaité le voir mort, il ne tenait tout de même pas à ce que l'homme s'écroule dans son bureau.

— Tu as vu ! Ces putains de…

Mellberg était tellement indigné qu'il n'arrivait même pas à articuler, il se contenta d'abattre le journal sur la table. Craignant le pire, Patrik retourna le journal pour lire la une. En voyant les gros titres, il sentit lui aussi la colère monter.

— Putain ! dit-il.

Mellberg ne put qu'acquiescer de la tête et il se laissa tomber lourdement sur la chaise en face du bureau.

— Où, bordel de merde, est-ce qu'ils ont eu ça ? continua-t-il en agitant le journal.

— Je n'en sais rien. Mais quand je le tiendrai, le salaud qui…

— Qu'est-ce qu'ils disent encore ? Fais voir les pages du milieu. Avec des doigts tremblants, Patrik feuilleta le journal et lut. Son visage prit une expression de plus en plus furieuse. Quels enfoirés de mes…

— Oui, c'est une noble institution, le quatrième pouvoir.

Mellberg secoua la tête.

— Il faut que je montre ça à Martin, dit Patrik en se levant.

Il appela son collègue dans le couloir, puis revint s'asseoir. Quelques secondes plus tard, Martin apparut à la porte.

— Oui ? demanda-t-il.

Sans répondre, Patrik brandit la feuille de chou, le titre en avant. Martin lut à voix haute : "Aujourd'hui, en exclusivité : des extraits du journal intime de la fille retrouvée assassinée dans une poubelle. A-t-elle reconnu son assassin ?" Incrédule, il regarda Patrik et Mellberg, sans réussir à parler.

— Les extraits sont dans les pages du milieu, dit Patrik sèchement. Tiens, lis.

Il tendit le journal à Martin. Personne n'ouvrit la bouche pendant qu'il lisait.

— Est-ce que c'est authentique ? dit Martin une fois sa lecture finie. Est-ce qu'elle tenait vraiment un journal intime, ou est-ce que vous pensez que ce torchon a pu le fabriquer de toutes pièces ?

— On le saura bientôt. Ou plutôt tout de suite, dit Patrik en se levant. Tu veux venir avec nous, Bertil ? se sentit-il obligé de demander.

Mellberg parut peser le pour et le contre pendant une seconde, puis il secoua la tête.

— Non, j'ai pas mal à faire. Allez-y, vous deux.

Vu la tête qu'il avait, ces tâches importantes consistaient probablement en une petite sieste, se dit Patrik. Mais il était content de ne pas avoir à l'emmener.

— Alors on y va.

Patrik fit un signe de la tête à Martin. Ils partirent à pied au foyer cantonal. Le commissariat était situé à un bout de la petite rue commerçante de Tanumshede, et le foyer cantonal à l'autre, et il ne leur fallut même pas cinq minutes pour y arriver. Leur première mesure fut de frapper à la portière du car qui était garé là en permanence. Ils espéraient y trouver le producteur, sinon il faudrait le faire venir.

La chance était manifestement avec eux car la voix qui leur dit d'entrer était sans aucun doute celle de Fredrik Rehn. Il était en train de préparer l'émission du lendemain avec un technicien et se retourna, agacé, quand ils entrèrent.

— Qu'est-ce qu'il y a encore ?

Il était content de la publicité que l'enquête faisait à la série, mais détestait que la police accapare son temps et celui de ses collaborateurs.

— On voudrait vous parler. Et aux participants aussi. Contactez tout le groupe et dites-leur de venir au foyer. Tout de suite.

La patience de Patrik était en train d'atteindre ses limites et il n'avait aucune intention de perdre du temps en politesses inutiles.

Fredrik Rehn, qui n'avait pas pris toute la mesure de la colère de Patrik, commença à protester d'une voix geignarde.

— Mais ils sont en train de bosser. Et on est en train d'enregistrer. Vous ne pouvez pas tout simplement…

— TOUT DE SUITE ! rugit Patrik.

Rehn et le technicien sursautèrent. En marmonnant, le producteur prit son téléphone et commença à appeler les participants sur les téléphones portables dont on les avait munis. Après cinq appels, il se tourna vers Patrik et Martin et dit sur un ton aigrelet :

— Voilà, c'est fait. Ils seront là dans quelques minutes. Est-ce qu'on peut demander ce qui est si important pour que vous veniez bousculer un projet qui coûte des millions ? Un projet qui est soutenu par votre conseil municipal parce qu'il va profiter un max à la commune !

— Vous le saurez dans quelques minutes quand on se verra à l'intérieur, dit Patrik.

Il sortit du car, suivi de Martin. Du coin de l'œil, il vit Fredrik Rehn se jeter de nouveau sur son téléphone.

L'un après l'autre, ils arrivèrent. Certains paraissaient irrités d'être convoqués dans un délai si court, tandis que d'autres, comme Uffe et Calle, étaient de toute évidence ravis de la récréation.

— Qu'est-ce qui se passe ? dit Uffe en s'asseyant sur le bord de la grande estrade.

Il sortit un paquet de cigarettes et s'apprêta à en allumer une. Patrik la lui arracha des doigts et la jeta dans une corbeille à papier.

— C'est interdit de fumer ici.

— Putain ! commença Uffe, sans oser aller plus loin dans ses protestations.

Quelque chose dans l'attitude de Patrik et Martin laissait deviner qu'ils n'étaient pas ici pour parler de consignes de sécurité.

Exactement huit minutes après que Patrik eut frappé sur la portière du car, le dernier participant se glissa à l'intérieur du foyer.

— C'est quoi, cette ambiance d'enterrement ! dit Tina en se marrant.

Elle se laissa tomber sur un des lits.

— Tu la fermes, Tina, dit Fredrik Rehn en s'appuyant contre le mur, bras croisés sur la poitrine.

Il avait l'intention de veiller à ce que cette interruption dure le moins longtemps possible. Et il avait déjà commencé à avertir ses contacts. Il était hors de question d'avoir à supporter de foutues tracasseries de la part de la police. Pas avec le salaire qui était le sien.

— Nous sommes venus tirer une chose au clair. Patrik balaya la pièce des yeux en retenant le regard de chacun des participants. Je veux savoir qui de vous a trouvé le journal intime de Lillemor. Et qui l'a vendu à un journal à scandale !

Fredrik Rehn fronça les sourcils. Il était perplexe.

— Un journal intime ? Quel journal intime ?

— Celui dont *Kvällstidningen* publie des extraits aujourd'hui, dit Patrik sans le regarder. Celui qui est annoncé sur toutes les affiches.

— Ah, on a les titres aujourd'hui ? dit Rehn avec enthousiasme. Putain, c'est bon ça, je veux le voir…

Un regard de Martin le réduisit au silence. Mais il eut du mal à retenir son sourire.

Les participants observèrent le silence. Uffe et Tina furent les seuls à regarder les policiers. Jonna, Calle et Mehmet fixèrent le sol, ils paraissaient mal à l'aise.

— Si je n'apprends pas où se trouvait ce journal intime, qui l'a déniché et où il est maintenant, poursuivit Patrik, je ferai tout ce qui est en mon pouvoir pour mettre un point final à votre petit jeu. Vous avez pu continuer à jouer parce qu'on l'a bien voulu, mais si vous ne me dites pas tout de suite…

Il laissa la phrase en suspens.

— Allez les gars, faites un effort, dit Fredrik Rehn, manifestement stressé. Si vous savez quoi que ce soit,

316

c'est le moment de le dire. Si l'un de vous sait quelque chose et se tait, je m'occuperai personnellement de lui ou d'elle et je veillerai à ce qu'il ne puisse plus jamais mettre un pied dans une émission télé. Il baissa le ton et siffla : Celui qui ne parle pas maintenant, il est fini, vous comprenez ?

Tout le monde se tortilla. Le silence résonna entre les murs de la grande salle. Finalement Mehmet s'éclaircit la voix.

— C'est Tina. Je l'ai vue le prendre. Barbie le gardait sous son matelas.

— Ta gueule ! Ta gueule, sale bougnoule ! siffla Tina. Elle avait les yeux remplis de haine. Ils ne peuvent rien faire, t'as pas compris ça ! T'avais qu'à la boucler, putain !

— Maintenant c'est toi qui te tais ! rugit Patrik en s'approchant de Tina.

Elle obéit et pour la première fois elle eut l'air un peu effrayée.

— A qui as-tu donné le journal ?

— On ne doit jamais révéler ses sources, marmonna Tina dans une dernière tentative de la ramener.

— Mais c'est toi, la source ! soupira Jonna.

Elle fixait toujours le sol et ne sembla prêter aucune attention au regard assassin de Tina.

Patrik répéta sa question en appuyant sur chaque syllabe, comme s'il parlait à un enfant.

— A – qui – as – tu – donné – le – journal ?

A regret, Tina nomma le journaliste et Patrik pivota sur ses talons sans un mot de plus pour elle. Il eut peur de ne pas savoir s'arrêter, s'il lui adressait encore la parole.

Lorsque Martin et lui passèrent devant Fredrik Rehn, le producteur dit d'une voix pitoyable :

— Qu'est-ce qui… qu'est-ce qui va se passer ? Vous n'étiez peut-être pas sérieux en… Je veux dire, on peut quand même continuer ? Mes chefs, ils…

Rehn comprit qu'il prêchait dans le désert et se tut.

A la porte, Patrik se retourna.

— Allez-y, continuez vos pitreries. Mais si vous dérangez ou empêchez cette enquête encore une fois, en quelque façon que ce soit, alors…

Il ne termina pas sa phrase. Il laissa derrière lui une troupe silencieuse et abattue. Tina paraissait mortifiée, tout en lançant un regard à Mehmet signifiant que le dernier mot n'avait pas été dit.

— Retournez à vos boulots. On a du temps de tournage à rattraper. Fredrik Rehn agita la main en direction de la porte et ils partirent tous, la queue entre les jambes. *The show must go on.*

Simon eut l'air soucieux au retour de Mehmet.

— Qu'est-ce qui s'est passé ?

— Rien. Des conneries.

— Mais vous trouvez vraiment que c'est sain ? Continuer à filmer alors qu'une fille est morte ? Ça me semble un peu…

— Un peu quoi ? dit Mehmet. Sans cœur ? Un peu dégueulasse ? Il éleva la voix : Et nous, on est des crétins sans cervelle, on picole et on baise à la télé et on se porte volontaires pour être traînés dans la boue. Pas vrai ? C'est ça que tu penses, non ? Tu ne t'es jamais dit que c'est peut-être la seule alternative qu'on a, que c'est une possibilité d'échapper au quotidien même s'il finira quand même par nous rattraper !

Les mots eurent du mal à sortir et Simon le poussa

doucement à s'asseoir sur une chaise dans l'arrière-boutique.

— Tout ça, qu'est-ce que ça veut dire réellement ? Pour toi ? dit Simon en s'installant en face de Mehmet.

— Pour moi ? La voix de Mehmet était amère. Ça veut dire se rebeller. Piétiner tout ce qui a de la valeur. Piétiner et marcher dessus jusqu'à ce qu'ils ne puissent plus me forcer à recoller les morceaux.

Il cacha son visage dans ses mains et sanglota. Simon lui passa une main dans le dos, d'un mouvement doux et régulier.

— Tu ne veux pas mener la vie qu'ils veulent te faire mener ?

— Oui et non. Mehmet leva les yeux et fixa Simon. Ils ne me forcent pas, ce n'est pas ça, ils ne menacent pas de me renvoyer dans mon pays ou ce genre de chose. Vous les Suédois, vous imaginez toujours que les immigrés font ça. Non, c'est plus une question d'attentes. Et de sacrifices. Maman et papa ont tant sacrifié pour nous, pour moi. Ils ont tout quitté. Leur maison, leurs familles, leur travail, le respect dont ils jouissaient parmi les leurs, tout. Seulement pour que ce soit mieux pour nous. Pour eux, ça a été pire. Je le vois. Je vois le mal du pays dans leurs yeux. Je vois la Turquie dans leurs yeux. Moi, je suis né ici. La Turquie est un endroit où on va l'été, mais elle n'existe pas dans mon cœur. Ceci dit, je ne suis pas chez moi ici non plus, dans ce pays où je suis censé réaliser leurs rêves, leur espoir. Je ne suis pas fait pour les études. Mes sœurs, oui, mais, ironie du sort, pas moi, le fils. Celui qui porte le nom du père. Celui qui va le transmettre. Je veux simplement travailler. Avec mes mains. Je n'ai pas de grandes ambitions. Je me contente de rentrer à la maison en sachant que j'ai accompli quelque chose avec mes mains. Je ne peux pas faire d'études. Mais ils ne veulent pas comprendre. Alors il me faut briser leur rêve. Une fois pour toutes. Le bousiller. Jusqu'à ce qu'il ne reste que des miettes.

Les larmes coulaient à flots sur ses joues et la chaleur transmise par les mains de Simon intensifia la douleur. Il en avait tellement marre. Il en avait marre de ne pas être à la hauteur. Il en avait marre de mentir sur celui qu'il était. Lentement il leva la tête. Le visage de Simon n'était qu'à quelques centimètres du sien. Il essuya les larmes de Mehmet avec ses mains chaudes qui sentaient le pain frais, tout en l'interrogeant des yeux. Ses lèvres vinrent doucement frôler les siennes. Mehmet s'étonna du sentiment d'évidence que lui procura la bouche chaude de Simon. Puis il se laissa couler dans une réalité qu'auparavant il n'avait que vaguement devinée sans jamais oser la voir.

— J'aurais aimé parler à Bertil. Il est là ? demanda Erling en adressant un clin d'œil à Annika.

— Je te fais entrer, dit-elle. Tu connais le chemin.

— Merci, dit Erling avec encore un clin d'œil.

Il n'arrivait pas vraiment à comprendre pourquoi son charme n'opérait pas sur Annika, mais il se consola en se disant que ce n'était sûrement qu'une question de temps.

D'un pas rapide, il se rendit au bureau de Mellberg et frappa à la porte. Il n'obtint pas de réponse et frappa encore une fois. Un vague murmure et des bruits bizarres se firent entendre de l'autre côté de la porte, et Erling se demanda ce que Mellberg pouvait bien fabriquer. Il eut la réponse lorsque le commissaire vint ouvrir. Il venait manifestement de se réveiller.

Derrière lui sur le canapé, il y avait une couverture et un oreiller, qui avait laissé une empreinte très nette sur son visage.

— Ma parole, Bertil, tu étais en train de piquer un roupillon en pleine matinée ?

Erling avait réfléchi à l'attitude qu'il devait adopter vis-à-vis du chef du commissariat et s'était décidé pour un ton de camaraderie léger qui se ferait plus sérieux par la suite. En général, il n'avait pas de difficultés à gérer Mellberg. Dans les questions communales impliquant la police qui atterrissaient sur son bureau, il avait toujours réussi à instaurer une collaboration faite de flatteries et de pots-de-vin en forme de bouteille de whisky. Il ne voyait aucune raison pour qu'il en aille autrement cette fois.

— Ben tu sais… Mellberg fut un peu embarrassé. Il s'est passé pas mal de choses ces temps-ci, ça m'a épuisé.

— Oui, j'ai cru comprendre que vous travaillez d'arrache-pied ici, dit Erling.

A sa grande surprise il vit un voile rouge couvrir le visage du commissaire.

— Bon, qu'est-ce que je peux faire pour toi ? dit Mellberg en indiquant une chaise avec la main.

Erling s'assit et dit d'un air très soucieux :

— Voilà, je viens d'avoir un appel du producteur de *Fucking Tanum*, Fredrik Rehn. Apparemment, deux de tes policiers sont montés au foyer jouer les cow-boys. Il semblerait qu'il y ait eu aussi des menaces d'arrêter la production. Je dois dire que j'ai été très surpris et un peu déçu aussi, en l'apprenant. Je croyais qu'on s'était mis d'accord là-dessus. Tu as une explication à me fournir ?

Il regarda Mellberg, le front plissé, ce qui avait déjà inspiré la terreur à maints interlocuteurs dans sa carrière. Cette fois cependant, le commissaire ne sembla pas impressionné. Il ne fit que le fixer en silence, et Erling commença à s'inquiéter un peu. Il aurait peut-être dû apporter une bouteille de whisky. Au cas où.

— Erling…, dit Mellberg. Le ton qu'il employa donna à Erling W. Larsson le sentiment qu'il était peut-être allé trop loin cette fois. Erling…

Le conseiller municipal spécial se tortilla sur sa chaise. Qu'il en vienne donc au fait, le bonhomme ! Après tout, il n'avait fait que poser une simple question. Dans l'intérêt de la commune. Où était le problème ?

— Nous menons une enquête pour meurtre, dit Bertil Mellberg en regardant Erling droit dans les yeux. Une personne au sein de la production non seulement a retenu d'importantes pièces à conviction, mais les a en plus vendues à la presse. Si bien qu'en ce moment précis je suis enclin à donner raison à mes collègues. Le mieux serait d'arrêter toute cette merde.

Erling sentit la sueur commencer à couler. Fredrik Rehn ne s'était pas donné la peine de lui fournir ce petit détail. C'était vraiment mal barré. Très mal. Il bégaya :

— C'est… c'est dans le journal d'aujourd'hui ?

— Oui, dit Mellberg. Sur les affichettes et en double page dans le journal. Extrait du journal intime que la jeune femme assassinée avait manifestement tenu, mais dont nous ignorions tout parce que quelqu'un a omis de nous le donner. Cette personne a préféré s'adresser à *Kvällstidningen* pour le vendre. En ce moment, mes inspecteurs Hedström et Molin sont en train d'essayer de mettre la main dessus, pour vérifier s'il peut, ou aurait pu, nous servir pour trouver l'assassin.

— J'ignorais totalement…, dit Erling W. Larsson et, dans son for intérieur, il se joua la conversation qu'il aurait avec Rehn dès qu'il serait sorti d'ici.

Dans le milieu des affaires, se rendre à une réunion sans avoir toutes les cartes en main était comme se précipiter désarmé sur un champ de bataille, n'importe quel débutant le savait. Quel crétin, ce Rehn. Mais qu'il n'aille surtout pas croire qu'il pouvait jouer au chat et à la souris avec le conseil municipal de Tanumshede.

— Donne-moi une seule raison pour que je ne débranche pas la prise de ce projet, là, tout de suite.

Erling garda le silence. Rien ne lui vint à l'esprit. Tous les arguments étaient comme envolés. Il regarda Mellberg qui gloussa.

— Au final, tu es sans défense. Putain, jamais je n'aurais cru que ça arriverait un jour. Mais je vais être réglo. Je sais qu'ils sont nombreux à regarder les merdes qui passent à la télé. On va donc laisser celle-ci continuer encore un moment. Mais au moindre problème…

Il menaça Erling du doigt et celui-ci hocha la tête, avec reconnaissance. Il avait eu de la chance. La seule idée de se retrouver face au conseil municipal et d'avoir à annoncer que le projet ne pourrait être maintenu lui donna des sueurs froides. Jamais il ne se serait remis d'une telle perte de prestige.

Juste au moment de quitter la pièce, il entendit Mellberg dire quelque chose, et il se retourna.

— Dis-moi… j'ai mon stock de whisky à la maison qui commence à baisser. Tu n'aurais pas une bouteille en trop quelque part ?

Mellberg lui fit un clin d'œil et Erling afficha un sourire forcé. Il avait surtout envie de lui fourrer la bouteille dans la gorge. Mais il s'entendit dire :

— Bien sûr, Bertil, compte sur moi.

La dernière chose qu'il vit avant que la porte se referme derrière lui fut le sourire satisfait de Mellberg.

— C'est moche, ce que tu as fait, dit Calle en regardant Tina pendant qu'elle chargeait un plateau de boissons destinées à une des tables.

— Et toi, tu te crois parfait ? C'est facile à dire pour toi qui patauges dans le fric de papa !

Elle faillit renverser le verre de bière qu'elle venait de poser sur le plateau.

— De toute façon, il y a certaines choses qu'on ne fait pas, même pour de l'argent.

— Certaines choses qu'on ne fait pas, même pour de l'argent, singea Tina d'une voix de fausset. Putain, tu te prends pas pour de la merde ! Et ce connard de Mehmet ! Je vais le crever, je te jure !

— Laisse tomber, dit Calle en s'appuyant contre la paillasse. Après tout, ils menaçaient de tout arrêter si personne ne parlait. Et on dirait que, toi, tu as surtout voulu sauver ta propre peau. Nous, on n'a rien à voir avec cette merde, de quel droit est-ce que tu nous plonges dedans ?

— Mais ils bluffaient, t'as pas compris ? Evidemment qu'ils ne veulent pas arrêter la seule chose qui leur donne un peu de publicité ici. Merde, ils ne *vivent* que pour ce truc !

— Bon, en tout cas je ne trouve pas que c'est la faute de Mehmet. Si je t'avais vue prendre ce foutu journal intime, moi aussi j'aurais parlé.

— Je n'en doute pas, espèce de mauviette, dit Tina.
La colère faisait trembler ses mains qui tenaient le
plateau. Le problème avec toi, c'est que tu passes ton
temps à Stureplan, et tu crois que c'est ça, la vie. Faire
pleurer la carte bleue de papa, ne rien foutre et compter sur les autres pour avancer. C'est d'un pathétique !
Et ensuite tu viens me faire la leçon ! Moi, en tout cas,
je fais quelque chose de ma vie, j'ai de l'ambition ! Et
j'ai du talent, quoi qu'elle dise, cette conne de Barbie !

— Ah ah, c'est là que le bât blesse, ricana Calle.
Elle a écrit des méchancetés sur ta prétendue carrière
de chanteuse et tu es tellement mesquine que tu as
décidé de livrer sa vie à la presse. J'ai très bien entendu
pourquoi vous vous êtes engueulées le soir où elle est
morte. Tu n'as pas supporté qu'elle dise tout haut ce
que tout le monde pense tout bas.

— Elle mentait, cette pétasse. Elle prétendait qu'elle
n'avait pas du tout dit ça aux autres, que je n'avais
pas de talent et que je n'irais jamais très loin. C'était
faux, qu'elle disait, elle n'avait jamais dit ça à personne, c'était forcément quelqu'un qui voulait foutre
la merde. Ensuite je l'ai lu dans son journal intime,
alors c'est bien que c'était vrai ! C'est bien ce qu'elle
pensait, et elle avait sûrement raconté ses conneries
à tout le monde.

Tina fit tomber un verre. Les éclats s'éparpillèrent
sur plusieurs mètres.

— MERDE ! Elle posa le plateau, attrapa le balai et
commença à rassembler les morceaux de verres. Bordel de connerie de merde.

— Ecoute-moi, dit calmement Calle. Je n'ai jamais
entendu Barbie prononcer un mot de travers à ton
sujet. D'après ce que j'ai compris, elle faisait exprès
de te faire mousser, tu l'as dit toi-même à la dernière

réunion avec Lars. Tu as même versé quelques larmes de crocodile, si mes souvenirs sont exacts.

— Tu me crois idiote au point de dire du mal d'une morte ? dit-elle en ramassant les derniers bouts de verre.

— Quoi qu'elle ait écrit dans son journal, tu ne peux pas le lui reprocher. Elle n'a fait qu'écrire la vérité. Tu chantes comme une casserole et, si j'étais toi, je commencerais dès maintenant à rédiger ma candidature pour McDo.

Il rigola et lança un rapide coup d'œil vers la caméra. Tina lâcha le balai et fit une grande enjambée vers Calle. Elle approcha son visage tout près du sien et siffla :

— Tu ferais mieux d'arrêter tes conneries, Calle. Il n'y a pas que toi qui as entendu ce qui se disait ce soir-là. Si je me souviens bien, toi aussi tu lui as volé dans les plumes. Un truc comme quoi elle aurait prétendu que ta mère s'est suicidée à cause de ton père. Ça aussi, elle soutenait qu'elle ne l'avait jamais dit. Si j'étais toi, je la bouclerais, et bien.

Elle prit le plateau et sortit dans la salle de restaurant. Calle était devenu livide. Intérieurement, il se repassa les reproches, les mots durs qu'il avait lancés à Barbie le dernier soir. Il se rappela son regard incrédule face à ses accusations. Prête à fondre en larmes, elle lui avait assuré qu'elle n'avait jamais dit ça, qu'elle n'aurait jamais pu le dire. Le pire était qu'il n'arrivait pas à se défaire du sentiment qu'elle était sincère.

— Patrik, tu as un moment ? demanda Annika, mais elle se tut en voyant qu'il était au téléphone.

326

Il leva un doigt en l'air, lui signalant d'attendre. La conversation était manifestement en train de se terminer.

— Alors on est d'accord, dit Patrik irrité. On aura accès au journal intime et vous serez les premiers avertis quand et si on trouve le coupable.

Il raccrocha violemment et se tourna vers Annika, excédé.

— Quel crétin, dit-il en appuyant sur les mots.

— Le reporter de *Kvällstidningen* ?

— Exactement, répondit Patrik. J'ai maintenant officiellement conclu un accord avec le diable. On aurait sans doute pu l'obtenir autrement, ce journal intime, mais ça aurait pris du temps. Ça fait déjà trois jours qu'on négocie avec eux. Alors tant pis. Ils l'auront, leur livre de chair fraîche.

— Très bien, dit Annika.

Patrik se rendit compte qu'elle attendait impatiemment de pouvoir parler.

— Qu'y a-t-il ?

— J'ai eu des réponses aux appels à informations que j'ai envoyés lundi.

— Déjà ?

— Oui, je suppose que l'attention que suscite Tanumshede nous a servis.

— Et qu'est-ce que tu as alors ?

Une certaine excitation s'était glissée dans sa voix.

— Eventuellement deux autres cas, dit Annika en regardant ses notes. Toujours est-il que la façon dont ils sont morts correspond à cent pour cent. Et… dans les deux cas, il y avait à côté d'eux la même chose qu'à côté de Rasmus et Marit.

— Non, sérieux ? dit Patrik. Il se pencha en avant : Raconte, donne-moi tout ce que tu as.

— Le premier cas est de Lund. Un homme d'une cinquantaine d'années, sa mort remonte à six ans. Il était gravement alcoolique et, même s'ils se sont interrogés sur ses blessures, ils ont conclu que c'était la bouteille qui l'avait tué. Elle regarda Patrik qui lui fit signe de poursuivre : L'autre date d'il y a dix ans. Cette fois-ci à Nyköping. Une femme, soixante-dix ans environ. Ils ont conclu à un meurtre, mais le cas n'a jamais été résolu.

— Deux meurtres de plus donc, dit Patrik, qui commença à se rendre compte de l'énormité de ce qui les attendait. Ça nous en fait quatre en tout qui semblent liés entre eux.

— Oui, on dirait.

Annika ôta ses lunettes et les fit tourner entre ses doigts.

— Quatre meurtres, dit Patrik avec lassitude.

La fatigue couvrait son visage comme une pellicule grise.

— Quatre, plus le meurtre de Lillemor Persson. Là, je pense qu'on a atteint la limite de nos capacités, dit Annika.

— Pourquoi tu dis ça ? Tu ne penses pas qu'on est capables de traiter l'enquête ? Tu trouves qu'on devrait faire appel au national ?

Patrik l'observa pensivement et sentit confusément qu'elle avait peut-être raison. D'un autre côté, c'étaient eux qui avaient la vue d'ensemble et qui étaient en mesure de finir le puzzle. Il faudrait une collaboration entre les districts, c'est vrai, mais il était quand même persuadé qu'ils étaient assez compétents pour mener le bal.

— On commence par s'y mettre, et on verra bien ensuite si on a besoin d'aide, dit-il.

Annika acquiesça de la tête. Si Patrik le disait, c'est ainsi que ça se ferait.

— Quand est-ce que tu vas présenter tout ça à Mellberg ? dit-elle en agitant ses notes.

— Dès que j'aurai parlé avec les responsables des enquêtes à Lund et à Nyköping, dit-il. Tu as les contacts, là ?

— Je te laisse mes notes. Tu y trouveras tout ce qu'il te faut.

Il la gratifia d'un regard reconnaissant. Elle hésita à la porte.

— Un tueur en série, donc ? dit-elle en s'étonnant d'entendre ce mot dans sa bouche.

— On dirait, dit Patrik, puis il prit le téléphone et se mit au travail.

— C'est sympa chez toi, dit Anna en regardant autour d'elle la pièce du rez-de-chaussée.

— Ben, c'est un peu vide je trouve. Pernilla est partie avec la moitié des affaires et moi… je ne les ai pas encore remplacées. Et maintenant j'ai l'impression que ce n'est même pas la peine d'y songer. Je vais être obligé de la vendre, cette maison, et je ne pourrai pas caser grand-chose dans un appartement.

— Ça doit être dur.

La voix d'Anna était compatissante.

— Oui, c'est dur. Mais je veux dire, si on compare avec ce que tu as vécu…

— Ne t'inquiète pas, je ne m'attends pas à ce que tout le monde compare ses soucis avec les miens, sourit Anna. Je le comprends très bien.

— Merci, dit Dan. Autrement dit, je peux me plaindre autant que je veux ?

— Ben, peut-être pas exactement autant que tu veux, dit Anna en riant.

Elle s'approcha de l'escalier et montra l'étage d'un air interrogateur.

— Bien sûr, va y jeter un coup d'œil. J'ai même fait le lit aujourd'hui et ramassé mes vêtements sales, tu ne risques rien. Aucun vieux slibard ne viendra te sauter à la gorge.

Anna fit la dégoûtée, puis elle rit. Elle avait beaucoup ri, et souvent, ces temps-ci. Comme si elle avait plusieurs mois de rigolade à rattraper. Ce qui était bien le cas, en un certain sens. Quand elle redescendit, Dan leur avait préparé des sandwichs.

— Mmm, ça va être bon, dit-elle en s'asseyant.

— Oui, je me suis dit que ça ne nous ferait pas de mal. Et des sandwichs, c'est tout ce que la maison peut proposer en ce moment. Les filles ont vidé le frigo et je n'ai pas eu le temps de faire des courses.

— Mais c'est très bien, des sandwichs, dit Anna en croquant un gros bout.

— Comment avancent les préparatifs du mariage ? Dan était sincèrement soucieux. Si j'ai bien compris, Patrik travaille vingt-quatre heures sur vingt-quatre, et il ne reste que quatre semaines avant le jour J !

— Oui, on peut sans exagérer dire qu'on est à la bourre. Mais on fait ce qu'on peut, Erica et moi. Ça ira, j'en suis sûre. A condition que la mère de Patrik se tienne à carreau.

— Comment ça ? demanda Dan.

Il eut droit à une description animée de la dernière visite de Kristina.

— Non, sans blague ? dit-il, plié de rire.

— Je te jure. C'était exactement aussi monstrueux que ça.

— Pauvre Erica. Et moi qui trouvais que la mère de Pernilla se mêlait de tout quand on s'est mariés. Il secoua la tête.

— Elle te manque ? demanda Anna.

Dan fit exprès de se méprendre.

— La mère de Pernilla ? Non, franchement, pas du tout.

— Arrête, tu sais très bien qui je veux dire.

Dan réfléchit un instant avant de répondre.

— Non, sincèrement, finit-il par dire. Avant, oui, mais je ne suis pas sûr que c'était Pernilla qui me manquait. C'était plutôt ce qu'on avait, en tant que famille, si tu vois ce que je veux dire.

— Oui et non, dit Anna. Elle eut tout à coup l'air terriblement triste. Je suppose que tu veux parler du quotidien, de la sécurité, la routine, que c'est ça qui te manquait. Je n'ai jamais eu ça avec Lucas. Jamais. Mais au milieu de la peur, et plus tard la terreur, je pense que c'est ce que je voulais le plus. Un peu de bon vieux train-train.

Dan posa sa main sur la sienne.

— Tu n'es pas obligée d'en parler.

— Ça va, dit-elle en chassant ses larmes. J'ai tellement parlé ces dernières semaines que je commence à me lasser de ma propre voix. Et tu as écouté. Sans arrêt tu m'as écoutée ressasser mes misères. C'est *toi* qui devrais en avoir marre de ma voix.

Elle rit et essuya ses yeux avec sa serviette. Dan garda sa main sur celle d'Anna.

— Je n'en ai absolument pas marre. En ce qui me concerne, tu peux parler jour et nuit.

Un silence agréable s'ensuivit. Ils se regardèrent. La chaleur de la main de Dan se répandit dans le corps d'Anna et elle sentit fondre la glace en elle.

Dan ouvrit la bouche pour parler, juste au moment où le portable d'Anna sonna. Ils sursautèrent et elle retira sa main pour sortir le téléphone de sa poche. Elle regarda l'écran.

— C'est Erica, s'excusa-t-elle en se levant pour répondre.

Cette fois, Patrik avait choisi de rassembler ses collègues dans la cuisine. C'était un gros morceau à avaler, ce qu'il avait l'intention de leur présenter, et du café bien fort et une ou deux brioches seraient sans doute les bienvenus. Il attendit qu'ils soient installés. Pour sa part, il resta debout. Tous le dévisageaient avec impatience. Quelque chose était manifestement en train de se passer, mais Annika n'avait rien révélé si bien que personne n'était au courant. Ils savaient seulement que c'était quelque chose d'important, ce que révélait aussi le visage fermé de Patrik.

— J'attends que tout le monde soit servi, dit-il d'un ton sérieux.

Un murmure suivit lorsqu'ils remplirent leur tasse et se passèrent les brioches. Puis le silence se fit.

— A ma demande, Annika a lancé un appel à informations lundi dernier auprès de tous les commissariats du pays. On recherche des décès qui présentent des similitudes avec les meurtres de Rasmus et de Marit.

Hanna leva la main et Patrik lui fit un signe de la tête.

— Que disait-il plus précisément, cet appel ?

— Nous avons envoyé une liste des points qui caractérisent les deux meurtres. Concrètement, cela porte sur deux domaines : la manière dont les victimes sont mortes et l'objet qui a été retrouvé à proximité des cadavres.

Cette dernière information était nouvelle pour Gösta et Hanna. Ils se penchèrent en avant, captivés.

— Quel objet ? demanda Gösta.

Patrik jeta un regard à Martin, puis il dit :

— En examinant le sac à dos que portait Rasmus au moment de sa mort, Martin et moi avons découvert un objet qui se trouvait également à proximité de Marit, sur le siège du passager dans son cas. Nous avions l'impression que ça faisait partie des bricoles qui traînaient dans la voiture et nous n'y avons pas prêté attention au début, mais quand nous avons découvert la même chose dans le sac à dos, alors…

Il fit un grand geste des mains.

— Mais c'était quoi ?

Gösta se pencha encore davantage en avant.

— Une page arrachée d'un livre. Un livre pour enfants, dit Patrik.

— Un livre pour enfants ? répliqua Gösta, sceptique.

A son tour, Hanna prit un air étonné.

— Oui, c'est une page de *Hänsel et Gretel*, vous savez, le conte des frères Grimm.

— C'est une blague, dit Gösta.

— Malheureusement pas. Et ce n'est pas tout. Cette information ainsi que les détails sur la manière dont ils sont morts nous ont menés vers deux autres affaires qui ont des rapports probables avec les nôtres.

— Deux autres cas ?

A présent, c'était Martin qui semblait incrédule.

— Oui, l'information est tombée ce matin. Deux autres décès collent avec ce schéma. Un à Nyköping et un à Lund.

— C'est vraiment sûr que les quatre cas sont liés ? demanda Hanna. Tout ça paraît tellement incroyable.

— Ils sont morts exactement de la même façon et les quatre ont des pages du même livre placées près du corps. Oui, je pense que nous pouvons être sûrs que les affaires sont liées, dit Patrik sèchement. Il était un peu surpris et froissé d'avoir été remis en question. Quoi qu'il en soit, nous allons poursuivre l'enquête, ou les enquêtes, avec l'hypothèse qu'il y ait un lien entre elles.

Martin tendit la main et Patrik lui fit signe de parler.

— Les autres victimes, elles ne buvaient pas d'alcool non plus ?

Patrik secoua lentement la tête. C'était le détail qui le dérangeait le plus.

— Si, dit-il. La victime de Lund était gravement alcoolique, mais, concernant la victime de Nyköping, la police n'avait pas cette information. J'ai pensé qu'on pourrait aller les voir, tous les deux, pour connaître les détails.

— Pas de problème. On y va quand ?

— Demain, dit Patrik. Bon, si personne n'a rien à ajouter, la réunion est terminée et on se remet au travail. S'il y a des points qui vous paraissent obscurs, je vous propose de lire le résumé que j'ai établi. Annika a fait des copies, vous pouvez prendre un exemplaire chacun en sortant.

En quittant la cuisine, les collègues étaient toujours taciturnes et manifestement préoccupés. Chacun pensait à l'étendue de ce qui les attendait. Et ils commencèrent tous à essayer d'intégrer l'idée d'un tueur en série. Jamais auparavant dans l'histoire de la police de Tanumshede cela n'avait été nécessaire. Ce n'était pas très plaisant comme nouveauté.

Gösta se retourna en entendant quelqu'un derrière lui à la porte.

— Demain, Martin et moi on file. On sera absents deux jours, dit Patrik. J'avais pensé que, Hanna et toi, vous pourriez explorer d'autres pistes entre-temps. Relire le dossier de Marit par exemple. Moi, je l'ai déjà lu et relu et je pense qu'il serait utile que quelqu'un le lise avec un œil nouveau. Et qu'il fasse pareil avec ce qu'on a au sujet de Rasmus Olsson, d'ailleurs. Martin a commencé à dresser une liste de propriétaires de galgos espagnols, ce sont des chiens, ce serait bien si vous pouviez continuer. Vois avec Martin cet après-midi, il te dira où il en est. Quoi encore ? Ah oui, le journaliste de *Kvällstidningen* a faxé des copies du journal de Lillemor. On aura l'original aussi, mais il n'arrivera que demain avec le courrier, on n'a pas le temps de l'attendre. Je vais en emporter un jeu dans la voiture, mais, Hanna et toi, vous pouvez peut-être y jeter un coup d'œil aussi.

Fatigué, Gösta hocha la tête.

— Parfait, dit Patrik. Alors au boulot. Tu exposes tout ça à Hanna ?

Gösta hocha la tête, encore plus las cette fois. Quelle poisse d'avoir à travailler autant. Il serait totalement lessivé avant même que la saison de golf ait commencé.

La menace était particulièrement tangible la nuit. Si jamais ils arrivaient quand elle dormait. Si jamais elle ne se réveillait pas à temps. Avant qu'il ne soit trop tard. Sœur et lui avaient chacun un lit dans la chambre. Le soir, elle venait les border, elle leur tirait la couverture jusqu'au menton, et leur faisait un bisou sur le front, lui d'abord et sœur ensuite. Un "bonne nuit" en douceur, puis elle éteignait la lumière. Et fermait la porte à clé. A pas de loup, il se faufilait jusqu'au lit de sœur et se glissait tout près d'elle sous la couverture. Ils ne parlaient jamais, restaient seulement allongés tout près l'un de l'autre à savourer la chaleur de leur peau. Si près qu'ils échangeaient leur haleine. Ils remplissaient leurs poumons avec le souffle brûlant de l'autre qui leur procurait un sentiment de sécurité.

Parfois ils restaient éveillés. Longtemps. Chacun lisait la peur dans les yeux de l'autre. Lors de ces instants, il ressentait un amour immense pour sa sœur. Tout son corps en était rempli, il avait envie de caresser chaque centimètre de sa peau. Elle était si vulnérable, si innocente, si inquiète de ce qu'il y avait dehors. Plus encore qu'il ne l'était. Chez lui, l'inquiétude se mêlait à une faim de rejoindre l'extérieur. Tout ce qui lui aurait été accessible, s'il n'avait *pas été un oiseau de malheur, et si l'inconnu ne l'y avait pas guetté.*

Parfois quand il reposait la nuit, sa sœur dans ses bras, il se demandait si la menace avait un rapport avec la femme à la voix coléreuse. Puis il sombrait dans le sommeil. Et dans les souvenirs.

Depuis toujours, Martin était malade en voiture, mais il essaya quand même de lire les pages copiées du journal intime de Lillemor pendant le trajet.

— C'est qui, ce "il" dont elle parle ? Qu'elle reconnaît ? dit-il avec perplexité avant de reprendre sa lecture pour essayer de trouver des indices.

— Elle ne le dit pas, répondit Patrik. Elle ne semble même pas certaine de l'endroit où elle l'a vu, ni même de l'avoir réellement vu.

— Mais elle écrit qu'il lui inspire une sensation désagréable, dit Martin en montrant un endroit sur la page qu'il était en train de lire. Ça semble assez incroyable qu'elle se fasse assassiner par hasard juste après.

— Oui, je suis d'accord avec toi, dit Patrik qui accéléra pour doubler un camion. Quoi qu'il en soit, il n'y a rien d'autre à tirer de son journal. Et ça peut être n'importe qui. Quelqu'un dans la rue, quelqu'un dans le groupe, quelqu'un de l'équipe de production. Tout ce que nous savons, c'est que c'est un homme.

Il se rendit compte que Martin avait commencé à respirer profondément.

— Ça va ? demanda-t-il. Tu as la gerbe ?

Un regard sur son collègue le renseigna. Les taches de rousseur paraissaient rouge foncé sur son visage plus blanc que d'habitude, et sa respiration était forcée.

— Tu veux que j'ouvre ?

Patrik avait pitié de son collègue. De plus il n'avait pas envie de passer le reste du trajet jusqu'à Lund dans une voiture empestant le vomi. Il baissa la vitre côté passager et Martin s'appuya contre la portière et aspira avidement l'oxygène. Il était malheureusement chargé de gaz d'échappement et ne lui apporta pas le soulagement escompté.

Quelques heures plus tard, les jambes engourdies et le dos endolori, ils s'engagèrent sur le parking du commissariat de Lund. Ils ne s'étaient octroyé qu'une brève pause pipi, car ils étaient tous deux impatients d'apprendre ce qu'allait donner la rencontre avec le commissaire Kjell Sandberg. En réalité, celui-ci ne devait pas travailler ce samedi, mais, après l'appel de Patrik, il avait été tout à fait d'accord pour venir au commissariat.

— Vous avez fait bon voyage ? demanda-t-il en filant devant eux.

C'était un homme de petite taille – juste un peu plus d'un mètre soixante, estima Patrik – mais il semblait compenser par l'énorme quantité d'énergie qui se trouvait concentrée en lui. Quand il parlait, il se servait de tout son corps en faisant des gestes amples, et Martin et Patrik eurent du mal à suivre sa petite foulée rapide. La course se termina dans une pièce réservée au personnel.

— Installez-vous. Je me suis dit qu'on serait mieux ici que dans mon bureau, dit Kjell.

Il montra une pile de dossiers sur une table. Celui du haut portait une étiquette indiquant "Börje Knudsen". Patrik savait depuis la veille que c'était le nom de la troisième victime, ou deuxième si on procédait par ordre chronologique.

— J'ai passé la journée d'hier à tout parcourir. Après avoir reçu votre appel à renseignements, eh bien… on peut dire que j'ai vu certaines choses sous un autre angle qu'à l'époque.

Il secoua la tête d'un petit mouvement de regret et d'excuse à la fois.

— Et à l'époque, il y a six ans donc, rien ne vous semblait clocher ? dit Patrik en faisant très attention à ne pas paraître accusateur.

De nouveau, Kjell secoua la tête. Sa grosse moustache s'agita de façon assez comique.

— Non, très franchement, nous n'avons jamais pensé que la mort de Börje avait quoi que ce soit de suspect. Vous comprenez, Börje était un de ces piliers de bar qu'on s'attend à trouver mort d'un jour à l'autre. Il avait failli y passer plusieurs fois déjà, à force de trop boire, mais il s'en était toujours tiré. Cette fois, nous avons simplement cru que… Oui, nous avons commis une erreur, dit-il en écartant les mains.

Son visage exprimait un trouble certain.

— A mon avis, n'importe qui l'aurait commise. De notre côté, nous avons longtemps cru aussi que notre meurtre était un accident.

Son aveu sembla faire du bien à Kjell.

— Qu'est-ce qui t'a fait réagir à notre appel ? demanda Martin en essayant de ne pas fixer la moustache animée.

Il était encore pâle après le voyage en voiture et il accepta avec gratitude quelques biscuits Marie*, qui le soulagèrent un peu. En général, il lui fallait pratiquement une heure pour se remettre d'un long trajet en voiture.

* L'équivalent suédois du Petit Lu.

Tout d'abord Kjell ne dit rien. Il fureta avec détermination parmi les dossiers puis en sortit un qu'il ouvrit et posa devant Patrik et Martin.

— Regardez. Ce sont les photos qui ont été prises quand on a trouvé Börje. Il était mort déjà depuis une bonne semaine dans son appartement, ce n'est pas beau à voir, s'excusa-t-il. Les gens n'ont réagi que quand ça a commencé à sentir.

Kjell avait indéniablement raison. C'était effroyable à voir. Mais ce qui capta leur attention, c'est ce que l'homme tenait à la main. Ça ressemblait à un bout de papier froissé. En passant en revue toutes les photos, ils tombèrent sur un gros plan du papier, ôté de la main de Börje et lissé. C'était une page du livre que Patrik et Martin reconnaissaient bien à présent. Le conte des frères Grimm, *Hänsel et Gretel*. Ils se regardèrent et Kjell hocha la tête.

— Oui, la coïncidence était un peu trop étrange pour que ce soit un simple hasard. Et je m'en suis souvenu parce que j'avais trouvé bizarre que Börje ait un livre pour enfants, lui qui n'en avait pas.

— Et la page ? Elle existe encore ?

Patrik retint sa respiration, sentant tout son corps se tendre dans l'attente de la réponse. Kjell ne dit rien, mais un sourire s'esquissa sur son visage lorsqu'il sortit une pochette plastique qu'il avait gardée dissimulée sur la chaise à côté de lui.

— De la chance et de l'habileté à doses égales, sourit-il.

En retenant son souffle, Patrik saisit la pochette et l'étudia. Puis il la tendit à Martin qui lui aussi l'examina d'un œil attentif.

— Et les autres particularités ? Les blessures et la manière dont il est mort ? demanda Patrik tout en essayant d'observer en détail les photos du cadavre de Börje.

Il lui sembla pouvoir discerner des ombres bleues autour de la bouche, mais le corps était dans un tel état de putréfaction que c'était difficile à voir. Il sentit son estomac se retourner.

— Malheureusement, nous n'avons rien concernant les blessures. Comme je l'ai dit, le corps était tellement décomposé que c'était impossible à voir et, de toute façon, Börje avait toujours été dans un sale état, si bien que je me demande si on aurait réagi à...

Sa voix s'éteignit et Patrik comprit ce qu'il voulait dire sans qu'il ait besoin de poursuivre. Börje était un alcoolo qui se bagarrait souvent, et le fait qu'on le retrouve mort n'avait pas entraîné d'investigation. Bien sûr, sachant ce qu'ils savaient aujourd'hui, ils avaient eu tort, mais Patrik pouvait comprendre. Avec le recul, c'était toujours facile de se faire des reproches.

— Mais il avait beaucoup d'alcool dans le sang ?

La moustache de Kjell fit des bonds.

— Oui, ce détail-là concorde. Mais là aussi... Son alcoolémie était anormalement élevée, mais, d'un autre côté, sa tolérance avait eu le temps de se développer au fil des ans. Le médecin légiste a conclu qu'il avait tout simplement dû écluser une bouteille en entier et qu'il en était mort.

— Est-ce qu'il a une famille, des proches avec qui on pourrait parler ?

— Non, Börje n'avait personne. Les gens de la police et ses potes de biture étaient les seuls qu'il voyait. Et puis ceux qu'il croisait pendant ses séjours en prison.

— Il a été condamné pour quoi ?

— Pas mal de choses. La liste se trouve là, dans le premier dossier, avec les dates. Coups et blessures, menaces, ivresse au volant, violences ayant entraîné la mort, cambriolage, faites votre choix. Je pense qu'il était plus souvent au trou qu'en liberté.

— Est-ce que je peux emporter tout ça ? demanda Patrik en croisant les doigts.

— Oui. Et contacte-nous, si on peut vous être utile en quoi que ce soit. Je vais veiller à ce qu'on enquête un peu aussi, on va vérifier si on peut trouver autre chose…

— C'est sympa, merci.

Patrik et Martin se levèrent. En gagnant la sortie, ils durent de nouveau presque courir pour suivre Kjell. Il filait vraiment comme un zèbre, leur collègue du sud.

— Vous remontez à Göteborg aujourd'hui ? demanda Kjell juste avant qu'ils quittent le bâtiment.

— Non, on a réservé des chambres à Scandic. Pour avoir le temps d'examiner les documents tranquillement avant l'étape de demain.

— Nyköping, c'est ça ? dit Kjell et il eut tout à coup l'air très sérieux. Ce n'est pas courant d'avoir affaire à un meurtrier qui distribue ses grâces de cette manière.

— Non, fit Patrik avec le même sérieux. Ce n'est pas très courant. Pas courant du tout.

— Qu'est-ce que tu préfères ? Les clebs ou passer en revue le dossier de Marit ?

Gösta eut du mal à dissimuler sa colère devant la charge de travail supplémentaire. Hanna ne paraissait pas de très bonne humeur, elle non plus. Elle avait sûrement planifié une grasse matinée avec son mari. Mais, malgré lui, Gösta dut admettre que si des heures supplémentaires avaient jamais été justifiées, c'était bien maintenant. Des enquêtes pour cinq meurtres au total n'étaient pas au menu tous les jours chez eux.

Hanna et Gösta s'étaient installés dans la cuisine du poste pour se répartir le travail que Patrik leur avait demandé de faire, mais aucun ne manifesta le moindre enthousiasme. Gösta regarda Hanna qui était en train de leur servir un café. Quand elle avait commencé au commissariat, elle n'était pas franchement du genre grassouillet, mais à présent elle n'était même plus mince, elle était maigre. De nouveau, il se demanda comment ça allait chez elle. Son visage paraissait tendu, presque tourmenté, ces derniers temps. Ils n'arrivaient peut-être pas à avoir d'enfants, son mari et elle. Elle avait quarante ans, et toujours pas d'enfants. Il était prêt à écouter ce qu'elle voudrait bien raconter, mais il sentit que l'offre ne serait pas très bien accueillie. Hanna écarta une mèche de ses cheveux blonds, et il vit subitement tout ce qu'il y avait de fragile et de vulnérable dans son geste. Il n'y avait pas à dire, Hanna Kruse était une femme de contrastes. En surface, elle paraissait forte, fanfaronne et courageuse. Mais en même temps, dans certains mouvements, il lui semblait parfois entrevoir tout autre chose, quelque chose de… cassé, c'était le seul mot qu'il avait trouvé. Mais quand elle se retourna vers lui, il hésita et se demanda s'il n'en faisait pas trop. Le visage était fermé. C'était un visage fort. Aucune faiblesse ne s'y lisait.

— Je prends les documents de Marit, dit-elle en s'asseyant. Et tu prends les toutous. Ça te va ?

Elle le regarda par-dessus la tasse.

— Ça me va. Je t'ai donné le choix, dit Gösta, un peu plus grincheux qu'il n'aurait voulu.

Hanna sourit, et la façon dont le sourire adoucissait son visage amena Gösta à douter de ses spéculations.

— Quelle poisse, être obligé de bosser par-dessus le marché, pas vrai Gösta ?

Elle lui fit un clin d'œil pour signaler qu'elle le taquinait, et il ne put s'empêcher de lui rendre son sourire. Il repoussa ses réflexions sur sa vie conjugale et décida de simplement se réjouir d'avoir une nouvelle collègue. Il l'aimait vraiment bien.

— Alors je prends les clebs, dit-il en se levant.

— Ouah, ouah, fit-elle en riant.

Puis elle commença à feuilleter le dossier devant elle.

— On m'a signalé quelques débordements par ici, dit Lars en regardant avec sévérité les participants qui formaient un cercle autour de lui.

Personne ne parla. Il essaya encore une fois.

— Est-ce que quelqu'un pourrait avoir la gentillesse de me renseigner ?

— Tina a fait un truc honteux, murmura Jonna.

Tina lui lança un regard furieux.

— Toi, on t'a pas sonnée ! Elle regarda chacun dans le cercle. Vous êtes seulement jaloux parce que c'est moi qui l'ai trouvé. Parce que vous n'avez pas eu l'idée.

— Eh Tina, jamais je n'aurais fait un truc aussi minable, dit Mehmet, le regard échoué sur le bout de ses chaussures.

Il l'avait mise en sourdine ces jours-ci, plus que d'habitude. Lars déplaça son attention sur lui.

— Comment tu vas, Mehmet ? Tu n'as pas l'air en grande forme.

— Ce n'est rien, dit-il tout en continuant à observer ses chaussures.

Lars le scruta puis laissa tomber. De toute évidence, Mehmet n'avait aucune envie de partager ses sentiments. Ça irait peut-être mieux pendant la session individuelle. Lars revint vers Tina, qui redressa la nuque avec arrogance.

— Qu'est-ce qu'il y avait dans le journal intime qui t'énervait tant ? dit-il doucement. Tina serra ostensiblement les lèvres. Pourquoi tu t'es crue autorisée à livrer Barbie… Lillemor, de cette manière ?

— Elle a écrit que Tina n'avait pas de talent, dit Calle obligeamment.

L'ambiance entre Tina et lui était glaciale depuis la discussion au *Gestgifveriet* et il saisissait volontiers l'occasion de lui donner une leçon. Le commentaire qu'elle lui avait lancé le brûlait toujours, c'est pourquoi sa voix avait ce ton méchant. En cet instant, il avait surtout envie de la blesser.

— Et on peut difficilement le lui reprocher, ajouta-t-il froidement. Elle n'a fait que constater les faits.

— Ta gueule, ta gueule, ta gueule ! hurla Tina.

La salive gicla de sa bouche.

— On se calme maintenant, dit Lars d'une voix d'acier. Lillemor a donc écrit quelque chose de négatif sur toi dans son journal intime, et c'est pourquoi tu as senti que tu avais le droit de salir sa mémoire.

Il la fixa d'un œil intransigeant, et Tina dévia son regard. Ça semblait si… dur et odieux quand il le disait de cette façon-là.

— Elle écrivait des saloperies sur vous tous, dit-elle à la cantonade en espérant pouvoir déplacer le mécontentement de Lars sur l'un des autres. Toi, Calle, elle écrivait que tu es un fils à papa gâté, Uffe, que tu es un des mecs les plus cons qu'elle ait jamais rencontrés, et toi Mehmet, que tu as tellement peur que ta famille ne te trouve pas à la hauteur que tu en es devenu une lavette et qu'il est grand temps que tu réagisses ! Elle marqua une pause, puis elle reposa son regard sur Jonna : Quant à toi, elle écrivait que tes problèmes, ce sont des problèmes de riches, et que c'est ridicule et pathétique de continuer à te taillader comme tu le fais. Elle n'a loupé aucun d'entre vous ! Comme ça vous le savez ! Est-ce qu'il y en a encore qui trouvent qu'on devrait "honorer le souvenir de Barbie" ? Si vous avez la conscience qui vous ronge de l'avoir mise au pied du mur pour toutes les craques qu'elle racontait, vous pouvez l'oublier ! Elle n'a eu que ce qu'elle méritait !

Tina lança ses cheveux en arrière et défia quiconque de la contredire.

— Est-ce qu'elle méritait de mourir aussi ? dit Lars calmement.

Le silence s'installa dans la pièce. Tina se rongea nerveusement un ongle. Puis elle se leva brusquement et sortit en courant. Tout le monde la suivit des yeux.

La route s'étendait, interminable, devant eux. Tous ces trajets en voiture commençaient à se faire sentir dans leur corps, et Patrik, assis sur le siège passager, commença à piquer du nez. Martin s'était proposé de conduire aujourd'hui, dans l'espoir de tenir tête au mal au cœur. Jusque-là, ça avait fonctionné, et il ne leur restait que quelques dizaines de kilomètres avant d'atteindre Nyköping. Martin étouffa un bâillement, et Patrik fit de même. Ils éclatèrent de rire.

— On aurait dû se coucher plus tôt hier, dit Patrik.

— Oui, je pense aussi. Mais il y avait tellement de documents.

Patrik ne fit pas de commentaires. La veille au soir, ils avaient épluché le dossier, dans la chambre d'hôtel de Patrik. Martin n'avait rejoint la sienne qu'au petit matin, et, avec tout ce qui tournoyait dans leur crâne, ils avaient mis un bon moment à s'endormir.

— Et Pia, comment elle va ? dit Patrik pour parler d'autre chose que de meurtre.

— Bien ! C'est fini, ses nausées. Elle va super bien en fait. C'est quand même un truc de ouf !

— Oui, je suis d'accord avec toi.

Patrik sourit et pensa à Maja. Il avait tellement envie de se trouver avec elle et Erica.

— Vous voulez connaître le sexe ? demanda Patrik alors qu'ils prenaient la bretelle pour Nyköping.

— Ben, je ne sais pas trop. Mais je ne pense pas, dit Martin en se concentrant sur les panneaux indicateurs. Vous avez fait comment, vous ?

— On n'a pas voulu savoir. Je trouve que c'est tricher un peu. On a préféré la surprise. Et pour le premier, ça n'a vraiment aucune importance. Mais évidemment, pour le deuxième, j'aimerais bien avoir un garçon, pour en avoir un de chaque.

— Ne me dis pas que vous allez avoir… ?

Martin se tourna vers Patrik.

— Non, non, non, rigola Patrik. Pas encore. Apprendre à vivre avec Maja nous suffit amplement pour l'instant. Mais plus tard peut-être…

— Qu'est-ce qu'elle en pense, Erica ? Je veux dire, c'était pas facile pour elle…

Martin se tut, ne sachant pas si c'était un sujet tabou ou pas.

— Tu sais, on n'en a pas encore parlé. Je pense que j'ai simplement supposé qu'on allait en avoir deux, dit Patrik pensivement. Ça y est, on est arrivés, dit-il.

Le sujet était clos.

Ils descendirent de la voiture et étirèrent leurs membres raidis avant d'entrer au commissariat. La procédure commençait à leur être familière, à Patrick en particulier. C'était la troisième fois en peu de temps qu'il rendait visite à un commissariat dans une autre ville. La commissaire qui les accueillit confirma à quel point le corps de police suédois était peu homogène. Patrik n'avait jamais rencontré quelqu'un non plus dont l'aspect physique corresponde si mal à l'image suggérée par son nom. Non seulement Gerda Svensson était beaucoup plus jeune qu'il n'avait cru, autour de trente-cinq ans, mais elle avait aussi, malgré son nom tellement suédois, une peau de la même couleur brillante que l'acajou sombre. C'était une beauté à couper le souffle. Patrik réalisa qu'il était en train de la dévisager, bouche bée. Un regard sur Martin lui dit que son collègue se ridiculisait de la même manière. Il lui donna un léger coup de coude et tendit ensuite la main à la commissaire Svensson pour se présenter.

— Mes collègues nous attendent dans la salle de conférences, dit Gerda Svensson en indiquant la direction de la main.

Sa voix était grave et douce à la fois, extrêmement agréable à entendre. Patrik eut du mal à détacher son regard d'elle.

Ils se rendirent à la salle de conférences en silence. On n'entendait que le bruit de leurs chaussures sur le sol. A leur arrivée dans la pièce, deux hommes se levèrent et vinrent vers eux, la main tendue. L'un avait la cinquantaine, petit et tassé, mais avec une lueur de malice dans les yeux et un sourire chaleureux. Il se présenta comme Konrad Meltzer. L'autre avait à peu près le même âge que Gerda, un homme grand, fort et blond. Patrik ne put s'empêcher de se faire la réflexion que Gerda et lui allaient bien ensemble. Lorsqu'il se présenta, Rickard Svensson, il comprit que c'était une chose qu'ils avaient déjà réalisée eux-mêmes, depuis belle lurette.

— Vous avez donc des informations significatives sur un meurtre qui est resté non résolu ici.

Gerda s'était assise entre Konrad et son mari et tous deux semblaient entièrement d'accord pour qu'elle prenne les commandes.

— C'est moi qui menais l'enquête sur la mort d'Elsa Forsell, dit-elle comme si elle avait lu les pensées de Patrik. Konrad et Rickard travaillaient en équipe avec moi, et on a consacré de nombreuses heures à cette affaire. Malheureusement nous nous sommes retrouvés dans une impasse. Jusqu'à votre appel à renseignements d'avant-hier.

— En lisant ce que vous avez écrit sur la page du livre, nous avons immédiatement compris que votre cas était lié au nôtre, dit Rickard en croisant les mains sur la table.

Patrik se demandait ce que ça faisait d'avoir sa femme comme patron. Même s'il se considérait comme un adepte de l'égalité entre les sexes et un homme de progrès, il aurait sans doute eu du mal à accepter qu'Erica soit son supérieur. D'un autre côté, elle non plus n'aurait probablement pas apprécié de l'avoir comme chef.

— Nous nous sommes mariés, Rickard et moi, à la fin de cette enquête. Depuis on travaille dans des sections différentes.

Gerda regarda Patrik et il se sentit rougir. Un instant, il se dit qu'elle devait réellement lire dans ses pensées, puis il comprit que deviner le cheminement de ses réflexions ne devait pas être très difficile. Il n'était probablement pas le premier à se poser des questions non plus.

— Vous avez trouvé la page où ? dit-il pour revenir au sujet.

Un petit sourire jouait aux coins de la bouche de Gerda, signe qu'elle comprenait qu'il avait saisi son allusion, mais ce fut Konrad qui répondit.

— Elle était glissée dans une bible à côté d'elle.

— Et Elsa, on l'a retrouvée où ?

— Dans son appartement. C'est un membre de sa communauté qui l'a trouvée.

— Communauté ? dit Patrik. Quelle communauté ?

— La croix de la Vierge Marie, répondit Gerda. Une paroisse catholique.

— Ah bon ? dit Martin. Elle était originaire d'un pays du Sud ?

— Le catholicisme n'existe pas seulement dans les pays du Sud, commenta Patrik, un peu gêné des lacunes de Martin. Il est répandu partout dans le monde, il y a plusieurs milliers de catholiques ici en Suède.

— C'est juste, dit Rickard. Il y a environ cent soixante mille catholiques en Suède. Elsa était membre depuis de nombreuses années de cette paroisse qui était apparemment sa seule famille.

— Elle n'avait pas d'autres proches ? demanda Patrik.

— Non, on n'en a trouvé aucun, dit Gerda en secouant la tête. On a interrogé plusieurs fois les membres de son église pour savoir si elle était brouillée avec quelqu'un, mais on a fait chou blanc.

— Si on devait parler avec un membre proche d'Elsa, ce serait qui ? dit Martin, le stylo en main.

— Le prêtre, sans hésitation. Silvio Mancini. Lui en revanche vient de l'Europe du Sud.

Gerda fit un clin d'œil à Martin qui rougit.

— La victime de Tanumshede aussi avait donc été ligotée, à en croire les traces qu'elle portait ?

Rickard adressait sa question à Patrik.

— Oui, c'est exact, notre médecin légiste a trouvé des sillons de corde sur les bras et les poignets. Si j'ai bien compris, c'est un des éléments qui vous a orientés sur la piste du meurtre en ce qui concerne Elsa Forsell ?

— Oui.

Gerda sortit une photographie et la fit passer à Patrik et à Martin. Ils l'examinèrent pendant quelques instants et purent constater que les marques étaient très nettes. Elsa Forsell avait sans l'ombre d'un doute été ligotée. Patrik reconnut aussi les bleus étranges autour de la bouche.

— Vous avez trouvé des traces de colle, vous aussi ?

Il regarda Gerda qui confirma d'un signe de la tête. Elle s'éclaircit la gorge.

— Oui, de la colle provenant de scotch marron ordinaire. Comme vous pouvez l'imaginer, nous sommes très intéressés par toutes vos conclusions dans ces affaires. En échange, nous partagerons tout ce que nous avons. Je sais qu'il y a parfois une grande rivalité entre les districts de police, mais nous souhaiterions sincèrement arriver à une collaboration efficace et ouverte entre nous.

Ce n'était pas une demande mais une froide constatation.

— Cela va de soi, dit Patrik. Nous avons besoin de toute l'aide possible. Et vous aussi. Le plus simple serait que vous nous donniez des copies de tous vos documents, et nous ferons de même. Nous garderons le contact par téléphone.

— Parfait, dit Gerda.

Patrik vit très bien le regard d'admiration que lui lança son mari. Le respect de Patrik pour Rickard Svensson grandit. Seul un homme de qualité était capable d'apprécier que sa propre femme ait gravi plus d'échelons que lui.

— Vous savez où on peut trouver Silvio Mancini ? dit Martin quand ils se levèrent pour partir.

— La paroisse catholique a un local dans le centre.

Konrad nota l'adresse dans un carnet, arracha la page et la donna à Martin. Il décrivit aussi le chemin pour s'y rendre.

—Après votre entretien avec Silvio, vous pouvez revenir chercher la documentation à la réception, dit Gerda en prenant la main tendue de Patrik. Je vais veiller à ce que tout soit copié.

— Merci de votre aide, dit Patrik.

Il était sincère. Tout comme l'avait dit Gerda, la collaboration entre les districts n'était pas toujours le fort de la police, c'est pourquoi il était très content que cette enquête semble prouver le contraire.

— Ce n'est pas bientôt fini, ces bêtises ?

Jonna ferma les yeux. La voix de sa mère était toujours si dure, si accusatrice au téléphone.

— On en a parlé, papa et moi, on trouve que tu es en train de gaspiller ta vie, ce n'est pas raisonnable. Et, nous, on a notre réputation à l'hôpital à maintenir, tu devrais réaliser que ce n'est pas seulement toi-même que tu compromets, il y a nous aussi !

— Je savais bien que ça avait quelque chose à voir avec l'hôpital, murmura Jonna.

— Qu'est-ce que tu as dit ? Il faut que tu parles plus fort, que je t'entende, Jonna. Tout de même, à dix-neuf ans, tu devrais savoir articuler. Puis je dois t'avouer qu'on n'a pas trop apprécié ce qu'ont écrit les journaux, papa et moi. Les gens commencent à se demander quelle sorte de parents on est. Mais on a fait de notre mieux, je te le dis. Seulement, papa et moi, on a une tâche importante à remplir et tu es presque adulte maintenant, Jonna, tu devrais le comprendre et montrer un peu de respect pour ce qu'on fait. Tu sais, hier j'ai opéré un petit garçon russe qui est venu ici chercher de l'aide pour une grave malformation cardiaque. Son propre pays ne pouvait pas lui fournir l'opération dont il avait besoin, mais, moi, je l'ai aidé ! Je l'ai aidé à survivre, à retrouver une existence digne ! Je trouve que tu devrais être plus humble face à la vie, Jonna. Toi, tu n'as jamais manqué de rien. Est-ce qu'on t'a jamais refusé quoi que ce soit ? Tu as toujours eu de quoi te vêtir, un toit pour dormir et une table bien garnie. Pense à tous les enfants qui n'ont pas eu la moitié, non, un dixième de ce que tu as eu. Ils auraient bien aimé être à ta place. Et ils ne se seraient certainement pas infligé toutes ces blessures comme tu le fais. Non, je te trouve très égoïste, Jonna, il serait temps que tu grandisses ! Papa et moi, on pense que…

Jonna raccrocha et se laissa lentement glisser par terre, adossée au mur. L'angoisse monta en elle, remplissant tout son corps. La sensation de n'avoir nulle part où aller, nulle part où se réfugier, la submergea comme tant de fois par le passé et, avec des mains tremblantes, elle sortit la lame de rasoir qu'elle gardait toujours dans son portefeuille. Ses doigts tremblaient de façon tellement incontrôlée qu'elle la laissa échapper, et avec un juron elle essaya de la ramasser par terre. Elle se coupa plusieurs fois aux doigts avant de réussir, puis elle l'approcha lentement du dessous de son avant-bras droit. Avec une profonde concentration elle abaissa la lame vers sa peau constellée de cicatrices, véritable paysage lunaire de chair blanche et rose, où des stries rouge vif formaient comme de petites rivières. En voyant le sang suinter, elle sentit l'angoisse s'atténuer. Elle appuya plus fort et le petit filet de sang se transforma en un flux rouge qui coulait à flots. Jonna le contempla, le soulagement inscrit sur son visage. Avec la lame de rasoir, elle dessina un nouveau fleuve parmi les cicatrices. Puis elle leva la tête et sourit à la caméra. Elle eut l'air presque heureux.

— Bonjour, on cherche Silvio Mancini.

Patrik montra sa carte de police à la femme qui avait ouvert la porte. Elle s'écarta et appela vers l'intérieur du local :

— Silvio ! La police veut te voir !

Un homme aux cheveux blancs, vêtu d'un jean et d'un pull, arriva, et Patrik réalisa qu'il avait pensé le voir se présenter en habits de prêtre, pas en vêtements ordinaires de tous les jours. Son esprit logique comprenait bien qu'un prêtre ne peut pas se balader en soutane tout le temps, mais il lui fallut quand même une seconde pour s'y faire.

— Patrik Hedström et Martin Molin, dit-il en montrant son collègue.

Le prêtre les invita à s'asseoir dans un canapé. Le local était petit mais bien entretenu, et il y avait foison des attributs que Patrik, avec ses connaissances de laïque, associait avec le catholicisme, tels des images de la Vierge Marie et un gros crucifix. La femme qui les avait accueillis leur apporta du café et des gâteaux puis elle se retira. Silvio tourna son attention vers eux et demanda dans un suédois parfait, mais avec un petit accent italien :

— Alors, en quoi puis-je être utile à la police ?

— Nous aimerions vous poser quelques questions concernant Elsa Forsell.

Silvio soupira.

— Ah, j'ai toujours espéré que la police finirait par trouver de quoi poursuivre l'enquête. J'ai beau croire au purgatoire comme à une réalité avérée, je préfère quand même que les assassins reçoivent leur châtiment ici-bas.

Son sourire témoigna d'un mélange d'humour et d'empathie.

— Elsa fut mon amie pendant de nombreuses années. Elle était très active dans la paroisse, et j'étais aussi son directeur de conscience.

— Elsa était catholique depuis toujours ?

— Non, pas du tout, rit Silvio. Peu de gens le sont en Suède, à moins de venir d'une famille immigrée originaire d'un pays catholique. Mais elle est venue assister à une messe ici, et je crois qu'elle s'est sentie chez elle. Elsa était… Silvio hésita. Elsa avait une âme en miettes. Elle cherchait quelque chose, et elle avait l'impression qu'elle pouvait le trouver chez nous.

— Et qu'est-ce qu'elle cherchait ? dit Patrik en regardant le prêtre en face de lui.

Toute sa personne indiquait un homme sympathique, rayonnant de calme et de paix. Un véritable homme de Dieu.

Silvio observa un long silence avant de répondre. Il parut vouloir peser ses mots, mais pour finir il fixa Patrik droit dans les yeux et dit :

— Le pardon.

— Le pardon ?

— Le pardon, répéta Silvio calmement. Ce que nous cherchons tous, la plupart du temps sans le savoir. Le pardon de nos péchés, de nos négligences, de nos manquements et de nos erreurs. Le pardon de ce que nous avons fait… et de ce que nous n'avons pas fait.

— Et de quoi Elsa Forsell cherchait-elle le pardon ? demanda Patrik doucement en contemplant intensément le prêtre.

Un instant, Silvio sembla sur le point de révéler quelque chose. Puis il baissa les yeux et dit :

— La confession est sacrée. Et quelle importance ça a ? Nous avons tous quelque chose à nous faire pardonner.

Patrik connaissait suffisamment le secret du confessionnal pour ne pas essayer de forcer le prêtre à parler.

— Combien de temps est-elle restée membre de votre église ?

— Dix-huit ans. Et, comme je l'ai dit, au fil du temps nous sommes devenus très amis.

— Savez-vous si Elsa avait des ennemis ? Y avait-il quelqu'un qui lui voulait du mal ?

De nouveau, une brève hésitation chez le prêtre, puis il secoua la tête.

— Non, je ne suis au courant de rien de tel. Elsa n'avait personne à part nous, ni ami ni ennemi. Nous étions sa famille.

— C'est courant, ça ? demanda Martin sans réussir à empêcher une nuance sceptique de se glisser dans sa voix.

— Je sais ce que vous pensez, dit calmement l'homme aux cheveux d'argent. Non, nous n'avons pas ce genre de règles, ou de restrictions, pour nos membres. La plupart ont une famille et des amis, nous sommes comme n'importe quelle communauté chrétienne. Mais Elsa, elle, n'avait que nous.

— La manière dont elle est morte, dit Patrik. Quelqu'un lui a fait avaler une grande quantité d'alcool. Quelle était sa relation à l'alcool ?

Encore une fois, Patrik eut l'impression de déceler une hésitation, un désir retenu de parler, mais le prêtre dit avec un petit rire :

— Je pense qu'Elsa était comme tout le monde sur ce point. Elle buvait un verre de vin ou deux les samedis soir. Mais sans excès. Je dirais qu'elle avait une relation assez ordinaire à l'alcool. Je lui ai par ailleurs appris à apprécier les vins italiens, il nous est même arrivé d'organiser des soirées de dégustation ici. Très appréciées.

Patrik leva les sourcils. Ce prêtre le surprenait vraiment. Après avoir vérifié qu'il n'avait rien oublié, Patrik posa sa carte de visite sur la table.

— Si vous vous rappelez autre chose, n'hésitez pas à appeler.

— Tanumshede, lut Silvio sur la carte. Ça se trouve où ?

— Sur la côte ouest, dit Patrik en se levant. A mi-chemin entre Strömstad et Uddevalla.

Avec stupéfaction, il vit Silvio blêmir. Un instant, son visage fut aussi blanc que celui de Martin la veille en voiture. Puis il retrouva ses esprits et hocha simplement la tête. Patrik et Martin étaient perplexes tous les deux. Ils avaient la très nette impression que Silvio Mancini en savait bien plus qu'il ne le disait.

Une certaine atmosphère d'attente flottait dans la pièce. Tous étaient impatients d'entendre ce que Patrik et Martin avaient appris pendant leur escapade du week-end. Patrik s'était rendu directement au commissariat en revenant de Nyköping et il avait consacré quelques heures à préparer la réunion. Les murs de son bureau étaient couverts de photos et de bouts de papier, et il avait écrit des notes et tracé des flèches dans tous les sens. C'était assez chaotique, mais il n'allait pas tarder à y mettre de l'ordre.

Ils étaient un peu à l'étroit dans son bureau quand l'équipe fut au complet, mais Patrik n'avait pas voulu afficher les éléments de l'enquête ailleurs, et ils feraient avec. Martin arriva en premier et s'installa tout au fond, puis ce fut au tour d'Annika suivie de Gösta, de Hanna et de Mellberg. Personne ne parla, ils se contentèrent de balayer des yeux le matériel sur les murs. Chacun essayait de trouver le fil rouge, le fil qui allait les mener à un assassin.

— Comme vous le savez, nous sommes allés à Lund et à Nyköping ce week-end, Martin et moi. Ces deux commissariats nous avaient contactés parce qu'ils ont des cas qui répondent aux critères que nous avions établis à partir des meurtres de Marit Kaspersen et de Rasmus Olsson. La victime de Lund – il se retourna et montra une photo sur le mur – s'appelait Börje Knudsen. Il avait cinquante-deux ans, c'était un alcoolique invétéré et il a été retrouvé mort dans son appartement. Il y était resté tellement longtemps qu'on n'a malheureusement pas pu détecter de traces physiques de blessures comme celles que présentaient les autres victimes. En revanche… Patrik fit une pause et but une gorgée d'eau. En revanche, il avait ceci à la main.

Il montra la pochette plastique affichée à côté de la photo, contenant la page arrachée du livre pour enfants.

Mellberg leva la main.

— Est-ce qu'on a eu la réponse du labo central pour d'éventuelles empreintes digitales sur les pages de Marit et de Rasmus ?

Patrik s'étonna que son chef soit aussi vif.

— Oui, on a eu une réponse, et ils nous ont renvoyé les pages. Il les montra, scotchées à côté des photos de Marit et de Rasmus. Mais il n'y avait malheureusement pas d'empreintes dessus. La page retrouvée chez Börje n'a pas encore été examinée, elle part au labo aujourd'hui. Par contre, celle retrouvée chez la victime de Nyköping, Elsa Forsell, a été examinée lors de l'enquête d'origine. Résultat négatif.

Mellberg signala d'un mouvement de tête que cette réponse lui suffisait. Patrik poursuivit :

— Le cas de Börje a été considéré comme un accident, on a présumé qu'il avait bu un verre de trop et qu'il en était mort. La mort d'Elsa Forsell, par contre, a été instruite comme un meurtre par nos collègues de Nyköping, mais sans qu'ils trouvent de coupable.

— Ils avaient des suspects ?

C'était Hanna qui posait la question. Elle paraissait fermée, concentrée et légèrement pâle. Patrik se demanda si elle était en train de tomber malade. Cela l'ennuierait, il ne pouvait pas se permettre de perdre du personnel en ce moment.

— Non, pas de suspects. Les seules personnes qu'elle fréquentait étaient des membres de son église catholique, et personne ne semblait avoir de griefs contre elle. Elle aussi a été assassinée dans son appartement, et glissée dans une bible à côté d'elle il y avait ça. Il montra la page de *Hänsel et Gretel*, affichée à côté de la photo du lieu du crime.

— C'est quoi, ce malade ? dit Gösta incrédule. Ce conte, qu'est-ce qu'il vient foutre dans l'histoire ?

— Je ne sais pas, mais j'ai le sentiment que c'est la clé de toute l'enquête, dit Patrik.

— Espérons que la presse ne va pas s'emparer de ça, marmonna Gösta. Sinon on va avoir droit au "mystère de *Hänsel et Gretel*" à tout bout de champ, ils adorent donner des surnoms aux affaires criminelles.

— Oui, je suppose que je n'ai pas besoin de souligner à quel point il est important de ne rien laisser fuiter en direction de la presse, dit Patrik.

Il dut se retenir de fixer Mellberg, mais même lui semblait en avoir assez de l'attention médiatique de ces dernières semaines, parce qu'il hocha la tête.

— On vous a dit, ou laissé comprendre, ce que pourraient être les points communs entre les meurtres ? demanda Hanna.

Patrik regarda Martin qui répondit.

— Non, nous sommes malheureusement de retour à la case départ. Börje n'était définitivement pas abstinent, et Elsa semble avoir eu une relation normale à l'alcool, ni abstinente, ni surconsommatrice.

— Si bien qu'on n'a aucune idée de ce qui les relie, répéta Hanna, l'air soucieuse.

— Non, soupira Patrik, puis il se retourna et parcourut des yeux le matériel sur les murs. Nous savons seulement qu'il est hautement probable que ce soit le même meurtrier, à part ça il n'y a pas un seul point commun entre les victimes. Rien n'indique qu'Elsa et Börje aient eu des liens avec Marit ou Rasmus, ou avec les villes où ils habitaient. Mais il nous faut évidemment revenir à la charge auprès des proches de Marit et Rasmus, vérifier s'ils reconnaissent ces noms, ou s'ils savent si Marit et Rasmus ont habité à Lund ou à Nyköping. En ce moment, on tâtonne dans le noir, mais le lien existe. Il faut qu'il existe ! dit Patrik frustré.

— Tu ne peux pas marquer les villes sur la carte ? suggéra Gösta en montrant la carte de Suède qui couvrait un des murs.

— Si, c'est une bonne idée, dit Patrik.

Il prit quelques épingles de différentes couleurs dans un tiroir de son bureau. Soigneusement, il en piqua quatre sur la carte, à Tanumshede, à Borås, à Lund et à Nyköping.

— En tout cas, l'assassin se cantonne à la moitié sud du pays. Ça limite la zone de travail, ironisa Gösta.

— Oui, excusez du peu, dit Mellberg en gloussant, puis il se tut en se rendant compte qu'il était le seul à trouver ça drôle.

— Bon, tout ça nous donne du pain sur la planche, dit Patrik avec sérieux. Et il ne faut pas oublier qu'on a aussi l'enquête Persson. Gösta, tu en es où avec la liste des propriétaires de chiens ?

— Elle est terminée. J'ai réussi à répertorier cent soixante propriétaires, mais il y en a d'autres qui ne figurent pas dans les registres. On ne peut pas faire mieux.

— Continue alors avec ceux que tu as, compare avec les registres d'adresses et vois si tu peux en relier un à notre région.

— D'accord, dit Gösta.

— Je voulais vérifier s'il était possible de tirer d'autres informations des pages du livre, dit Patrik. Martin et Hanna, est-ce que vous pouvez demander encore une fois à Ola et Kerstin s'ils connaissent les noms de Börje ou d'Elsa. Essayez aussi de voir ça avec la mère de Rasmus Olsson. Mais faites-le par téléphone, j'ai besoin de vous ici.

Gösta leva la main, hésitant.

— Je devrais peut-être quand même retourner le voir, Ola Kaspersen. On l'a entendu vendredi dernier, Hanna et moi, et j'ai eu l'impression qu'il ne disait pas tout.

— Je ne m'en suis pas aperçue, dit Hanna d'un ton insinuant que Gösta affirmait n'importe quoi.

— Mais tu t'es bien rendu compte lorsque…

Gösta se tourna vers Hanna pour argumenter, mais Patrik les interrompit.

— Filez à Fjällbacka parler avec Ola, Annika peut s'occuper de la liste des propriétaires de chiens. J'aimerais la voir quand tu auras fini, tu n'as qu'à la poser sur mon bureau.

Annika hocha la tête et nota.

— Martin, tu visionneras de nouveau les rushes du soir où Barbie est morte. On a pu louper quelque chose, il faut que tu les regardes image par image.

— Ça sera fait.

— Bon, alors feu ! dit Patrik les mains sur les hanches.

Ils se levèrent et quittèrent la pièce, l'un après l'autre. Seul dans son bureau, Patrik regarda les murs. Il faudrait à tout prix établir un lien entre tous ces éléments. La tâche paraissait insurmontable.

Il ôta les quatre pages de livre accrochées au mur et sentit son cerveau se vider complètement. Comment en tirer davantage d'informations ?

Puis une idée se profila. Il mit sa veste, glissa délicatement les pages dans une serviette et quitta en toute hâte le poste de police.

Martin posa ses jambes sur la table, la télécommande à la main. Il commençait à en avoir marre de tout ça. C'était trop intense, il y avait eu trop d'efforts à fournir ces dernières semaines. Et surtout trop peu de repos et de temps avec Pia et "le bouchon", qui était l'appellation courante de l'enfant à naître.

Il appuya sur *Play* et laissa la bobine se dérouler au ralenti. Il avait déjà vu le film et ne voyait pas l'intérêt de le revoir. Pourquoi l'assassin ou même un simple indice figureraient-ils sur la pellicule ? Tout portait à croire que Lillemor avait rencontré son meurtrier pendant sa fuite du foyer cantonal. Mais Martin avait l'habitude d'obéir aux ordres et il n'était pas prêt à avoir une discussion avec Patrik là-dessus.

Il sentit le sommeil l'envahir, assis comme ça, à moitié affalé dans le fauteuil. Le tempo lent contribua à sa somnolence et il força ses paupières à s'ouvrir. Rien de nouveau sur l'écran. D'abord il y eut l'accrochage entre Uffe et Lillemor. Il remit la vitesse normale pour pouvoir entendre le son et il put encore une fois constater que la dispute était vraiment violente. Uffe accusait Lillemor d'avoir dit des saloperies sur lui, d'avoir dit aux autres qu'il était un crétin, un Néandertalien borné. Et Lillemor se défendait, en larmes, l'assurant qu'elle n'avait rien dit de la sorte, à personne, que c'était un mensonge, que quelqu'un lui cherchait des emmerdes. Uffe ne semblait pas la croire, et l'explication devenait plus physique. Puis Martin se vit arriver sur l'image avec Hanna et interrompre la querelle.

Puis, pendant presque quarante-cinq minutes, rien ne se passait. Martin essaya de regarder aussi attentivement que possible, essaya de voir ce qu'il aurait pu louper auparavant, des paroles, des détails dans

l'environnement. Mais rien ne semblait digne d'intérêt. Rien n'était nouveau. Et le sommeil le menaçait
tout le temps. Il appuya sur pause et alla chercher un
café. Il aurait besoin de toutes les astuces possibles pour
rester éveillé. Après avoir remis l'appareil en marche,
il s'installa et continua à visionner la bande. Ça commençait à chauffer entre Tina, Calle, Jonna, Mehmet et
Lillemor. Il entendit les mêmes accusations dans leurs
bouches que celles qu'avait lancées Uffe. Ils criaient
sur elle, la poussaient et demandaient ce qui lui avait
pris de raconter toutes ces craques sur eux. Il vit Jonna
presque passer à l'attaque, et, comme auparavant, Lillemor se défendait en pleurant, les larmes faisant couler le mascara sur ses joues. Martin ne put s'empêcher
d'être attendri par son aspect frêle, vulnérable et jeune
derrière sa chevelure, son maquillage et sa silicone. Ce
n'était qu'une petite nana. Il but une gorgée de café,
puis il vit sur l'écran comment Hanna et lui interve-
naient pour arrêter la bagarre. La caméra suivait alter-
nativement Hanna qui s'éloignait un peu avec Lillemor,
et lui-même qui faisait la leçon aux autres participants,
l'air furieux. Puis la caméra se tournait vers le parking
et on voyait Lillemor partir en courant en direction du
centre-ville. La caméra zoomait sur son dos qui s'éloignait, puis sur Hanna qui avait sorti son téléphone portable et était en train de parler, puis de nouveau sur lui.
Il semblait toujours en colère, mais il suivait maintenant la fuite de Lillemor des yeux.

Une heure plus tard, Martin n'avait vu que des
jeunes complètement soûls et les participants qui
continuaient à faire la fête. Vers trois heures, les derniers étaient allés se coucher et les caméras avaient
cessé de tourner. Martin resta à fixer l'écran noir
pendant le rembobinage de la cassette. Il ne pouvait

guère dire qu'il avait découvert quoi que ce soit qui leur permettrait de poursuivre. Mais quelque chose le turlupinait. Il regarda l'écran noir. Puis il appuya de nouveau sur *Play*.

— Je n'ai qu'une heure pour déjeuner, dit Ola de mauvaise grâce en leur ouvrant la porte. Alors faites vite.

Gösta et Hanna entrèrent et, par acquit de conscience, ils ôtèrent leurs chaussures. C'était la première fois qu'ils voyaient l'appartement d'Ola, mais ils ne furent pas outre mesure étonnés de l'ordre méticuleux qui y régnait. Ils avaient déjà vu son bureau.

— Je me permets de manger, dit Ola en montrant une assiette avec du riz, du poulet et des petits pois. Pas de sauce, nota Gösta, pour qui manger sans une sauce d'accompagnement était inimaginable. Tout était dans la sauce. D'un autre côté, il était doté d'un métabolisme qui lui avait évité la grosse bedaine des vieux, alors que son régime aurait dû lui en garantir une. Ola n'était peut-être pas aussi bien loti.

— Et qu'est-ce que vous voulez cette fois ?

Ola piqua quelques petits pois avec sa fourchette. Fasciné, Gösta comprit qu'Ola avait une sainte horreur de faire des bouchées mixtes, il mangeait les petits pois, le riz et le poulet séparément.

— Nous avons de nouvelles informations depuis la dernière fois, dit Gösta sèchement. Est-ce que les noms de Börje Knudsen ou Elsa Forsell vous disent quelque chose ?

Ola plissa le front et se retourna en entendant un bruit derrière lui. Sofie sortit de sa chambre et regarda Gösta et Hanna d'un œil curieux.

— Qu'est-ce que tu fais à la maison ? dit Ola hargneusement en dévisageant sa fille.

— Je… je ne me sentais pas bien, dit-elle.

Elle n'avait effectivement pas l'air en forme.

— Qu'est-ce que tu as ? Ola ne semblait pas la croire.

— J'avais mal au cœur. J'ai vomi.

Le tremblement de ses mains ainsi que le léger voile humide qui couvrait sa peau finirent par convaincre son père.

— Va te coucher alors, dit-il sur un ton plus aimable.

Mais Sofie secoua la tête.

— Non, je veux rester là, dit-elle.

— Va te coucher, je te dis.

La voix d'Ola était ferme, mais l'éclat dans les yeux de sa fille l'était encore plus. Sans répondre, elle s'assit simplement sur une chaise dans un coin, et même si Ola ne parut guère apprécier sa présence, il ne dit rien de plus.

— C'était quoi ces noms ? demanda Sofie.

Ses yeux étaient fiévreux.

— On voudrait savoir si ton père, ou toi, d'ailleurs, a déjà entendu les noms de Börje Knudsen et Elsa Forsell en rapport avec ta mère ?

Sofie réfléchit un instant, puis elle secoua lentement la tête et interrogea son père du regard.

— Papa, tu les connais ?

— Non, dit Ola. Je ne les ai jamais entendus. Qui est-ce ?

— Deux autres victimes, dit Hanna à voix basse.

Ola tressaillit et posa sa fourchette.

— C'est vrai ?

— Deux autres personnes ont été victimes du même assassin que votre ex-femme. Et ta mère, ajouta Hanna sans regarder Sofie.

— C'est quoi cette histoire ? D'abord vous venez poser des questions sur ce Rasmus. Et ensuite vous en apportez deux de plus ? Qu'est-ce que vous faites à la police ?

— Nous travaillons, vingt-quatre heures sur vingt-quatre, dit Gösta vertement.

Ce type avait vraiment quelque chose qui le faisait sortir de ses gonds. Il respira à fond puis il dit :

— Les victimes habitaient à Lund et à Nyköping. Vous voyez un lien avec Marit ?

— Combien de fois est-ce que je dois le dire ? siffla Ola. Marit et moi nous nous sommes rencontrés en Norvège, puis nous sommes venus nous installer ici quand nous avions dix-huit ans. Et nous n'avons habité nulle part ailleurs depuis ! Vous êtes complètement bouchés ou quoi ?

— Papa, calme-toi, dit Sofie et elle posa une main sur son bras.

Cela lui fit retrouver ses esprits et il dit posément mais sur un ton glacial :

— Je trouve que vous feriez mieux de vous occuper de votre boulot au lieu de nous harceler comme ça sans arrêt. On ne sait rien !

— Vous ne savez peut-être pas que vous savez quelque chose, et alors c'est notre boulot de le découvrir, dit Gösta.

— Vous savez pourquoi maman a été tuée ? dit Sofie d'une petite voix pitoyable.

Du coin de l'œil, Gösta vit Hanna détourner la tête. Malgré la façade crâneuse, elle était manifestement encore très ébranlée par le contact avec la famille de victimes. En tant que policier, c'était certainement difficile à porter, mais aussi une qualité positive d'une certaine façon. Personnellement, Gösta sentait qu'il s'était beaucoup trop endurci pendant sa longue carrière. Dans un instant de lucidité il comprit que c'était peut-être pour cela qu'il s'était tant dérobé à son travail ces dernières années. Il avait eu son quota de misère, et il avait fermé boutique.

— On ne peut rien dire pour le moment, répondit-il à Sofie, qui avait vraiment l'air mal en point.

Il espéra que ce n'était rien de contagieux. Le moment serait vraiment mal choisi de venir introduire au poste une gastro qui enverrait tout le monde au lit.

— S'il y a quelque chose, n'importe quoi, que vous ne nous avez pas raconté au sujet de Marit, c'est le moment de le faire. Tout pourrait nous être utile pour trouver le lien entre elle et les autres victimes.

Gösta regarda fixement Ola. Le sentiment qu'il avait eu lors de leur précédent entretien à Inventing revenait. Il y avait quelque chose qu'il ne voulait pas raconter.

Mais, sans détourner les yeux, Ola dit entre ses dents :

— Nous – ne – savons – rien ! Allez plutôt interroger la gouine, elle sait peut-être quelque chose, *elle* !

— Je… je…, bégaya Sofie. Elle regarda son père avec hésitation et sembla vouloir parler mais aucun son ne sortit de sa bouche. Je…, dit-elle encore, mais un regard d'Ola l'arrêta.

Puis elle se précipita dans la salle de bains pour vomir, la main plaquée sur la bouche.

— Ma fille est malade. Je veux que vous partiez maintenant.

Gösta interrogea silencieusement Hanna et celle-ci haussa les épaules. Ils se dirigèrent vers la porte. Il se demanda ce que Sofie avait essayé de leur dire sans y parvenir.

La bibliothèque était toujours calme et paisible le lundi matin. Auparavant elle était située à quelques minutes de marche du commissariat, puis elle avait déménagé dans un nouveau local et Patrik avait dû prendre la voiture pour s'y rendre. Il n'y avait personne à l'accueil quand il entra, mais après qu'il eut lancé un petit "bonjour", la bibliothécaire de Tanumshede sortit de derrière les rayons.

— Salut, qu'est-ce que tu fais là ? dit Jessica toute surprise en levant les sourcils.

Patrik réalisa que ça faisait un bail qu'il n'avait pas mis les pieds ici. Sans doute pas depuis le collège, même. Il évita de calculer combien d'années ça faisait. En tout cas, pas depuis que Jessica était bibliothécaire, puisqu'elle avait à peu près son âge.

— Salut. Eh bien, je voulais savoir si tu pouvais m'aider pour un truc.

— Bien sûr, dis-moi ce que je peux faire.

Patrik posa la serviette sur la table devant le comptoir et en sortit précautionneusement les pages de livre, et Jessica vint y jeter un regard curieux. C'était une fille grande et mince avec des cheveux châtain clair mi-longs rassemblés en une queue de cheval. Une paire de lunettes était placée tout au bout de son nez et Patrik se demanda si le port de lunettes faisait partie des critères de sélection pour la formation de bibliothécaire.

— J'ai quelques pages d'un livre pour enfants, dit Patrik. Tu crois qu'il y a moyen de savoir d'où elles proviennent ?

Jessica remonta ses lunettes et prit délicatement les pochettes plastique pour les examiner de plus près. Elle les posa côte à côte, puis elle les fit changer de place.

— Voilà, là elles sont dans l'ordre, dit-elle d'un air satisfait.

Patrik se pencha pour voir, et oui, effectivement, elle avait raison. A présent le conte se déroulait comme il devait, en commençant avec la page qui avait été glissée dans la bible d'Elsa Forsell. Il réalisa quelque chose. Les pages se trouvaient maintenant dans l'ordre où les victimes avaient été tuées. D'abord celle d'Elsa Forsell, puis celle de Börje Knudsen, celle de Rasmus Olsson et pour finir la page qui s'était trouvée dans la voiture de Marit Kaspersen.

— Ça m'aide déjà beaucoup, dit-il. Est-ce qu'on peut dire quelque chose sur le livre lui-même ? D'où il vient ?

Jessica réfléchit un moment, puis elle retourna derrière le comptoir et commença à pianoter sur le clavier de l'ordinateur.

— J'ai l'impression que c'est un livre assez vieux. Il ne date certainement pas d'hier. Ça se voit aux dessins.

— Et tu penses qu'il date de quand ?

Patrik eut du mal à dissimuler l'impatience dans sa voix.

Jessica le regarda par-dessus ses lunettes et, un instant, Patrik lui trouva une ressemblance hallucinante avec Annika. Puis elle dit :

— C'est ce que je suis en train d'essayer de voir. Si tu me laisses cinq minutes.

Patrik se sentit comme un écolier pris en défaut. Tout penaud, il ne dit plus rien, mais il contempla les doigts de Jessica qui volaient à toute vitesse au-dessus du clavier.

Au bout d'un petit moment, une éternité pour Patrik, elle dit :

— Il y a eu d'innombrables publications du conte de *Hänsel et Gretel* en Suède au fil des années. Mais j'ai exclu toutes celles d'après 1950, et là elles sont tout de suite beaucoup moins nombreuses. J'en ai détecté dix éditions différentes. Je dirais, mais c'est au conditionnel, que celle-ci date des années 1920. Je vais aller voir sur un site de livres d'occasion les différentes versions des années 1920.

Elle pianota encore un peu. Patrik s'efforça de faire preuve de patience.

Finalement elle dit :

— Regarde, tu le reconnais, ce dessin ?

Il alla se poster derrière elle pour mieux voir et il sourit en voyant une couverture de livre avec un dessin de la même facture que les illustrations dont il disposait.

— Ça, c'est la bonne nouvelle, dit Jessica sèchement. La mauvaise, c'est qu'il ne s'agit pas d'une édition exceptionnelle. Le livre a été imprimé en 1924 en mille exemplaires. Et la personne qui a eu ce livre en sa possession ne l'a peut-être pas acquis à sa sortie en librairie. Il ou elle a très bien pu l'acheter chez un bouquiniste. Là, sur des sites qui centralisent des livres d'occasion, je trouve dix exemplaires de ce livre, en vente partout dans le pays en ce moment même.

Patrik sentit le découragement le gagner. Il savait que sa tentative était plus que hasardeuse, mais il avait quand même nourri un petit espoir d'arriver à quelque chose *via* le livre. Il passa devant le comptoir et regarda rageusement les pages étalées sur la table. Il avait envie de les déchirer en mille morceaux, tant il était frustré, mais il se maîtrisa.

— Tu as vu qu'il en manque une ? dit Jessica en s'approchant de lui.

Patrik la regarda avec surprise.

— Non, je n'ai pas fait gaffe.

— Ça se voit aux numéros de page. Le premier feuillet porte les numéros cinq et six, ensuite ça saute à neuf et dix, puis onze et douze et le dernier feuillet, ce sont les pages treize et quatorze. Il manque le feuillet qui porte le numéro sept d'un côté et huit de l'autre.

Les pensées se bousculèrent dans le cerveau de Patrik. Il comprit instantanément ce que cela signifiait. Quelque part, il y avait une autre victime.

Il ne devait pas. Il le savait. Mais il ne pouvait s'en empêcher. Sœur n'aimait pas qu'il supplie, qu'il quémande l'inaccessible. Mais quelque chose en lui l'empêchait de cesser. Il avait besoin de savoir ce qu'il y avait au-dehors. Ce qu'il y avait au-delà de la forêt, au-delà des champs. Là où elle allait chaque jour, quand elle les laissait seuls dans la maison. Il était tout simplement obligé de savoir comment c'était, ce monde dont l'existence se rappelait à eux lorsqu'un avion passait dans le ciel, ou quand ils entendaient le bruit d'une voiture dans le lointain.

D'abord elle avait refusé. Elle avait dit que c'était hors de question. Le seul endroit où ils étaient en sécurité, où son petit oiseau de mauvais augure était en sécurité, c'était dans la maison, leur refuge. Mais il continuait de demander. Et chaque fois il avait l'impression de voir sa résistance faiblir. Il entendait l'insistance dans sa propre voix, le ton suppliant qui s'y glissait quand il parlait de l'inconnu, de ce qu'il voulait voir, rien qu'une seule fois.

Sœur se tenait toujours en silence à côté d'eux. Elle les observait, une peluche dans les bras et le pouce dans la bouche. Elle ne disait jamais qu'elle avait le même désir. Et elle n'oserait jamais demander. Mais il voyait parfois une lueur dans ses yeux, quand elle

*était assise sur le banc devant la fenêtre à regarder
la forêt qui semblait s'étendre à l'infini. Dans ces
moments-là, il voyait que le désir de sœur était aussi
grand que le sien.*

*C'est pourquoi il continuait de demander. Il sup-
pliait, il priait. Elle lui rappelait le conte qu'ils lisaient
si souvent. Le frère et la sœur curieux qui s'égaraient
dans la forêt. Qui étaient seuls et effrayés, prisonniers
d'une vilaine sorcière. Eux aussi pourraient s'égarer dehors. Elle les protégeait. Est-ce qu'ils avaient
envie de s'égarer ? Est-ce qu'ils voulaient risquer
de ne plus jamais retrouver le chemin de la maison ?
Elle les avait déjà sauvés de la sorcière une fois... Sa
voix paraissait si petite, si triste quand elle répondait à ses questions par d'autres questions. Mais, en
lui, quelque chose le poussait à continuer, même si
l'angoisse déchirait sa poitrine quand elle avait des
larmes aux yeux et que sa voix tremblait.*

L'attrait du dehors était si fort.

— Soyez les bienvenus !

Erling leur fit signe d'entrer dans le vestibule et il bomba un peu le torse devant les cameramen qui suivaient.

— Vous n'imaginez pas combien nous sommes contents, Viveca et moi, de vous avoir pour ce petit dîner d'adieu. Ici, chez nous, en toute simplicité, ajouta-t-il à la caméra en gloussant.

Les téléspectateurs allaient certainement apprécier cette visite chez *the rich and famous*, comme il l'avait dit à Fredrik Rehn en lui présentant l'idée. Fredrik avait évidemment trouvé que c'était génial. Laisser les participants venir pour un dîner de clôture chez l'huile la plus haut placée de la commune. C'était indéniablement bien vu.

— Allez, entrez, entrez, dit Erling et il les poussa dans le salon. Viveca va vous apporter un petit apéritif. Je ne me trompe pas, vous buvez tous, n'est-ce pas ? dit-il avec un clin d'œil en riant de bon cœur de sa petite plaisanterie.

Tout content de lui, il se dit que le téléspectateur comprendrait qu'il n'était pas le stéréotype du triste conseiller municipal en costume étriqué. Non, il savait très bien comment mettre de l'ambiance. Dans les congrès, c'était toujours lui qui racontait les meilleures blagues au sauna, oui, il était connu dans tous les milieux d'affaires pour être un vrai boute-en-train. Un killer, mais drôle.

— Tiens, voilà Viveca avec vos verres, dit-il lorsque sa femme entra.

Elle n'avait toujours pas prononcé un mot. Ils en avaient parlé avant l'arrivée de leurs invités et de l'équipe de tournage. Qu'elle se tienne à l'écart et lui laisse son quart d'heure de célébrité. Après tout, c'était quand même lui, l'initiateur de tout cela.

— J'ai pensé vous faire goûter un petit apéritif d'adulte pour changer un peu, dit Erling. Un authentique dry martini, un dry comme on dit à Stockholm.

Il rit encore, un peu trop fort, mais il voulait s'assurer d'être entendu quand il passerait à l'écran. Les jeunes reniflèrent le cocktail avec méfiance. Une olive piquée sur un cure-dent nageait à la surface.

— On est obligé de manger l'olive ? demanda Uffe en fronçant le nez de dégoût.

— Pas du tout, sourit Erling. Elle est surtout là pour décorer.

Uffe hocha la tête et fit cul sec tout en prenant garde de ne pas avaler l'olive.

D'autres suivirent son exemple et Erling, un peu troublé et tenant toujours son verre levé pour le toast, dit :

— Eh bien, j'avais l'intention de dire quelques mots pour vous souhaiter la bienvenue, mais je vois que certains avaient bien soif ! Allez, santé !

Il leva encore un peu plus son verre, reçut un murmure indéfini en réponse et trempa ensuite les lèvres dans son dry martini.

— Est-ce qu'on peut en avoir un autre ? dit Uffe en tendant son verre à Viveca.

Elle interrogea Erling du regard, et il fit oui de la tête. Au diable, il fallait bien que les jeunes s'amusent un peu !

Vers le dessert, Erling W. Larsson commença à éprouver un certain regret. Il se souvenait vaguement de la réunion où Fredrik Rehn l'avait mis en garde de servir trop d'alcool au dîner, mais il avait bêtement balayé ses avertissements. Il se rappelait avoir pensé que rien ne pouvait dépasser le voyage d'affaires du conseil municipal à Moscou en 1998. Ce qui s'était passé était encore un peu flou dans son esprit, mais quelques brefs souvenirs persistaient, qui comprenaient du caviar à la louche, des litres de vodka et un bordel. Erling n'avait pas réalisé que se pinter loin de chez soi était une chose, mais qu'avoir cinq jeunes complètement biturés dans sa propre maison en était une autre. Le repas avait été catastrophique. Ils n'avaient pas touché aux canapés aux œufs d'ablette, le risotto aux moules avait été accompagné de régurgitations simulées surtout de la part de ce barbare d'Uffe, et le point culminant semblait atteint maintenant qu'il entendait de véritables vomissements venant des toilettes. La seule chose qu'ils avaient mangée, c'était le dessert, et il imagina avec horreur le retour de la mousse au chocolat sur son carrelage de pierres brutes tout neuf.

— Il te restait du vin, Erling, mon chou, bafouilla Uffe en revenant triomphalement de la cuisine avec une bouteille de vin débouchée.

Avec un sentiment de résignation, Erling vit que c'était une de ses meilleures bouteilles qu'Uffe avait pris l'initiative d'ouvrir. Il sentit la colère monter mais se maîtrisa en réalisant que la caméra zoomait sur lui, dans l'espoir d'une telle réaction.

— Tiens donc, quelle chance, dit-il entre ses dents tout en affichant un sourire de crocodile. Puis il envoya un appel à l'aide silencieux à Fredrik Rehn. Le producteur sembla cependant estimer que le conseiller spécial n'avait qu'à s'en prendre à lui-même, et il tendit son verre vide à Uffe.

— J'en reprendrai bien un peu aussi, Uffe, dit-il, sans un regard pour Erling.

— Moi aussi, dit Viveca qui avait assisté au dîner sans prononcer un mot, mais qui défiait maintenant ouvertement son mari.

Erling bouillonnait intérieurement. C'était une mutinerie. Il souriait toujours à la caméra.

Moins d'une semaine avant le mariage, Erica commençait à se sentir un peu stressée, mais tout le côté pratique était réglé. Anna et elle avaient bossé comme des bêtes pour tout gérer, les fleurs, le plan de table, l'hébergement des invités, la musique, tout. Elle jeta un regard soucieux à Patrik qui mâchouillait sans entrain une tartine de l'autre côté de la table du petit-déjeuner. Elle lui avait préparé du chocolat chaud et du pain grillé tartiné avec du *kaviar** et du fromage, ce qui donnait habituellement des haut-le-cœur à Erica, mais elle était prête à faire pratiquement n'importe quoi pour qu'il se nourrisse un peu. Elle se dit qu'il n'aurait en tout cas aucun problème pour rentrer dans le frac.

Ces derniers jours, Patrik avait été comme un zombie à la maison. Il était rentré le soir, avait mangé, était

* Pâte d'œufs de cabillaud salée, une des garnitures les plus répandues sur les tartines suédoises.

tombé dans le lit puis était reparti au commissariat tôt le lendemain matin. Son visage était gris et tiré, marqué par la fatigue et la frustration. Erica avait également commencé à y lire une certaine résignation. Cela faisait une semaine qu'il lui avait parlé d'une autre victime quelque part. Ils avaient de nouveau contacté tous les districts de police du pays, mais sans résultat. La voix chargée de désespoir, il lui avait aussi raconté comment ils avaient repassé en revue toutes les données en leur possession, une fois, deux fois, trois fois, encore et encore, sans rien trouver qui leur permît d'avancer. Gösta avait parlé au téléphone avec la mère de Rasmus, mais elle non plus ne connaissait pas les noms d'Elsa Forsell et de Börje Knudsen. L'enquête piétinait.

— Qu'est-ce que tu as au programme aujourd'hui ? demanda Erica en s'efforçant d'adopter un ton neutre.

Patrik grignotait comme une souris un coin de sa tartine. En un quart d'heure il n'avait réussi à en avaler que la moitié. Sa voix était morne quand il répondit :

— Attendre un miracle.

— Mais vous ne pouvez pas obtenir une aide extérieure ? Des autres districts qui sont frappés ? Ou de la police nationale, je ne sais pas, moi ?

— J'ai déjà été en contact avec Lund, Nyköping et Borås. Ils bossent, eux aussi. Et la nationale… Eh bien j'avais espéré qu'on allait s'en sortir tout seuls, mais ça nous pend au nez maintenant. On sera obligés de demander du renfort.

Pensivement il croqua une autre minuscule bouchée, et Erica ne put s'empêcher de se pencher pour lui caresser la joue.

— Tu es toujours d'accord pour samedi ?

Il la regarda tout surpris, puis ses traits s'adoucirent et il embrassa sa main, au milieu de la paume.

— Ma chérie, bien sûr que je suis d'accord ! Ça sera un jour fantastique, le plus beau de notre vie, juste après celui de la naissance de Maja, évidemment. Et je serai totalement concentré sur toi et notre grand jour. Ne t'inquiète pas pour ça. J'ai hâte d'y être, crois-moi.

Erica l'observa attentivement, mais il semblait totalement sincère.

— Sûr ?

— Sûr, sourit Patrik. Et ne va pas croire que je ne sais pas l'énorme boulot que vous avez abattu, Anna et toi.

— Tu as été pris de ton côté. Et je crois que ça a été une bonne chose pour Anna, dit Erica avec un coup d'œil sur le séjour où sa sœur s'était installée dans le canapé avec Emma et Adrian pour regarder les émissions pour enfants.

Maja dormait toujours et, malgré l'humeur sombre de Patrik, être seuls tous les deux un moment restait un luxe.

— J'aurais seulement voulu…

Erica ne termina pas sa phrase, mais Patrik lut dans ses pensées.

— Tu aurais seulement voulu que tes parents soient là.

— Oui, et non… Pour être tout à fait franche, j'aurais voulu que papa soit là. Maman aurait sans doute prêté aussi peu d'intérêt que d'habitude à ce qu'on fait, Anna et moi.

— Vous n'en avez jamais parlé, d'Elsy ? Pourquoi elle était comme ça ?

— Non, dit Erica pensivement. Mais moi j'y ai beaucoup pensé. A la raison pour laquelle on sait si peu de chose sur la vie de maman avant sa rencontre avec papa. La seule chose qu'elle nous a dite, c'est que nos grands-parents étaient morts depuis longtemps. On ne sait rien de plus. On n'a jamais vu de photos. C'est quand même bizarre, tu ne trouves pas ?

— Oui, indéniablement. Tu n'as qu'à faire un peu de généalogie. Tu es bonne en général pour fouiller partout et dénicher des renseignements. Tu pourrais t'y mettre dès que le mariage sera expédié.

— Expédié ? dit Erica sur un ton qui n'augurait rien de bon. Tu vois notre mariage comme quelque chose qu'il faudra "expédier" ?

— Non, dit Patrik.

Il se tut. Il trempa sa tartine dans le chocolat. Il savait quand il valait mieux se faire tout petit. Quand on a la bouche pleine, on ne dit pas de bêtises…

— Eh bien, voilà que la fête est finie.

Lars avait voulu les rencontrer dans un contexte plus léger que d'ordinaire et il les avait invités au *Pappas Lunchcafé*, situé dans Affärsvägen à Tanumshede.

— Ça va être un putain de soulagement de me tirer d'ici, dit Uffe en se fourrant un petit gâteau dans la bouche.

Dégoûtée, Jonna le regarda. Elle mangeait une pomme.

— Quels sont vos projets ? dit Lars en buvant son thé assez bruyamment.

Les jeunes l'avaient regardé avec fascination mettre six morceaux de sucre dans sa tasse.

— Comme d'hab, dit Calle. Je vais rentrer voir mes potes. Sortir faire un peu la teuf. Paraît que j'ai manqué aux meufs au *Kharma*.

Il rigola, mais quelque chose dans son regard était comme mort.

Les yeux de Tina se mirent à scintiller.

— Ce n'est pas là qu'elle va, la princesse Madeleine ?

— Madde, si, si, dit Calle avec nonchalance. Elle sortait avec un de mes potes à un moment.

— Ah oui ?

Tina fut impressionnée et, pour la première fois en près d'un mois, elle regarda Calle avec un certain respect.

— Ouais, mais il l'a larguée ensuite. Mamounette et papounet n'arrêtaient pas de venir mettre leur grain de sel tout le temps.

— Mamounette et… Ooohhh, fit Tina et ses yeux devinrent encore plus ronds. C'est cool…

— Bon, et qu'est-ce que tu vas faire alors ? demanda Lars à Tina.

Elle se redressa.

— Je pars en tournée.

— En tournée, souffla Uffe avec mépris. Tu vas sortir avec Drinken et chanter un morceau tous les soirs et ensuite tu bosseras au bar. C'est pas ce que j'appellerais une tournée…

— Il y a vachement de clubs qui ont appelé, ils veulent que je vienne chanter *I Want to Be Your Little Bunny*, dit Tina. Drinken m'a dit qu'il y aurait un tas de gens des labels aussi.

— Oui, et ce que dit Drinken, c'est parole d'évangile, ironisa Uffe en roulant des yeux.

— Oh putain, ça va être un bonheur d'être débarrassée de toi, t'es si… négatif tout le temps ! siffla Tina.

Elle lui tourna ostensiblement le dos. Les autres se régalaient du spectacle.

— Et toi, Mehmet ?

Les regards de tous se dirigèrent sur Mehmet qui n'avait pas dit un mot depuis leur arrivée dans le café.

— Je vais rester ici, dit-il en se préparant avec bra-
vade à leur réaction.

Elle ne se fit pas attendre longtemps. Cinq paires
d'yeux se tournèrent vers lui.

— Quoi ? Tu vas rester ? Ici ?

On aurait pu croire que Calle venait de voir Mehmet
se transformer en grenouille devant ses yeux.

— Oui, je vais continuer à bosser à la boulangerie.
J'ai sous-loué mon appart pour quelque temps.

— Et tu vas habiter où ? Chez *Simon*, c'est ça ?

Les paroles de Tina se répandirent dans le local et,
comme Mehmet ne répondait pas, un silence lourd
s'installa autour de la table.

— C'est vrai ? Non mais, vous sortez ensemble,
ou quoi ?

— Non, on ne sort pas ensemble, cracha Mehmet.
Et si c'était le cas ça ne te regarderait pas. On est…
potes, simplement.

— *Simon and Mehmet, sitting in a tree, K-I-S-S-I-N-G,*
chanta Uffe en se marrant tellement qu'il faillit tomber de sa chaise.

— Arrêtez, laissez Mehmet tranquille, dit Jonna,
presque dans un chuchotement, ce qui bizarrement
les stoppa net. Je trouve que tu as du courage, Mehmet. Tu vaux mieux que nous tous !

— Qu'est-ce que tu veux dire, Jonna ? demanda
Lars doucement en inclinant la tête. En quoi vaut-il
mieux ?

— Il est juste, dit Jonna en tirant sur ses manches.
Je dirais même gentil.

— Et toi, tu n'es pas gentille ? dit Lars.

— Non, dit Jonna à voix basse.

Dans sa tête, elle se rejoua la scène devant le
foyer cantonal, la haine qu'elle avait éprouvée pour

Barbie, combien elle avait été humiliée par tout ce qu'elle avait raconté sur elle, l'envie de lui faire du mal. Elle avait ressenti une vraie satisfaction à l'instant où elle avait égratigné la peau de Barbie avec le couteau. Quelqu'un de gentil n'aurait pas fait ça. Mais elle n'en dit rien. Elle se contenta de regarder par la fenêtre et d'observer la circulation dehors. Les cameramen avaient déjà plié bagage, ils étaient partis. Et c'était ce qu'elle allait faire, elle aussi. Rentrer chez elle. Trouver un grand appartement vide. Des petits mots sur la table de la cuisine disant que ce n'était pas la peine qu'elle les attende. Des brochures sur différentes formations professionnelles qui avaient été laissées exprès sur la table du séjour. Affronter le silence.

— Et toi, qu'est-ce que tu vas faire maintenant ? dit Uffe à Lars, sur un ton légèrement impertinent. Maintenant que tu n'as plus à nous bichonner ?

— Je n'aurai pas de mal à trouver une occupation, dit Lars en buvant une gorgée de son thé sucré. Je vais avancer dans l'écriture de mon livre, peut-être ouvrir un cabinet aussi. Et toi, Uffe ? Tu n'as pas dit ce que tu allais faire.

Avec une nonchalance feinte, Uffe haussa les épaules.

— Bof, rien de spécial. Je ferai probablement le tour des bars un moment. Sans doute que j'entendrai ce foutu *I Want to Be Your Little Bunny* jusqu'à le vomir. Il lorgna du côté de Tina. Et ensuite… ben je ne sais pas. Je trouverai.

Un instant, une hésitation apparut derrière le masque du frimeur. Puis elle disparut et il poussa son rire habituel.

— Hé, regardez ce que je sais faire.

Il prit la cuillère à café et la mit en équilibre sur son nez. Il n'avait certainement pas l'intention de se faire du mouron pour l'avenir. Les mecs qui savent balancer des cuillères sur le nez s'en sortent toujours.

En levant le camp pour aller rejoindre le car qui allait les conduire loin de Tanum, Jonna s'arrêta un instant. Une brève seconde, elle avait eu l'impression de voir Barbie assise parmi eux. Avec ses longs cheveux blonds, ses faux ongles qui l'empêchaient de faire quoi que ce soit. Riant, avec l'éclat doux et gentil qu'elle avait dans les yeux, mais qu'ils avaient tous pris pour de la faiblesse. Jonna comprit qu'elle s'était trompée. Mehmet n'était pas le seul, Barbie aussi avait été gentille. Pour la première fois elle se mit à réfléchir à ce vendredi soir, quand tout était allé de travers. Qui avait réellement dit quoi ? Qui avait répandu ce que Jonna prenait désormais pour des mensonges ? Qui les avait manipulés comme des marionnettes ? Quelque chose surgit fugitivement dans son esprit. Le car avait quitté Tanumshede. Elle regarda par la fenêtre. A côté d'elle, la place était vide.

Vers dix heures du matin, Patrik commença à regretter de ne pas s'être forcé à manger davantage au petit-déjeuner. Il se sentait affamé et alla chercher dans la cuisine du commissariat quelque chose de mangeable. Il avait de la chance, un petit pain à la cannelle était posé sur la table, tout seul dans un sachet. Il l'engloutit avidement. Pas très consistant, mais ça ferait l'affaire. En revenant dans son bureau, il avait encore la bouche pleine lorsque le téléphone sonna. C'était Annika. Il essaya d'avaler en vitesse, mais faillit s'étrangler.

— Allô ? toussota-t-il.

— Patrik ?

Il avala de nouveau et réussit à faire passer le reste du petit pain.

— Oui, c'est moi.

— Tu as de la visite, dit-elle.

Il entendit à sa voix que c'était important.

— C'est qui ?

— Sofie Kaspersen.

Son intérêt s'éveilla. La fille de Marit ? Qu'est-ce qu'elle pouvait bien lui vouloir ?

— Envoie-la-moi, dit-il, puis il sortit dans le corridor pour l'accueillir.

Elle avait l'air assez ravagé et pâle, et il se rappela vaguement que Gösta avait parlé d'un problème intestinal quand ils étaient allés chez Ola.

— Il paraît que tu as été malade. Ça va mieux maintenant ? dit-il en la faisant entrer dans son bureau.

— Oui, j'avais chopé une gastro. Mais ça va. J'ai simplement perdu quelques kilos, dit-elle avec un petit sourire.

— Ah, ça m'intéresse, tu peux peut-être me la refiler alors, dit-il dans une tentative pour alléger l'atmosphère.

La fille semblait terrorisée. Patrik attendit qu'elle se décide à parler.

— Vous avez appris autre chose… pour maman, finit-elle par dire.

— Non. On est embourbés jusqu'au cou, répondit Patrik.

— Alors vous ne savez pas quel est le rapport entre elle et les autres ?

— Non. Patrik se demanda où elle voulait en venir et il prit des gants pour poursuivre : Je suppose que le lien se trouve dans quelque chose que nous n'avons pas encore découvert. Quelque chose que nous ne savons pas… au sujet de ta maman, et des autres.

— Mmm, se contenta de répondre Sofie, qui semblait toujours hésiter sur la marche à suivre.

— Il est important que nous sachions tout. Pour pouvoir trouver celui qui t'a enlevé ta maman.

Il avait pris un ton suppliant, mais il voyait bien que de toute façon Sofie avait envie de lui confier quelque chose. Quelque chose concernant sa mère.

Après un autre long silence, sa main se dirigea lentement vers la poche de sa veste. Les yeux baissés, elle en tira une feuille de papier qu'elle tendit à Patrik. Quand il se mit à lire, elle leva la tête et l'étudia intensément.

— Où as-tu trouvé ça ? dit Patrik.

Il sentit un espoir renaître dans son esprit.

— Dans une boîte. Chez papa. Mais ce sont les affaires de maman, des choses qu'elle avait gardées. C'était avec un tas de photos et des trucs comme ça.

— Est-ce que ton père sait que tu as trouvé ça ? dit Patrik.

Sofie secoua énergiquement la tête. Ses cheveux sombres et raides dansaient autour de sa figure.

— Non, et ça ne va pas lui faire plaisir. Mais les inspecteurs de police qui sont venus chez nous la semaine dernière ont dit qu'on devait vous contacter si on savait quelque chose et, ben, j'ai eu l'impression que je devais vous le dire. Pour maman, ajouta-t-elle et elle se mit à étudier ses ongles, embarrassée.

— Tu as bien fait, dit Patrik. Nous avions besoin de cette information, je pense même que tu nous as peut-être donné la clé.

Il eut du mal à dissimuler son excitation. Tant de choses se mettaient en place à présent. D'autres morceaux du puzzle tournoyèrent dans sa tête : le casier judiciaire de Börje, les séquelles de Rasmus, la culpabilité d'Elsa. Tout collait.

— Je peux le garder ?

Patrik agita le papier.

— Vous ne pouvez pas plutôt faire une copie ? demanda Sofie.

— Absolument. Et si ton père fait des histoires, tu me l'envoies. Tu as agi comme il fallait.

Il fit une copie sur l'appareil dans le couloir, rendit l'original à Sofie et la raccompagna à la porte. Patrik la regarda longuement tandis qu'elle traversait la route, la tête baissée et les mains profondément enfouies dans ses poches. Elle allait apparemment chez Kerstin. Il l'espérait en tout cas. Elles avaient besoin l'une de l'autre, plus sans doute qu'elles ne le comprenaient.

Avec une lueur triomphale dans les yeux, il rentra pour mettre tout le monde au boulot. Enfin, enfin, la percée était là !

La semaine que venait de vivre Bertil Mellberg avait été la meilleure de sa vie. Il avait du mal à croire que c'était vrai. Rose-Marie était restée dormir encore deux fois, et même si les activités nocturnes lui laissaient des valises sous les yeux, ça le valait. Il se surprit à fredonner tout seul par moments, et il lui était arrivé aussi de faire quelques petites cabrioles de joie. Mais seulement quand personne ne le voyait.

Elle était fantastique. Il n'en revenait pas de sa chance. Que cette perfection faite femme l'ait choisi, lui. Non, il n'en revenait tout simplement pas. Ils avaient déjà commencé à évoquer le futur. Qu'un avenir existe pour eux deux, c'était une évidence. Aucune hésitation à avoir là-dessus. Mellberg, qui avait toujours nourri un scepticisme salutaire quant à la possibilité de vivre une relation stable, avait à présent du mal à garder son calme.

Ils avaient beaucoup parlé du passé aussi. Il avait parlé de Simon et avait montré des photos du fils qui était entré si tard dans sa vie. Rose-Marie avait dit qu'il était très beau, qu'il ressemblait à son père et qu'elle se ferait une joie de le rencontrer. Pour sa part, elle avait une fille à Kiruna, et une autre aux Etats-Unis. Si loin, toutes les deux, avait-elle dit, du chagrin plein la voix, puis elle avait montré des photos de ses deux petits-enfants qui vivaient en Amérique. Elle lui avait proposé de l'accompagner l'été prochain quand elle irait les voir, et il avait acquiescé avec ardeur. L'Amérique, il avait toujours rêvé d'y aller. Pour être tout à fait honnête, il n'avait jamais franchi les frontières de la Suède, en dehors d'une petite virée par le pont de Svinesund* qui ne comptait guère pour un voyage à l'étranger. Rose-Marie réfléchissait à la possibilité d'acheter un appartement à temps partagé en Espagne, elle le lui avait confié une nuit, quand elle était couchée sur son bras. Un immeuble chaulé de blanc, appartement avec balcon, vue sur la mer, piscine privée et des bougainvillées qui grimpaient sur la façade et parfumaient l'atmosphère. Mellberg l'imaginait parfaitement. Rose-Marie et lui assis sur le balcon dans la tiédeur du soir, serrés l'un contre l'autre et sirotant un cocktail. Une idée s'était éveillée en lui et refusait de le lâcher. Dans la pénombre de la chambre, il avait

---

* Le détroit de Svinesund sépare le Bohuslän suédois de l'Østfold norvégien. Le pont qui le traverse est un des plus importants passages entre les deux pays.

tourné son visage vers elle et, dans un souffle, il avait proposé qu'ils achètent l'appartement ensemble. Au début, elle ne fut pas aussi enthousiaste qu'il l'avait espéré, plutôt inquiète. Elle avait dit que dans ce cas il faudrait veiller à bien établir le contrat, pour que l'argent ne soit pas source de conflit entre eux. Il ne fallait pas en arriver là. Il avait souri et embrassé le bout de son nez. Elle était tellement mignonne quand elle s'inquiétait. Mais ils avaient fini par se mettre d'accord pour l'achat commun.

Assis là dans le fauteuil de son bureau, les yeux fermés, il pouvait presque sentir la brise tiède sur ses joues. L'odeur de crème solaire et de pêches mûres. Des rideaux qui volaient au vent et apportaient les senteurs iodées de la mer. Il se vit se pencher vers Rose-Marie, soulever le bord de son chapeau de soleil et… Un coup frappé à la porte le tira de ses rêves éveillés.

— Entrez, dit-il hargneusement.

Il descendit vivement les pieds de la table et commença à tripoter les papiers devant lui.

— Il vaut mieux que ça soit important, parce que je suis occupé, dit-il à Hedström qui entra.

Patrik hocha la tête et s'assit.

— C'est très important, dit-il et il posa la copie du document de Sofie sur la table.

Mellberg lut. Et, pour une fois, il fut d'accord.

Le printemps avait quelque chose qui la rendait triste. Elle allait au boulot, accomplissait ses tâches, rentrait, passait la soirée avec Lennart et les chiens et ensuite allait se coucher. La même routine qu'aux autres saisons, mais c'était précisément au printemps qu'elle avait ce sentiment d'absurdité. En réalité, sa vie était très confortable. Lennart et elle avaient une relation meilleure et plus stable que la plupart des couples mariés qu'elle connaissait, les chiens étaient des membres de la famille follement aimés, et ils avaient leur grande passion pour le *hot rod* qui les menait sur les pistes de courses partout en Suède et qui leur avait apporté beaucoup d'amis. En été, à l'automne et en hiver, c'était amplement suffisant. Mais au printemps, pour une raison ou une autre, elle sentait toujours qu'il manquait quelque chose. C'était alors que son désir d'enfants la frappait de toute sa force. Pourquoi, elle n'en savait rien. Peut-être parce que sa première fausse couche avait eu lieu au printemps. Le 3 avril, une date qui serait à jamais gravée dans son cœur. Bien que cela fasse plus de quinze ans maintenant. Huit autres fausses couches avaient suivi, et d'innombrables visites médicales, examens, traitements. Mais en vain. Ils avaient fini par accepter l'évidence en vivant du mieux qu'ils pouvaient. Bien sûr, ils avaient également parlé d'adoption, mais ça ne s'était pas fait. Toutes ces années de déceptions les avaient rendus vulnérables et hésitants. Ils n'osaient pas poser leurs cœurs sur la balance encore une fois. Et bien qu'elle considère qu'elle vivait une vie bonne le reste de l'année, au printemps elle regrettait toujours l'absence d'enfants. Ses petits garçons et petites filles, qui pour une raison inconnue n'avaient pas été prêts à affronter la vie dans son utérus ou la vie tout court. Parfois elle les imaginait comme de petits anges, des êtres miniatures qui volaient autour d'elle comme autant de promesses. C'étaient des journées difficiles. Aujourd'hui était un de ces jours.

Annika chassa les larmes en clignant des yeux et essaya de se concentrer sur le fichier Excel affiché à l'écran. Personne au commissariat n'était au courant de sa tragédie personnelle, ils savaient seulement qu'Annika et Lennart n'avaient pas d'enfants, et elle ne voulait pas se ridiculiser en pleurant à son poste. Elle plissa les yeux pour faire coïncider les données dans les différentes cases. Le nom du propriétaire de chien à gauche et l'adresse à droite. Cela avait pris plus de temps qu'elle ne pensait, mais à présent elle disposait des adresses de tous les noms de sa liste. Annika sauvegarda le document sur une disquette et l'éjecta de l'ordinateur. Les enfants-anges volaient autour d'elle, demandaient comment ils se seraient appelés, à quels jeux ils auraient joué ensemble, ce qu'ils seraient devenus quand ils auraient été grands. Annika sentit les larmes monter et regarda l'heure. Onze heures et demie, elle devrait pouvoir rentrer déjeuner à la maison aujourd'hui. Elle avait besoin d'un moment de calme chez elle. Mais d'abord il fallait qu'elle donne la disquette à Patrik. Elle savait qu'il voulait toutes les informations le plus rapidement possible.

Dans le corridor, elle croisa Hanna et entrevit une occasion de se soustraire aux regards scrutateurs de Patrik.

— Salut Hanna, dit-elle. Je peux te demander de déposer cette disquette chez Patrik ? C'est la liste avec les adresses des propriétaires de chiens. Je… je vais rentrer déjeuner chez moi aujourd'hui.

— Tu ne te sens pas bien ?

Hanna parut se faire du souci pour elle. Annika se força à sourire.

— Si, ça va, j'ai simplement envie de manger un truc fait maison.

— D'accord, dit Hanna sans avoir l'air convaincue. Je donnerai ta disquette à Patrik. A plus tard alors.

— A plus tard, dit Annika.

Elle se dépêcha de sortir. Les enfants-anges la suivirent tout au long du chemin.

Patrik leva les yeux quand Hanna entra.

— Tiens, Annika te fait passer une disquette. Les propriétaires de chiens.

Elle tendit la disquette et Patrik la posa sur sa table.

— Assieds-toi une minute, dit-il en montrant la chaise devant le bureau.

Elle obéit et Patrik la regarda attentivement.

— Comment ça s'est passé pour toi, ce premier mois ici ? Tu arrives à trouver ta place ? Ça a été un début un peu turbulent peut-être ?

Il sourit et reçut un faible sourire en retour. Pour être sincère, il s'était fait quelque souci pour sa nouvelle collègue. Elle avait l'air épuisée. Bon, c'était sans doute plus ou moins leur lot à tous après ces semaines éprouvantes, mais il y avait autre chose. Son visage avait quelque chose de transparent, quelque chose de plus que la fatigue ordinaire. Ses cheveux blonds étaient comme toujours coiffés en arrière en une queue de cheval, mais ils étaient ternes et la peau sous ses yeux paraissait fragile et sombre.

— Super bien, dit-elle joyeusement. Elle ne parut pas se rendre compte de l'intérêt particulier que lui portait Patrik. Je me sens vraiment bien ici, j'adore être débordée. Elle regarda autour d'elle tous les documents et photos qui étaient affichés sur les murs, et elle se tut. D'accord, je me suis mal exprimée. Mais tu comprends ce que je veux dire.

— Je comprends. Et Mellberg, ça s'est… Il chercha le mot qui convenait : Est-ce qu'il a été correct ?

Hanna rit et l'espace d'un instant son visage s'adoucit. Patrik retrouva la femme qui avait commencé son travail chez eux cinq semaines plus tôt.

— Pour tout dire, je l'ai à peine vu, si bien que, oui, on peut dire qu'il a été correct. S'il y a une chose que j'ai apprise au cours de ces semaines, c'est que celui que tout le monde considère comme le chef, c'est toi. Et il faut dire que tu t'en tires plus qu'honorablement.

Patrik se sentit rougir malgré lui. Ce n'était pas souvent qu'on lui jetait des fleurs, et il ne savait pas trop comment le prendre.

— Merci, murmura-t-il avant de changer de sujet. Je vais faire un nouvel exposé d'ici une heure. Rassemblement dans la cuisine, je trouve qu'on est trop à l'étroit dans mon bureau.

— Il y a du nouveau ? dit Hanna en se redressant sur la chaise.

— Oui. Oui, on peut le dire comme ça. Patrik sourit. Il se peut qu'on ait trouvé la clé de ce qui lie les cas entre eux, dit-il et son sourire s'agrandit.

— Le lien ? Tu l'as trouvé ?

Hanna se redressa encore un peu plus.

— Ben, pas moi. On pourrait dire que c'est venu à moi. Mais il me faut passer deux coups de fil d'abord pour avoir une confirmation définitive, et je ne dirai rien avant mon exposé. Seul Mellberg est au courant pour l'instant.

— D'accord, alors on se voit dans une heure, dit Hanna, et elle lui lança un dernier regard avant de se lever et de quitter le bureau.

Patrik n'arrivait toujours pas à se défaire du sentiment que quelque chose n'allait pas. Mais il se dit qu'elle se confierait à lui en temps voulu.

Il prit le téléphone et composa le premier numéro.

— Nous avons trouvé le lien que nous cherchions.

Patrik regarda l'assemblée en se régalant de l'effet de son annonce. Ses yeux s'arrêtèrent un instant sur Annika, elle avait les yeux rouges comme si elle avait pleuré. C'était très inhabituel, Annika était toujours gaie et positive dans toutes les situations, et il nota mentalement de lui parler après la réunion.

— Aujourd'hui, Sofie Kaspersen m'a fourni le morceau du puzzle manquant. Elle est venue nous montrer un vieil article qu'elle avait trouvé parmi les affaires de sa mère. Gösta et Hanna ont rendu visite à Sofie et son père la semaine dernière, et ils ont apparemment réussi à établir un bon contact avec elle, ce qui l'a déterminée à venir nous voir. Du bon boulot ! dit-il avec un signe de la tête pour montrer sa reconnaissance. L'article… Il ne résista pas à la tentation de marquer une pause pour ménager ses effets. L'article relate qu'il y a vingt ans, Marit a été mêlée à un accident de voiture, où une personne a trouvé la mort. Elle a percuté une dame âgée qui n'a pas survécu et, au test d'alcoolémie, son taux d'alcool était trop élevé. Elle a été condamnée à onze mois de prison.

— Comment se fait-il qu'on n'a pas entendu parler de ça plus tôt ? demanda Martin. C'était avant qu'elle vienne s'installer ici ?

— Non, Ola et elle avaient vingt ans, ils étaient là depuis un an quand c'est arrivé. Mais c'était il y a long-temps, les gens oublient, et la sympathie pour Marit a dû jouer aussi. Son alcoolémie ne dépassait la limite légale que de très peu, elle avait pris le volant après avoir mangé chez une amie et bu un peu de vin. Je le sais, parce que j'ai localisé les documents relatifs à l'accident. Nous les avions dans les archives.

— Nous disposions donc de ces données depuis le début ? dit Gösta incrédule, et Patrik hocha la tête.

— Oui, je sais, mais il ne faut pas s'étonner qu'on ne les ait pas trouvées. Il y a tellement longtemps que c'est arrivé que ça n'a pas été numérisé dans une base de données, et on n'avait pas de raison de descendre aux archives parcourir les documents au hasard. Et définitivement aucune de fouiller la boîte des condamnations pour ivresse au volant.

— Mais tout de même…, marmonna Gösta, visiblement sonné.

— J'ai vérifié avec Lund, Nyköping et Borås. Rasmus Olsson est allé s'encastrer dans un arbre avec sa voiture. Son passager, un copain de son âge, est mort, et lui-même est resté handicapé. Rasmus était ivre au moment de l'accident. Börje Knudsen a un casier judiciaire long comme mon bras. L'une des condamnations concerne un accident qui a eu lieu il y a quinze ans. Il a percuté de plein fouet une voiture arrivant en face, et une petite fille de cinq ans a trouvé la mort. Cela correspond donc dans trois cas sur quatre, ils conduisaient tous en état d'ébriété et ils ont tous causé la mort de quelqu'un.

— Et Elsa Forsell ? dit Hanna en dévisageant Patrik.

— C'est le seul cas où je n'ai pas encore pu obtenir de confirmation. Nyköping n'a rien au sujet d'une condamnation la concernant, mais le prêtre de son église parlait sans arrêt de la "faute" d'Elsa. Je suis persuadé que le lien existe, simplement on ne l'a pas encore trouvé. Je vais appeler Silvio Mancini, le prêtre, après la réunion, pour voir si je peux lui en soutirer davantage.

— Du bon boulot, Hedström, dit Mellberg de façon tout à fait inattendue.

Tous les regards se posèrent sur lui.

— Merci, dit Patrik. Il était tellement surpris qu'il ne fut même pas gêné. Des louanges de la part de Mellberg, c'était comme… eh bien il ne trouvait même pas de comparaison adéquate. On ne recevait tout simplement pas de louanges de la part de Mellberg. Point final. Légèrement troublé par le commentaire inespéré, Patrik poursuivit : Ce qu'il nous reste à faire maintenant, c'est travailler à partir de ce nouveau point. Trouver le plus de détails possible concernant les accidents. Gösta, tu te chargeras de Marit, Martin tu prendras Borås, Hanna, tu prends Lund et j'essaierai d'en savoir plus sur Elsa Forsell à Nyköping. Des questions ?

Personne ne répondit, et Patrik déclara la réunion terminée. Puis il alla appeler Nyköping dans son bureau. Une nouvelle excitation, une sorte de frénésie flottait dans le commissariat. Elle était tellement palpable que Patrik avait l'impression de pouvoir la toucher avec la main. Il marqua un arrêt dans le couloir, prit une grande inspiration et alla téléphoner.

Quand il rentrait voir sa famille et ses amis en Italie, on lui posait souvent la même question : Comment pouvait-il se sentir à l'aise là-haut dans le Nord si froid ? Les Suédois n'étaient-ils pas un peu bizarres ? D'après ce qui se disait, ils restaient enfermés chez eux la plupart du temps sans pratiquement se parler. Et ils avaient du mal à gérer l'alcool. Ils buvaient comme des trous et se mettaient toujours dans des états lamentables. Comment faisait-il pour y vivre ?

Silvio dégustait alors un verre de bon vin rouge, il regardait l'oliveraie de son frère et répondait :

— Les Suédois ont besoin de moi.

C'est ainsi qu'il le ressentait. Quand il était arrivé en Suède quelque trente ans plus tôt, c'était comme une aventure. Une offre de travail temporaire dans la paroisse catholique de Stockholm lui avait fourni le prétexte qu'il avait toujours recherché, une raison de se rendre dans ce pays qui lui avait toujours paru mythique et étrange. Pour finir, pas si étrange que ça. Il était presque mort de froid le premier hiver, avant d'apprendre qu'il fallait mettre trois épaisseurs de vêtements pour pouvoir sortir dehors en janvier. Mais il avait quand même été conquis dès le premier coup d'œil. Épris de la lumière, de la nourriture, de l'âme ardente des Suédois sous une apparence froide. Il avait appris à apprécier et à comprendre les petits gestes, les commentaires discrets, l'amabilité feutrée de ces blonds Nordiques. Sauf que cette dernière affirmation n'était pas tout à fait exacte. En atterrissant sur le sol suédois, il avait été sidéré de découvrir que tous les Suédois n'étaient pas blonds aux yeux bleus, loin de là.

En tout cas, il était resté. Après dix ans dans la paroisse de Stockholm, l'occasion s'était présentée pour lui de diriger sa propre paroisse à Nyköping. Avec le temps, un petit accent local s'était même glissé dans son italo-suédois et il ne s'offusquait pas de l'hilarité qu'éveillait parfois cet étrange mélange. S'il y avait une chose dont les Suédois étaient peu friands, c'était le rire. Les gens n'associaient peut-être pas le catholicisme avec la joie et les éclats de rire, mais, pour lui, la religion, c'était justement ça. Si l'amour pour Dieu n'était pas lumière et allégresse, que serait-il alors ?

Au début, cela avait surpris Elsa. Elle était venue vers lui, peut-être dans l'espoir de trouver un fouet et un cilice. Au lieu de cela, elle trouva une main tendue et un regard aimable. Ils en avaient tant parlé. Son sentiment de faute, son besoin de châtiment. Au fil des ans, il l'avait doucement guidée à travers toutes les strates des notions de faute et de pardon. La partie la plus importante du pardon était le regret. Le regret sincère. Et cela, Elsa l'éprouvait à l'excès. Pendant plus de vingt-cinq ans, elle avait regretté, chaque jour et chaque seconde. C'était long sous un tel joug. Il était heureux d'avoir pu la soulager ne serait-ce qu'un peu de son fardeau, pour lui permettre de respirer pendant quelques années. Jusqu'à sa mort.

Il plissa le front. Il avait beaucoup pensé à la vie d'Elsa – et à sa mort – depuis la visite des policiers. Avant aussi d'ailleurs. Leurs questions avaient réveillé un tas de sentiments et de souvenirs. Mais la confession était sacrée. La confiance entre un prêtre et un pénitent ne devait pas être trahie. Il le savait. Pourtant les pensées tournoyaient dans sa tête. Il avait envie de rompre cette promesse imposée par Dieu, mais il savait que c'était impossible.

Quand le téléphone sur son bureau sonna, il sut d'instinct qui l'appelait. Il répondit, à la fois impatient et tremblant d'appréhension.

— Silvio Mancini.

Il sourit légèrement en entendant l'inspecteur de Tanumshede se présenter. Puis il écouta un long moment ce que Patrik Hedström avait à dire avant de secouer la tête.

— Je suis désolé, mais je ne peux pas évoquer ce qu'Elsa m'a confié. Non, c'est sous le secret de la confession.

Son cœur battait la chamade. Un instant, il eut l'impression de voir Elsa assise sur la chaise devant lui. Elsa au maintien droit, avec ses cheveux blancs coupés court et sa silhouette maigre. Il avait essayé de l'engraisser avec des pâtes et des gâteaux, mais rien ne semblait lui profiter. Elle le regarda avec douceur.

— Je suis terriblement désolé, poursuivit-il, mais je ne *peux* pas. Il vous faut trouver un autre moyen de…

De sa chaise, Elsa l'exhorta du regard, et il essaya de comprendre ce qu'elle voulait dire. Voulait-elle qu'il parle ? Même si c'était le cas, il n'en avait pas le droit. Elle continua à le dévisager, et il eut une idée. Lentement il dit :

— Je ne peux pas vous révéler ce qu'Elsa m'a confié. Mais je peux raconter ce que tout le monde savait. Elle était originaire de chez vous. Elle venait d'Uddevalla.

De l'autre côté de la table, Elsa lui sourit. Puis elle disparut. Il savait que ce n'était pas réel, seulement un produit de son imagination. Mais il avait quand même été heureux de la voir.

En raccrochant, il ressentit une paix intérieure. Il n'avait pas trahi Dieu, et il n'avait pas non plus trahi Elsa. A présent, c'était à la police de jouer.

Dès que Patrik arriva à la maison, Erica vit qu'il s'était passé quelque chose. Toute sa démarche était plus légère, ses épaules plus décontractées.

— Comment ça s'est passé aujourd'hui ? dit-elle prudemment en venant l'accueillir avec Maja.

Celle-ci, folle de joie, tendit les bras vers son papa, et il l'engloutit dans les siens.

— Super bien.

Patrik fit quelques petits pas de danse avec sa fille, et elle faillit s'étouffer de rire. Papa était un clown, elle l'avait compris très tôt dans sa vie.

— Raconte, dit Erica en allant dans la cuisine pour mettre la dernière main au dîner.

Anna, Emma et Adrian étaient en train de regarder *Bolibompa* à la télé et se contentèrent d'un signe distrait de la main à Patrik.

— On a trouvé le lien, dit-il en posant Maja par terre.

Elle resta assise un instant puis partit à quatre pattes vers la télé.

— Toujours éliminé, toujours numéro deux, soupira Patrik théâtralement.

— Mmm, mais pour moi tu es toujours le numéro un, dit Erica.

Elle lui fit un gros câlin avant de retourner à ses fourneaux. Patrik s'assit et la regarda. Erica se racla la gorge et regarda avec insistance les légumes sur le plan de travail. Patrik bondit de sa chaise et commença à couper du concombre pour la salade.

— Tu me dis "saute", et je te demande "à quelle hauteur", rit-il, et il s'écarta pour éviter le petit coup de pied qu'elle destinait à son tibia.

— Tu ne perds rien pour attendre, à partir de samedi, tu sentiras la cravache claquer de nouveau, dit Erica en essayant de se faire menaçante.

Penser au mariage la mettait vraiment de bonne humeur.

— Il me semble qu'elle claque pas mal déjà.

Il se pencha pour lui faire une bise.

— Vous avez bientôt fini ? cria Anna du salon. Je vous entends, vous savez. Il y a des enfants ici.

— Mmm, on va peut-être remettre tout ça à plus tard, dit Erica avec un clin d'œil à Patrik. Raconte-moi ce qui s'est passé, maintenant.

Il exposa brièvement ce qu'ils avaient appris et le sourire disparut du visage d'Erica. Tant de tragédies, tant de morts mêlées à l'affaire, et même si l'enquête avait fait un grand bond en avant, elle comprit que la suite allait s'avérer tout aussi difficile.

— Comme ça, la victime de Nyköping aussi avait tué quelqu'un en voiture ?

— Oui, dit Patrik en coupant les tomates en quartiers. Mais pas à Nyköping. A Uddevalla.

— Elle a écrasé qui ? dit Erica en touillant le sauté de porc.

— On n'a pas encore les détails. C'est un accident beaucoup plus ancien que les autres, et il faudra un certain temps pour en savoir plus. Mais j'ai parlé avec mes collègues d'Uddevalla aujourd'hui, ils vont me faire parvenir toutes les infos dès qu'ils les auront retrouvées. Je plains le pauvre diable chez eux qui aura à fouiller dans la poussière et les vieux cartons.

— Vous avez donc quelqu'un qui tue des conducteurs qui ont eu un accident mortel après avoir pris le volant en état d'ivresse. Et le premier accident s'est produit il y a trente-cinq ans, et le dernier… c'était quand le dernier ?

— Il y a dix-sept ans. Rasmus Olsson.

— Et un peu partout en Suède, dit Erica pensivement tout en continuant à remuer dans la marmite. De Lund jusqu'ici. Le premier meurtre a eu lieu quand ?

— Il y a dix ans, répondit Patrik docilement en contemplant sa future femme.

Erica était habituée à manipuler des faits, elle savait analyser, et il exploitait plus que volontiers son esprit acéré.

— Le tueur évolue donc sur un grand territoire, il a largement dispersé ses forfaits dans le temps et la seule chose que les victimes ont en commun, c'est d'avoir provoqué la mort de quelqu'un en conduisant en état d'ivresse, et d'avoir été assassinées à cause de ça.

— Oui, c'est ça, soupira Patrik. A entendre Erica résumer ainsi la situation, ça semblait assez désespéré. N'oublie pas que tout porte à croire qu'il nous manque une victime, poursuivit-il à voix basse. C'est vraisemblablement la victime numéro deux, que nous n'avons pas trouvée. Je suis certain d'avoir raison. Nous en avons loupé une.

— Et les pages du livre, elles ne peuvent pas vous renseigner davantage ? dit Erica en posant la marmite fumante sur un dessous-de-plat.

— Il semble que non. Je mets tout mon espoir dans Elsa Forsell, et les détails qu'on aura sur son accident. Elle était la première victime, et quelque chose me dit qu'elle est la plus importante.

— Mmm, tu as sans doute raison, dit Erica.

Elle appela Anna et les enfants. Ils en reparleraient plus tard.

Deux jours s'étaient écoulés depuis qu'ils avaient établi le point commun des victimes du tueur en série. La première euphorie s'était calmée, et un certain découragement l'avait remplacée. Ils ne comprenaient toujours pas pourquoi les meurtres étaient si éparpillés. Le tueur se déplaçait-il à la recherche de victimes, ou bien avait-il habité à tous ces endroits ? Les points d'interrogation étaient trop nombreux. Ils avaient compulsé à la loupe tous les documents disponibles concernant les accidents de la route, mais nulle part ils ne trouvaient quoi que ce soit qui rapprochait les victimes. Patrik se disait de plus en plus qu'il n'y avait pas de lien personnel entre les cas, que l'assassin était rempli de haine et choisissait au hasard ses victimes pour ce qu'elles avaient fait. Dans ce cas, il ne s'attardait pas sur le fait que plusieurs de ses victimes avaient fait preuve d'un regret sincère après l'accident. Elsa avait vécu avec la faute et cherché le pardon dans la religion. Marit n'avait plus jamais touché à l'alcool, tout comme Rasmus, mais, lui, c'étaient les suites de son accident de voiture qui l'avaient empêché de boire. Börje était l'exception. Il avait continué à boire et à prendre le volant et ne paraissait pas s'être soucié de la fillette dont il avait la mort sur la conscience.

Il était impossible de tirer de conclusions, puisqu'il manquait une victime pour compléter le tableau. Lorsque le téléphone sonna vers neuf heures le mercredi matin, Patrik ne se doutait pas que la conversation allait lui fournir le morceau de puzzle manquant.

— Patrik Hedström. Il couvrit le combiné avec sa main pour camoufler un bâillement, qui l'empêcha d'entendre ce que disait son correspondant. Pardon, je n'ai pas bien saisi votre nom ?

— Je m'appelle Vilgot Runberg, je suis le commissaire d'Ortboda.

— Ortboda ? répéta Patrik.

Il chercha fébrilement dans ses connaissances géographiques.

— Près d'Eskilstuna, s'impatienta le commissaire Runberg. C'est un tout petit poste de police, nous ne sommes que trois ici. Voilà, il se trouve que je reviens à l'instant de deux semaines de vacances en Thaïlande.

— Oui ? dit Patrik qui se demanda où il voulait en venir.

— C'est pour ça que je n'ai eu votre appel à renseignements que maintenant.

— Ah oui ?

Patrik fut tout de suite beaucoup plus intéressé. Il sentit des picotements aux bouts des doigts dans l'attente de ce qui allait venir.

— Oui, les jeunes avec qui je travaille sont relativement nouveaux dans le secteur, si bien qu'ils n'en savaient rien. Mais, moi, je reconnais le cas. Sans l'ombre d'un doute. Je l'ai instruit moi-même il y a huit ans.

— Quel cas ? demanda Patrik.

Il entendit sa respiration s'accélérer. Il serra fort le combiné contre l'oreille de peur de louper un seul mot.

— Celui d'un homme ici il y a huit ans qui… Eh bien, j'avais effectivement trouvé quelque chose de louche. Mais il avait un passé d'abus d'alcool, et… Le commissaire Runberg avait du mal à admettre qu'il avait commis une erreur. Oui, on a tous cru à une rechute, que c'était l'alcool qui l'avait tué. Mais les blessures que vous mentionnez… Je dois reconnaître maintenant, avec le recul, que je m'étais posé des questions.

Le silence se fit à l'autre bout du fil et Patrik comprit combien il devait lui en coûter de faire cet aveu.

— Comment s'appelait-il ? demanda Patrik pour rompre le silence.

— Jan-Olov Persson. Il avait quarante-deux ans, travaillait comme menuisier. Il était veuf.

— Et il buvait beaucoup ?

— Oui, à une époque il avait pas mal dégringolé. Après la mort de sa femme, il s'est effondré. Une triste histoire, tout ça. Un soir, il a pris le volant alors qu'il était complètement ivre et il a percuté un jeune couple qui se promenait. L'homme est mort, et Jan-Olov a fait de la prison. Mais, à sa sortie, il ne touchait

407

plus à l'alcool. Il se tenait à carreau, faisait son boulot, s'occupait de sa fille.

— Puis il a subitement été retrouvé mort, avec une
dose létale d'alcool dans le sang ?

— Oui, soupira Runberg. Comme je l'ai dit, on a
cru à une rechute, qu'il avait déraillé. C'est sa fille de
dix ans qui l'a trouvé, et elle a dit qu'elle avait croisé
un inconnu à la porte, mais, nous, on ne l'a pas prise
au sérieux. On pensait que c'était le choc, ou qu'elle
voulait protéger son père…

Sa voix s'éteignit et son silence était teinté de honte.

— Est-ce qu'il y avait une page arrachée d'un livre
à côté de lui ? Un livre pour enfants ?

— J'ai essayé de me rappeler quand j'ai lu votre
appel. Mais je ne m'en souviens pas. Et, dans ce cas,
on n'y aurait pas fait attention, je pense. On aurait cru
que le livre appartenait à sa fille.

— Donc, vous n'avez rien de ce genre ?

Patrik pouvait entendre la déception suinter de sa
voix.

— Non, il ne nous reste pas grand-chose au total.
Puisqu'on a cru que le gars avait fait une overdose
d'alcool. Mais je peux vous envoyer le peu qu'on a.

— Vous avez un fax ? Tu peux me le faxer ? Le plus
vite sera le mieux.

— Pas de problème, dit Runberg. Puis il ajouta :
Pauvre petite. Quelle vie. D'abord sa mère qui meurt
quand elle était toute petite et puis son père qui va en
prison. Et ensuite il meurt aussi. Et là, je viens de lire
dans les journaux qu'elle a été assassinée à son tour,
là-bas chez vous. Elle participait à une émission télé,
il me semble, de la téléréalité. Oui, bon, je ne l'aurais
jamais reconnue. Elle n'était pas comme ça, Lillemor.
A dix ans, elle était toute petite et maigrichonne, elle

avait les cheveux châtains, alors que maintenant... eh oui, il s'en est passé des choses au fil des ans.

Patrik sentit la pièce se mettre à tourner autour de lui. Au début, il eut du mal à comprendre ce que Victor Runberg disait, puis il réalisa subitement. Lillemor, Barbie, était la fille de la deuxième victime. Et, huit ans plus tôt, elle avait vu l'assassin.

En entrant dans la banque, Mellberg se sentit plus sûr de lui et plus heureux que depuis de très nombreuses années. Lui qui détestait dépenser de l'argent allait maintenant se délester de deux cent mille couronnes – et il ne ressentit pas le moindre doute. C'était un avenir qu'il s'achetait, un avenir avec Rose-Marie. Dès qu'il fermait les yeux, ce qu'à vrai dire il faisait assez souvent pendant son temps de travail, il sentait les odeurs d'hibiscus, de soleil, d'eau de mer, et de Rose-Marie. Il avait du mal à comprendre la chance qu'il avait eue et combien sa vie avait changé en seulement quelques semaines. En juin ils allaient se rendre dans l'appartement pour la première fois, et ils y resteraient quatre semaines. Il comptait déjà les jours.

— Je voudrais faire un virement de deux cent mille couronnes, dit-il et il montra à la caissière le relevé d'identité bancaire.

Il n'était pas peu fier. Dans la police, ils n'étaient pas nombreux à avoir su économiser une telle somme, avec leur petit salaire de fonctionnaire, mais beaucoup de petits ruisseaux avaient fait qu'il se retrouvait avec un joli pactole. Un peu plus de deux cent mille, pour être exact. Rose-Marie disposait d'autant et ils pourraient emprunter le reste, avait-elle dit. Mais, hier au téléphone, elle avait précisé qu'ils devaient se décider rapidement, il y avait un autre couple sur le coup.

Il goûta ses paroles. "Un autre couple." Qui l'eût cru, le voilà en "couple" sur ses vieux jours. Il gloussa tout bas. Oui, et, pour la bagatelle, ils pouvaient sans problème se mesurer aux jeunes, Rose-Marie et lui. Elle était merveilleuse. Dans tous les domaines.

Il était sur le point de se retourner et de partir après avoir réglé le transfert d'argent, lorsqu'il eut subitement une idée de génie.

— Combien il reste sur mon compte ? demanda-t-il à la caissière.

— Seize mille quatre cents.

Mellberg réfléchit pendant un millième de seconde avant de se décider.

— Je voudrais tout liquider. En espèces.

— En espèces ? répéta la caissière, et il hocha la tête d'impatience.

Un plan se formait dans son esprit, et plus il y pensait plus il paraissait juste. Il glissa soigneusement l'argent dans son portefeuille et retourna au commissariat. Jamais il n'aurait deviné qu'on pouvait se sentir aussi bien en dépensant son argent.

— Martin. Patrik était essoufflé quand il se précipita dans le bureau de son collègue. Martin, répéta-t-il, puis il s'assit pour retrouver sa respiration.

— Le disque est rayé, sourit Martin. Me semble que tu devrais t'occuper un peu de tes poumons.

Patrik agita la main pour l'arrêter, et pour une fois il ne saisit pas l'occasion d'une petite passe d'armes.

— Elles sont liées, dit-il.

— Qui sont liées ? demanda Martin.

Qu'est-ce qu'il lui arrivait, à Patrik ? Il ne tournait pas rond.

— Nos enquêtes, dit Patrik triomphalement.

Martin était de plus en plus déconcerté.

— Oui, dit-il lentement. C'est l'ivresse au volant qui est le dénominateur commun…

Il fronça les sourcils et essaya de comprendre les divagations de Patrik.

— Pas ces enquêtes-là. Nos enquêtes séparées. Le meurtre de Lillemor, il est lié aux autres. C'est le même tueur.

Pour Martin, ce fut le bouquet. Patrik avait définitivement perdu la boule. Le stress peut-être ? Tout ce boulot qu'ils avaient abattu, plus la pression avant son mariage. Même le plus solide pouvait…

Patrik semblait lire dans ses pensées et il l'interrompit, irrité.

— Elles sont liées, je te dis. Ecoute ça.

Il exposa brièvement ce que Vilgot Runberg lui avait raconté et, au fur et à mesure de son récit, la stupéfaction de Martin grandit. Il eut du mal à y croire. Ça paraissait trop invraisemblable. Il regarda Patrik et essaya d'appréhender tous les faits.

— Alors tu dis que la victime numéro deux s'appelle Jan-Olov Persson, et que c'est le père de Lillemor Persson. Et Lillemor a vu l'assassin quand elle avait dix ans.

— Oui. Et ça colle ! Elle l'a écrit dans son journal intime ! Qu'elle avait reconnu quelqu'un, mais sans réussir à savoir d'où. Une brève rencontre quand elle n'avait que dix ans, elle ne pouvait pas en garder un souvenir spécialement net.

— Mais l'assassin a compris qui elle était, et il a eu peur que sa mémoire ne se dérouille.

— Et il a été obligé de la tuer avant qu'elle l'identifie et qu'elle fasse le lien entre lui et le meurtre de Marit.

— Et ensuite avec les autres meurtres.

— Ça colle, non ? dit Patrik.

— Donc, si on coince celui qui a tué Lillemor Persson, on résout aussi les autres meurtres, dit Martin à voix basse.

— Oui. Ou le contraire. Si on résout les autres cas, on trouve aussi qui a tué Lillemor.

— Oui.

Tous deux observèrent un petit silence. Patrik eut envie de hurler "Eurêka !" mais il comprit que ce serait un peu déplacé.

— Qu'est-ce qu'on a dans l'enquête Lillemor ? dit Patrik sans attendre de réponse. On a les poils de chien et on a les rushes de la soirée du meurtre. Tu les as visionnés de nouveau, non ? Tu as vu autre chose ?

Une chose tracassait Martin, mais qui refusa de parvenir jusqu'à sa conscience, et il secoua la tête.

— Non, je n'ai rien vu de nouveau. Seulement ce qu'il y a dans le rapport de la soirée qu'on a fait avec Hanna.

— Alors on va commencer par la liste des propriétaires de chiens. Annika me l'a fait passer l'autre jour. Il se leva. Je vais annoncer la nouvelle aux autres.

— Oui, très bien, dit Martin distraitement.

Il essayait toujours de trouver ce qui l'avait troublé. Bordel, qu'est-ce qu'il avait bien pu voir sur le film ? Ou ne pas voir ? Plus il essayait de s'en souvenir, plus ça lui échappait. Autant laisser ça de côté un moment.

La nouvelle avait frappé le commissariat comme une bombe. Tout le monde avait d'abord réagi avec le même scepticisme que Martin, mais, au fur et à mesure que Patrik exposait les faits, ils les avaient acceptés.

Une fois toutes les informations présentées, Patrik retourna derrière son bureau pour essayer de formuler une stratégie pour la suite des événements.

— On peut dire que tu nous as apporté des nouvelles en or, dit Gösta depuis la porte.

Patrik lui dit de s'asseoir et Gösta obéit.

— Oui, le seul problème, c'est que je ne sais absolument pas comment on va procéder maintenant. Je m'étais dit que j'allais me plonger dans ta liste des propriétaires de chiens et aussi regarder ce qu'Ortboda nous a envoyé.

Il montra les fax qui étaient arrivés dix minutes auparavant.

— Effectivement, il y a de quoi se tenir occupé, soupira Gösta et il regarda tout ce qui était affiché sur les murs. C'est comme une énorme toile d'araignée, mais sans la moindre piste pour nous mener à l'araignée elle-même.

— Ah, pour une comparaison, elle n'est pas mal, rigola Patrik. J'ignorais que tu avais une telle veine poétique, Gösta.

Gösta se contenta de marmonner, puis il se leva et parcourut lentement la pièce, le visage collé sur les documents et les photos.

— Il doit y avoir quelque chose, un tout petit détail qu'on a loupé, dit-il.

— Si tu trouves quelque chose, je te serai éternellement reconnaissant. Pour ma part, je ne vois plus rien à force de plancher dessus.

— Je ne comprends pas comment tu peux travailler avec ça derrière le dos.

Gösta montra les photos des victimes qui étaient affichées dans l'ordre chronologique de leur mort. Elsa près de la fenêtre, et Marit près de la porte.

413

— Tu n'as pas ajouté Jan-Olov, constata Gösta laconiquement en montrant la place à droite d'Elsa.

— Non, je n'ai pas encore eu le temps, dit Patrik.

Il contempla son collègue d'un air amusé. Parfois il avait des soubresauts de zèle au travail, le bon Gösta Flygare, comme en ce moment.

— Tu veux que je me pousse ? demanda Patrik quand Gösta essaya de passer derrière sa chaise.

— Oui, ça me faciliterait les choses, répondit-il.

Il s'écarta pour laisser passer Patrik. Celui-ci s'appuya contre le mur opposé et croisa les bras. Ce n'était sans doute pas une mauvaise idée que quelqu'un d'autre y jette un coup d'œil.

— Le labo central t'a rendu toutes les pages du livre, je vois.

Gösta tourna la tête vers Patrik.

— Elles sont arrivées hier soir. La seule qui me manque est celle de Jan-Olov. Mais ils ne l'avaient pas gardée.

— Dommage. Gösta continua à se déplacer en remontant dans le temps, pour arriver à Elsa Forsell. Je me demande pourquoi *Hänsel et Gretel*, dit-il pensivement. Est-ce un hasard, ou est-ce que ça a son importance ?

— J'aimerais bien le savoir. Ça, et bien d'autres choses encore.

— Hmm, dit Gösta qui se trouvait à présent face aux photos et aux fiches concernant Elsa.

— J'ai appelé Uddevalla. Ils n'ont pas encore retrouvé le dossier de son accident. Mais dès qu'ils le trouvent, ils nous le faxent, dit Patrik pour devancer la question de son collègue.

Gösta ne répondit pas. Il garda le silence un long moment en observant les documents. La lumière

printanière filtrait par la fenêtre. Il fronça légèrement les sourcils. Fit un petit pas en arrière. Se pencha ensuite de nouveau en avant, si près qu'il posa
presque son oreille contre le mur. Patrik regarda son
manège avec perplexité. Qu'est-ce qu'il était en train
de trafiquer ?

— Mets-toi là où je suis, dit Gösta en s'écartant.

Patrik s'empressa de prendre la même position,
pencha la tête tout près du mur et regarda la page du
livre, comme l'avait fait Gösta. Et là, dans le contre-
jour de la fenêtre, il vit ce que Gösta avait découvert.

Sofie avait l'impression d'être devenue un morceau de glace. Elle regarda le cercueil qu'on descendait dans la tombe. Regarda, mais sans comprendre.
Elle ne pouvait pas comprendre. Dans le cercueil, il
y avait sa maman.

Le pasteur parlait, en tout cas sa bouche remuait,
mais elle n'entendait pas ses paroles à cause du bourdonnement dans ses oreilles qui couvrait tous les
autres bruits. Elle lorgna vers son père. Ola avait les
dents serrées, la tête baissée et le bras autour de grand-
mère. Les parents de sa mère étaient arrivés de Norvège la veille. Ils étaient différents du souvenir qu'elle
avait d'eux, bien qu'elle les eût vus à Noël dernier. Ils
étaient devenus plus petits, plus gris, plus fluets. Le
visage de grand-mère avait des sillons qui n'étaient
pas là auparavant, et Sofie s'était sentie un peu gauche
en les approchant. Grand-père aussi avait changé. Il
était devenu plus taciturne, plus flou. Auparavant, il
était toujours gai et bruyant, mais, dans l'appartement
d'Ola, il ne faisait qu'errer comme une âme en peine,
et il ne parlait que lorsqu'on lui adressait la parole.

Du coin de l'œil, Sofie vit quelque chose bouger près des grilles d'entrée du cimetière. Elle tourna la tête et aperçut Kerstin, dans son manteau rouge, les mains serrant les barreaux de la grille. Sofie eut du mal à la regarder. Elle avait honte. Honte que ce soit papa qui se tienne là, et pas Kerstin. Honte de ne pas avoir défendu le droit de Kerstin d'être ici pour accompagner Marit. Mais papa avait été d'humeur si belliqueuse, si déterminée qu'elle n'en avait pas eu la force. Depuis qu'il savait qu'elle avait donné l'article sur Marit à la police, il ne faisait que l'engueuler. Il disait qu'elle avait attiré la honte sur la famille, et sur lui. Quand il avait commencé à parler de l'enterrement, qu'il se passerait dans l'intimité avec seulement les proches, la famille de Marit, et qu'il était hors de question que "cette personne" se présente, Sofie avait choisi la facilité et s'était tue. Elle savait que ce n'était pas bien, mais papa était si plein de haine, si furieux, qu'elle savait que cette lutte-là lui aurait coûté beaucoup trop.

En voyant le visage de Kerstin, même de loin, Sofie regretta amèrement. C'était la compagne de sa maman qui se tenait là, seule, sans possibilité de dire un dernier au revoir à celle qu'elle aimait. Elle aurait dû faire preuve de plus de courage. Elle aurait dû être plus forte. Kerstin n'avait même pas eu le droit de figurer dans l'annonce de décès du journal. Ola avait décidé de faire paraître une annonce où seuls lui-même, Sofie et les parents de Marit étaient mentionnés. Mais Kerstin avait fait publier sa propre annonce, et Ola était devenu fou furieux en la lisant dans le journal, un jour avant la parution de la sienne.

Subitement, Sofie en eut assez. Des mensonges, de l'hypocrisie, de l'injustice. Elle fit un pas dans l'allée de gravier, hésita une seconde, puis elle partit d'un pas rapide en direction de Kerstin. Un instant, elle sentit de nouveau la main de sa mère sur son épaule, et elle sourit en se jetant dans les bras de Kerstin.

— Sigrid Jansson, dit Patrik en plissant les yeux. Regarde-moi ça, c'est bien écrit Sigrid Jansson ?

Il laissa la place à Gösta qui jeta un nouveau coup d'œil sur la page du livre et sur le nom qui se dessinait à la lumière du soleil.

— On dirait, en effet.

Gösta était plus que satisfait.

— Bizarre que le labo central ne l'ait pas vu, dit Patrik.

Mais il réalisa que leur mission avait consisté seulement à chercher des empreintes digitales. Là, ils étaient en face de tout autre chose. Quand le propriétaire du livre avait écrit son nom sur la page de garde, le stylo avait laissé une empreinte sur la page qui avait été retrouvée à côté d'Elsa Forsell.

— Qu'est-ce qu'on fait maintenant ? demanda Gösta, toujours avec la même expression satisfaite.

— Il faut qu'on lance une recherche de toutes les Sigrid Jansson en Suède, pour voir ce que ça donne. Le nom est assez fréquent.

— C'est un vieux livre. Elle peut être morte.

— C'est vrai. Patrik réfléchit avant de répondre. C'est pourquoi il ne faut pas qu'on se limite à rechercher des femmes vivantes aujourd'hui. Il faut qu'on parte, disons, des femmes nées au XXe siècle.

— Ça me paraît sensé. Tu penses qu'il est important que la première page se soit trouvée près d'Elsa Forsell ? Est-ce qu'elle peut avoir un rapport avec cette Sigrid Jansson ?

Patrik haussa les épaules. Plus rien ne l'étonnait dans cette affaire, tout semblait possible.

— A nous de le trouver, dit-il seulement. Nous en saurons peut-être plus quand Uddevalla appellera.

Comme sur un signal, le téléphone sur le bureau sonna.

— Patrik Hedström, dit-il en faisant signe à Gösta de rester.

— Un accident. En 1969. Oui… Oui… Non… Oui…

Il répondait par monosyllabes et Gösta piaffait d'impatience. A la mine de Patrik, il comprenait que c'était quelque chose de déterminant, et il ne se trompait pas.

Après avoir raccroché, Patrik dit sur un ton triomphant :

— C'était Uddevalla. Ils ont retrouvé le dossier d'Elsa Forsell. Elle était au volant dans un accident de la route, une collision frontale, en 1969. Elle avait bu. Et devine comment s'appelait la femme qui est morte ?

— Sigrid Jansson, chuchota Gösta solennellement.

Patrik hocha la tête.

— Tu m'accompagnes à Uddevalla ?

Evidemment qu'il viendrait à Uddevalla.

— Ils sont où, Patrik et Gösta ? demanda Martin en revenant du bureau vide de Patrik.

— Ils sont partis pour Uddevalla, répondit Annika.

Elle avait toujours bien aimé Martin. Il avait quelque chose d'un chiot, quelque chose d'intact qui réveillait son instinct maternel. Avant de rencontrer Pia, il avait passé de nombreuses heures à lui confier ses problèmes de cœur, et, même si Annika se réjouissait de savoir qu'il avait maintenant une relation stable, ces moments-là lui manquaient parfois.

— Assieds-toi, dit-elle.

Martin obéit. Ne pas obéir à Annika était impensable, c'était valable pour tous au commissariat. Même Mellberg ne l'aurait pas osé.

— Comment ça va ? Tout se passe bien ? Vous êtes bien dans l'appartement ? Raconte-moi, dit-elle en l'exhortant sévèrement du regard.

A sa grande surprise, elle le vit se tortiller sur sa chaise, un immense sourire étalé sur la figure.

— Je vais être papa, dit-il.

Son sourire se fit encore plus large. Annika sentit les larmes lui venir aux yeux. Pas par jalousie, ni par tristesse de ce qu'elle n'avait pas pu vivre elle-même, mais parce qu'elle était sincèrement heureuse pour Martin.

— Ah, c'est super ! Elle rit un peu tout en essuyant une larme sur sa joue. Tu te rends compte, je pleure, dit-elle, gênée, mais elle vit que Martin était ému, lui aussi.

— C'est pour quand ?

— Fin novembre, dit Martin, toujours tout sourire.

Annika eut chaud au cœur de le voir si heureux.

— Fin novembre, répéta-t-elle. Eh ben, ne reste pas assis là, viens me faire un poutou !

Elle ouvrit les bras et il vint la serrer dans une étreinte d'ours. Ils parlèrent de l'heureux événement à venir encore un moment, puis Martin redevint sérieux et son sourire s'effaça.

— Tu crois qu'un jour on finira par élucider tout ça ?

— Les meurtres, tu veux dire ? Annika secoua la tête d'un air sceptique. Je ne sais pas. Je commence à craindre que Patrik ne se soit attaqué à un trop gros morceau cette fois, dit-elle pensivement.

— Oui, je me suis fait la même réflexion, dit Martin. Pourquoi ils allaient à Uddevalla ?

— Je n'en sais rien. Patrik m'a seulement dit qu'Uddevalla avait appelé au sujet d'Elsa Forsell et que Gösta et lui y allaient pour en savoir davantage. Ils raconteraient après. Mais une chose est sûre, ils avaient l'air très concentrés.

La curiosité de Martin était définitivement piquée.

— Ils ont dû apprendre quelque chose d'important sur elle. Je me demande quoi…

— On en saura plus cette après-midi, dit Annika, mais elle non plus ne pouvait s'empêcher de spéculer sur le départ précipité de Patrik et Gösta.

— Oui, sans doute, dit Martin.

Il se leva pour retourner dans son bureau. Il était tout à coup terriblement pressé d'être au mois de novembre.

Il fallut quatre heures avant que Gösta et Patrik soient de retour. En les voyant entrer, Annika comprit qu'ils apportaient des nouvelles déterminantes.

— Rassemblement dans la cuisine, dit Patrik sèchement avant d'aller se débarrasser de sa veste.

Tout le monde était là au bout de cinq minutes.

— Deux choses cruciales ont eu lieu aujourd'hui, dit Patrik en regardant Gösta. Premièrement, Gösta a découvert qu'on pouvait lire un nom sur la page d'Elsa Forsell. Le nom est Sigrid Jansson. Puis Uddevalla a appelé, on en revient à l'instant, avec tous les détails. Et ça se tient, tout se tient.

Il fit une pause, but un peu d'eau et s'appuya contre la paillasse. Tous les regards étaient suspendus à ses lèvres dans l'attente de ce qu'il allait dire.

— Elsa Forsell était la conductrice d'une voiture impliquée dans un accident mortel en 1969. Tout comme les autres victimes de notre enquête, elle conduisait en état d'ivresse, et elle a été condamnée à un an de prison. La voiture qu'elle a percutée était conduite par une femme d'une trentaine d'années, qui avait deux enfants avec elle dans la voiture. La femme est morte sur le coup, mais les enfants s'en sont miraculeusement tirés sans blessures. Ici il observa une pause pour le maximum d'effet, puis il dit : Cette femme s'appelait Sigrid Jansson.

Les autres cherchèrent leur respiration. Gösta hocha la tête de satisfaction. Il y avait longtemps qu'il n'avait pas été aussi fier de son travail.

Martin leva la main pour dire quelque chose, mais Patrik l'arrêta :

— Attendez, il y a plus. D'abord on a évidemment cru que les enfants dans la voiture étaient ceux de Sigrid. Le seul hic, c'est qu'elle n'avait pas d'enfants ! C'était une célibataire qui vivait à la campagne près d'Uddevalla, dans la maison de ses parents qu'elle avait conservée après leur mort. Elle était vendeuse en ville dans une boutique de prêt-à-porter haut de gamme, elle était toujours polie et agréable avec les clients, mais quand la police a interrogé ses collègues, ils ont dit qu'elle restait toujours à l'écart, et qu'ils ne savaient même pas si elle avait de la famille ou des amis. Et définitivement pas d'enfants.

— Mais… c'étaient les enfants de qui alors ? dit Mellberg en se grattant le front d'un air interrogatif.

— Personne ne le sait. Il n'y a pas eu d'avis de recherche concernant deux enfants de leur âge. C'était comme s'ils avaient surgi de nulle part. En se rendant dans la maison de Sigrid, la police a constaté que deux enfants y vivaient effectivement avec elle. On a parlé avec l'un des policiers qui y étaient allés, et il nous a confirmé que les enfants partageaient une chambre, elle était remplie de jouets et d'affaires d'enfants, et aménagée comme une chambre d'enfant. Mais Sigrid n'avait jamais mis d'enfant au monde, l'autopsie l'a révélé, et on a aussi fait des analyses de sang pour établir définitivement qu'ils n'étaient pas de la même famille. Leurs groupes sanguins ne correspondaient pas.

— Donc, Elsa Forsell est la source de tout, dit Martin lentement.

— Oui, on dirait, répondit Patrik. Il semblerait que ce soit son accident qui ait déclenché toute la série de meurtres. Le tueur a commencé par elle, c'était logique.

— Qu'est-ce qu'ils sont devenus, ces enfants ? demanda Hanna en disant tout haut ce que tout le monde pensait.

— On est en train de travailler là-dessus, répondit Gösta. Nos collègues d'Uddevalla essaient d'obtenir les dossiers des autorités sociales, mais apparemment ça peut prendre un peu de temps.

— Il nous faut travailler avec ce qu'on a, dit Patrik. Le point de départ en tout cas, c'est qu'Elsa Forsell est la clé de l'affaire, et on va se concentrer sur elle.

Tout le monde quitta la cuisine, mais Patrik rappela Hanna.

— Oui ? dit-elle, et, en voyant combien elle était pâle, Patrik se sentit conforté dans sa décision d'avoir un entretien avec elle.

— Assieds-toi, dit-il en s'asseyant lui-même. Comment te sens-tu ?

Il l'examina attentivement.

— Couci-couça, à vrai dire, dit-elle en baissant les yeux. Ça fait plusieurs jours que je me sens bizarre, je crois que j'ai de la fièvre.

— Oui, j'ai remarqué que tu n'étais pas vraiment dans ton assiette. Je pense que tu devrais rentrer chez toi te reposer. Jouer la superwoman, ne rien dire et travailler alors que tu es malade, ça ne sert à rien. Il vaut mieux que tu ralentisses un peu la cadence, comme ça tu reviendras en pleine forme.

— Mais l'enquête…, dit-elle.

Patrik se leva.

— Maintenant tu obéis aux ordres et tu rentres te coucher, dit-il avec une sévérité feinte.

— Oui, chef, dit Hanna en faisant un salut militaire. J'ai juste quelques petites choses que je dois terminer. Et ça ne sert à rien de protester, ajouta-t-elle.

— D'accord, c'est toi qui vois, répondit Patrik. Mais ensuite tu rentres directement, et au lit !

Hanna eut un faible sourire en partant. Patrik était soucieux, elle avait l'air vraiment mal fichue.

Il tourna la tête vers la fenêtre et se permit de rester un instant sans rien faire. Tant de choses s'étaient passées ces derniers jours, tant de choses s'étaient arrangées. Mais le plus déterminant restait encore à faire. Patrik sentait instinctivement qu'il était urgent de retrouver les enfants. Ces enfants dont on ignorait l'origine et le sort.

— Elle te va comme un gant ! s'écria Anna.

Erica vit qu'elle avait raison. Il fallait évidemment reprendre la robe à plus d'un endroit, mais une fois les modifications effectuées, elle serait parfaite. Les kilos de grossesse qui s'étaient entêtés si longtemps à ne pas vouloir disparaître avaient cédé du terrain, et Erica se sentait plus en forme et plus mince grâce au changement de régime.

— Tu vas être absolument magnifique ! dit Anna.

Erica rit de sa sœur, qui à ce stade était presque encore plus enthousiaste qu'elle-même à la pensée du mariage qui aurait lieu samedi. Elle jeta un regard sur Maja qui s'était endormie dans son siège.

— Je m'inquiète surtout pour Patrik, dit Erica. Son sourire s'éteignit. Il est tellement sous pression. Est-ce qu'il sera en état de profiter de la fête ?

Anna la contempla pensivement et sembla sur le point de dire quelque chose. Pour finir, elle se lança.

— En fait, ça devait être une surprise. On a discuté un peu avec les copains et on s'est mis d'accord pour ne pas vous infliger les enterrements de vie de garçon et de jeune fille et tout ça. Le moment semble assez mal choisi pour vous faire un tas de gags débiles. Au lieu de ça, on a réservé une chambre avec dîner au *Grand Hôtel* pour vendredi soir. Comme ça, vous pourrez prendre le temps de déstresser tranquillement pour samedi. J'espère qu'on a bien fait, dit Anna avec une hésitation.

— Vous êtes des amours ! Et vous avez eu entièrement raison. Un enterrement de vie de garçon, Patrik aurait été particulièrement imperméable à ce genre de plaisanterie juste là. C'est une super idée, un peu de tranquillité vendredi, parce que samedi je soupçonne qu'on n'en aura pas trop.

— Non, ça m'étonnerait, rit Anna, soulagée de voir sa proposition si bien reçue.

Subitement, Erica passa du coq à l'âne.

— Tu sais, j'ai décidé de faire des recherches. Sur maman.

— Des recherches ? Comment ça ?

— Eh bien… des recherches de généalogie. Me renseigner sur ses origines et tout ça. Peut-être obtenir quelques réponses.

— Tu crois vraiment que c'est nécessaire, dit Anna, sceptique. Tu fais comme tu veux évidemment, mais maman n'était pas quelqu'un de sentimental. C'est sûrement pour ça qu'elle ne gardait rien, ou qu'elle ne racontait rien de son enfance. Tu sais bien à quel point ça ne l'intéressait pas de garder des traces de la nôtre.

Le rire d'Anna avait un ton légèrement amer qui étonna Erica. Sa sœur avait toujours laissé entendre que la froideur de leur mère ne l'affectait pas plus que ça.

— Mais tu n'es vraiment pas curieuse ?

Anna regarda par la vitre du passager.

— Non, dit-elle après une brève hésitation assez révélatrice.

— Je ne te crois pas. Et, quoi qu'il en soit, je vais les faire, ces recherches. Si tu as envie de savoir ce que je trouve, tu le sauras. Sinon, je le garderai pour moi.

— Et si tu ne trouves pas de réponses ? dit Anna en se tournant vers Erica. Si tu ne trouves qu'une enfance normale, rien qu'une enfance banale et normale ? Aucune autre explication sauf qu'on ne l'intéressait tout simplement pas. Qu'est-ce que tu feras alors ?

— Je vivrai avec, dit Erica dans un murmure. Comme je l'ai toujours fait.

Elles gardèrent le silence pendant tout le reste du trajet, chacune plongée dans ses pensées.

Patrik éplucha la liste une troisième fois tout en essayant d'oublier le téléphone. Chaque fois qu'il sonnait, il espérait que ce soit Uddevalla qui aurait trouvé davantage d'informations au sujet des enfants. Mais, chaque fois, il était déçu.

Il était déçu aussi de la liste des propriétaires de chiens et de leurs adresses. Ils étaient éparpillés dans tout le pays, et il n'y en avait aucun dans les environs proches de Tanumshede. Il réalisa que ça avait été un coup de poker, mais il avait néanmoins nourri certains espoirs. Par précaution, il la parcourut une quatrième fois. Cent cinquante-neuf noms. Cent cinquante-neuf adresses, et la plus proche se trouvait du côté de Troll-hättan. Patrik soupira. Une grande partie de son travail consistait en tâches mornes et longues, mais, après les événements des derniers jours, il l'avait presque oublié. Il pivota sur sa chaise et fixa la carte de Suède affichée sur le mur. Les épingles semblaient le dévisager et le défier de trouver un schéma, de lire le code qu'elles constituaient. Cinq épingles, cinq lieux, répandus dans la moitié inférieure du pays tout en longueur qu'était la Suède. Qu'est-ce qui poussait l'assassin à se déplacer entre ces lieux ? Son travail ? Ses loisirs ? Etait-ce une tactique pour brouiller les pistes ? Le point fixe de l'assassin se situait-il ailleurs ? Patrik ne croyait guère en cette dernière alternative. Quelque chose lui disait que la réponse se trouvait dans le schéma géographique, que, pour une raison ou une autre, l'assassin le suivait. Il croyait aussi qu'il était toujours dans le secteur. C'était plus une intuition qu'une certitude, mais elle était si forte qu'il ne pouvait pas s'empêcher de dévisager les gens qu'il croisait dans la rue. Etait-ce l'assassin ? Lui ? Ou elle ? Qui se dissimulait derrière un masque d'anonymat et de banalité ?

Patrik soupira et leva les yeux lorsque Gösta entra dans la pièce après un discret coup frappé à la porte.

— Eh bien, dit Gösta en s'asseyant. Figure-toi que depuis qu'on a appris pour les enfants hier, ça n'arrête pas de bouillonner là-haut. Gösta tapota sur sa tempe avec l'index. Bon, ce n'est sans doute rien. Ça te paraîtra peut-être un peu tiré par les cheveux…

Il marmonna dans sa barbe et Patrik dut refréner l'impulsion de le secouer pour le faire parler distinctement.

— Eh bien, j'ai pensé à un truc qui est arrivé en 1967. A Fjällbacka. Je venais d'arriver ici au commissariat. J'avais eu mon examen cet automne-là et…

Patrik sentit l'agacement monter. Qu'il en vienne donc au fait, sans entrer dans des détails superflus !

Gösta reprit de la vitesse et poursuivit.

— Bon, donc, j'étais là depuis quelques mois quand on nous a donné l'alerte pour deux enfants qui s'étaient noyés. Des jumeaux de trois ans. Ils habitaient avec leur mère sur l'île de Kalvö. Le père était mort quelques mois auparavant, il était passé à travers la glace, et il me semble que la mère s'était mise à boire. Et ce jour-là, c'était en mars si mes souvenirs sont exacts, elle avait pris la barque pour aller à Fjällbacka puis la voiture pour faire des courses à Uddevalla. Ensuite quand ils avaient embarqué pour revenir sur l'île, le vent s'était levé et, d'après la mère, le bateau avait chaviré juste avant qu'ils arrivent, et, les deux enfants avaient coulé. Elle-même avait pu nager jusqu'à la rive, puis elle avait appelé les secours *via* la radio.

— Ah bon, dit Patrik. Et quel est le rapport avec notre affaire ? Si les deux enfants s'étaient noyés, ils pouvaient difficilement se trouver dans la voiture de Sigrid Jansson deux ans plus tard.

— Il y avait un témoin… Gösta hésita, puis il déglutit et continua : Un témoin qui soutenait que la mère,

Hedda Kjellander, n'avait pas d'enfants avec elle dans la barque en repartant.

Patrik garda le silence un long moment.

— Pourquoi personne n'a-t-il jamais essayé de tirer ça au clair ?

Gösta ne répondit pas tout de suite, il avait l'air accablé.

— Le témoin était une dame âgée, finit-il par dire. Un peu toquée d'après ce qu'on disait. Elle passait ses journées à sa fenêtre avec des jumelles et de temps en temps elle prétendait avoir vu des choses assez incroyables.

Patrik leva un sourcil interrogateur.

— Des monstres marins et des choses comme ça, dit Gösta, toujours aussi accablé.

Pour être tout à fait franc, il avait pensé de temps à autre aux jumeaux, dont les corps n'avaient jamais été retrouvés. Mais, chaque fois, il avait repoussé ses idées. S'était dit qu'il s'agissait d'un accident tragique. Rien de plus.

— Il faut dire qu'après avoir rencontré la mère, Hedda, j'avais du mal à ne pas croire ses affirmations. Elle était tellement désespérée. Il n'y avait aucune raison de penser…

Ses mots s'éteignirent et il n'osa pas regarder Patrik.

— Que lui est-il arrivé ensuite ? A la mère ?

— Rien. Elle habite toujours sur l'île. Se montre rarement en ville. Se fait livrer sa nourriture et son alcool là-bas. C'est surtout l'alcool qui l'intéresse.

Patrik réalisa subitement de qui il s'agissait.

— Tu parles de "Hedda de Kalvö" !

Pourquoi n'avait-il pas fait le lien tout de suite ? Mais, pour lui, Hedda n'avait pas eu d'enfants. La seule chose qu'il savait, c'est qu'elle avait été frappée par deux tragédies et que depuis elle s'appliquait à se détruire la cervelle à l'alcool.

— Tu crois donc que…

Gösta haussa les épaules.

— Je ne sais pas ce que je crois. Mais c'est une drôle de coïncidence. Et l'âge est le même.

Il se tut et laissa Patrik réfléchir.

— Je suis d'avis d'aller la voir sur son îlot. On peut prendre notre bateau, finit par dire Patrik.

Gösta se contenta d'acquiescer. Il était toujours tout penaud et Patrik se tourna vers lui.

— Ça fait de nombreuses années, Gösta. J'aurais sans doute eu le même jugement que toi. C'est même plus que probable. Et ce n'était pas toi qui décidais.

Gösta n'était pas si sûr que Patrik eût agi comme lui. Et, pour sa part, il aurait sans doute pu essayer d'influencer son chef. Mais ce qui était fait était fait. Ça ne servait à rien de le regretter maintenant.

— Tu es malade ? Lars s'assit sur le bord du lit et posa une main fraîche sur son front. Mais tu es brûlante, dit-il.

Il monta la couverture jusqu'à son menton. Une forte fièvre la faisait frissonner, et elle avait la sensation étrange d'avoir froid tout en transpirant abondamment.

— Je préférerais que tu me laisses, dit-elle en se retournant sur le côté.

— Mais je veux seulement t'aider, dit Lars.

Froissé, il retira sa main de la couverture.

— Tu m'as suffisamment aidée comme ça, dit Hanna amèrement, en claquant des dents.

— Tu t'es fait porter malade ?

Il s'assit en lui tournant le dos et regarda par la porte du balcon. La distance entre eux était telle qu'ils auraient tout aussi bien pu se trouver chacun sur un continent différent. La peur serra le cœur de Lars, une peur si profonde, si pénétrante qu'il ne se rappelait pas avoir jamais ressenti quelque chose de semblable. Il respira à fond.

— Si je changeais d'avis sur le fait d'avoir des enfants, est-ce que ça modifierait quelque chose ?

Le claquement de dents cessa un instant. Hanna se redressa péniblement contre les oreillers, mais garda la couverture tirée jusqu'au menton. Elle tremblait tant que tout le lit en était secoué. Lars sentit son inquiétude pour elle grandir et envahir toute la pièce. C'était toujours comme ça quand Hanna tombait malade. Que lui-même soit atteint lui était égal. Mais quand Hanna se trouvait mal, c'était lui qui sombrait.

— Ça changerait tout, dit Hanna. Elle posa ses yeux fiévreux sur lui. Ça changerait tout, répéta-t-elle. Mais, au bout d'un moment, elle ajouta : Non ?

Il lui tourna de nouveau le dos et regarda le toit de l'immeuble voisin.

— Je crois que si, dit-il ensuite, même s'il ne savait pas très bien s'il disait la vérité ou pas. Oui, probablement.

Il se retourna. Hanna s'était endormie. Il la regarda longuement. Puis il sortit tout doucement de la chambre à coucher.

— Tu trouveras ?

Patrik se tourna vers Gösta quand ils quittèrent le quai à Badholmen.

— Oh, oui, pas de problème.

Ils gardèrent le silence pendant tout le trajet. En accostant au petit ponton délabré de Kalvö, le visage de Gösta était gris cendre. Il était venu ici plusieurs fois depuis ce jour-là trente-sept ans auparavant, mais c'était toujours la première visite qui se représentait à son esprit.

Lentement, ils montèrent vers la maisonnette qui était située en hauteur sur l'îlot. Elle n'était manifestement pas entretenue depuis très longtemps, et les herbes folles avaient envahi le petit gazon qui entourait la maison. Pour le reste, rien que du granit à perte de vue, mais, en regardant de plus près, on pouvait découvrir dans les crevasses de petits bouts de plantes qui attendaient que la chaleur vienne les réveiller. La maisonnette était blanche, avec de gros pans écaillés qui révélaient du bois gris, rongé par le vent. Les tuiles pendaient de travers. Il en manquait par endroits, comme dans une bouche édentée.

Gösta alla frapper doucement à la porte. Pas de réponse. Il frappa plus fort.

— Hedda ?

Il laissa son poing tomber plus lourdement encore sur le bois, puis il appuya tout simplement sur la poignée. La porte n'était pas fermée à clé, et il put l'ouvrir sans aucun effort.

En entrant, ils mirent instinctivement la main devant le nez pour se protéger de la puanteur. C'était comme entrer dans une porcherie. La saleté était partout, des restes de nourriture, de vieux journaux et surtout des bouteilles vides.

— Hedda ? Gösta entra plus loin dans le vestibule pour appeler. Toujours pas de réponse. Je vais faire un tour pour voir si je la trouve, dit Gösta.

Patrik ne réussit qu'à hocher la tête. Qu'on puisse vivre ainsi dépassait son entendement.

Au bout de quelques minutes, Gösta revint et fit signe à Patrik de le suivre.

— Elle est au lit. HS. Je vais essayer de la ranimer. Tu prépares du café ?

Patrik examina la cuisine, perplexe. Pour finir, il localisa un bocal de café instantané et une casserole vide à peu près propre, qui devait principalement servir de bouilloire.

— Allez, là, viens avec moi.

Gösta arriva dans la cuisine en traînant une épave humaine. Hedda proféra un murmure embrouillé mais elle réussit à poser un pied devant l'autre jusqu'à la chaise que Gösta avait visée. Elle s'effondra dessus, posa la tête contre ses bras sur la table et se mit à ronfler.

— Hedda, ce n'est pas le moment de dormir, il faut que tu te réveilles.

Gösta secoua doucement son épaule, mais en vain. Il montra du menton la casserole sur la cuisinière, où l'eau s'était mise à bouillir.

— Du café, dit-il seulement.

Patrik se dépêcha d'en verser dans la tasse qui semblait le moins encrassée. Pour sa part, il n'eut aucune envie d'en prendre.

— Hedda, il faut qu'on te parle un peu.

Pour toute réponse, elle marmonna des paroles confuses, puis elle finit par se redresser lentement, tangua un peu sur sa chaise et essaya de fixer son regard.

— On vient de la police de Tanumshede. Patrik Hedström et Gösta Flygare. On s'est déjà rencontrés quelques fois, toi et moi.

Gösta exagéra son articulation pour qu'au moins une partie de ses paroles entre dans le crâne de

Hedda. Il fit signe à Patrik de venir s'asseoir aussi, et ils se trouvèrent tous les deux face à elle. La toile cirée avait un jour été blanche avec de petites roses, mais à présent elle était tellement couverte de restes de nourriture, de miettes et de gras qu'on voyait à peine le dessin. Il était tout aussi difficile de deviner comment avait été Hedda autrefois. L'alcool avait détruit sa peau qui était tannée et fripée, et la graisse couvrait son corps d'une couche uniforme. Les cheveux avaient sans doute été blonds autrefois, maintenant ils étaient gris et négligemment ramassés en une queue dans la nuque. Ils n'avaient manifestement pas été lavés depuis longtemps. Le tricot qu'elle portait était plein de trous, il devait dater de l'époque où elle était plus menue. Ses épaules et sa poitrine paraissaient boudinées dedans.

— Quoi, merde…

Les mots se muèrent en un marmonnement, et elle oscilla sur sa chaise.

— Bois un peu de café, proposa Gösta avec une douceur inhabituelle.

Il déplaça la tasse dans son champ de vision. Elle obéit docilement et prit dans ses mains tremblantes la petite tasse en porcelaine, puis elle but le café cul sec. Elle la repoussa ensuite brutalement et Patrik la rattrapa de justesse avant qu'elle tombe.

— On veut parler de l'accident, dit Gösta.

Hedda leva péniblement la tête et plissa les yeux dans sa direction. Patrik décida de se taire et de laisser Gösta continuer.

— L'accident ? dit Hedda.

Son corps parut légèrement plus stable sur la chaise.

— Quand les enfants sont morts.

Gösta gardait les yeux fixés sur elle.

— Je ne veux pas en parler, bafouilla Hedda en agitant la main.

— Il faut qu'on en parle, insista Gösta, mais toujours sur le même ton doux.

— Ils se sont noyés. Tous, ils se sont noyés. Vous savez… Hedda agita l'index devant eux. Vous savez, d'abord c'est Gottfrid qui s'est noyé. Il devait sortir pêcher le maquereau, ils ne l'ont retrouvé qu'au bout d'une semaine. Une semaine que je l'ai attendu, sauf que je l'ai su tout de suite le soir où il est sorti, qu'il n'allait plus jamais revenir à la maison, avec moi et les enfants.

Elle sanglota et ses pensées semblèrent remonter dans le temps.

— Ils avaient quel âge à ce moment-là, les enfants ? dit Patrik.

Hedda le regarda pour la première fois.

— Les enfants, quels enfants ? Elle parut troublée.

— Les jumeaux, dit Gösta. Quel âge avaient-ils alors ?

— Ils avaient deux ans, presque trois. Deux vrais petits démons. C'était grâce à Gottfrid que j'arrivais à les supporter. Quand il…

La voix de Hedda s'éteignit de nouveau et ses yeux parcoururent la cuisine pour s'arrêter sur un placard. Elle se leva et s'y traîna, ouvrit la porte et sortit une bouteille de vodka.

— Ça vous dit ? Elle brandit la bouteille dans leur direction et, quand tous deux secouèrent la tête, elle éclata de rire : Heureusement pour vous, parce que je ne partage pas.

Son rire était plutôt un gloussement, elle prit la bouteille et alla se rasseoir à la table. Elle ne s'encombra pas d'un verre, elle approcha la bouteille de sa bouche et but directement au goulot. Patrik sentit son gosier brûler rien qu'à la voir.

— Les jumeaux, ils avaient quel âge quand ils se sont noyés ? dit Gösta.

Hedda ne parut pas l'entendre. Elle regardait dans le vide devant elle sans rien voir.

— Elle était si belle, murmura-t-elle ensuite. Collier de perles et manteau et tout. Une dame distinguée…

— Qui ça ? demanda Patrik dont l'intérêt s'éveilla. Quelle dame ?

Mais Hedda avait déjà perdu le fil.

— Quel âge avaient les jumeaux quand ils se sont noyés ? répéta Gösta encore plus distinctement.

Hedda se tourna vers lui, la bouteille levée à mi-chemin vers la bouche.

— Mais les jumeaux ne se sont pas noyés, si ?

Elle but une nouvelle goulée. Gösta jeta un coup d'œil à Patrik et se pencha en avant.

— Les jumeaux ne se sont pas noyés ? Qu'est-ce qui leur est arrivé alors ?

— Comment ça, pas noyés ? Hedda eut subitement une lueur effrayée dans le regard. Bien sûr que les jumeaux sont noyés, oui, ils se sont noyés…

Elle but encore, et ses yeux devinrent de plus en plus vitreux.

— Ils se sont noyés, oui ou non ? s'acharna Gösta, ce qui eut pour seul effet de pousser Hedda plus loin dans le brouillard.

Elle ne répondit plus, se contentant de secouer la tête.

— Je regrette, mais je ne pense pas qu'on pourra en tirer davantage, dit Gösta à Patrik.

— Non, je ne le pense pas non plus, il faudra essayer autrement. On devrait peut-être jeter un coup d'œil à ses affaires.

Gösta hocha la tête en signe d'assentiment et se tourna vers Hedda, dont la tête penchait de nouveau vers la table.

— Hedda, est-ce qu'on peut regarder un peu ce que tu as ici ?

— Mmmm, répondit-elle seulement en glissant dans le sommeil.

Gösta posa sa chaise tout près de la sienne pour qu'elle ne s'effondre pas par terre, puis il se mit à fouiller la maison avec Patrik.

Une heure plus tard, ils n'avaient rien trouvé. Tout ce qu'il y avait, c'était du bric-à-brac. Patrik aurait voulu avoir des gants, il avait l'impression que tout son corps le démangeait. Mais rien ne révéla que des enfants avaient vécu dans cette maison. Hedda avait dû se débarrasser de toutes leurs affaires.

Ses paroles à propos d'une "belle dame" le tarabustaient. Il n'arrivait pas à les oublier. Il se rassit à côté d'elle et essaya doucement de la secouer pour la réveiller. A contrecœur, elle se redressa, mais sa tête partit d'abord en arrière avant qu'elle réussisse à la stabiliser dans une position normale.

— Hedda, maintenant tu dois me répondre. La belle dame, c'est elle qui a tes enfants ?

— Ils étaient tellement insupportables. Et je devais seulement faire quelques courses à Uddevalla. Fallait que je rachète des bouteilles aussi, le stock était fini, bafouilla-t-elle en regardant par la fenêtre l'eau qui scintillait au soleil printanier. Mais ils n'arrêtaient pas de faire des histoires. Et j'étais tellement fatiguée. Et la dame était si belle. Elle était si gentille. Elle pouvait les prendre, disait-elle. Alors je les lui ai donnés.

Hedda tourna le regard vers Patrik et pour la première fois il vit un authentique sentiment dans ses yeux. Loin au fond, il y avait une douleur et une culpabilité si inconcevables que seul l'alcool pouvait les noyer.

— Mais j'ai regretté, dit-elle avec les yeux brillants. Et alors je n'arrivais plus à les trouver. J'ai cherché et cherché. Mais ils étaient partis. Et la belle dame aussi. Celle avec le collier de perles, elle était partie. Hedda se griffa le cou pour montrer où s'était trouvé le collier.

— Mais pourquoi tu as dit qu'ils s'étaient noyés ?

Du coin de l'œil, Patrik vit que Gösta écoutait, debout dans l'ouverture de la porte.

— J'avais honte… Et ils auraient peut-être une meilleure vie chez elle. Mais j'avais honte…

Elle regarda de nouveau la mer. Ils restèrent ainsi un long moment. Le cerveau de Patrik travaillait à toute vapeur pour assimiler ce qu'il venait d'apprendre. Pas besoin d'être un génie pour comprendre que la "belle dame" était Sigrid Jansson, et que pour une raison inconnue elle avait pris les enfants de Hedda. Pourquoi, ils ne le sauraient sans doute jamais.

Il se leva lentement et vit que Gösta tenait quelque chose à la main.

— J'ai trouvé une photo. Sous le matelas. Une photo des jumeaux.

Patrik la prit. Deux petits enfants d'environ deux ans, sur les genoux de leurs parents, Gottfrid et Hedda. Ils avaient l'air heureux. La photo avait probablement été prise peu avant que Gottfrid se noie. Avant que tout s'effondre. Patrik étudia les enfants. Où se trouvaient-ils aujourd'hui ? Est-ce que l'un d'eux était un assassin ? Les visages ronds ne révélèrent rien. A la table de la cuisine, Hedda s'était rendormie. Patrik et Gösta sortirent respirer le vent marin. Patrik glissa doucement la photo écornée dans son portefeuille. Il ferait en sorte de la rendre rapidement à Hedda. Mais, pour l'instant, ils en avaient besoin pour trouver l'assassin.

Pendant la traversée de retour, ils furent aussi silencieux qu'à l'aller. Mais, cette fois, le silence était empreint d'effroi et de chagrin. Chagrin de constater combien l'être humain pouvait être frêle et petit. Effroi devant l'étendue des erreurs qu'il était capable de commettre. Intérieurement, Patrik put voir Hedda errer dans Uddevalla, cherchant ses enfants que, dans un accès de résignation, d'épuisement et de manque d'alcool, elle avait abandonnés à une parfaite inconnue. Il ressentit la panique qu'elle avait dû vivre en comprenant qu'elle ne les retrouverait pas. Et le désespoir qui l'avait poussée à dire que les enfants s'étaient noyés, au lieu de reconnaître qu'elle les avait donnés à une étrangère.

Ce ne fut que lorsque Patrik eut amarré le vieux *snipa* au ponton de Badholmen qu'ils rompirent le silence.

— En tout cas, maintenant on est au courant, dit Gösta.

Son visage révéla qu'il se sentait toujours coupable. Patrik lui tapota l'épaule.

— Tu ne pouvais pas le savoir.

Gösta ne répondit pas et Patrik se dit que c'était peine perdue. Ses paroles ne pourraient pas l'aider. C'était un cas de conscience que Gösta devait régler tout seul. Ils montèrent dans la voiture et se mirent en route pour Tanumshede.

— Il faut qu'on trouve rapidement ce que sont devenus les petits, dit Patrik.

— Toujours pas de nouvelles des services sociaux d'Uddevalla ?

438

— Non, ça ne doit pas être facile de ressortir des données aussi anciennes. Mais ils existent bien quelque part. Deux enfants de cinq ans ne peuvent pas simplement disparaître.

— Quelle vie misérable elle a eue.

— Hedda ? dit Patrik bien qu'il ait très bien compris.

— Oui. Vivre avec une telle culpabilité. Toute sa vie.

— C'est normal qu'elle essaie de s'assommer comme elle peut, dit Patrik.

Gösta ne répondit pas, il regarda simplement par la fenêtre. Pour finir il dit :

— Qu'est-ce qu'on fait maintenant ?

— Jusqu'à ce qu'on sache ce que sont devenus les enfants, on fera avec ce qu'on a. Sigrid Jansson, les poils de chien sur Lillemor, il faut essayer de trouver le lien entre les différents lieux.

Ils s'engagèrent dans le parking près du commissariat et se dirigèrent vers l'entrée, le visage fermé. Patrik s'arrêta un instant à l'accueil pour faire part à Annika des nouveaux développements, puis il alla s'isoler dans son bureau. Il n'avait pas la force de faire un exposé aux autres, pas encore.

Précautionneusement, il sortit la photo de son portefeuille et la contempla. Les yeux insondables des jumeaux le fixèrent.

Elle avait fini par céder. Un tout petit tour, pas plus. Une petite incursion dans l'immensité, dans l'inconnu. Ensuite ils rentreraient. Et il cesserait de demander.

Il avait hoché la tête avec conviction, c'était d'accord. Il avait du mal à rester calme. Et sœur était manifestement aussi excitée que lui.

Il s'était demandé ce qu'il allait voir. Comment ça serait, là-dehors ? Au-delà de la forêt. Mais une pensée le taraudait. L'autre, allait-elle se trouver là ? La femme avec la voix dure. Allait-il sentir à nouveau l'odeur salée et fraîche dont le souvenir persistait en lui ? Et la sensation d'un bateau qui tanguait, et le soleil au-dessus de la mer, et les oiseaux qui planaient et... Il avait eu du mal à faire le tri dans toutes ses attentes et impressions. Une seule idée tournoyait dans sa tête. Elle allait leur faire faire un tour. Dans le monde au-dehors. Il pouvait bien promettre en contrepartie de ne plus jamais demander. Une seule fois suffirait. Il en était entièrement persuadé. Une fois, pour voir, pour que lui et sœur sachent. C'est tout ce qu'il demandait. Une seule fois.

L'air revêche, elle leur avait ouvert la portière de la voiture et les avait regardés s'engouffrer à l'arrière. Elle avait soigneusement bouclé leurs ceintures de sécurité et secoué la tête en s'installant derrière le

441

volant. Il se rappela qu'il avait ri. Un rire fort et hys-
térique, laissant libre cours à toute la tension accu-
mulée.

Quand la voiture s'était engagée sur la chaussée,
il avait brièvement regardé sœur. Puis il avait pris sa
main. Ils étaient en route.

Patrik parcourut encore une fois attentivement la liste des propriétaires de chiens sur son écran. Il avait informé Martin et Mellberg de ce qu'ils avaient appris sur l'île, Gösta et lui, et il avait demandé à Martin de harceler Uddevalla au téléphone pour obtenir davantage d'informations sur les jumeaux. A part ça, ils n'avaient pas grand-chose sur quoi travailler. Il avait eu accès à tous les documents concernant l'accident dans lequel Elsa Forsell avait tué Sigrid Jansson, mais sans rien trouver pour les faire progresser.

— Ça avance ? demanda Gösta par la porte ouverte.

— Bof, dit Patrik en balançant au loin son stylo. Avant d'en savoir plus sur les enfants, on fera du surplace.

Il soupira, se passa les mains dans les cheveux et les croisa ensuite derrière la nuque.

— Y a-t-il quelque chose que je puisse faire ? demanda Gösta timidement.

Incrédule, Patrik le regarda. Ce n'était pas dans les habitudes de Gösta de venir demander du travail. Il réfléchit un instant.

— J'ai l'impression d'avoir disséqué cette liste des centaines de fois. Et je ne trouve aucun lien avec notre affaire. Est-ce que tu peux y jeter un coup d'œil aussi ?

Patrik lui lança la disquette et il l'attrapa.

— Aucun problème.

Cinq minutes plus tard, Gösta était de retour, l'air perplexe.

— Tu as effacé une ligne, ou quoi ? dit-il avec un regard de reproche.

— Effacé ? Non, pourquoi ?

— Quand j'ai établi cette liste, il y avait cent soixante noms. Maintenant il n'y en a plus que cent cinquante-neuf.

— Demande à Annika, c'est elle qui a ajouté les adresses aux noms. Elle en a peut-être effacé un sans le faire exprès ?

— Hmm, marmonna Gösta, sceptique.

Il se dirigea vers l'accueil et Patrik le suivit.

— Je vais vérifier, dit Annika et elle chercha le fichier Excel sur son ordinateur. Moi aussi, il me semble qu'il y avait cent soixante lignes. C'était un chiffre rond. Elle fit défiler les fichiers jusqu'à ce qu'elle trouve le bon et elle l'ouvrit. C'est ça, cent soixante, dit-elle en se tournant vers Patrik et Gösta.

— Mais alors je n'y comprends plus rien ?

Gösta donna la disquette à Annika, elle l'inséra dans son ordinateur, ouvrit le document et afficha les deux fichiers côte à côte pour les comparer. Quand le nom manquant sur la disquette surgit, Patrik sursauta. Il pivota sur ses talons, dévala le couloir au pas de charge jusqu'à son bureau, et là il se planta devant la carte de Suède. L'une après l'autre, il contempla les épingles qui marquaient les domiciles des victimes et ce qui n'avait été qu'un schéma flou devint maintenant de plus en plus évident. Gösta et Annika qui l'avaient suivi le virent se mettre à vider les tiroirs de son bureau.

— Qu'est-ce que tu cherches ? demanda Gösta.

Patrik ne répondit pas. Les papiers jaillirent et finirent par tapisser le sol. Il trouva ce qu'il cherchait dans le dernier tiroir. Quand il se redressa, son visage était tendu. Tout en lisant le document, il s'appliqua à planter d'autres épingles sur la carte. Lentement mais sûrement, chaque lieu déjà marqué se retrouva avec une nouvelle épingle à côté de l'ancienne. Quand il eut terminé, Patrik se retourna.

— Maintenant je sais.

Dan avait finalement sauté le pas. Il avait contacté l'agence immobilière située juste de l'autre côté de la rue. Tous les jours, il voyait le numéro de téléphone de la fenêtre de sa cuisine et il avait fini par se décider. Une fois la machine lancée, ça avait été étonnamment facile. L'agent avait répondu qu'il était libre tout de suite pour venir jeter un coup d'œil, et ça lui convenait parfaitement, il préférait que la vente ne traîne pas inutilement en longueur.

Se séparer de la maison ne lui paraissait plus aussi difficile. Toutes les conversations avec Anna, tout ce qu'elle lui avait dit sur l'enfer qu'elle avait vécu avec Lucas, tout cela avait fait paraître assez... ridicules, très franchement, ses efforts pour s'accrocher à une maison. Quelle importance, l'endroit où il habitait ? Le principal, c'était que ses filles viennent le voir. Qu'il puisse les prendre dans ses bras, enfouir son visage dans leur nuque et les écouter raconter leur journée. Rien d'autre n'avait d'importance. Quant à son mariage avec Pernilla, c'était un chapitre définitivement clos. Il l'avait compris depuis un bon moment, mais sans être prêt à en accepter les conséquences. A présent, le temps était venu de réaliser quelques changements radicaux. Pernilla avait sa vie, et lui la sienne. Il espérait simplement qu'un jour ils retrouveraient l'amitié qui avait servi de base à leur mariage.

Ses pensées allèrent vers Erica. Il ne restait que deux jours avant son mariage. C'était un excellent timing aussi. Qu'elle saute un pas décisif en même temps que lui. Il était très sincèrement heureux pour elle. Cela faisait si longtemps qu'ils avaient formé un couple tous les deux, ils étaient jeunes à l'époque, complètement différents de ce qu'ils étaient aujourd'hui. Mais leur amitié avait tenu le coup, et cette vie, c'était ce qu'il lui avait toujours souhaité. Des enfants, un couple équilibré, un mariage à l'église, il savait qu'elle en rêvait – même si elle ne le reconnaîtrait jamais. Et Patrik était l'homme parfait pour elle. La terre et l'air. C'est ainsi qu'il pensait à eux. Patrik était si solidement ancré dans le sol, stable, sensé et calme. Erica était une rêveuse, toujours dans la lune, et pourtant avec un courage et une intelligence qui lui évitaient de s'égarer trop loin dans les nuages. Ils étaient vraiment faits l'un pour l'autre.

Et Anna. Elle avait constamment occupé ses pensées ces derniers temps. La sœur qu'Erica avait toujours surprotégée, qu'elle avait toujours considérée comme la plus faible. C'était amusant, Erica se voyait comme la plus pragmatique des deux et Anna comme la rêveuse. Pendant ces semaines où il avait appris à connaître Anna à fond, Dan s'était rendu compte qu'en fait c'était le contraire. C'était elle la plus efficace, celle qui voyait la réalité telle qu'elle était. Ses années avec Lucas lui avaient au moins appris cela. Dan se rendait compte aussi qu'Anna laissait sa sœur garder ses illusions. Elle comprenait sans doute confusément le besoin qu'avait Erica d'être la responsable, celle qui avait toujours pris soin de sa petite sœur. D'une certaine façon, c'était la vérité, mais elle sous-estimait souvent Anna et la prenait pour une enfant, comme le font souvent les parents.

Dan se leva et alla chercher l'annuaire. Il était temps de se mettre en quête d'un appartement.

L'ambiance était pesante au commissariat. Patrik avait convoqué une réunion dans le bureau de Mellberg. Ils étaient tous silencieux, les yeux rivés au sol, incapables de comprendre, incapables d'assimiler l'inconcevable. Patrik et Martin avaient transporté la télé et le magnétoscope dans la pièce. Dès que Martin avait su, il avait compris ce qui lui avait échappé dans la vidéo de la nuit où Lillemor avait été tuée.

— Il nous faut prendre ceci point par point. Avant d'agir, dit Patrik rompant enfin le silence. Nous n'avons pas droit à l'erreur, ajouta-t-il. Tous hochèrent la tête en signe d'assentiment. On a tilté en découvrant qu'un nom avait disparu de la liste des propriétaires de chiens. Quand Gösta l'a établie et ensuite quand Annika a combiné les noms avec les adresses, il y avait cent soixante noms. Quand je l'ai eue en mains, il n'y en avait plus que cent cinquante-neuf. Le nom manquant était Tore Sjöqvist, avec une adresse à Tollarp. Personne ne réagit et Patrik continua : Je vais y revenir. En tout cas, c'est ça qui m'a fait trouver un des morceaux du puzzle. Tous connaissaient déjà la suite et Martin enfouit son visage dans ses mains, les coudes appuyés sur ses genoux. Depuis le début, j'ai eu l'impression de reconnaître les noms des villes où les victimes ont été tuées. Et une fois que j'avais compris, il n'a pas fallu longtemps pour que le lien se confirme. Il fit une pause et s'éclaircit la voix. Les villes où vivaient les victimes correspondent à cent pour cent avec les villes où Hanna a occupé un poste, dit-il à voix basse. Je les avais effectivement lues dans son dossier de candidature, mais…

Il écarta les mains et laissa Martin poursuivre.

— J'ai été dérangé par quelque chose dans la vidéo. Et quand Patrik m'a parlé de Hanna… Oui, le plus simple, c'est de vous le montrer.

Il fit un signe à Patrik qui mit en marche le magnétoscope. Ils avaient déjà rembobiné la cassette au bon endroit, et il ne fallut que quelques secondes pour que la violente dispute apparaisse à l'écran, suivie de l'arrivée de Martin et Hanna. Ils virent Martin parler avec Mehmet et les autres. Ensuite la caméra suivait Lillemor qui disparaissait en direction du centre-ville, bouleversée et ignorant totalement qu'elle courait vers sa propre mort. La caméra zoomait sur Hanna, qui parlait dans son téléphone mobile. Patrik appuya sur pause et regarda Martin.

— C'est ça qui m'avait dérangé, mais je ne l'ai compris que plus tard. A qui téléphonait-elle ? Il était près de trois heures du matin et on était les seuls de service, ce n'était donc aucun de vous qu'elle avait au bout du fil, dit Martin.

— Son opérateur nous a fourni une liste de ses communications, et nous avons effectivement un appel, passé chez elle. Elle a parlé avec Lars, son mari.

— Mais pourquoi ? dit Annika.

Son visage reflétait le trouble que tout le monde ressentait.

— J'ai demandé à Gösta de vérifier avec l'état civil. Hanna et Lars Kruse ont certes le même nom de famille. Mais ils ne sont pas mariés. Ils sont frère et sœur. Jumeaux.

Annika chercha sa respiration. La révélation tombait comme une bombe et le silence qui s'ensuivit était particulièrement lugubre.

— Hanna et Lars sont les jumeaux disparus de Hedda, expliqua Gösta.

— Nous n'avons toujours pas les données d'Uddevalla, dit Patrik. Mais je suis prêt à parier ce que vous voulez que les enfants s'appelaient Lars et Hanna et que, quelque part en route, ils ont reçu le nom de famille Kruse, probablement *via* une adoption.

— Alors comme ça, elle téléphonait à Lars, dit Mellberg qui semblait avoir du mal à suivre.

— On pense qu'elle appelait Lars pour qu'il vienne chercher Lillemor. Elle peut éventuellement même avoir dit à Lillemor qu'il viendrait la chercher. Il connaissait les participants et elle ne l'aurait pas perçu comme une menace.

— A part qu'elle avait écrit dans son journal intime qu'elle avait l'impression de reconnaître quelqu'un qui lui paraissait désagréable, or cette personne était Lars, très vraisemblablement. Ce dont elle se souvenait, c'était sa rencontre avec l'assassin supposé de son père.

Martin plissa le front.

— Oui, mais n'oublie pas qu'elle n'arrivait pas à le situer, Lars, elle ne l'associait pas avec ce souvenir-là. Et elle n'était même pas certaine de le reconnaître. Dans l'état où elle était, elle aurait probablement accepté l'aide de n'importe qui, s'il l'emmenait loin de l'équipe télé et des participants qui l'avaient agressée. Patrik hésita avant de poursuivre : Je n'en ai aucune preuve, mais je pense même que Lars pourrait avoir provoqué la bagarre ce soir-là.

— Comment ça ? dit Annika. Il n'était même pas là ?

— Non, mais quelque chose dans les interrogatoires des participants m'a dérangé. Avant cette réunion, j'ai regardé les procès-verbaux, et tous ceux qui s'en sont pris à Lillemor affirment que "quelqu'un leur avait dit que Barbie racontait des craques sur eux" et ce genre de propos. Je ne peux pas l'étayer formellement, mais mon sentiment est que Lars tirait profit des entretiens individuels qu'il avait eu avec les participants ce jour-là pour semer la zizanie entre eux et Lillemor. Etant donné les informations privées et intimes qu'il détenait sur chacun et les confidences qu'ils lui avaient très certainement faites, il pouvait faire de gros dégâts et orienter la colère de tous sur Lillemor.

— Mais pourquoi ? dit Martin. Il ne pouvait pas prévoir que la soirée allait se passer de cette manière, que Lillemor allait partir comme ça en courant ?

— Non, il a eu du pot, c'est tout. Hanna et lui ont simplement profité de l'aubaine qui se présentait. Je pense que l'idée de base était de créer une diversion pour Lillemor. Il avait compris très tôt qui elle était, il savait qu'elle l'avait vu ce jour-là huit ans auparavant et il avait peur qu'elle ne se souvienne. Il voulait sans doute l'orienter vers autre chose. Puis quand l'occasion s'est présentée, alors… Alors il a résolu le problème de façon définitive.

— Lars et Hanna, ils ont tué tous ces gens ensemble ? Et pourquoi ?

— On ne le sait pas encore. Vraisemblablement, c'est Hanna qui a déniché leurs noms et adresses, puisqu'elle avait accès à ce genre de données dans les commissariats où elle travaillait.

— Mais elle n'avait pas encore commencé à travailler chez nous quand Marit a été tuée ?

— On peut aussi dégoter des informations dans les archives des journaux. Elle a probablement trouvé Marit *via* ce canal. Et la réponse à la question : Pourquoi ? Je n'en sais rien. Mais tout a probablement son origine dans l'accident de départ, quand Elsa Forsell a tué Sigrid Jansson. Hanna et Lars se trouvaient dans la voiture, Sigrid Jansson les avait enlevés quand ils avaient trois ans et ils avaient vécu dans l'isolement chez elle pendant plus de deux ans. Qui sait les traumatismes qu'ils ont subis ?

— A ce propos, le nom sur la liste d'adresses ? Qu'est-ce qui t'a fait penser à Hanna ?

Annika regarda Patrik, l'air interrogateur.

— D'une part, c'est Hanna qui m'avait donné la disquette, comme tu le lui avais demandé. Tu avais cent soixante noms sur ton fichier, alors que sur la disquette qu'elle m'a remise il y en avait un de moins. La seule à avoir pu l'effacer était Hanna. Elle savait que je risquais de reconnaître ce nom-là. Peu après son arrivée ici, elle m'a raconté que Lars et elle louaient leur maison à un certain Tore Sjöqvist, qui était en déplacement en Scanie pour une année. Alors quand ce nom a surgi, avec une adresse à Tollarp, ce n'était pas très difficile de faire le rapprochement. Patrik fit une pause. J'avais juste besoin de tout passer en revue encore une fois, avec vous, dit-il ensuite. Qu'est-ce que vous en pensez ? Y a-t-il des faiblesses dans mon raisonnement ? Avons-nous suffisamment pour continuer ou y a-t-il des doutes ?

Tout le monde secoua la tête. Ça paraissait absolument incroyable, mais le récit de Patrik était d'une logique effrayante.

— Bien. Le plus important maintenant, c'est d'agir avant que Hanna et Lars réalisent que nous avons compris. Il est aussi extrêmement important qu'ils n'apprennent rien au sujet de leur mère et de leur disparition, je pense que ça pourrait mettre en danger…

Patrik s'interrompit en entendant Annika chercher sa respiration pour la deuxième fois.

— Annika ? dit-il avec inquiétude en la voyant blêmir.

— Je lui ai dit, chuchota-t-elle. Hanna a appelé peu après votre retour de Kalvö. Elle semblait assez mal en point, mais elle a dit qu'elle avait réussi à dormir un peu et qu'elle se sentait mieux, et qu'elle ne serait sans doute pas absente plus d'un jour ou deux. Et moi, je… j'ai… Annika bafouilla, puis elle prit son élan et regarda Patrik : J'ai voulu la tenir au courant des événements, et j'ai raconté ce que vous veniez d'apprendre. Au sujet de Hedda.

Pendant une seconde, Patrik garda le silence. Puis il dit :

— Tu ne pouvais pas le savoir. Mais il faut qu'on aille sur l'île. Immédiatement !

Instantanément, il y eut un prodigieux déploiement d'activité au poste de police de Tanumshede.

Debout à l'avant du *Minlouis*, la vedette de la société de sauvetage en mer qui filait vers Kalvö, Patrik sentit l'angoisse lui nouer le ventre. Par la pensée, il encouragea le bateau à aller plus vite, mais celui-ci avançait déjà au maximum de sa vitesse. Il craignait qu'il ne soit déjà trop tard. Au moment où ils s'étaient précipités dans les voitures de police et avaient branché les gyrophares pour se rendre au plus vite à Fjällbacka, ils avaient reçu l'appel d'un propriétaire de bateau. Hors de lui, il avait raconté qu'une policière accompagnée d'un homme en civil lui avait confisqué son bateau. Il avait hurlé que c'était là des méthodes de gangster, qu'il ne se gênerait pas pour réclamer des dommages et intérêts qui leur feraient mal au cul s'il y avait la moindre égratignure sur son bateau. Patrik lui avait tout bonnement raccroché au nez. Il n'avait pas de temps à consacrer à ce genre de choses. L'important était qu'ils sachent que Lars et Hanna avaient mis les mains sur un bateau. Et qu'ils étaient en route pour Kalvö. Et leur mère.

La vedette de sauvetage s'enfonça dans un creux de vague et un paquet d'eau de mer s'abattit sur Patrik. Le vent s'était levé, et des vagues agitées et grisâtres remplaçaient la surface lisse qu'ils avaient connue plus tôt dans la journée. Dans sa tête se jouaient des scénarios sans cesse renouvelés, des images de ce qu'ils allaient trouver sur l'île. Gösta et Martin s'étaient blottis à l'intérieur, mais Patrik avait besoin de l'air frais pour se concentrer sur la tâche qui les attendait. Il savait qu'il n'y aurait pas d'issue heureuse, quoi qu'il arrive.

En arrivant, après ce qui leur parut une traversée interminable mais qui en réalité n'avait duré que cinq minutes, ils virent le bateau volé négligemment amarré au ponton de Hedda. Le pilote de la vedette de sauvetage accosta avec l'aisance du professionnel, bien que son bateau soit plus grand que le ponton. Sans hésitation, Patrik sauta à terre, et Martin le suivit. Quant à Gösta, ils durent se mettre à deux pour l'aider à descendre.

Patrik avait essayé de convaincre son collègue plus âgé de rester au commissariat, mais Gösta Flygare avait fait preuve d'une opiniâtreté surprenante en insistant pour venir. Patrik avait cédé, mais à présent il regrettait presque sa décision. Il était cependant trop tard pour ce genre de réflexions.

Il fit des gestes en direction de la maisonnette, qui semblait vide et inhabitée. Pas un son n'en sortait, et quand ils défirent le cran de sûreté de leurs pistolets, le bruit leur parut se répercuter sur toute l'île. Ils montèrent vers la maison à pas feutrés et s'accroupirent devant les fenêtres. On entendait des voix à l'intérieur et Patrik jeta un coup d'œil par les carreaux sales et couverts de sel. D'abord il ne vit qu'une ombre qui bougeait, mais, au fur et à mesure que ses yeux accommodaient, il lui sembla pouvoir distinguer deux personnes qui se déplaçaient dans la cuisine. Les voix enflaient puis s'atténuaient, sans qu'il soit possible d'entendre ce qui se disait. Patrik fut subitement très hésitant sur la marche à suivre, puis il prit sa décision. Il hocha la tête en direction de la porte. Avec précaution, ils s'en approchèrent, Martin et Patrik se placèrent chacun d'un côté, tandis que Gösta restait un peu en retrait.

— Hanna ? C'est moi, Patrik. Martin et Gösta sont avec moi. Tout va bien ?

Pas de réponse.

— Lars ? On sait que tu es là avec ta sœur. Ne fais pas de bêtise maintenant. Il y a eu assez de morts comme ça.

Toujours pas de réponse. Patrik commença à devenir nerveux, et la main qui tenait le pistolet était trempée de sueur.

— Hedda ? Tout va bien ? On est là pour t'aider ! Lars, Hanna, laissez Hedda tranquille. Ce qu'elle a fait est épouvantable, mais, croyez-moi, elle a déjà eu son châtiment. Regardez autour de vous, voyez comment elle vit. Elle a connu l'enfer à cause de ce qu'elle vous a fait.

Pour toute réponse, il n'eut que le silence, et il jura intérieurement. Puis la porte s'entrouvrit et Patrik saisit plus fermement son pistolet. Il vit que Martin et Gösta faisaient de même.

— On sort, dit Lars, ne tirez pas, sinon je la descends.

— D'accord, d'accord, dit Patrik et il fit de son mieux pour paraître aussi calme que possible.

— Posez vos armes, je veux les voir par terre, dit Lars.

Ils n'arrivaient toujours pas à l'apercevoir par l'interstice de la porte.

Martin interrogea Patrik du regard, celui-ci fit oui de la tête et posa lentement son pistolet. Gösta et Martin suivirent son exemple.

— Eloignez-les avec le pied, dit Lars sourdement. Patrik fit un pas en avant et donna un coup de pied dans les trois armes qui partirent dégringoler sur les rochers. Ecartez-vous.

De nouveau, ils obéirent et attendirent que quelque chose se passe. Lentement, centimètre par centimètre, la porte s'ouvrit, mais là où Patrik s'était attendu à voir Hedda, ce fut Hanna qu'il vit. Elle avait toujours l'air malade, le front couvert de sueur et les yeux fiévreux. Son regard croisa le sien et Patrik se demanda comment il avait pu se laisser berner ainsi. Comment il était possible qu'elle ait réussi à dissimuler si longtemps toute cette pourriture derrière une façade de normalité. Pendant une seconde, ses yeux semblèrent vouloir expliquer quelque chose, ensuite Lars la poussa en avant et le pistolet qu'il tenait braqué sur sa tempe devint visible. Patrik le reconnut. C'était l'arme de service de Hanna.

— Poussez-vous, plus loin, siffla Lars.

Dans ses yeux Patrik ne lut que noirceur et haine. Son regard errait de tous les côtés et il réalisa que Lars avait laissé tomber le masque, qu'il était incapable de continuer à assumer sa double vie. La folie – ou le mal, quel que soit le nom qu'on lui donnait – avait fini par gagner la bataille contre le pan de sa personnalité qui n'aspirait qu'à vivre une vie normale avec un travail et une famille.

Ils se poussèrent encore un peu et Lars passa devant Patrik avec Hanna comme bouclier. La porte de la maison était restée grande ouverte et, en y jetant un coup d'œil, Patrik comprit pourquoi Hedda n'avait pas pu servir de protection. Avec horreur, il la vit ligotée sur une chaise. Le ruban adhésif qui avait laissé des traces de colle sur les autres victimes était également scotché sur sa bouche, et, au milieu, il y avait un trou juste suffisant pour y glisser le goulot d'une bouteille. Hedda était morte de la même manière qu'elle avait vécu. Gavée d'alcool.

— Je peux comprendre pourquoi vous vouliez que Hedda meure. Mais pourquoi les autres ?

La question qui avait dominé sa vie pendant tant de semaines fusa.

— Elle avait tout pris. Tout ce que nous avions. Hanna l'a repérée par hasard, et on a tout de suite compris ce qu'il fallait faire. Et elle est morte par ce qui a gâché nos vies. Par l'alcool.

— Tu parles d'Elsa Forsell ? Nous savons que vous étiez dans la voiture lors de l'accident qui a tué Sigrid, cette femme chez qui vous habitiez.

— On était bien chez elle, dit Lars d'une voix criarde. Il reculait lentement vers le ponton. Elle s'occupait de nous. Elle avait juré de nous protéger.

— Sigrid ? dit Patrik en bougeant prudemment dans la même direction que Lars et Hanna.

— Oui, mais on ne savait pas que c'était ça, son nom. On l'appelait maman. Elle disait qu'elle était notre nouvelle maman. Et on était bien avec elle. Elle jouait avec nous. Elle nous faisait des câlins. Elle nous lisait des livres.

— *Hänsel et Gretel* ?

Patrik continua à avancer vers le ponton et du coin de l'œil il vit que Gösta et Martin suivaient.

— Oui, dit Lars, puis il approcha sa bouche tout près de l'oreille de Hanna. Elle lisait pour nous. Dans le livre. Tu te rappelles, Hanna, comme c'était magique ? Comme elle était belle. Comme elle sentait bon. Tu te rappelles ?

— Je me rappelle, dit Hanna.

Elle ferma les yeux. Quand elle les rouvrit, ils étaient remplis de larmes.

— C'est tout ce qu'on a pu garder d'elle. Le livre. On a voulu leur montrer. Comme il reste peu de chose. Quand ils détruisent la vie d'autrui.

— Ça n'a donc pas suffi avec Elsa, dit Patrik en gardant les yeux fixés sur Lars.

— Tant de gens avaient fait la même chose qu'elle. Tant de gens… dit Lars. Partout où on est arrivés. Il fallait que chaque endroit soit… purifié.

— En éliminant des gens qui avaient causé un accident mortel parce qu'ils avaient pris le volant après avoir bu ?

— Oui. Lars sourit. C'est la seule chose qui nous permettait d'être en paix. On montrait qu'on ne tolérait pas, et qu'on n'oubliait pas. Que personne n'a le droit de gâcher la vie des gens comme ça… et ensuite poursuivre comme si de rien n'était.

— Comme Elsa, après avoir causé la mort de Sigrid ?

— Oui, dit Lars, et la noirceur dans ses yeux s'accentua. Comme Elsa.

— Et Lillemor ?

Ils étaient maintenant presque arrivés au ponton et Patrik se demanda ce qu'ils feraient si Hanna et Lars prenaient la vedette de sauvetage, qui était beaucoup plus rapide que l'autre bateau. Alors ils ne les rattraperaient jamais. Mais le pilote avait manifestement eu la même idée, parce qu'il était en train de quitter le ponton en marche arrière, et il ne restait que le petit bateau.

— Lillemor. Pff ! Elle était stupide, et inutile. Tout comme le reste de la lie avec qui j'ai été obligé de travailler. Je ne l'aurais jamais reconnue de visu, c'est son nom associé à son domicile qui m'a fait réaliser. J'ai su que nous devions agir.

— Alors tu as fait croire aux autres qu'elle avait raconté des conneries sur eux, pour semer la pagaille et détourner son attention.

— Tu n'es pas bête, toi, dit Lars en souriant.

Il fit un premier pas à reculons sur le ponton. Pendant une seconde, Patrik envisagea de tenter de le maîtriser. Mais il eut beau se dire que ce n'était qu'une mascarade et que Lars faisait seulement semblant de tenir sa sœur en otage, il n'osa pas. Il était désarmé, son pistolet était resté en haut des rochers avec ceux de Martin et de Gösta, si bien que, dans l'état actuel des choses, Lars et Hanna avaient le dessus.

— C'est moi qui ai appelé Lars, dit Hanna d'une voix éraillée.

— On le sait, dit Patrik. C'est sur la cassette vidéo, Martin l'avait vu mais sans comprendre.

— Non, comment aurait-il pu ? dit-elle tristement.

— Alors Lars est venu la chercher après ton appel ?

— Oui, dit Hanna en descendant prudemment dans le bateau.

Elle se laissa glisser sur le banc de nage du milieu, tandis que Lars s'installait près du hors-bord. Il tourna la clé de contact. Rien ne se passa. Une ride se creusa entre ses sourcils. Il essaya encore. Le moteur émit un bruit métallique, mais refusa toujours de démarrer. Intrigué, Patrik contempla les efforts de Lars, puis, en jetant un œil sur la vedette de sauvetage qui s'était mise en sécurité à une certaine distance de l'île, il comprit. Le pilote leva ostensiblement un bidon d'essence en l'air. Quel mec efficace, ce Peter.

— Il n'y a plus d'essence, dit-il, en s'efforçant de paraître plus calme qu'il ne l'était. Vous n'avez nulle part où aller. Les renforts sont en route, et le mieux que vous ayez à faire, c'est de vous rendre et de veiller à ce que plus personne ne soit blessé.

Patrik entendit combien ses propos tombaient à plat, mais il ne savait pas trouver les bonnes paroles. Si tant est qu'elles existent.

Sans rien dire, Lars défit le bout d'amarrage et fit partir le bateau avec le pied. Le courant le happa immédiatement et il commença lentement à dériver.

— Vous n'irez nulle part, dit Patrik tout en essayant d'évaluer les différentes possibilités qui s'offraient à eux.

Mais il n'y en avait qu'une, et c'était de faire en sorte que Lars et Hanna soient interceptés. Sans moteur, ils n'iraient pas loin, ils allaient probablement échouer sur une des îles environnantes. Il fit une dernière tentative.

— Hanna, tout montre que ce n'est pas toi, la tête pensante dans cette affaire. Tu peux t'en sortir.

Hanna ne répondit pas. Calmement, elle croisa le regard suppliant de Patrik. Puis elle approcha lentement sa main de celle de Lars. Celle qui tenait le pistolet. Il ne braquait plus l'arme sur sa tête, sa main était posée sur le banc de nage. Avec une sérénité sinistre, elle la prit et la leva pour qu'il vise de nouveau sa tempe avec le canon. Patrik vit le visage de Lars passer en une brève seconde de la perplexité à la terreur. Puis la même sérénité sinistre s'y répandit. Hanna dit quelque chose à Lars. Il répondit quelque chose et l'attira contre sa poitrine. Puis Hanna mit son index sur celui de Lars, qui reposait sur la détente. Et elle appuya. Patrik sursauta et, derrière lui, Martin et Gösta retinrent leur respiration. Incapables de bouger, incapables de parler, ils virent Lars s'asseoir sur le bord du bateau, le corps inanimé et sanguinolent de Hanna toujours serré contre lui en une tendre étreinte. Du sang avait éclaboussé son visage, comme une peinture de guerre. Il posa sur eux le même regard calme, une dernière fois, puis il approcha le pistolet de sa propre tempe. Et il tira.

Quand il bascula en arrière, par-dessus bord, Hanna bascula avec lui. Les jumeaux de Hedda disparurent sous la surface. Dans les profondeurs où Hedda les avait un jour relégués.

Au bout de quelques secondes, les ronds qui montraient l'endroit où ils avaient coulé s'estompèrent. Le bateau ensanglanté voguait sur l'eau et au loin, comme dans un rêve, Patrik vit plusieurs vedettes s'approcher. Les renforts arrivaient.

Dès la collision qui transforma tout en un enfer, il sut que c'était sa faute. Elle avait eu raison. Il était un oiseau de mauvais augure. Il n'avait pas écouté, il avait insisté et demandé et il n'avait pas arrêté jusqu'à ce qu'elle cède. Et, à présent, le silence était tonitruant. Une effroyable quiétude avait remplacé le bruit du télescopage, quand les voitures s'encastraient l'une dans l'autre, et il ressentit une douleur dans la poitrine sous la ceinture de sécurité. Du coin de l'œil il vit sœur bouger. Il osa à peine tourner la tête vers elle. Mais il vit qu'elle non plus ne semblait pas blessée. Il lutta contre l'envie de pleurer tout en entendant sœur se mettre à sangloter en sourdine, pour ensuite être prise de pleurs violents, presque des hurlements. Au début, il ne put se résoudre à regarder sur le siège avant. Le silence lui disait ce qu'il allait trouver. La culpabilité commença à lui serrer la gorge. Doucement il défit la ceinture de sécurité et se pencha lentement vers l'avant, rempli d'angoisse. Il eut un vif mouvement de recul qui intensifia la douleur dans sa poitrine. Ses yeux l'avaient dévisagé. Morts, aveugles. Du sang avait coulé de sa bouche et ses vêtements étaient tout rouges. Il eut l'impression de voir l'accusation dans son regard éteint. Pourquoi ne m'as-tu pas écoutée ? Pourquoi ne m'avez-vous pas laissée prendre soin de vous ? Pourquoi ? Pourquoi ? Mon petit oiseau de mauvais augure. Regarde-moi maintenant.

Il sanglota et haleta, pour forcer l'oxygène à entrer dans sa gorge nouée. Quelqu'un tira sur la poignée de la portière et il vit le visage d'une femme en état de choc qui le regardait. Ses mouvements étaient saccadés et chancelants, et, troublé, il reconnut l'odeur de l'autre. De la femme qui n'existait que dans son souvenir. La même odeur forte avait émané de sa bouche, de sa peau et de ses vêtements, une fois la douceur disparue. On l'arracha de la voiture et il comprit que la femme venait de l'autre voiture, celle qui avait percuté la leur de front. Elle fit le tour de la voiture pour sortir sœur, et il l'observa attentivement. Jamais il n'oublierait son visage.

Après, les questions avaient été nombreuses. Et étranges.

"D'où venez-vous ?" avaient-ils demandé. "De la forêt", avaient-ils répondu sans comprendre pourquoi leur réponse les laissa si perplexes. "Oui, mais avant ça, avant la maison dans la forêt ?" Sœur et lui les avaient seulement regardés. Ils ne voyaient pas ce qu'ils cherchaient à savoir. "De la forêt", c'était la seule réponse qu'ils pouvaient donner. Certes, parfois il avait songé au sel et aux oiseaux bruyants. Mais il n'en avait jamais parlé. La seule chose qu'il connaissait était bel et bien la forêt.

Il essayait en général de ne pas penser aux années qui avaient suivi les questions. S'il avait su combien le monde à l'extérieur était froid et mauvais, il ne l'aurait jamais suppliée de les emmener au-delà de la forêt. De bon cœur, il serait resté dans la petite maison, avec elle, avec sœur, dans leur univers, qui *paraissait si merveilleux en comparaison. Avec le recul. Mais c'était une culpabilité qu'il devait porter. C'était lui, le responsable de ce qui était arrivé. Il n'avait pas cru qu'il était un oiseau de mauvais augure. Il n'avait pas cru qu'il attirait le malheur sur lui-même et sur les autres. Et c'était sa faute si le regard dans ses yeux s'était éteint.*

Au fil des ans, c'était sœur, et elle seule, qui lui permettait de tenir. Ils étaient unis contre ceux qui essayaient de les briser et de les rendre aussi laids que le monde extérieur. Eux, ils étaient différents. Ensemble ils étaient différents. Dans l'obscurité de la nuit, ils trouvaient toujours une consolation et ils pouvaient fuir les horreurs du jour. Peau contre peau. Haleines mélangées.

Et, pour finir, il trouva aussi une façon de partager la culpabilité. Sœur était toujours là pour l'aider. Toujours ensemble. Toujours. Ensemble.

Les premières mesures de la *Marche nuptiale* de Mendelssohn résonnèrent à l'intérieur de l'église. Patrik sentit sa bouche se dessécher. Il regarda Erica à côté de lui et lutta contre les larmes qui menaçaient de déborder. Il y avait quand même certaines limites pour un homme. Il ne pouvait pas remonter l'allée centrale de l'église en pleurant. Mais il était si heureux. Il serra la main d'Erica et reçut un immense sourire en réponse.

Elle était incroyablement belle. Et elle était là, à ses côtés. Pendant une seconde, il vit en un éclair son premier mariage, quand il épousait Karin. Mais le souvenir disparut aussi vite qu'il était venu. En ce qui le concernait, ceci était la première fois. Tout le reste n'avait été qu'une répétition générale, un détour, une préparation de l'instant où il conduirait Erica devant l'autel et promettrait de l'aimer pour le meilleur et pour le pire, jusqu'à ce que la mort les sépare.

Les portes de l'église s'ouvrirent et, solennellement, ils se mirent en marche, pendant que l'organiste jouait et que tous les visages joyeux se tournaient vers eux. Il regarda encore Erica, et son sourire se fit plus grand. Sa robe était simple, avec de petites broderies blanches sur le tissu blanc, et elle lui allait formidablement bien. Sa coiffure était une création souple, les cheveux relevés avec quelques boucles laissées libres par endroits. Des

465

fleurs blanches y étaient piquées comme des bijoux. Ses boucles d'oreilles, de simples perles. Elle était infiniment belle. De nouveau les larmes montaient, mais il cilla vaillamment pour les chasser. Il irait jusqu'au bout sans pleurer, non mais !

Sur les bancs, ils virent des amis et des membres de leurs familles. Tous les collègues du commissariat étaient là. Même Mellberg avait enfilé un costume, certes un peu étriqué, et il avait enroulé ses cheveux plus artistiquement que d'habitude. Comme Gösta, il était venu non accompagné, tandis que Martin, qui était le témoin de Patrik, avait sa Pia avec lui, et Annika son Lennart. Patrik était content de les voir là. Rassemblés. Deux jours plus tôt il ne croyait pas qu'il parviendrait à mener ceci à bien. En voyant Hanna et Lars disparaître dans les profondeurs, il avait ressenti une douleur et une fatigue tellement grandes qu'elles chassaient toute idée de concrétiser un mariage. Mais, une fois rentré à la maison et mis au lit par Erica, il avait dormi vingt-quatre heures. Et lorsqu'elle lui avait annoncé qu'on leur offrait une nuit au *Grand Hôtel*, il avait su que c'était exactement ce dont il avait besoin. Etre avec Erica, bien manger, dormir tout près d'elle et parler, parler, parler.

Si bien que, aujourd'hui, il se sentait prêt. La noirceur et la vilenie paraissaient loin.

Ils arrivèrent devant l'autel et la cérémonie commença. Harald parla d'un amour patient et doux, il parla de Maja, il raconta comment Patrik et Erica s'étaient rencontrés. Il parvint à trouver les mots exacts pour les décrire tous les deux et la façon dont ils voyaient leur vie commune.

Maja, qui entendit son prénom, décida qu'elle ne voulait plus rester sur les genoux de sa grand-mère, elle voulait être avec sa maman et son papa, qui pour une raison incompréhensible étaient tout au bout de cette drôle de maison avec des drôles de vêtements sur le dos. Kristina lutta un instant avec elle, mais, après un signe de tête de Patrik, elle la fit descendre dans l'allée et la laissa les rejoindre à quatre pattes. Patrik la souleva et, avec sa fille sur le bras, il glissa l'alliance au doigt d'Erica. Lorsqu'ils s'embrassèrent, pour la première fois comme mari et femme, Maja enfouit en riant son visage parmi les leurs, ravie de ce jeu amusant. A cet instant Patrik se sentit plus riche que l'homme le plus riche au monde. Les larmes montèrent de nouveau, et cette fois il n'arriva pas à les arrêter. Il fit semblant de faire des mamours à Maja, pour cacher ses pleurs, mais il comprit aussitôt qu'il ne trompait personne. Et après tout, quelle importance ? A la naissance de Maja il avait pleuré comme une Madeleine, et il devrait bien pouvoir se le permettre aussi le jour de son mariage.

Maja était perchée sur le bras de Patrik quand lentement ils sortirent de l'église. Après avoir attendu dans un espace latéral que tout le monde passe, ils se présentèrent en haut des marches. Sous des cascades de grains de riz et de flashs d'appareils photo, Patrik sentit les larmes couler de nouveau. Il s'en fichait.

Epuisée, Erica reposa ses pieds un instant et en profita pour remuer les orteils libérés du supplice des chaussures à talons. Qu'est-ce qu'elle avait mal aux pieds ! Mais elle était infiniment satisfaite de la journée. La cérémonie avait été merveilleuse, le dîner à l'hôtel superbe avec juste la bonne dose de discours. Celui qui l'avait le plus touchée était le petit speech d'Anna. Sa sœur avait dû s'interrompre plusieurs fois quand sa voix flanchait et que les larmes coulaient. Elle avait raconté combien et de quelle manière elle aimait sa sœur, et elle avait alterné le sérieux avec de petites anecdotes amusantes de leur enfance. Puis elle avait brièvement fait allusion à la période difficile qu'elle venait de traverser et terminé en déclarant que si Erica avait toujours été à la fois une sœur et une mère pour elle, maintenant elle était aussi devenue sa meilleure amie. Ces paroles étaient allées droit au cœur d'Erica, et elle avait dû s'essuyer les yeux avec un coin de serviette.

Le dîner était terminé maintenant et la danse se poursuivait depuis plusieurs heures. Erica s'était demandé dans quel état d'esprit Kristina serait, après tous les reproches qu'elle avait formulés contre leurs projets de mariage, mais sa belle-mère l'avait sciée. Elle avait été la première à se trémousser sur la piste de danse, entre autres avec son ex-mari Lars, le père de Patrik, et maintenant elle sirotait un verre de liqueur en bavardant avec Bittan, la compagne de Lars. Erica n'y comprenait rien.

Une fois qu'elle eut un peu récupéré et que ses pieds furent moins endoloris, elle décida de sortir prendre l'air. Tous ces corps en mouvement avaient rendu l'atmosphère de la salle chaude et moite et elle avait besoin de sentir un souffle frais sur sa peau. Avec une grimace, elle enfila ses escarpins. Au moment de se lever, elle sentit une main sur son épaule.

— Et comment va ma chère épouse ?

Erica regarda Patrik et prit sa main. Il semblait heureux mais un peu débraillé. Son frac était franchement en désordre après quelques rocks déchaînés avec Bittan. Erica avait pu constater que son mari dansait le rock plus volontiers que bien et ça l'avait fait sourire. Mais il rattrapait des points par son enthousiasme.

— J'allais sortir respirer un peu, tu viens avec moi ? dit-elle en s'appuyant sur lui quand elle sentit la douleur fuser dans ses pieds.

— Où tu iras, j'irai, scanda Patrik.

Erica nota, amusée, qu'il était sans doute un peu éméché. Heureusement ils n'avaient qu'un escalier à monter pour rejoindre leur chambre.

Ils sortirent sur le perron qui menait dans la cour pavée et Patrik fut sur le point d'ouvrir la bouche lorsque Erica lui chuchota de se taire. Quelque chose avait attiré son attention.

Elle lui fit signe de la suivre. A pas de loup, ils s'approchèrent de ceux qu'Erica avait vus. On ne pouvait guère dire qu'ils étaient discrets. Patrik pouffa et faillit trébucher sur un pot de fleurs, mais l'homme et la femme qui étaient en train de s'embrasser dans un coin sombre de la cour semblaient insensibles aux bruits.

— Ils sont en train de se peloter ? Qui c'est ? souffla Patrik dans un chuchotement de théâtre.

— Chut, dit Erica, mais elle aussi avait du mal à retenir son rire.

Tout le champagne qu'elle avait bu lui était monté directement à la tête. Elle fit un pas en avant, puis elle s'arrêta net et se tourna vers Patrik. Il ne s'y attendait pas du tout et ils se tamponnèrent. Tous deux étouffèrent un fou rire.

— On rentre, dit Erica.

— Pourquoi, c'est qui ? dit Patrik.

Il dressa la tête pour essayer de voir. Mais le couple était tellement enlacé qu'il était difficile de distinguer leurs têtes.

— Idiot, c'est Dan. Et Anna.

— Dan et Anna ? Patrik était comme deux ronds de flan. Mais je ne savais pas qu'ils s'intéressaient l'un à l'autre ?

— Ah les hommes, renifla Erica. Vous ne remarquez jamais rien. Comment as-tu pu ne pas le voir ? Moi, j'ai compris que quelque chose se mijotait avant même qu'ils l'aient compris eux-mêmes !

— Et c'est OK pour toi ? Je veux dire, ta frangine et ton ex ? dit Patrik qui tanguait un peu quand ils rentrèrent dans la salle.

Erica lança un dernier regard par-dessus son épaule, sur le couple qui semblait avoir tout oublié du monde qui l'entourait.

— OK ? Erica sourit. C'est plus qu'OK. C'est fantastique.

Puis elle attira son mari sur la piste de danse, balança ses chaussures au diable et se lâcha dans un rock pieds nus. Et quand la nuit fut bien avancée, Garage joua *Wonderful Tonight*, la balade qu'ils réservaient aux mariés pour la fin de la soirée. Erica se serra contre Patrik, posa sa joue contre son épaule et ferma les yeux. Elle était heureuse.

La fête de mariage de Patrik avait finalement été assez réussie. Bonne bouffe, alcool à gogo, et il leur en avait mis plein la vue sur la piste de danse, c'était sûr et certain. Cloué le bec aux jeunes coqs. Mais aucune des dames présentes n'arrivait à la cheville de Rose-Marie. Elle lui avait manqué, mais si près du mariage il avait difficilement pu demander à Patrik s'il pouvait venir accompagné. Ils se rattraperaient ce soir. Il avait fait un autre essai culinaire, et il était extrêmement satisfait du résultat. La porcelaine du dimanche était de nouveau sortie et les bougies allumées. Il se réjouissait particulièrement de cette soirée. L'idée qu'il avait eue à la banque en effectuant le virement pour l'appartement lui paraissait toujours aussi brillante, et ça, c'était inattendu. Certes, c'était sans doute un peu précipité, mais ils n'étaient plus très jeunes, Rose-Marie et lui, et quand on trouvait l'amour à leur âge, il s'agissait de ne pas traîner.

Il avait consacré beaucoup de temps à réfléchir aux formes. Quand elle verrait la table dressée, il avait l'intention de lui dire qu'il avait fait un petit effort pour fêter l'heureux événement qu'était cet appartement qu'ils attendaient ensemble. Ça marcherait. Il ne pensait pas que ça lui mettrait la puce à l'oreille. Après avoir pesé le pour et le contre, il avait décidé d'utiliser le dessert, la mousse au chocolat, comme cachette pour sa grande surprise. La bague. Celle qu'il avait achetée vendredi et qu'il lui offrirait en lui posant la question qu'il n'avait jamais auparavant posée à personne. Mellberg était dans tous ses états, il avait hâte de voir sa tête. Il n'avait pas lésiné sur les moyens. Seule l'excellence convenait à sa future femme, et il savait qu'elle serait ravie.

Il regarda l'heure. Sept heures moins cinq. Encore cinq minutes avant qu'elle sonne à la porte. Il devrait d'ailleurs faire faire un double de clé pour elle. Il ne pouvait tout de même pas laisser sa fiancée rester devant la porte et sonner, comme une simple invitée.

A sept heures cinq, Mellberg commença à s'inquiéter un peu. Rose-Marie était toujours à l'heure. Il réarrangea la table, ajusta les serviettes dans les verres, déplaça les couverts de quelques millimètres à droite, puis les remit à leur place.

A sept heures et demie, il était persuadé qu'elle gisait morte dans un fossé quelque part. Il imaginait sa petite voiture rouge foncer droit dans un camion, ou dans un de ces monstrueux quatre-quatre que les gens s'entêtaient à conduire et qui démolissaient tout sur leur chemin. Peut-être devrait-il appeler l'hôpital ? Errant dans l'appartement, il comprit qu'il ferait sans doute mieux de commencer par l'appeler sur son portable. Mellberg se frappa le front. Pourquoi n'y avait-il pas pensé avant ? Il fit le numéro de tête, puis une ride se forma sur son front quand il entendit l'annonce. "Le numéro que vous avez composé n'est pas attribué." Il essaya encore une fois, il s'était sans doute trompé. Mais il obtint le même message. Bizarre. Il n'avait qu'à appeler sa sœur alors, voir si elle avait été retardée chez elle. Subitement il réalisa qu'il n'avait pas le numéro de la sœur. Et qu'il n'avait aucune idée de comment elle s'appelait. La seule chose qu'il savait, c'est qu'elle habitait Munkedal. Ou bien ? Une pensée désagréable germa dans l'esprit de Mellberg. Il l'écarta, refusa de l'accepter, mais dans son for intérieur il vit la scène à la banque se dérouler au ralenti. Deux cent mille couronnes. C'était la somme qu'il avait virée sur le compte espagnol dont elle lui avait donné l'identité. Deux cent mille. L'argent pour acheter un appartement à temps partagé. Le soupçon prenait racine, il n'arrivait plus à l'écarter. Il appela les renseignements et demanda s'ils avaient son numéro ou son adresse. Ils ne trouvèrent aucun abonné avec ce nom-là. Désespéré, il essaya de se rappeler s'il avait vu quelque chose de tangible, une carte d'identité ou un document quelconque qui prouvait qu'elle s'appelait bien comme ça. Avec épouvante, il réalisa qu'il n'avait jamais rien vu de tel. La terrible vérité était qu'il ne savait pas comment elle s'appelait, où elle habitait, ni qui elle était. Mais sur un compte en banque en Espagne, elle avait deux cent mille couronnes. Son argent à lui.

Comme un somnambule, il alla au réfrigérateur, prit la portion de mousse au chocolat destinée à Rose-Marie et la posa sur la table de fête. Lentement il enfonça sa main dans la coupe et creusa avec les doigts dans la mousse brune. La bague scintilla à travers le chocolat quand il la sortit. Mellberg la tint entre le pouce et l'index et la regarda. Puis il la posa lentement sur la table et, en sanglotant, il commença à engloutir le contenu de la coupe.

— Hein, pas vrai que c'était fantastique ?

— Mmm, fit Patrik sans ouvrir les yeux. Ils avaient décidé de ne pas partir tout de suite en voyage de noces, ils feraient plutôt un long voyage avec Maja quand elle aurait quelques mois de plus. La Thaïlande était pour l'instant la destination la plus cotée. Mais ça faisait un peu bizarre de retourner au quotidien, sans autre cérémonie. Ils avaient passé le dimanche à faire la grasse matinée et à parler du samedi en buvant des litres d'eau. Patrik avait donc décidé de prendre son lundi. Il tenait à ce répit pour qu'ils puissent se calmer et tout digérer, avant de reprendre le train-train. En considération de tout le travail qu'il avait fourni ces dernières semaines, personne au commissariat ne trouva à y redire. Si bien qu'à présent ils étaient allongés sur le canapé, dans les bras l'un de l'autre, tout seuls à la maison. Adrian et Emma étaient à la crèche et Anna avait emmené Maja chez Dan pour que Patrik et Erica aient cette journée rien que pour eux. Certes, elle n'avait pas besoin de prétextes pour aller chez Dan. Elle y avait déjà passé toute la journée de la veille, avec les enfants.

— Tu ne t'es jamais rendu compte de rien ? demanda Erica avec précaution en voyant que Patrik était perdu dans ses pensées.

Il comprit tout de suite ce qu'elle voulait dire. Il se creusa la tête.

— Non, de rien du tout. Hanna était simplement… normale. Je voyais bien que quelque chose lui pesait, mais je pensais qu'elle avait des problèmes de couple. Ce qui était effectivement le cas, mais pas comme on l'avait cru.

— Tout de même, qu'ils vivent ensemble. Alors qu'ils étaient frère et sœur.

— Je crois qu'on n'aura jamais toutes les réponses, mais Martin m'a dit au téléphone tout à l'heure qu'ils ont reçu les rapports des services sociaux. Ils ont vécu un enfer dans leur famille d'accueil, après l'accident. Tu penses bien que ça avait dû les traumatiser, d'abord être enlevés à leur mère et ensuite être forcés de vivre isolés chez Sigrid. Ça a dû créer une sorte de lien anormal entre eux.

— Mmm, dit Erica. Elle avait quand même du mal à le concevoir. C'était au-delà de l'imaginable. Comment peut-on vivre avec deux facettes aussi opposées ? dit-elle après un moment.

— Comment ça ? dit Patrik en lui embrassant le bout du nez.

— Je veux dire, comment peut-on vivre une vie ordinaire ? Faire des études ? Pour devenir policier et psychologue, qui plus est. Et en même temps vivre avec tout ce… mal ?

Patrik prit son temps pour répondre. Il ne comprenait pas entièrement, lui non plus, mais il y avait énormément réfléchi depuis jeudi et il pensait avoir trouvé une sorte de réponse.

— Je crois que c'est justement ça. Deux facettes opposées. Une partie d'eux vivait une vie ordinaire. J'ai eu l'impression que Hanna voulait vraiment être policier et faire un travail d'envergure. Et elle était un bon policier. Sans hésitation. Lars, je ne l'avais jamais rencontré avant… Il fit une pause. L'image que j'ai de lui est plus vague. Mais il était manifestement intelligent, et je pense que son intention à lui aussi était de vivre une vie ordinaire. En même temps, le secret qu'ils portaient a dû les ronger et user leur esprit. Alors quand le hasard a voulu qu'ils tombent sur Elsa Forsell à Nyköping, où Hanna occupait son premier poste, ça a probablement mis en branle quelque chose qui couvait déjà. En tout cas, c'est ma théorie. Mais nous ne le saurons jamais.

— Mmm, dit Erica pensivement. Je connaissais si peu de chose sur maman. Comme si elle vivait deux vies distinctes. Une avec nous – papa, Anna et moi. Et une autre dans sa tête, à laquelle nous n'avions pas accès.

— C'est pour ça que tu as décidé de faire des recherches sur elle ?

— Oui. Je n'en suis pas sûre, mais je crois qu'elle nous cachait quelque chose, je le sens.

— Mais tu n'as aucune idée de quoi ?

Patrik contempla son visage et écarta une mèche de cheveux.

— Non. Et je ne sais pas trop par où commencer. Il ne reste rien. Elle ne gardait jamais rien.

— Tu en es sûre ? Tu as vérifié au grenier ? La

dernière fois que j'y suis monté, j'ai vu tout un tas de fatras.

— Je pense que c'est à papa, presque tout. Mais… rien ne nous empêche d'y jeter un coup d'œil. Juste pour être sûrs.

Elle se redressa et une note d'excitation s'était glissée dans sa voix.

— Maintenant ? demanda Patrik.

Il n'avait pas du tout envie de quitter la chaleur du canapé pour monter dans un grenier froid et poussiéreux, rempli de toiles d'araignée de surcroît. Il avait horreur des araignées.

— Oui, maintenant. Pourquoi pas ?

Erica était déjà en route pour les combles.

— Oui, pourquoi pas ? soupira Patrik en se levant à contrecœur.

Il savait qu'il était inutile de protester quand Erica s'était mis quelque chose en tête.

Pendant une seconde, en arrivant dans le grenier, Erica regretta son initiative. Il n'y avait effectivement que des vieilleries ici. Mais maintenant qu'ils étaient montés, autant fouiller un peu. Elle se baissa pour ne pas se cogner aux poutres et commença à déplacer des affaires et à ouvrir un carton par-ci, par-là. Avec une grimace, elle essuya ses mains sur son pantalon. C'est vrai que c'était poussiéreux. Patrik aussi fouillait. Ça n'avait été qu'une idée en l'air de sa part, et il doutait qu'elle puisse donner quoi que ce soit. Erica avait sûrement raison. Elle connaissait mieux sa mère que lui. Si elle disait qu'Elsy n'avait rien gardé, alors… Subitement il aperçut quelque chose qui l'intrigua. Tout au fond, sur le petit côté, coincé sous le toit en pente, il y avait un vieux coffre.

— Erica, viens voir par là.

— Tu as trouvé quelque chose ?

Erica s'approcha, le dos courbé.

— Je ne sais pas, mais le coffre, là, il paraît assez prometteur, tu ne trouves pas ?

— Ça peut être à papa, dit-elle.

Mais quelque chose lui dit que le coffre n'avait pas appartenu à Tore. Il était en bois, peint en vert, avec des guirlandes de fleurs gracieuses mais pâlies pour seule décoration. La serrure avait rouillé mais le coffre n'était pas fermé à clé, et elle souleva lentement le couvercle. Deux dessins d'enfants étaient posés sur le dessus. En les prenant, elle vit quelque chose écrit au dos. "Erica, 3 décembre 1974" sur l'un, et sur l'autre, "Anna, 8 juin 1980". C'était l'écriture de sa mère. Elle trouva toute une liasse de dessins et, mêlés aux décorations de Noël, il y avait des bibelots qu'elle et Anna avaient fabriqués à l'école. Tous les objets auxquels elle avait cru que sa mère n'attachait aucune importance.

— Regarde, dit-elle, toujours incapable de comprendre ce qu'elle voyait. Regarde ce qu'elle avait gardé, maman.

Elle sortit doucement les objets, les uns après les autres. C'était comme une odyssée dans son enfance. Et celle d'Anna. Erica sentit les larmes monter, et Patrik lui caressa le dos.

— Mais pourquoi ? On pensait qu'elle ne… Pourquoi ?

Elle essuya les larmes avec la manche de son pull et continua à fouiller dans le coffre. A mi-hauteur, les objets d'enfants furent remplacés par des choses manifestement plus vieilles. Toujours incrédule, Erica sortit un paquet de photographies en noir et blanc et elle les regarda en retenant sa respiration.

— Tu sais qui sont ces gens ? demanda Patrik.

— Aucune idée. Mais tu peux être certain que je vais le trouver !

Tout excitée, elle continua à fouiller, puis elle se figea quand sa main se referma sur une étoffe douce avec un objet dur et piquant enroulé dedans. Doucement elle souleva sa trouvaille et essaya de voir ce que c'était. Un bout de tissu sale, qui avait un jour été blanc, mais que le temps avait jauni et parsemé de vilaines taches de rouille. Quelque chose était enveloppé dedans. Doucement Erica ouvrit le paquet, puis elle eut le souffle coupé. A l'intérieur se trouvait une médaille, et son origine ne faisait aucun doute. Personne ne pouvait se tromper sur une croix gammée. Muette, elle leva la médaille devant Patrik qui ouvrit de grands yeux. Il baissa les yeux sur le tissu qu'elle avait jeté sur ses genoux.

— Erica ?

— Oui ? dit-elle, le regard toujours fixé sur la médaille qu'elle tenait entre le pouce et l'index.

— Tu ferais mieux de regarder ça de plus près.

— Quoi ? dit-elle en plein trouble avant de voir ce que montrait Patrik.

Elle fit ce qu'il disait. Reposa doucement la médaille et déplia le tissu. Ce n'était pas un bout de tissu. C'était une brassière de bébé à l'ancienne. Et les taches marron n'étaient pas de la rouille. C'était du sang. Du vieux sang séché.

A qui avait-elle appartenu ? Pourquoi était-elle pleine de sang ? Et pourquoi sa mère l'avait-elle conservée dans un coffre au grenier, avec un insigne datant de la Seconde guerre mondiale ?

Un instant, Erica envisagea de tout remettre dans le coffre et de fermer le couvercle.

Mais, telle Pandore, elle était beaucoup trop curieuse pour pouvoir laisser le couvercle fermé. Il lui fallait chercher la vérité. Quelle qu'elle soit.

REMERCIEMENTS

Comme toujours, il y a beaucoup de personnes à remercier. Et, comme toujours, le premier remerciement est pour mon mari, Micke, et mes enfants Wille et Meja.

D'autres personnes qui m'ont aidée pendant le travail de *L'Oiseau de mauvais augure* sont Jonas Lindgren à Rätts-medicin, l'unité médicolégale à Göteborg, les policiers du commissariat de Tanumshede, avec une mention spéciale pour Folke Åsberg et Petra Widén, ainsi que Martin Melin de la police de Stockholm.

Zoltan Szabo-Läckberg, Anders Torevi et Karl-Axel Wikström, chargé de la culture à la commune de Tanum, ont relu mon manuscrit et l'ont commenté. Un grand merci à vous d'avoir pris le temps de vérifier tous les détails.

Karin Linge Nordh des éditions Forum a cette fois aussi fait usage de son stylo rouge pour élever et améliorer le contenu et la réalisation de ce livre. Merci également à l'ensemble du personnel de Forum, c'est toujours aussi agréable d'avoir affaire à vous !

Vous tous qui maintes et maintes fois avez fait les baby-sitters, sans vous la machine n'aurait pas pu tourner ; grand-mère Gunnel Läckberg, grand-mère et grand-père Mona et Hasse Eriksson, Gabriella et Jörgen Gullbrandson et Charlotte Eliasson. Vous avez été indispensables pour résoudre le casse-tête de la vie au quotidien.

Bengt Nordin et Maria Enberg de la Nordin Agency, je voudrais vous adresser un merci particulier. Grâce à vous, j'atteins des lecteurs tant en Suède que dans le monde entier.

"Les nanas" – vous savez qui vous êtes… Merci de votre soutien, vos encouragements et vos conversations pour le moins distrayantes. Comment je faisais avant vous ?

Une nouveauté cette année, tout à fait inattendue mais tellement positive, furent tous les lecteurs de mon blog. Là aussi, c'est l'encouragement qui a été le mot d'ordre. C'est valable aussi pour vous tous qui m'avez envoyé des mails au cours de l'année. Je suis particulièrement reconnaissante pour les propositions de noms que j'ai reçues via le *blog* ! Le plus important pendant l'année cependant, ce furent les textes sur Ulle que Finn m'a si généreusement laissée partager avec tout le monde. Elle nous manque.

Pour finir, je voudrais remercier tous mes amis, qui ont patiemment attendu que je "sorte de la grotte" où je m'étais enfermée pour écrire.

Toutes les erreurs sont à imputer à l'auteur. Les personnages du livre sont une production de mon imagination – à part "Leif la Poubelle", qui s'est un peu inquiété en apprenant que j'allais placer un cadavre dans sa benne. Vous comprenez que je n'ai pas su résister à la tentation…

CAMILLA LÄCKBERG-ERIKSSON,
Enskede, le 27 février 2006.

Retrouvez les enquêtes d'Erica Falck
dans les collections Babel noir et Actes noirs.

LA PRINCESSE DES GLACES
traduit du suédois par Lena Grumbach et Marc de Gouvenain

Dans une petite ville tranquille de la côte suédoise, deux suicides – une jeune femme, puis un clochard peintre – s'avèrent être des assassinats dont la police a bien du mal à cerner les causes.

LE PRÉDICATEUR
traduit du suédois par Lena Grumbach et Catherine Marcus

Le descendant d'un prédicateur manipulateur des foules, catastrophé d'avoir perdu le don de soigner, entreprend de tuer pour bénéficier à nouveau de l'aide divine et retrouver son pouvoir.

LE TAILLEUR DE PIERRE
traduit du suédois par Lena Grumbach et Catherine Marcus

Un pêcheur trouve une petite fille noyée. Le problème est que Sara, sept ans, a dans les poumons de l'eau douce savonneuse. Quelqu'un l'a donc tuée et déshabillée avant de la balancer à la mer. Un polar palpitant.

L'ENFANT ALLEMAND
traduit du suédois par Lena Grumbach

Erica contacte un vieux professeur retraité à Fjäll-
backa pour essayer de comprendre pourquoi sa mère
avait conservé une médaille nazie. Quelques jours
plus tard, l'homme est assassiné. La visite d'Erica
a-t-elle déclenché un processus qui gêne ou qui, en
tout cas, remue une vieille histoire familiale ? Patrik
Hedström, en congé parental, ne va pas rester inactif.

LA SIRÈNE

traduit du suédois par Lena Grumbach

L'irrésistible enquêtrice au foyer, enceinte de jumeaux, ne peut s'empêcher d'aller fouiner dans le passé d'un écrivain à succès lorsque celui-ci commence à recevoir des lettres de menace anonymes qui semblent liées à la mystérieuse disparition d'un de ses amis…

LE GARDIEN DE PHARE

traduit du suédois par Lena Grumbach

Non contente de s'occuper de ses bébés jumeaux, Erica enquête sur l'île de Gräskar dans l'archipel de Fjällbacka. L'homme engagé pour gérer la réhabilitation de l'hôtel-restaurant de Tanumshede y a fait une visite juste avant d'être assassiné. Or, depuis toujours, l'île surnommée "l'île aux Esprits" fait l'objet de rumeurs sombres…

LA FAISEUSE D'ANGES
traduit du suédois par Lena Grumbach

Pâques 1974. Sur l'île de Valö, aux abords de Fjäll-backa, une famille a disparu sans laisser de traces à l'exception d'une fillette d'un an et demi, Ebba. Des années plus tard, Ebba revient sur l'île et s'installe dans la maison familiale avec son mari. Les vieux secrets de la propriété ne vont pas tarder à ressurgir.

BΛBEL NOIR

Extrait du catalogue

77. XAVIER-MARIE BONNOT
Le Pays oublié du temps

78. CARLOS SALEM
Je reste roi d'Espagne

79. JEAN-PAUL JODY
Parcours santé

80. CORNELIA READ
L'École des dingues

81. PETER GUTTRIDGE
Promenade du crime

82. OLIVIER BARDE-CABUÇON
Casanova et la femme sans visage

83. LEIF DAVIDSEN
À la recherche d'Hemingway

84. LARS KEPLER
L'Hypnotiseur

85. CAMILLA LÄCKBERG
Le Prédicateur

86. RYAN DAVID JAHN
De bons voisins

87. MONICA KRISTENSEN
Le Sixième Homme

88. CHRISTOPHE ESTRADA
Hilarion

89. COLIN NIEL
Les Hamacs de carton

90. LOUISE PENNY
Sous la glace

91. DMITRI STAKHOV
Le Retoucheur

92. CAMILLA LÄCKBERG
Le Tailleur de pierre

93. JULIA LATYNINA
Caucase Circus

94. KJELL ERIKSSON
Le Cri de l'engoulevent

95. JEAN-FRANÇOIS VILAR
Bastille Tango

96. JAN COSTIN WAGNER
Le Silence

97. KEIGO HIGASHINO
Un café maison

98. LOTTE ET SØREN HAMMER
Le Prix à payer

99. NELE NEUHAUS
Blanche-Neige doit mourir

100. CLARO
Les Souffrances du jeune ver de terre

101. PETER MAY
Le Braconnier du lac perdu

102. LARS KEPLER
Le Pacte

103. KYLIE FITZPATRICK
Une fibre meurtrière

104. WALTER MOSLEY
     Le Vertige de la chute

105. OLIVIER BARDE-CABUÇON
     Messe noire

106. DAVID BELL
     Fleur de cimetière

107. SHAUGHNESSY BISHOP-STALL
     Mille petites falaises

108. PERCIVAL EVERETT
     Montée aux enfers

109. INDREK HARGLA
     L'Énigme de Saint-Olav

110. LUIZ ALFREDO GARCIA-ROZA
     L'Étrange Cas du Dr Nesse

OUVRAGE RÉALISÉ
PAR L'ATELIER GRAPHIQUE ACTES SUD
REPRODUIT ET ACHEVÉ D'IMPRIMER
EN DÉCEMBRE 2014
PAR NORMANDIE ROTO IMPRESSION S.A.S.
À LONRAI
POUR LE COMPTE DES ÉDITIONS
ACTES SUD
LE MÉJAN
PLACE NINA-BERBEROVA
13200 ARLES

DÉPÔT LÉGAL
1re ÉDITION : MAI 2014
No d'impression : 1404992
(Imprimé en France)